叛徒と隠士
周作人の一九二〇年代

小川利康

平凡社

自由を愛する精神にとって、反語ほど魅力のあるものが又とありましょうか。何が自由だといって、敵対者の演技を演ずること、一つのことを欲しながら、それと正反対のことをなしうるほど自由なことはない。自由なる反語家は柔軟に屈伸し、しかも抵抗的に頑として自らを持ち耐える。真剣さのもつ融通の利かぬ硬直に陥らず、さりとて臆病な順応主義の示す軟弱にも堕さない。

反語家はその本質上誤解されることを避け得ません。しかし彼はそれを平気で甘受し、否、ひそかにこれを快としているほどに悪魔的でさえあります。反語家の真の危険は、外部からスキャンダル呼ばわりされて立場を悪くするというような点にあるのではなく、むしろ内部において一種の心理的陥穽におちこむことが往々にしてあることです。

（林達夫「反語的精神」より）

叛徒と隠士　周作人の一九二〇年代［目次］

凡例

1　本書で引用する外国語文献は、原則として拙訳により、既訳を参照した場合は注記した。

2　本文中の外国語文献の引用は原則として書名、題名、引用文をすべて日本語に訳し、原文典拠、発表時期（年月）を注記した。ただし、日本人読者の便宜を考慮して、中国語の簡体字・繁体字を日本の常用漢字に適宜置き換えて表記している。

3　引用文中、〔　〕は引用者による補足・訳注、……は引用者による省略を表す。原著者による省略はその旨明記した。

4　日本語文献からの引用に際しては、原則として旧字体、旧仮名遣いを新字体、新仮名遣いに改め、適宜振り仮名を加えた。例外はその旨注記する。

はしがき

中国近代文学を代表する作家魯迅（一八八一～一九三六年）と周作人（一八八五～一九六七年）は、血を分けた実の兄弟である。四歳年上の兄魯迅の本名は周樹人であり、ともに浙江省紹興で生を享《う》けた。祖父周福清は内閣中書まで務めた高級官僚で、この二人の孫も将来を嘱望され、幼少期には伝統的古典教育を受けて育った。だが、祖父が科挙不正事件で下獄すると、家運は傾き、父も志半ばで病死し、周一族は一気に零落した。このため二人は科挙受験を断念し、兄は給費制度のある南京の江南水師学堂に入学し、その後、江南陸師学堂附設の礦務鉄路学堂に転ずる。弟も兄の後を追い、江南水師学堂で学んだ。

南京での勉学は新学（西洋の学問）が中心で、新たな世界への目を開かれ、兄は一九〇二年から、弟は一九〇六年から、それぞれ日本に留学する。当時、漢民族復興の風潮が高まるなか、満州族の王朝たる清朝との訣別の意思を表明するため、兄弟は辮髪を切り落とし、漢学者章炳麟《しょうへいりん》（一八六九～一九三六年）の私塾で文字学を修め、失われた漢民族文化の復興を企図し、『域外小説集』（一九〇九年）を刊行した。兄弟とも民族主義を強く志向する一方で、新たな国民国家に必要なエートスを探求するため、欧米の文芸思潮だけでなく、日本の文芸思潮まで幅広く渉猟した。

周作人は一九〇九年に日本女性羽太信子《はぶとのぶこ》を妻とすると、日本の伝統文芸にも興味を示し、特に落語や川柳を愛好した。留学後期には日本との親和性を見出したギリシアにも関心を寄せ、立教大学でギリシア語を学び、晩年は数多くの翻訳をものしている。周作人は明治末期の日本での留学体験を通して、日本文化のみならず、欧米文化思潮、さらにはギリシアまで複眼的な視野を獲得し、その後の文学活動を支える思想的骨格が形成された。周作人の該博な知識は文学にとどまらず、民俗学、性心理学、人類学、ギリシア神話、日本文化芸能に至るまで深く広いが、なかでも特筆すべきは日本留学時代に出会ったハヴロック・エリス（一八五九～一九三九年）から学んだ性心理学であった。エリスは性愛の視点から見た人間の実相を若き周作人に示し、衝撃を与えた。終生変わらぬ勤勉な読書を支えたのも、道徳的虚飾ぬきに人間の実相を解明するという情熱にほかならない。

日本で身につけた学識によって、周作人は中国近現代文学に大きな足跡を残した。一九一七年に陳独秀が文学革命を提唱したのに呼応して文学評論「人間の文学」（一九一八年）を発表し、人間とは本来霊肉一体の存在であり、人間本来の欲望を肯定した文学を目指すべきだと主張した。この理念は禁欲的な伝統道徳を批判するための論理として有効に機能し、兄魯迅の小説「狂人日記」（一九一八年）、「阿Q正伝」（一九二一年）とともに中国近代文学に実質的裏づけを与えるものとなった。同時に社会変革のために、日本から武者小路実篤による「新しき村」の運動を中国に紹介し、非暴力革命による共産社会実現の可能性を示し、多くの青年に中国社会変革の夢を与えた。社会運動としては短期間で挫折したものの、周作人を訪ねて教えを請うた青年のなかには若き日の毛沢東の姿もあった。

一九二一年以降、五・四運動の熱気が冷めると、周作人も肋膜炎のために療養生活を余儀なくされる。病が癒えると、自らの理想主義の矛盾を自覚するようになり、社会改革への係わりから距離を置き、文学という「自分の畑」だけに専念することを表明する。ところが、現実には軍閥政権が実権を握る中華民国政府のもとでは安逸に文学に専念することは許されなかった。

一九二四年十一月に新たに発刊した文芸誌『語絲』には、かつて『新青年』で行動をともにした魯迅、銭玄同らに加え、江紹原、廃名、兪平伯ら若い文学者も加わり、女子師範大学事件（一九二五年）、三・一八事件（一九二六年）に際しては『現代評論』の保守派論客たちと戦った。その一方で、第二の故郷としてこよなく愛する隣国日本では、一九二三年九月に関東大震災が発生し、その混乱のなかで朝鮮人虐殺事件、亀戸《かめいど》事件、甘粕《あまかす》事件が起きた。法治国家としての体面すら放擲した官憲による残虐行為を周作人は厳しく批判し、日本のファシズム化を憂えた。

この頃、周作人はかつて翻訳したロシアのアナキスト・バクーニンの言葉を反転させ、アイロニカルに「歴史の唯一の使い道は人々にまたしてもそうなると教えることだ」と述べたが、時代は周作人の暗い予感のとおりに展開した。中国のみならず、日本でも保守への反動が強まるなかで、周作人は江紹原らとともに中国古代文化に関する民俗学研究に力を入れ、古代文化に潜む後進性を明らかにし、「文明的野蛮人」（ハイカラな野蛮人）と呼んで批判した。このような内省的歴史観は人間本来の姿を直視する曇りなき科学的態度に立脚するものであり、留学時代から読み継いできたエリスの性心理学から学んだもので、両者はその真摯な人間性への眼差しという点で通底するものがあった。

一九二七年四月、張作霖が北京に入城すると、李大釗《りたいしょう》ら共産党関係者は逮捕処刑され、周作人も身の危険を感じて身を隠した。『語絲』も十月に発禁処分を受けたため、発行拠点は上海移転を余儀なくされ、北京の言論界は冬の時代を迎え、上海では革命文学の提唱が行われていた。周作人は、文学をプロパガンダの手段とする革命文学のあり方を批判し、エリスの言葉を借りながら「文学とは革命しないものなのだ。革命できるものに文学や芸術、宗教はいらない。なぜなら自らの世界をすでに持っているからだ。口づけをしている唇はもはや歌を歌わないのと同じ理由である」と述べ、伝統的散文の世界に新たな可能性を見出し、小品文という古くて新しい散文のスタイルを提唱するに至った。

本書は、日本留学時代から始まる二十年弱にわたる周作人の文学活動の諸相を論じるものである。二十年という歳月は周作人の長い生涯からすれば、ごく一部に過ぎない。だが、周作人の生涯にわたる多様多彩な活動のすべてはこの時期に萌芽したものであり、特にその淵源たる日本留学で学んだ思想と文学が全生涯の方向性を決定づけたと言っても過言ではない。その可能性の萌芽がどのように花開いたのか、本書では文学革命（一九一七年）前後からの十年間にわたる文学理念の変遷を詳細に検討し、五・四運動後の挫折から再生に至る複雑な過程を極力明快に一つの脈絡のなかで描き出すことを目指した。周作人の複雑な思惟のすべてをトレースできたとは言い難いが、主要な問題点は網羅できたのではないかと思う。

日本に対する周作人の深い理解と愛情を知れば知るほど、日本人たる私たちが周作人を理解することは、日本人という未知の自己を再発見し、中国人という親しい他者を受け入れることにつながると考えてきた。ひとりでも多くの方に周作人の文学と思想に触れ、近代における日本と中国の歴史を理解していただければ幸いである。

序論　内なる「叛徒」と「隠士」の葛藤

一　最期の言葉――「二匹の鬼」という自己認識

一九六五年、傘寿を迎えた周作人は、自身の内面について次のように述べている。

かつて自分の心には二匹の鬼――紳士鬼とごろつき鬼がいると申しましたが、換言すると、私の作物には真面目なものと不真面目なものがあるのに、読者には真面目な方が多く、私の不真面目さを分かってくれないのです。「それがし」と名乗る時の文章はいささか屈折しているか、不真面目か、「皮肉」めかしていますが、自らを「筆者」と名乗るような――私はこちらのほうが嫌いだが「それがし」を人様が嫌うのといい勝負か――単細胞ではないのです。拙文に込めた「皮肉」が人様に通じないのも至極当然ですが、本人は失望するのです。[*1]

（「皮肉」は日本語をそのまま用いている）

これは鮑耀明宛の書簡で述べたもので、晩年の心情が飾ることなく吐露されている。鮑耀明（一九二〇〜二〇一六年）は、幼少期から日本で教育を受けた中国人で、香港の日系商社で働くかたわら翻訳や著作に従事していた。一九六〇年前後、曹聚仁（作家、ジャーナリスト。一九〇〇〜七二年）の紹介により文通を始めた。谷崎潤一郎との文通の仲介から日本の書籍や食品の購入に至るまで、晩年の周作人を物心両面で支えた。*2

この年の三月十五日、周作人は終生の悲願だった古代ローマ諷刺作家・ルキアノスの代表作「神々の対話」等の翻訳を完成させた。その翌月には遺言として「余は今年既に八十となり、死すとも遺恨はないが、一言書きおき、葬儀の指針とする。死後は直ちに火葬に付し、習俗に従い遺骨を残すとも直ちに埋葬せよ。死後行跡を残さぬが上乗」と日記に書き残している。*3 さらに「八十自寿詩」を作り、その詩を揮毫し、中国文学者の松枝茂夫（一九〇五〜九五年）など信頼する友人に贈った。今生の別れを告げるためだったと思われる。一九三六年以来、日本敗戦後一時断絶をはさみながら三十年近く続いた松枝との交流は、贈呈の言葉を認《したた》めた書簡を最後に途絶えた。*4 その詩は最期の日を予感しつつも周作人らしいユーモアに満ちていた。

可笑老翁垂八十　　笑うべし老翁八十に垂《なんなん》として、

行為端的似童痴
劇憐独脚思山父
幻作青氈羨野狸
対話有時装鬼臉
諧談猶喜撒胡荽
低頭只顧貪遊戯
忘卻斜陽上土堆

行為端的《まこと》に童痴に似たり。
劇《はなは》だ憐《いと》おしみて独脚の山父《かかし》を思い、
青氈《たたみ》に幻作《ばけ》る野狸《たぬき》を羨む。
対話、時有って鬼臉《きれん》を装い、
諧談、猶喜ぶ胡《こ》荽を撒くを。
低頭して只顧《ひたす》ら游戯を貪り、
忘却す斜陽の土堆《かきね》に上るを。

（松枝茂夫による書き下し文）

〔拙訳：面白可笑しい八十路《やそじ》の翁／老いぼれの立ち居振る舞いは童《わらべ》のよう／（柳田国男を読んでは）一本足の案山子《かかし》がお気に入り／でも八畳敷の狸のふぐりも捨てがたい／（ルキアノスを読んでは）睨めっこで変な顔したり／笑話はいまだに猥談が好き／机に向かえば戯作三昧で／挙げ句は死出の旅も忘れる始末[*5]〕

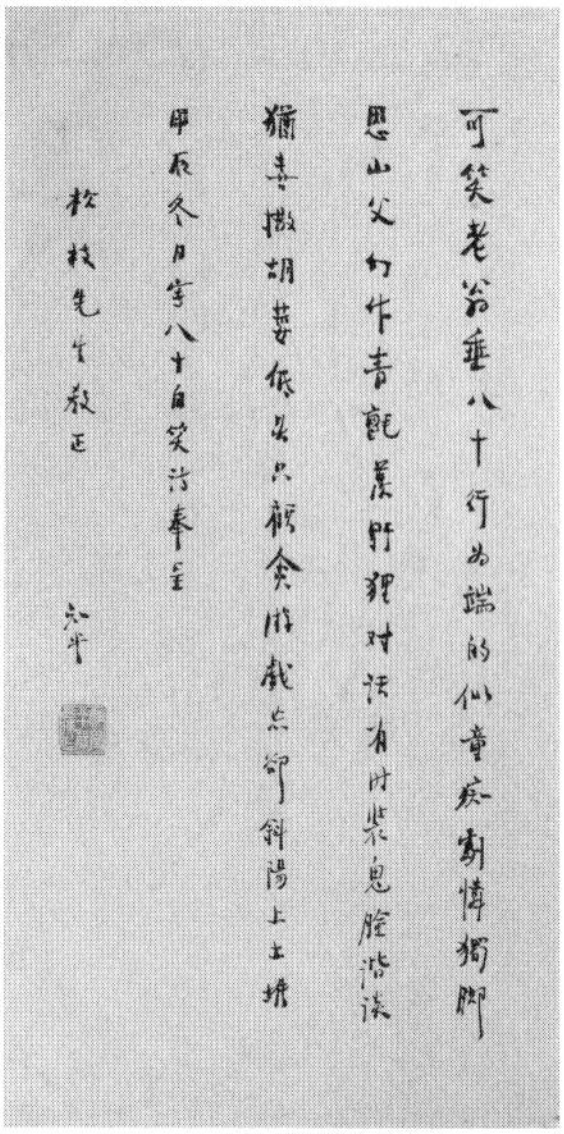

図1　周作人「八十自寿詩」

二年後の五月六日午後、紅衛兵によって軟禁された自宅脇の浴室で発作を起こし、誰に看取られることもなく独り溘然《こうぜん》と絶命した。享年八十三歳であった。悲惨な最期だったが「八十自寿詩」を作った時点で死期を悟り、思い残すことはなかっただろう。

二　二匹の鬼――わが内なるダイモーン

晩年の状況を踏まえ、再び冒頭に引いた言葉を読み返してみると、この私信で述べる自己認識もまた自らの死期を悟ったうえでの言葉だったと思われる。作家の自己認識が直ちにその思惟様式を規定すると断ずるわけにはゆかないが、「二匹の鬼」という自己認識が初めて提起されたのは一九二六年だった。ほぼ半世紀の間、反復して言及された「二匹の鬼」という認識そのものが作家自身を逆に規定ないしは方向づけたのではないだろうか。半世紀を遡り、その自己認識を見ておこう。「二匹の鬼」（一九二六年八月）で初めて次のように言及する。

私の心にはDu Daimoneが住まっていて、これは二匹の鬼と呼んでよいだろう。鬼と呼ぶのに躊躇してしまうのは、彼らが決して人間の死後化けて出る鬼〔幽霊〕ではなく、宗教上の悪魔でも、善神でも悪神でも、善天使でも悪天使でもないからだ。彼らはある種の神だが、神では尊大すぎるので、気の毒だが鬼と呼ばせてもらおう。[*6]

まず説明しておかねばならないのは、中国語における「鬼」の意味が日本語と異なる点である。中国語で「鬼（guǐ）」とは通常死後の幽霊を指す。だから周作人は中国的な意味での「幽霊」ではないと念を押している。まして頭に角を生やした日本の「鬼（オニ）」とは別物である。丸尾常喜『魯迅「人」「鬼」の葛藤』でも「周作人は「鬼」についてもっとも多く語った文学者である」と評するように、周作人は人道主義文学の提唱にあたり、封建的儒教道徳の遺伝を「死鬼（sǐguǐ）」によるくびきと表現した。または、民俗学的興味から「僵尸《キョンシー》（jiāngshī）」を西洋のヴァンパイアと比較して論じたこともある。[*7] かほどさように鬼に該博な知識を持つ彼が自らの内面性に言及する際、中国土着の「鬼」ではなく、ギリシア古代の「ダイモーン（Daimone）」を選択した点に注意したい。この「ダイモーン」は、一般にギリシア神話における神霊（もしくは精霊）的存在とされる。最も代表的なダイモーンはプラトン『ソクラテスの弁明』にみえる「神霊（ダイモーン）」の声の予言的警告」[*8]である。これは人間と神々の中間に介在して神の声を伝える唯一の存在として、人間が不正を働かぬよう諫止《かんし》するという。したがって、これは人間の理性を代表するもので、「二匹の鬼」とは異なる。ダイモーンに対する周作人の含意が那辺にあったかは、同年に自ら書いた「婚礼の悪霊」（一九二六年三月）からうかがわれる。

> 野蛮人の世界では、四分の一が生きた人間で、三分の一が死んだ幽霊〔原語：鬼〕で、その他はすべて精霊、物怪なのだ。この三番目が十二分の五を占め、精霊、物怪《もののけ》と総称されるのが、

西洋の学者がいう代蒙《ダイモーン》（Daimones）であり、なかには善良な者がいないでもないが、おおむね凶悪で、災厄を好む存在であり、まだ神々の高みに昇っていない幼稚な時期は、例外なく皆そうなのだ。[*9]

ここではDaimonesを「代蒙」と音訳で表記しており、ギリシアに由来する概念であることが明示され、「ダイモーン」は理性的存在ではなく、善悪が混淆した存在であるという。「二匹の鬼」とまったく同じ表現ではないが、ほぼ同時期に書かれた文章なので、この定義から「二匹の鬼」を理解できるだろう。ここでのダイモーンの具体的典拠は特定できなかったが、晩年に完成させた『エウリピデス悲劇集』（紀元前五世紀頃）にもダイモーンは登場する。この翻訳には周作人による夥《おびただ》しい訳注がつけられており、そのなかでは次のように記している。

精霊（daimôn）という言葉は古代には「神」（Theos）と同義で通用し、違いはなかったが、しかし、二つが同時に用いられる時は精霊はだいたい地位の低い神を指したので、その意味で「精霊」の訳語を用いた。「新約聖書」ではこの字で悪魔を意味し、英文でのdemonの言葉もこれに由来する。[*10]

文中の「精霊」は中国語「精霊（jīnglíng）」をそのまま示すものである。この説明でも、周作人はソクラテス的ダイモーンとは異なる説明をしている。通説に従えば、プラトンより時代を遡って紀元前八世紀頃のホメロス時代の文献では病苦をもたらす一方で、治療を行うダイモーンも存在し、古代のダイモーンは善悪の分別がない混沌とした存在である。[*11]「二匹の鬼」で周作人が念頭に置いていたのも理知的存在の神というよりも、妖精に近いダイモーンだったと考えられる。だが、このギリシア的「精霊」だけで、対立する複数の精霊を説明しきれない。一九二六年当時、この「二匹の鬼」について次のように説明していた。

この二匹の鬼とはなにか。一匹目は紳士鬼で、二匹目はごろつき鬼である。陽明学派の友人に言わせれば良知とやらで、宣教師によれば霊魂で、「公理」とやらを「維持」する学者も良心だと仰せだろうが、私めにそんなものはないようで、あるのはただ二匹の鬼ばかり、そいつらが私の言動一切を采配している。これは一種の双頭政治〔古代ローマは執政官二名で統治した〕だが、執政官二人の意見はあまりかみ合わず、私はその間を振り子のように揺れ動くのだ。[*12]

ごろつき鬼が優勢を占めると、私は精神的「ごろつき」になり、喧嘩でも嘲罵でも何でもござれという心境になるが、本当に手を下す段になると、紳士鬼が出て来て、ごろつき鬼を追い払う。だが、ごろつき鬼は遠くから様子をうかがい、紳士鬼が礼儀正しく振る舞うあまり気障《きざ》が鼻につきだすと、ごろつき鬼が再び出てきて紳士鬼を追い払うという。つまり、紳士が善でごろつきが悪なのではなく、相互補完的な存在であり、周作人の内面が二元的価値基準の間で絶えず揺れ動いていることを表現している。

このような内面性は、中国の伝統的読書人のあり方としても例外的である。むろん内面の葛藤を知らない人間など、この世に存在しないが、中国の伝統的価値観からすれば、表向き「良知」や「公理」といった単元的価値観の存在が前提であり、葛藤があるとすれば、その規範からの逸脱に原因があった。ダイモーンを中国的「鬼 guǐ」に置き換えても「二匹の鬼」に該当する概念は存在せず、ローマにおける執政官による双頭政治はともかく、複数のダイモーンの間に対立葛藤をみる捉え方も存在せず、周作人独自の表現であろう。従って、一九二六年前後に生来の資質を自覚した結果、「二匹の鬼」という譬喩にたどり着いたと考えられる。

三　叛徒と隠士——エリスとの邂逅

こうした「二匹の鬼」という形象も無から発想されたのではなく、その発想の基底にあったのは、エリスへの深い傾倒だったと考えられる。

エリスはイギリスの医師、性科学者、心理学者である。当初は文芸批評家として世に出たが、医師としての知識を活かして性科学研究を行い、「性の哲人」（The sage of sex）と呼ばれた。その研究を集大成した『性心理学研究』（全七巻、一八九七～一九一〇年、一九二八年に補巻として第七巻を刊行）は、フロイトの精神分析学研究より早く精神的抑圧と性欲の関係を論じた先駆的研究である。刊行当時のイギリスは、いわゆるヴィクトリアニズムに毒され、偽善的な道徳主義が蔓延し、性が厳しく抑圧された時代であり、ホモセクシュアリティについて論じた第一巻『性的倒錯の研究』（一八九七年）は刊行後直ちに発売禁止の憂き目に遭った。しかし、その後も世間の非難中傷に屈せず、第二巻はドイツ、第三巻はアメリカで刊行を続け、一九一〇年に第六巻まで刊行した。[*13] 第一章で詳論するように、周作人は日本留学時代（一九〇六～一一年）にエリスの著作と出会って深く傾倒し、英文で各巻三、四百頁に上るエリスの『性心理学研究』などを読破したと述べ、「わが啓蒙の書」と呼んだ。「周作人自述」（一九三四年十二月）では「これまで読んだ書物のなかで、自分に最も影響を及ぼしたのは英国エリスの著作である」と明言している。[*14]

図2　ハヴロック・エリス

エリスの影響は多方面にわたるが、最も大きな影響はやはりセクシュアリティに対する認識であり、人間という存在を精神と肉体の両面から総合的に把握する科学者としての観察であった。周作人は日本に留学して、東京での生活を始めると、唐代の遺風を伝える明治期の東京に対して異国とは思えぬ郷愁を覚え、清朝という異民族統治下にある中国が取り戻すべき美風が日本に残っていると考えるようになったという。[*15] わけても裸体に対する認識に若き日の周作人が東京で大きな衝撃を受けたことは繰り返し言及され、「日本再認識」(一九四二年)では次のように述べる。

私は今どき裸体賛美を行って世間を騒がせたくないが、日本の庶民たちの裸足の習慣は素晴らしいと思う。外出は当たり前に下駄か草履を履き、室内では裸足で歩くのは、まことに健全で美しいものだ。[*16]

日本では至極一般的な裸足の習慣が清朝末期に至るまで長く中国人(特に女性)にとっては禁忌(タブー)であったことは歴史的事実である。周作人は母親の魯瑞が嫁入り前に纏足を途中でやめたところ、親戚から悪口を言われたと書き残している(「先母事略」、一九六二年九月)とおり、[*17] 女性の足は纏足で包み隠して他人に見せるものではなかった。そのため、来日して東京の下宿に初めて入った時の衝撃を「最初の印象」(一九六一年)では次のように述べている。

私が伏見館で初めて会った人は、下宿の主人の妹で下女役をつとめていた乾栄子で、十五、六歳の少女が下宿人のかばんを運んだり、お茶を出したりしていた。何よりも格別だったのは裸足のまま部屋を行ったり、来たりしていることだった。[*18]

この時の印象が極めて鮮烈であったことは、栄子に対する特別な思いを後々まで記していることからも明らかで、その衝撃は裸足を忌避しない日本人に対する驚きと二重写しになっている。この時の鮮烈な記憶は一過性のものではなく、多くの中国人留学生が今日でも体験するように、温泉や銭湯の公衆浴場で他人に裸体を見せることを厭わない日本人の習慣に触れ、驚きとともに周作人の内面に深く沈潜していった。さらにこの個人的体験は、エリスの理論によって裏づけられ、一層確信を強めることになった。この確信も以下のようなエリスの「聖フランチェスコ、そのほか」の言葉によって裏づけられたものだった。エリスはいう。

ギリシア人は、裸体への嫌悪をペルシャ人及びその他の野蛮人の特徴と考えた。日本人――別の時代、風土のもとに生まれたギリシア人も、西方の野蛮人の好色と恥じらいの眼差しによって教えられるまでは、裸体を忌避するなど思いもよらなかった。我々〔西洋人〕の間では、今日〔一八九八年〕でも足を見せただけで嫌悪されるにもかかわらず。[*19]

この言葉を周作人は「東京を懐《おも》う」（一九三六年九月）などの文章で繰り返し引用し、裸体を忌避しない日本人の特異性に言及するが、それは中国に根強く残る儒教的道徳観に対するアンチテーゼにほかならない。中国人は儒教道徳のもとで肉体を徹底的に忌避し、セックスは子孫を残すためだけに認められ、裸体は性欲を抑圧するために忌避された。中野美代子によれば、中国においては歴史的に「肉体は尊重すべき」ものでありつつも「尊重すべき肉体の庇護者としての衣裳が登場したとき、肉体はにわかに遠景に退き、衣裳の倫理と論理が前景に出」たという。[*20]その「衣裳としての思想」という役割を近世まで主に担ったのは儒教だった。日本においても、儒教は江戸時代以降官学化され、武家社会を中心に一定程度浸透したものの、主君や家長への忠節孝行を教えるイデオロギーとして受容された側面が強い。仏教のほうがむしろ性欲抑圧のイデオロギーとして一定程度機能したが、それも遊里を「悪所」と呼ぶ程度にしか機能しなかった。守屋毅は「江戸時代に於ける遊里批判の先頭に儒者がいたように思われるむきもあろうが」、「彼らは、遊里の存在にはおおむね寛容であり、それを「悪所」視する言辞にはとぼしい」と指摘するように規制は緩やかであった。[*21]そして中国と大きく異なるのは、国家権力から隔絶された商人が経済的に豊かになると、その財力を歌舞伎や遊里に傾け、色好みの江戸文化を開花させた点である。著名な日本文学者エドワード・サイデンステッカー（一九二一〜二〇〇七年）は、その著書『東京 下町 山の手 1867-1923』で、「江戸文化の精髄は歌舞伎と、そして遊里にあった」と断言するほどである。[*22]翻って士農工商という世襲の身分制度が江戸幕府瓦解まで維持された日本と異なり、能力次第で階層間を移動できた中国人は少しでも財力があれば子弟に科挙を受験させ、官吏となって権力を掌握してさらに財力を蓄《たくわ》えた結果、逆説的に儒教道徳のくびきに縛られる結果を招いた。そのため中国にも妓楼は存在したが、日本ほど特異な発展を遂げることはなかった。科挙合格者を輩出した紹興の豪家で育った周作人も幼少から厳しい儒教道徳のもとで育ったため、江戸文化の影響を色濃く残す明治期の日本社会に触れ、驚きに目を見張ったのである。

周作人は来日後、日本社会の風習に触れ、エリスに学ぶことで、裸体に対する禁忌の否定を起点として、伝統的価値観の再検証を迫られた。留学時代に書かれた文章では、性的差別を受けてきた女性の権利を論じ、国家のあり方を見直すアナキズムに関心を寄せている。エリスは『性の心理』総序の最終段落で次のように述べている。

私は性を人生の中心的問題とみなしている。そして、今日、宗教の問題は実際に解決がついたし、労働の問題は少なくとも実際に即した基盤の上におかれたのであるが、性の問題は――人種的な問題もそれに伴っているが――解決しなければならない問題として来るべき世代の人々の前に立ちはだかっている。性は人生の根底に横たわるものである。そして我々は、性をどのように理解するのかわからなければ、人生を畏敬することも学ぶこともできない――少なくとも私にはそう思えるのである。[*23]

日本人の羽太信子を妻とし、異国の地で暮らした若き日の周作人は恐らく強い感銘をもって、この序文を読んだであろうと著者は想像する。この時期の読書の蓄積が、後の五四新文化運動のなかで新しいヒューマニズムに満ちた文学観を提唱する際に遺憾なく発揮されることになる。第二章で論じるように、「人間の文学」（一九一八年）における霊肉一致の理想はまさしくエリスから学んだ人間観の体現であった。こうした伝統的価値観との格闘は、エリス自身がイギリスでの保守的なヴィクトリアニズムと戦いながら研究を進めたのと軌を一にしている。後に評論「結婚の愛」（一九二三年四月）でマリー・ストープス（一八八〇〜一九五八年）著『結婚の愛』を紹介するなかで、エリス「聖フランチェスコ、そのほか」から「私たちは今やあらゆる事実に目を向けており、研究するのに下劣すぎたり、神聖すぎたりするような事実など、何一つとしてない。しかし、もしも君が不潔な目で見るならば、命取りになろう」[*24]という言葉を引き、先入観を捨てて曇りのない目で見る必要を説いている。総じてみれば、周作人は抑圧的な英国社会と戦いながら性心理学研究を進めたエリスに共感しつつ学ぶことによって、男尊女卑や過剰な禁欲主義から脱却することに成功したと考えられる。これは留学前の青年期まで絶対的な価値を持っていた儒教に根ざしたドグマに満ちた人間観から科学的人間観へのコペルニクス的転回である。人生観を根底から覆すような体験は、羽太信子との現実の夫婦生活から学問に至るまで影響は全面に及んだ。後年、母親の命で結婚した妻朱安を捨てる結果となった兄魯迅や自ら望んで信子の妹芳子を妻に迎えたにもかかわらず放擲した弟周建人を終生許さなかった厳しさは、周作人の人生観の根幹に係わる問題であったからに相違ない。

そのようなエリスを「叛徒と隠士」と評したのは、その伝記を著したゴールドバーグ（一八八七〜一九三八年）だった。ゴールドバーグは、エリスの内面には「叛徒とそれに劣らぬ隠士（a rebel as well as a recluse)」が潜んでいると指摘し、「彼の反逆性は深い洞察の賜物であり、その洞察は——逃避というよりも——隠遁として表象されている」と述べ、「瞠目すべき学殖の調和が彼に輝かしき健全な理性をもたらしているのだ」[*25]と称賛している。このエリス小伝は、アメリカの社会主義者E・ホールドマン・ジュリアス（Emanuel Haldeman-Julius, 一八八九〜一九五一年）によるリトル・ブルー・ブックス叢書の一冊で一九二五年に刊行された。この叢書は労働者を啓発する知識供給を目的とした廉価書で、エリスの性科学に関する書籍も五冊刊行されている。周作人は友人の章衣萍（一九〇〇〜四七年）から一九二七年に贈られ、その伝記ではエリスの性科学者としての側面だけでなく、青年期に書いた詩や小説も論じられていることを喜び、そのなかから、ロシアの女性テロリスト、ソフィア・ペロフスカヤの死を悼む詩を翻訳して紹介し、「〔エリスの〕心のなかの叛徒こそが、この詩を書かせたのだ」と述べている。ソフィアの名は中国国内でも清末に「世界の女性十傑」として広く喧伝され、周作人も日本留学前に読んでおり、親しみ深い名前だった。[*26]「叛徒」についていて「エリスの詩」（一九二七年）で次のように述べている。

南アフリカの女性作家オリーヴ・シュライナー〔小説家・フェミニストで、エリスの最初の恋人。一八五五〜一九二〇年〕は、エリスがキリストと牧神〔a Christ and a faun〕との接点にいると評したが、ゴールドバーグはより的確に彼のなかには一人の叛徒と一人の隠士が住まうと評した。[*27]

この評価について周作人は強い感銘を受けたようで、同年刊行した自著『沢瀉集《おもだかしゅう》』（一九二七年）の序文でも繰り返し次のように述べる。

ゴールドバーグ（Issac Goldberg）はエリス（Havelock Ellis）を評して、彼の心のなかには一人の叛徒と一人の隠士が住まうと述べるが、この言葉は言い得て妙である。私は決してエリスの威を借りて尊大ぶろうとは思わないが、自分の戯文にも叛徒が息づいていることを望む。私はこの小冊子をエリスともども現代中国の叛徒と隠士たちの前に迷わず捧げるものである。[*28]

ここでの「叛徒と隠士」は、自身の戯文に息づくもの、つまり自らの内面に住まうものと捉えられ、その散文集は「叛徒と隠士」を共有する同志へと捧げられている。この「叛徒と隠士」が「二匹の鬼」と同じく自らの内面を表現するアナロジーであることは明らかだろう。この後、日中戦争期の対日協力で戦犯として収監される直前に執筆した「二匹の鬼の文章」（一九四五年十一月）でも「自分の心のなかには二匹の鬼がいて、一匹はごろつき鬼で、もう一匹は紳士鬼である。いささか人聞き良くいえば、叛徒と隠士としてもよいが、さまで言わずとも、ごろつき鬼と紳士鬼で十分だろう」[*29]と語るように、この時期に定着した自己認識は晩年まで貫徹されることになる。

四　反語という鎧――叛徒もしくはごろつき鬼として

「現代中国の叛徒と隠士たち」に捧げられた『沢瀉集』（一九二七年九月刊）は、通常の散文集とは若干異なる性格を帯びている。『沢瀉集』を校訂した止庵《しあん》は、発表済みの作品が半ばを占めるという意味で「半自選集」だと指摘する。[*30] 確かに序文を含めて全二十二篇のうち、十篇は過去の散文集『自己的園地』（一九二三年初版）、『雨天の書』（一九二五年）から選録したもので、以前からの読者にとっては半ば旧知のものだった。だが、「自分でもかなり気に入り、当時の心情と興趣をいくらか表現できたものも数篇はあるので」[*31]、作品集としてまとめたと述べるように、叛徒と隠士の傾向性が明瞭に示されている。具体的な分析は後の章に譲らねばならないが、なかでも注意を引くのが「打ち傷」（原題「碰傷」、一九二一年六月）である。この作品だけは『沢瀉集』の四ヶ月後に刊行された『談虎集』（上下巻二冊、翌二八年一月、二月）にも再度収録しており、その重視ぶりがうかがわれる。「打ち傷」の特徴は痛烈な反語表現であり、その執筆の経緯について後年周作人は「西山での療養」（一九六一年十一月）で次のように述べている。

事件が発生したのは六月上旬で、事後に政府は、教員が自分で「ぶつかって怪我した」（原語：碰傷）のだとする声明を発表し、その内容は極めて荒唐無稽で、不愉快な事件だったが、大いに痛快な文章が書ける機会であったので、私のごろつき的性格が首をもたげてしまい、短い文章を書き、「打ち傷」と名づけ、子厳というペンネームで六月十日の『晨報』第五版に発表した。[*32]

ここでいう「事件」とは、一九二一年六月三日の教育経費に関する請願デモで警察と衝突して負傷者を出した事件を指す。軍閥政府が財源不足を理由として国立大学の経費を削減し、教員給与を差し止めていることに抗議して、学生と教員はデモ行進を行ったが、そこで警察隊と衝突し、怪我人が出た。にもかかわらず、政府は責任を回避するために怪我をしたのは自己責任であると荒唐無稽な言い逃れをした。周作人はその不愉快な感情を反語表現に託してこれを痛烈に批判した。ここでの「ごろつき的性格」という表現は後年のものだが、「打ち傷」という作品を『沢瀉集』に収めた時点で、これが「二匹の鬼」の一端もしくは「叛徒」の志向の淵源であることを自覚していたはずだ。「打ち傷」執筆当時、周作人は肋膜炎治療のため、北京郊外の西山で療養生活を送っていた。五・四時期の学生運動は退潮期を迎え、周作人は肉体を病み、精神的にも葛藤に苛《さいな》まれていた。その心境を「山中雑信一」（一九二一年六月）で次のように述べている。

私の近頃の思想の動揺と混乱は、もはや頂点に達し、トルストイの無我の愛とニーチェの超人思想、共産主義と優生学、基督教、仏教、儒教、道教の教訓と科学的例証、私はどれも尊重したいのですが、調和統一して、一本道の大通りにすることはできません。私はさまざまな思想を頭の中に雑然と積み上げ、まるで田舎の雑貨店のようです。*33

周作人にとって雑貨店のような脆弱な折衷主義こそが五四新文化運動の実態だった。思想上の岐路に立った周作人の思想は醜悪な現実に抗しうるだけの強度を持っていなかった。彼の掲げた人道主義文学論は、個人の内面における霊肉の一致、社会全体における個人と集団の融和を目指したが、その裏づけとしてはエリスに学んだ人間観を土台としつつ、トルストイ流人道主義、ウィリアム・ブレイク流神秘主義の双方から取りこんだ神人合一の理想を掲げた。だが、脆弱な折衷主義は醜悪な現実を前にして、あえなく破綻した。その破綻後の挫折感を「山中雑信三」（一九二一年七月）で次のように語る。

しかし、私もずっと安閑としておれず、毎日必ず憂鬱になる時があります。それは午後清華園〔現北京市海淀区の暢春園〕の郵便配達夫が新聞を届けた後の小半時です。私の神経は衰弱し、激しやすく、病気の後はより悪化し、少しでも重大な問題について考え込むと、すぐに苛立ち、ほとんど発熱状態に陥るので、ふだんは避けるように努めています。しかし、日々の新聞は不愉快な記事で満ちていて、読めば悶々とせざるをえません。ならば見なければよいと仰るかもしれません。しかし、見ずにはおれず、触れば痛むと知りつつも触らずにはおれぬ怪我人のように、新たな劇痛で傷の感覚を忘れずにいるのです。[*34]

挫折の痛みは、自らの理想を裏切るように展開する中国社会の現実によるものであり、相も変わらず封建的伝統道徳を盲信する大衆への不信感によって倍加した。魯迅の短篇小説「薬」(一九一九年)でも描かれるように、革命家の処刑を残酷に見物する大衆の存在に周作人も深く絶望し、その絶望感が理想主義を押し潰した。理想と背馳する方向へと進む現実世界に耐えきれず、その現実との距離を適切に保つためのレトリックとしての反語的文体を獲得するに至った。それが「打ち傷」だった。その文中で前置きとして、かつて自分は全身を棘《とげ》で覆った鎧《よろい》を作れないか空想したり、仏典を読んでは一目見ただけで毒が回って死ぬ蛇の故事を読んだことがあると述べ、軍閥政府による弾圧の責任について次のように述べる。

〔怪我の〕責任はぶつかったほうが当然すべて負うのだ。例えば棘を帯びた鎧を着ているか、一目見れば死ぬ毒蛇であるか、〔数十里離れていても殺せる〕剣仙である私に、誰かがぶつかるか、見るか、怒らせたりすれば、相手が怪我をしても、どうして私のせいと言えようか。[*35]

こう述べたうえで、デモのような行動は立憲国家であれば可能だが、それ以外の場所では無理であって、「例えばロシアでは千九百何年かに請願デモのため、ペテルブルグで警察が発砲した際にはもっと負傷者が出たが、彼らは二度と請願デモを行わなかった。……中国もこれで止めにして各自努力されるよう私は希望する」[*36]と文章を締めくくっている。いうまでもなく請願デモとは一九〇五年の「血の日曜日事件」を指し、日本留学中にロシア語学習まで志した周作人が知らぬはずはなく、わざとぼかして表現したに過ぎない。そして一九一七年のロシア十月革命で社会主義政権が成立したことも承知したうえで、中国もデモでなく革命のために「各自努力」すべしというのが周作人の真意であるが、文字どおり読めば、その真意とは正反対の表現にも読める。そして実際に新聞の文芸欄に掲載された「打ち傷」に対し、読者から新聞と作者の見識を疑う抗議の投書すら届いた。連日軍閥政府の横暴や各地の戦争を伝える新聞記事のなかにある文芸欄に掲載されたことを考えれば読者の誤解も無理からぬ部分もある。だが、周作人はその誤解を楽しむかのように、抗議の投書文を『談虎集』に収録し、さらに「宣伝」（一九二二年七月）では読者の誤解に弁明するよう記者から勧められたが辞退するとして次のように述べる。

どうか私を責めないで欲しいのだが、〔その懸念は〕本当に「杞憂」なのだ。宣伝とはそもそも誤解を免れず、宣伝する者は誤解さえもいとわないし、誤解は宣伝の正当な報酬とすらいえるかも知れぬのだ。[*37]

ここで周作人は反語表現で誤解を招くことさえ恐れぬことを明言する。理想に裏切られて傷ついた精神は、自らが望まぬ敵対者を演じて誤解されることで身を守ろうとしている。反語というフィルターで、周作人は自らを正しく理解する者だけを受け入れ、理解せぬ者には誤解されることで自ら精神世界の埒外へと排除することを選んだ。棘を帯びた鎧が象徴的に物語るように、美しい理想では守り得なかった自分の内面を、周作人はアイロニーの鎧によって隠蔽し、自分を傷つける現実から距離を置いたのである。同時に文章から表現の直截さを捨てることで多様な表現を獲得し、これが周作人の風格を決定づけた。この反語的文体を周作人は後年「いささか屈折している」*38（「西山での療養」）と形容している。これは冒頭の鮑耀明宛の私信でも「不真面目な文章」*39の特徴として挙げるもので、この時期の反語的文章こそが、「二匹の鬼」における「ごろつき鬼」の淵源であったといえる。

以上、序論として「二匹の鬼」と「叛徒と隠士」をめぐる定義づけを通して周作人文学の骨格素描を試みた。彼の八十余年にわたる長い生涯において、一九二〇年代は基本的な文体形成、思想骨格を定めたという点で決定的な意味を持つ期間であった。獺祭魚《だつさいぎょ》的とも呼ぶべき読書量は日本留学時代から始まり、五・四時期からその蓄積によって思想形成が進んだ。矛盾・齟齬《そご》も含む多様な海外思潮に揉まれて思想形成する過程で中国の厳しい現実との軋轢で挫折を経験し、「叛徒」と「隠士」という二つの志向を巧みに使い分け、文体によって自らを守る術を手に入れた。周作人が中国人として達成した文学表現を理解するには、日本という媒介を通して西欧・日本の思想をいかに摂取し、新たに生まれた口語による散文という様式で表現したのかを明らかにする必要がある。本書はそのための試みである。

第一章　日本文化との邂逅——周作人における「東京」と「江戸」

一　留学前史

周作人は、一八八五年一月十六日に、西洋列強による侵略で崩壊寸前だった満州族統治下の中国紹興で生まれた。周一族は作人の世代で十四代目を数える豪家で、祖父・周福清は清朝で内閣中書まで務めた高級官僚だった。はじめは櫆寿《かいじゅ》、字を星杓《せいひょう》と名づけられ、南京の江南水師学堂に入学した際に作人と改めた。長兄魯迅（本名は周樹人、一八八一～一九三六年）ともども、幼少期は科挙を受験して官僚となるべく伝統的教育を受けて育った。

ところが、作人が四歳の年に祖父が科挙不正事件で下獄し、七年後には父も長患《ながわずら》いのすえに病没すると、家運は一気に傾いた。兄魯迅は科挙で官吏となって栄達する道を断念し、一八九八年五月に南京の海軍学校である江南水師学堂に入学したものの、学校の雰囲気が保守的なのを嫌い、同年秋に南京に開設された陸軍学校、江南陸師学堂附属の鑛務鉄路学堂に転じた。[*1] 待遇面ではどちらにも給費制度があり、寄宿舎で生活しながら新しい西洋の学問を学べる点に違いはなかったが、英語で授業が行われるイギリス式の水師学堂に対し、陸師学堂はドイツ語が学習言語だった。魯迅はここでドイツ語を習得し、日本留学時代も仙台医学専門学校（現東北大学医学部）でドイツ語を学び、ドイツ語が日本語に次いで得意とする言語となった。周作人は水師学堂で英語を習得し、英語が日本語に次いで得意とする言語となった。

兄が南京に去る一年前から、周作人は杭州の獄中にあった祖父の世話をするために紹興の実家を離れて、杭州で一年半ほど暮らしたが、兄弟は折に触れて手紙で近況を知らせあっていた。父を喪い、兄は南京にあって、周作人は家塾にも通わず、独り科挙受験準備に励む毎日を過ごしていた。そのなかで祖父は狷介《けんかい》な性格で恐れられたものの、厳格一方ではなく、教育には独特な考えを持ち、頭の働きをよくするからと経典以外の小説も読むように勧め、周作人に深い影響を与えた。[*2] だが、一九〇一年四月に恩赦により祖父が釈放されて紹興に戻ると、毎日のように罵倒され、周作人にとって耐えがたい日々が続き、『知堂回想録』では「南京への脱出」と記しているほどである。当時の日記では「いつになったら大風に乗って万里の浪を乗り越え、海外へと雄飛できるのか。文筆が私を誤らせるなら、筆を捨て、矛を手にとり、海外で使命を果たすべきだ。どうして鬱々としてここで暮らし、草木とともに枯れ果てようか」と嘆いている。[*3]

弟からの懇願を受け、兄魯迅と父方の叔父である周椒生（当時江南水師学堂の教員）が奔走した結果、一九〇一年八月末に周作人は江南水師学堂の補欠学生試験を受験し、五十九名中第二位の成績で入学が許可された。文字どおり、「筆を捨て、矛を手にとる」選択を行ったのである。以来、周作人は日本留学に旅立つまでの五年余りを水師学堂で学ぶことになる。後年、その当時の生活を「学堂生活」で次のように振り返っている。

一九〇一年から一九〇六年まで南京で五年余り暮らした日々は、名こそは海軍の学生だったが、周の本家で口さがない年寄りは兵隊だと言っていたように、当時こんなところに家柄の良い坊ちゃんは来やしなかったが、待遇は実際申し分ないもので、官費が支給されるばかりか、学生寮も快適そのものだった。[*4]

中国社会には「好漢は兵に当《な》らず、好《よ》き鉄は釘に打たず」という古諺《こげん》があり、二十世紀半ばまで、人々は兵を「丘八〔ならず者〕」と呼んで蔑視したし、実際兵隊には殺人略奪の常習犯も少なくなかった。だからこそ読書人家庭出身者は軍に入るのを躊躇した。そんな蔑視をものともせずに入学した周作人は待遇に満足していたようだが、これは紹興を離れるまで科挙受験の重圧や祖父の厳しい折檻《せっかん》で苦しんだことと無縁ではないだろう。海軍学校では、二人部屋ながらベッド、書棚などが整った部屋が提供され、「夕食が済めば自由で、白酒を何両か〔一両は五〇グラム〕とピーナッツ、牛肉やらロバ肉を酒の肴に買いこんで皆で一杯やろうが、禁制の書籍や新聞を読んで革命運動をやろうが構わなかった」という。[5]

南京での勉学は新学（西洋の学問）が中心で、学習内容は軍人としての訓練だけではなかった。一週間のうち五日は外国語の授業を、一日は国文の授業をそれぞれ朝八時から午後四時まで受講し、外国語には英語、数学、物理、化学など中学から高校程度までの教養教育が含まれていた。[6] 十七歳まで四書五経の世界で暮らしてきた青年にとっては初めて知ることも多かったに違いない。高学年になると船の操舵法や蒸気機関に関する専門知識も教授されたが、いずれも外国人教員が英語で授業を行った。ここで培った英語力は、後の日本留学生活でも洋書の翻訳などで遺憾なく発揮された。

この時期は、周作人にとって伝統的家族制度のくびきから解放され、十七歳にして初めて味わった青春だった。そして、離れて暮らしていた兄魯迅も同じ南京にいて、しばしば周作人のもとを訪ねてきた。例えば、一九〇二年二月の日記には「夜、兄が突然やってきて、ハクスリー『天演論』（厳復訳）を持ってきたが、訳文が素晴らしい」とある。[7] こうした新思想に目を開かれたことも南京での生活に負うところが大きい。後に回想して次のように述べている。

〔当時〕読んだ中国語の書籍からは後々まで影響を受けたが、それは当時の書籍新聞で、例えば『新民叢報』、『新小説』、梁啓超（一八七三〜一九二九年）の著作から厳復（一八五四―一九二一年）、林紓の翻訳書で、これらは〔南京の〕学堂でなければ目にできなかっただろうから、学堂も間接的には幾らか関係があった。[8]

新思想への導き手であった兄魯迅は一九〇二年三月に日本留学へと旅立つ。その後を追って弟の周作人が一九〇六年に日本留学へと旅立ったのは極めて当然の選択だった。魯迅は周作人にとって兄である以上に師であり、物心両面にわたる保護者であった。

二　「江戸」、「東京」との邂逅——「日本文化体験」

1　周氏兄弟の見た「江戸」と「東京」

現在の東京がその名を正式に定められたのは一八六八年七月十七日だった。明治天皇は詔書で次のように宣下している。

朕今万機ヲ親裁シ億兆ヲ綏撫ス。江戸ハ東国第一ノ大鎮四方輻輳ノ地宜シク親臨以テ其政ヲ視ルヘシ。因テ今自リ江戸ヲ称シテ東京トセン。是朕ノ海内一家東西同視スル所以ナリ。衆庶此意ヲ体セヨ。[*9]（句点は著者による）

明治天皇はこの詔書で京都から江戸へ居を移して親政を行うことを宣言し、徳川幕府統治下の「江戸」は「東京」へと正式に改名され、ここに「東京」という都市が誕生する。とはいえ、徳川幕府が二百六十余年にわたり営々と築き上げた旧習が一夜にして改まるはずもなく、「東京」は江戸文化の土台のうえに生まれ、西洋開化の洗礼を受けつつ、徐々に東西の文化複合体たる都市へと発展していったのであり、明治期は変貌を遂げる過渡期にあったといえる。周樹人(魯迅)と周作人、この兄弟二人は明治三十五年、三十九年にそれぞれ来日し、明治四十二年、四十四年まで日本で青年期を過ごし、消えゆく「江戸」と「東京」を体験した。

和歌森太郎によれば「明治後期は、東京における住民の立場からいえば、市部にあっては江戸っ子の影が薄らぎ、「東京人」が形成されていった時期である。そして周辺の郡部が東京にひきつけられ、東京化を進めだした時期である」[*10]と指摘している。いわゆる「江戸っ子」気質を定義するのは容易ではないが、江戸時代に繁栄を極めた町民文化の産物であることに異論はないだろう。そして、明治維新以降の急速な西洋化は、その町民文化が消えて行くプロセスでもあった。和歌森によれば、明治後期はその過渡期の掉尾《とうび》にあたり、周氏兄弟は期せずして江戸が消滅する過程を東京で体験したことになる。

この「江戸っ子」たる町人たちの居住区を「下町」と呼び、これと対置されたのが武士や僧侶の居住区「山手」である。著名な日本文学者エドワード・サイデンステッカーは、『東京 下町 山の手 1867-1923』で、「江戸」の面影を色濃く残す「下町」が文明開化のなかで徐々に姿を消し、ついには関東大震災で灰燼に帰すまでの歴史を描き出している。著者は冒頭で「下町」を定義するにあたり、「下町」はある種文化性を表現する抽象概念で、明瞭な境界で仕切られた地域概念ではないと断りつつも、江戸城の東側の隅田川、旧利根川の河口を埋め立てた地域が本来の「下町」であり、現在の地名でいえば、日本橋、京橋が「下町」に相当し、これに神田、下谷の低地部が含まれると述べ、いずれも埋立地であると述べている。[*11] 文政元年に作成され、江戸の「御府内」の範囲を裁定した「江戸朱印図」によれば、[*12] 隅田川以東の深川一帯も含み、より広い範囲を包摂しているが、著者の認識のほうが実態に近かっただろう。いずれにせよ現在の東京より遥かに狭い江戸のなかでも、わずかな一角を占めるに過ぎない埋立地の「下町」が江戸文化を育てる揺籃となった。だが、その狭い下町に住まう人口は決して少なくなかった。サイデンステッカーはいう。

十八世紀から十九世紀前半にかけて、江戸はおそらく世界最大の都会だった。人口は百万を越え、時には百二十万ないし百三十万に達したものと思われる。当時ヨーロッパ最大の都市だったロンドンですら、まだ百万に達していなかった時代である。町人の人口はほぼ五十万で一定していた。巨大な官僚機構を支える武士が残りの大半を占めていたが、僧侶や神官の数も相当のもので、家族も入れれば十万に達した。[*13]

さらにヨーロッパと比較して、ヨーロッパ近代都市のほとんどが独自に発達した商業都市で、君主の利害としばしば対立すらしたのに対して、江戸は人工的に国家権力によって作られた都市であり、その意味で世界的に特異な存在であったことを指摘している。そして、江戸の文化を「武士の教養は非常に高かったが」、「好古的、学究的」であったため、「江戸の活力の源は、やはり下町にあった」[*14]と指摘している。下町に住まう町人及び文芸については、次のように評している。

	明39 (1906)	明40 (1907)	明41 (1908)	明42 (1909)	明43 (1910)	明44 (1911)	明45/大1 (1912)
	独逸語専修学校				帰国		
		法政		立教		帰国	

＊明＝明治の省略、明治45年は７月30日に大正元年に即日改元。

> 日本橋をはじめとして、一般に下町は保守的である。もちろん、町人を最下層に置く幕府の厳しい身分制度にたいして、不満はあった。この不満をぶつける手段として、下町の文芸や芝居には諷刺的性格が強く、山の手の武士階級を揶揄して溜飲をさげる気風もあったけれども、幕府体制の脅威となるほど強力な諷刺ではない。[*15]

周知のとおり、幕藩体制維持のため、江戸幕府は儒教を官学化し、武士は厳しい規律のもとで思想的自由を失っていたが、町人に対する規制は緩やかで、一定の諷刺表現は黙認されていた。また、浮世絵や川柳に見られるとおり、性愛に関する表現についても概ね《おおむ》寛容だった。こうした比較的自由な環境が江戸文化を開花させたといえる。著者は「江戸文化の精髄は歌舞伎と、そして遊里にあった」[*16]と断言さえしている。現実的には歌舞伎も遊里も一般庶民には高嶺《たかね》

年	明33（1900）	明34（1901）	明35（1902）	明36（1903）	明37（1904）	明38（1905）
兄	江南陸師学堂		弘文学院		仙台医専	
弟	家居	江南水師学堂				

表1　魯迅・周作人の日本留学期間（校名は略称）

の花で、日常的娯楽は落語の寄席がせいぜいであったろうが、守屋毅は、元禄期（十七世紀末〜十八世紀初期）には「町民という名で、小市民ともいうべき社会階層が成立」したこと、彼らが享受する「劇場や出版といったマス・メディアの成立が見られる」ことを指摘し、この頃から大衆文化がすでに発達していたと述べている。[*17] 岡本綺堂は「明治時代の寄席は各区内に四、五軒乃至六、七軒、大小あわせて百軒を越えていた」と述べており、江戸時代ほどでないとしても、明治期には多数の寄席があったという。[*18] ここからも周氏兄弟が東京で暮らした明治期には「江戸」と「東京」が混在していたことが看取されよう。

ここで簡単に周氏兄弟の日本留学時期の経歴を見ておこう。

表1のとおり、二人の留学期間は途中三年間ほど重なっている。その間に『域外小説集』など文学活動を展開したことは周知のとおりだが、魯迅の留学前期と周作人の留学後期の生活体験には大きな違いがある。魯迅は留学当初、弘文学院で日本語を二年弱の間、集中的に勉強してから仙台で医学を学んだ。魯迅の日本語の能力は、留学前期に正規学校教育で身につけたものである。その後、仙台医学専門学校（現東北大学医学部）を中退してからは、神田の独逸語専修学校に籍だけは置くものの、本郷で下宿しながら弟とともに文学活動に専念することになる。魯迅が接した東京は、弘文学院の所在地である牛込区（現新宿区）西五軒町と本郷で「山手」地域が中心であった。

	【魯迅】（1881年出生）22～29歳	【周作人】（1885年出生）22～27歳
学歴（学校所在地）	1902年4月～1909年8月：7年	1906年8月～1911年秋：5年
	1902年4月～04年8月：弘文学院（牛込） 1904年9月～06年3月：仙台医学専門学校 1906年4月～09年8月：独逸語専修学校（神田）	1906年9月～07年夏：清国留学生会館講習会（神田） 1907年夏天～08年7月：法政大学予科（麴町） 1908年7月～09年4月：（学歴なし） 1909年4月～11年4月：立教大学商科予科（築地）

表2　周氏兄弟の日本での就学状況対照表

二人が東京で生活していた時期を居住地で分類すると以下のようになる。

①　魯迅留学前期：牛込区西五軒町＝図3「1」

②　兄弟共同生活期：本郷区＝図3「2」

③　周作人留学後期：麻布区森元町＝図3「4」

この三地点は現在の東京特別区内には含まれるが、江戸から「東京市」になったばかりの当時の状況からすると、生活環境は大きく異なっていたと思われる。藤井省三著『魯迅事典』では当時の東京市の地図に江戸文政年間に定められた朱印図の境界線を加えることで、当時の「東京市内」の概念を示しているが、それによると、図3の「1」に位置する弘文学院は辛うじて江戸の朱印図の境界内に入るものの、かなり辺鄙な場所であったことがわかる。東京帝国大学付近の本郷区（図3「2」）は上野公園や神田も近く、生活も交通も便利だっただろうが、「山手」に属する。周作人が留学後期に住んだ麻布区（図3「4」）にしても同様で、いずれも江戸時代は大名屋敷や寺社があった地域であった。

このなかで「下町」に属すのは、神田区［3］と京橋区築地［5］である。関東大震災前まで地価で最も高価だったのは銀座や有楽町ではなく、日本橋であった事実[19]が裏づけるように、かつては「下町」が日本経済の中心だった。その後の東京の変貌には中国人留学生も係わっている。明治初期（一八六九年）、外国人居留地は築地（図3［5］）、横浜に限定され、他の地域には居住できなかった。後に周作人が入学する立教大学もアメリカ人宣教師が開いた私塾が母体であったため、当時は築地で開校していた。一八九九年、居留地の規制が撤廃されると、中国人留学生をはじめ、多くの外国人が築地から神田に移り、下宿と食堂を兼ねた中華料理屋が軒を連ねる繁華街に変貌し、地価は高騰した。[20]魯迅が留学のため東京にやって来たのはそれからわずか三年後の

図3　明治末期の東京市図　藤井省三『魯迅事典』（三省堂 2002年3月）p. 12による（地図上数字は著者による）

ことだった。
一九〇二年三月二十四日、魯迅は南京から上船し、上海を経由して四月四日に日本の横浜に到着すると、その日のうちに汽車で新橋停車場に着き、新橋からは馬車鉄道で三橋旅館に到着した。この三橋旅館は東京市麴町区平河町四丁目にあり、付近には中国語を教える善隣書院という私塾があった。[*21] この旅館は現在存在しないが、かつては梁啓超、孫文らが戊戌の政変（一八九八年）で日本に亡命した際にも宿泊している。旅館の主、三橋常吉の経歴は明らかでないが、中国に対して相当の理解のあった人物のようだ。旅装を解いた魯迅は周作人宛の手紙に「彼の地の習俗として皆が地べたに直《じか》に座る」と記している。畳に座臥していたことを指しているのであろうが、中国人らしい感覚である。この時、魯迅が入学を予定していた成城学校は、陸軍士官学校入学希望者のための予備教育機関であった。しかし、魯迅は江南陸師学堂出身とはいえ、その附属学校の鑛務鉄路学堂で学んでいたので、軍務を志望していたわけではなかった。そのために成城学校側から入学許可が下りず、紆余曲折を経て四月十二日に弘文学院入学が決まり、四月末、周作人宛の書簡でその旨報告している。[*22]
魯迅は附設の寄宿舎のある牛込区西五軒町（図3［1］、現新宿区）で二年間を過ごした。弘文学院の校舎は、明治三十五年に山崎武兵衛[*23]から購入した広壮な木造平屋建ての家屋をそのまま教室にしたもので、北側を神田川が流れ、周辺一帯は武家屋敷と寺社が並ぶ山手地域に位置していた。西五軒町からほど近い飯田町（現飯田橋）は、明治二十八年（一八九五）に鉄道が開通しており、明治三十九年には東京電気鉄道が運行する外濠線（後の東京市電）も開通していたので、交通は至便とはいえないまでも、時間に余裕があれば、繁華街の神田や日本橋に出ることは可能だっただろう。だが、弘文学院では毎週三十三時限授業が行われ、夕食六時、就寝十時など、厳格に生活規律が定められていた。[*24] 平日は授業で終日拘束され、寄宿舎ゆえに夜間の外出もままならず、日曜などの休日以外は外出できない生活であったと想像される。この頃の魯迅の生活ぶりに触れた文章はあまり残されていない。数少ない事件として記録されているのは、辮髪を切り落とし、その記念に写真を撮ったことや、『浙江潮』（浙江同郷会発行）に「スパルタの魂」（第五期）、「ラジウムについて」（第八期）を発表したこと等が断片的に知られているに過ぎない。[*25] 当時の生活の様子を伝えるのは、ともに弘文学院に学んだ許寿裳であり、魯迅は当時から日本語書籍をすでに多数購入し、和刻線装本の『離騒』さえ所蔵していたことを記している。[*26] 弘文学院での修業年限は通常三年間だったが、魯迅は「速成普通科」を二年で修了し、一九〇四年九月より仙台医学専門学校に入学し、仙台へ赴いた。

2　周氏兄弟の見た「山手」と「下町」

一九〇六年三月、魯迅は医学の道を断念すると、仙台から東京に戻り、本郷に居を定め、神田の独逸語専修学校（現獨協学園）に学籍を置いた。

本郷もまた山手に属する地域である。東京帝国大学の近くで、学生と教員が多数居住しており、

年月	住所（備考）
1906年３月	本郷区湯島２丁目伏見館（仙台医専退学後に入居）
1907年３月	本郷区東竹町中越館（伏見館の隣人の喧噪を嫌って中越館に転居）
1908年４月	本郷区西片町伍舎（許寿裳らと共同生活。羽太信子が下女として働く）
1909年２月	本郷区西片町（３月周作人結婚、８月魯迅帰国、12月麻布へ転居）

表３　周氏兄弟の本郷での下宿

書店が蝟集《いしゅう》する文教地区だった。魯迅が仙台から戻るのと同時に周作人も来日し、二人は下宿を転々としながらも当時「学者町」と呼ばれた本郷界隈から離れなかった。だが、一九〇九年三月に周作人が羽太信子と結婚すると、経済的に余裕がなくなり、魯迅は家計を支えるために八月に帰国し、周作人夫婦も十二月には家賃の安い麻布へと転居することになり、学者町と別れを告げた。この「学者町」という呼称は夏目漱石の随筆「趣味の遺伝」（一九〇六年）にも見える。

西片町は学者町か知らないが雅な家は無論の事、落ちついた土の色さえ見られないくらい近頃は住宅が多くなった。学者がそれだけ殖えたのか、あるいは学者がそれだけ不風流なのか、まだ研究して見ないから分らないが[*27]……。

漱石はイギリス留学から帰国後、一九〇三年から三年ほど本郷区千駄木（現文京区向丘）に住み、ついで本郷区西片町（現文京区西片）に移り住んでいるが、一年足らずで牛込区早稲田南町（現

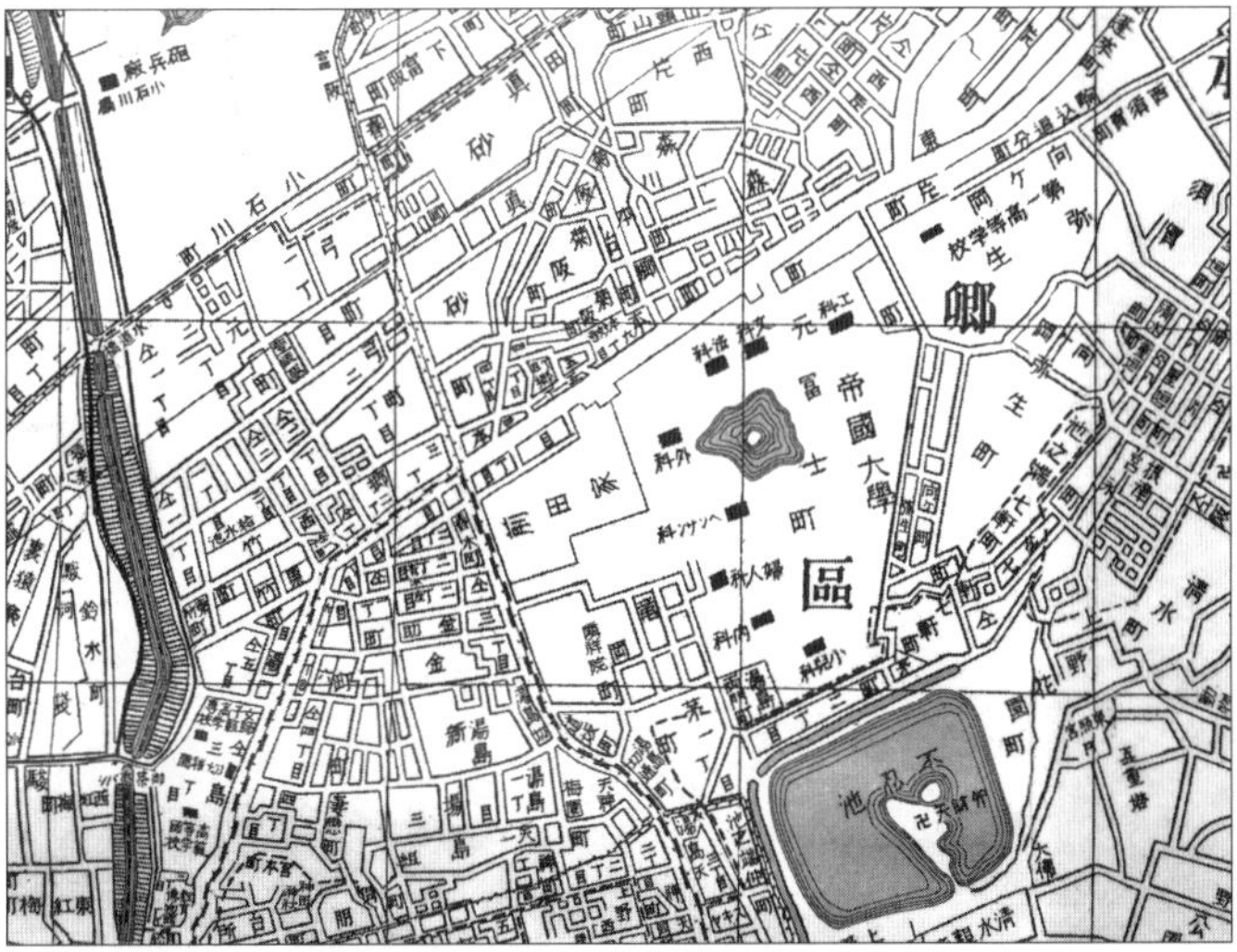

図４　明治末期の本郷近隣図　『東京最新全図（明治38年３月版）』（国土地図株式会社複製、刊年失記）

新宿区喜久井町）に移ってしまう。この後一九〇八年には、この西片の邸宅を魯迅ら留学生五人が借り受け、「伍舎」と名づけて住むことになる。当時ともに暮らした許寿裳は次のように回想している。

一九〇八年の春、私は東京高等師範での学業を終えると、国文の補習のかたわら章炳麟《しょうへいりん》先生のもとで勉強し、ドイツ語を練習しつつヨーロッパ留学に備えていた。そこで良好な環境を手に入れようと、本郷西片町で豪壮な貸家を見つけたのだ。もとは日本人紳士のお屋敷だったが、持ち主が大阪に転居したため、貸してくれた。……西片町は有名な学者街で、どの家も博士、碩学ばかりだった。私たちの家だけ学生五人で雑居していた。[28]

明治末期の本郷界隈にはすでに市電の駅もあり、商店も少なくなかったが、歴史的に山手に属す地域であり、東京帝国大学の学生や学者が多く住む閑静な文教地区だった。『物価の文化史事典』によれば、日本橋や神田と比べ、本郷の家賃はかなり安く、神田の半分以下であったという。[29]

神田は本郷から近いけれども歴史的に下町として発展し、日本橋に次ぐ繁華街だった。さらに一八九九年には、外国人に対する居住制限撤廃とともに中国人留学生が多数流入した。このため神田には賄い付き下宿屋として中華料理店が多数開業した。[30] 周作人が『魯迅の故家』[31]で言及する中華料理店「維新號」は一八九九年に開店しており、その歴史を裏づける存在である。裕福な中国人留学生は神田にある中華料理の賄い付きの下宿屋を選んだが、周氏兄弟は生活上の不便を忍んでも、家賃の安い本郷の下宿を選んだ。周作人は「日本の衣食住」で東京での生活を振りかえって次のように述べている。

中国人学生は初めて日本に来て、日本料理を口にして、何ともあっさりして味気がなく、脂っ気もないのに驚き怒った。下宿や借家の料理はもっとひどく、気持ちはよく分かるが、私自身は苦にならず、まったく異なる趣を楽しんだ。わが故郷は貧しく、庶民は日に三度の食事をするのが精一杯で、漬け物、臭豆腐、タニシだけがおかずだから、塩辛くても臭くても平気だし、脂っ気が死ぬほど好きでもなく、日本で何を食べても問題なかった。[*32]

さらに当時の神田界隈の様子を次のように述べる。

東京だけでも留学生の数は二万人を超え、そのほとんどは神田と早稲田に集中し、夜ごと神保町の表通りを見れば、街を行くほとんどの留学生の頭には「富士山」が結い上げられていた。[*33]

文中の「富士山」とは辮髪を頭上に巻き上げた髪型を指す。辮髪は清朝時代すべての中国人に強制された満州族の風俗だが、日本では不都合が多いので隠していたものである。魯迅は当時すでに漢民族の再興を誓い、清朝への従属を示す辮髪を切り落としていた。魯迅は書店巡りをするたびに彼らを目にしたが、「出世や金儲けにうつつを抜かす輩《やから》」[*34]と軽蔑し、その種の手合いを避けて本郷で暮らした。

周氏兄弟が本郷で暮らした三年間は、自らの関心に沿った読書と執筆に費やされた。この時期の執筆活動は、洋書・和書を問わず広く文献を渉猟した読書雑記が中心である。そこには独創的な発想の萌芽は見られるものの、書籍からの抜粋要約が多い。例えば、クロポトキン自叙伝『ある革命家の手記』や「シベリア流刑囚」の概要を紹介する読書雑記などを『天義』に寄稿している。この雑誌は中国の国学者にしてアナキストであった劉師培《りゅうしばい》（一八八四〜一九一九年）と妻の何震《かしん》が発刊したもので、周作人のアナキズムに対する関心が見て取れる。このうち「ロシア革命と虚無主義の別を論ず」（一九〇七年十一月）は魯迅の依頼により英文のクロポトキン自叙伝から要約したもので、魯迅の関心も一定程度は反映されていると考えられるが、当時の魯迅の文章にはアナキズムへの言及はほとんど見られず、クロポトキンに強い関心を寄せた周作人とは対照的である。また、女子復権会の機関誌として女性の地位向上を目指す立場であったためか、女性参政権に関する文章も寄稿している。[*35] この雑誌の主宰者であった劉師培は、魯迅、周作人が師事していた章炳麟と当時非常に親しく、その関係で周作人も寄稿を求められたと考えられるが、アナキズム、女性問題について彼自身も関心はあったと思われる。

もう一方で、一九〇七年夏頃から、魯迅は許寿裳らと語らって雑誌『新生』の刊行を計画していたが、経済的な事情から実現しなかった。『新生』のために準備された原稿は河南出身の留学生が発行する雑誌『河南』に寄稿された。魯迅は「摩羅詩力説」（『河南』第二、三期、一九〇八年二、三月）、「文化偏至論」（『河南』第七期、一九〇八年八月）などの評論を発表し、幅広い読書の片鱗をうかがわせている。周作人も同様に「文章の意義暨《およ》び其の使命を論じ因《よ》りて中国近時の論文の失《あやま》ちに及ぶ」（『河南』第四、五期、一九〇八年五、六月）、「哀弦篇」（『河南』第九期、一九〇八年十二月）を発表した。このほか『新生』のために準備した翻訳作品は『域外小説集』として一九〇九年三月（第一集）、七月（第二集）に刊行している。

こうした論文執筆や翻訳のために、二人は日本橋の丸善書店（英仏独洋書）、神田駿河台の中西書店（英文洋書）に足繁く通っていた。本郷界隈でも、南江堂（独文洋書）、相模屋（古本）、郁文堂（古本）、南陽堂（古本）等の書店に通っていた。周作人は「吾輩は猫である」（一九三五年五月）で次のように述べる。

手元に何円かある時に良く行ったのは東京堂ではなくて中西屋で、丸善ならなお良かった。本が多いだけでなく、中西屋で小僧が常に付ききりで監視しているのに比べ、丸善の接客態度も良かった。林紓訳『説部叢書』を読んだ影響で、いわゆる弱小民族の文学に注意しつつ、その他に露仏両国の英訳版も網羅したかったが、毎月三十一円の留学費では本が買えず、おもちゃ屋に来ても買えずにしょんぼりして帰る子供のようだった。[*36]

東京堂は日本語書籍をもっぱら売る書店で、当時の周氏兄弟は日本書には興味を持たず、英文か独文の洋書ばかり買っていた。周作人は清朝政府から支給される留学経費が足りないと不満をもらし、「国立大学に入学した者でも毎年五百円がいいところで、高等学校は四百五十円、他の学校は一律四百円で、月あたり三十三円になり、本当にぎりぎりだった」[*37]と語っているが、明治末期の小学校教師の最低賃金は十円から十三円であり、これと比べれば遥かに恵まれており、決して薄給とはいえない。[*38]問題は彼らが買おうとしていた洋書が高価であったことに起因している。このため、二人は古書店で英文のスコットライブラリーや独文のレクラム文庫を熱心に買い集めた。本郷、神田一帯の古書店には教師や学生たちが処分した洋書が多数流通しており、安価に買えた。兄弟は中国帰国後も丸善、相模屋など幾つもの書店から郵便で書籍を購入し、周作人は丸善が毎月発行する和洋書籍情報を掲載する『学燈』を定期購読するほど熱心だった。二人とも学籍は有名無実で、魯迅も独逸語専修学校に籍を置いたにすぎないようだが、興味のもてる授業には出ていたようだ。周作人は「魯迅の国学と西学」で次のように述べている。

〔仙台医専を〕退学後、東京に住んだ数年間はぶらぶらし、まともな学校にも入らず、「独逸語学協会」附設の学校に籍だけ置いて、気が向いた時だけ授業を受け、ふだんは古本屋巡りばかりで、独文の洋書を買ってはひとりで読んでいたが、この三年間で外国文学の知識が十分得られ、その後の文芸活動の備えが出来たのだった。[*39]

吉田隆英、北岡正子の研究によれば[*40]、この「独逸語学協会」の正式名称は「独逸学協会附属独逸語専修学校」で、校舎は神田区西小川町一丁目二番地（現千代田区西神田）であった。この附設学校は一九〇一年に開校し、一九三〇年に閉校となった。この学校の設置本体たる独逸学協会学校（現獨協学園）は旧制高等学校に入学する事前教育機関として知られ、その名のとおり日本を代表するドイツ語教育機関で、同校の教師の編著になる『独逸文法教科書』（大村仁太郎・山口小太郎・谷口秀太郎合著、独逸学協会出版部、一八九四年）は多くの学校で採用されていた。魯迅もある程度まで学校の性格を承知していて、入学したと考えられる。同校で教壇に立った粕谷真洋は訳注書『ハイネ詩集』（南山堂書店、一九二二年初版、一九二七年第四版）を出版しているが、魯迅は第四版本を後年購入している。周作人も指摘するように、ハイネは例外的に魯迅が愛好したドイツ人作家だったので、粕谷の授業も聴講した可能性はあるだろう。[*41]

周作人は一九〇六年夏に来日後、清国留学生会館での日本語講座を一年受講し、法政大学特別予科で一年学んでいる。留学生会館は一九〇二年に竣工し、神田区駿河台鈴木町一八号（現千代田区駿河台）にあり、本郷の下宿からも歩いて通える距離にあった。だが、「授業はあまり真面目に出たとは言えず、おおかた一週間に三、四回しか行かなかった」という。[*42] 続いて進学した法政大学も校舎は麴町区富士見町（現千代田区富士見）で本郷から遠くはなかったが、「事実上、通学したのは全体の数パーセントで、試験の段になって、学校から試験実施の通知をもらって受験にはせ参じたが、結局それでも二番という成績だった」。[*43] 特別予科は主として大学入学前に必要な一般教育を教授するため、江南水師学堂に五年余り在学した周作人にとっては退屈であったこともその一因であろうし、法政予科に在籍した一九〇七年は魯迅とともに雑誌『新生』刊行の相談を始めた頃で、その準備や論文執筆に忙しかったこともあろう。なお、当時の周作人の学籍について、法政大学大学史センターに問い合わせたが、大学令（大正七年）以前の学籍資料は現存していないとのことであった。

この時期の周氏兄弟の生活は、山手の文教地区で洋書を耽読《たんどく》する毎日であり、下町に残る江戸文化に接することは皆無に近かった。魯迅は本郷での生活を最後に中国に帰国するため、終生下町の江戸文化を体験することはなかったが、周作人は羽太信子との結婚により、江戸文化と邂逅することになった。

止庵は『周作人伝』で「周作人は魯迅よりも二年遅れて日本を離れたが、日本に対する理解において兄との間に違いが生まれた。作人と日本の関係についていえば、この時期が実は重要である」と指摘している。[*44] 確かに周作人は最後の二年間に人生上の大きな選択を行った。一つは生活のうえで羽太信子と結婚したこと、もう一つは学問のうえでギリシア語の学習を始めたことである。この二つは決して無関係ではなく、作人の内面においては有機的連関がある。

羽太信子と結婚したのは一九〇九年三月のことであった。信子は東京駒込の出身で、父親は染物職人で、士族出身だった母親の実家に入り婿し、五人の子をもうけた。信子は長女で、家計が苦しかったために幼い頃から勤労に明け暮れ、ほとんど教育を受ける機会がなかった。[*45] 周作人と知り合ったのは許寿裳らと暮らした本郷の「伍舎」の頃に賄い婦として働いていた頃と見られる。[*46] 一九〇九年七月に『域外小説集』(第二集)を刊行した後、魯迅は日本留学を終えると、帰国して浙江両級師範学堂の教師となった。もともとはドイツ留学を夢見ていたが、「母親と何人かの者が自分に経済的な援助を望んだ」からであった。[*47] 兄魯迅と別れ、信子と夫婦生活を始めた周作人は日本語の口語を勉強しなおすことにした。「日本語を学ぶ(続)」で次のように述べている。

私は日本語を学んでもう何年にもなるのに、ずっと真面目に勉強してなくて、……魯迅と一緒に暮らしていて、何か用があれば兄が片付けたので、私が話をする必要がなかった。……その頃ほどなく魯迅は教師となるため杭州に赴き、私自身も結婚したので、それ以来、家庭内外の用事は自分で片付けねばならなくなり、勉強を迫られて、[48]……

結婚するまでは、周作人の主たる関心はロシア、東欧文学を中心としたヨーロッパ文芸思潮に向けられ、「東京での最初の二年間、日本語は学んでいたものの、ふだん読むのは英文ばかり[49]」という状況だった。確かに本郷と神田の書店街をめぐり歩き、翻訳をしているだけなら、生活上日本語はほとんど必要なかったはずだ。しかし、妻となる羽太信子は十分な教育も受けておらず、周作人のほうが妻に歩み寄って理解する必要があり、これは書物の知識では解決できなかった。そこで妻の文化的背景を理解するための努力を始める。同じく「日本語を学ぶ（続）」でこう述べる。

学ぶのは、書面の日本語ではなく、実社会で使う言葉だった。出来れば現代小説や戯曲を読みたいところだが、作品が多すぎて、どこから手をつけてよいか分からず、面白みのあるものだけを選んで読むことにした。文学では「狂言」と「滑稽本」で、韻文では川柳という短詩だった。……このほかにも一種の笑い話があり、「落語」と呼ばれており、最後にオチがあり、それは笑うところである。[50]

書き言葉としての日本語ではなく、口語的な日本語を学ぶために選んだのは狂言や川柳、落語といった庶民芸能だった。自分の興味から選んだともいえようが、日本人妻にとって親しみやすいものであったはずだ。下町で生まれ育った信子なら貧しくとも寄席には通ったことがあったろう。実際、結婚したばかりの頃、二人は本郷西片町に住んでいて、「鈴本亭はその通りの果てにあり、私たちがしょっちゅう通った寄席だった」と語るように、夫婦で帝国大学構内を抜け、不忍池をめぐっては上野の寄席に通っていたと思われる。[*51] 当時日本で撮影したとみられる写真が残されているが、和服姿の周作人が寄席にいても誰も外国人がいるとは思わなかっただろう。その違和感の欠如が日中間の文化的陥穽であると言わねばならないが、当の周作人自身、江戸の習俗に親近感を抱いていた。

私たちは日本にいると、半ば異国、半ば古代の感覚があり、その古代が寸分違わぬ姿で異国に息づいているので、それは夢うつつの偽物でもなければ、朝鮮やベトナムの如き似て非なる礼装でもなかった。[*52]

そのうえ周作人は、滅満興漢の態度表明として隷属の象徴たる辮髪を当時すでに切り落としていた。「清以前、あるいは元以前のものなら何でも良く、より古いものならなお良い[*53]」という考えからすれば、唐代の遺風を残す和服はむしろ歓迎すべき習俗なのだった。留学後期に周作人が古典ギリシア語を学ぶことを決意したのも、失われた漢民族の美風を日本に見出す尚古主義的発想と関係があり、そこにはエリスの影響が介在している。

エリスは『断言』（*Affirmation*）で日本人とギリシア人との類似性に言及し、「日本人は、別の時代、風土のもとに生まれたギリシア人である」と指摘し、その理由として「〔西洋人に教えられるまで〕どちらも裸体をタブーとしなかった」からだと説明している。この指摘を周作人は「東京を懐う」（一九三六年）、「日本の再認識」（一九四二年）などで繰り返し引用しており、ギリシア文学への関心を深める契機になったと考えられる。[*54] さらに、アンドリュー・ラング（一八四四〜一九一二年）らの文化人類学方面の著作からも刺激を受け、ギリシア神話への関心へと拡がっていった。[*55] こうした関心の拡がりを背景として一九〇八年七月に法政大学特別予科を卒業すると、半年後の一九〇九年四月に周作人は立教大学予科に入学する。立教を選んだ理由を「ギリシア語を学ぶ」で次のよう

図５　中央が周作人で左は羽太信子、右は弟の羽太重久

に述べている。

伍舎で暮らした頃のことで、二つ特記すべきことがあって、第一は、その年〔一九〇八年〕の秋に古典ギリシア語を学びはじめたこと、第二は、章太炎先生からインドのウパニシャッド〔梵文〕を翻訳するように言われたことだが、こちらは遺憾ながら私の怠惰のせいで実現しなかった。当時、日本の学校にはギリシア語という科目がまだなく、帝国大学文科にはラファエル・フォン・ケーベル〔Raphael von Koeber, 一八四八～一九二三年〕が哲学を教えていて、ギリシア語も開講していたようだが、この最高学府に私たちは入学できないので、いろいろと考えた末、仕方なく築地の立教大学に入学した。*56

東京帝国大学に入学するには原則として旧制高等学校を卒業することが前提となるが、周作人は大学予科を変則的に卒業しただけであるため、入学が認められず、次善の選択として私立の立教大学に入学したようだ。

立教大学はアメリカ聖公会の宣教師によって設立され、一八七四年に当初築地で開校し、一九一八年に池袋に移転した。周作人が通ったのは築地の立教大学である。江戸時代、築地は下町に属す地域だったが、明治期に外国人居留地として指定され、アメリカ大使館などの外国公館が築地に建てられたため、街並みも大きく変貌した。立教大学草創期の教員はほとんどがアメリカ人で、周作人は大学学長でもあったヘンリー・タッカー（Henry St. George Tucker, 一八七四〜一九五九年）のもとで、二年弱ギリシア語を履修した。

根岸宗一郎、[*57] 波多野眞矢[*58]の研究によって、立教大学に残された学籍簿の調査が行われ、当時の学籍状況がほぼ明らかになっている。それらによれば、周作人は一九〇九年四月に大学商科予科に入学し、一九一一年四月に退学している。退学理由は「家事都合」と記されている。そして、波多野によれば、成績簿に記録されているのは履修科目四十一科目中、ギリシア語の成績だけで、その点数は九十八点であったという。なぜ当時商科を選択したのか理由は不明だが、根岸の調査によれば当時の大学学則から商科の学生であってもギリシア語は履修可能であった。また、立教入学までに履歴上の空白期間があった理由について、根岸はギリシア語を担当していたタッカーがこの時期日本に不在で授業も休講だったからではないかと推測している。目下のところ学籍上の空白を説明するもっとも合理的な説明である。一九一一年四月に退学したのは三月に魯迅から帰国を促されたためと考えられるが、なかなか帰国しない周作人夫婦を説得するために魯迅が五月に再来日しており、周作人が

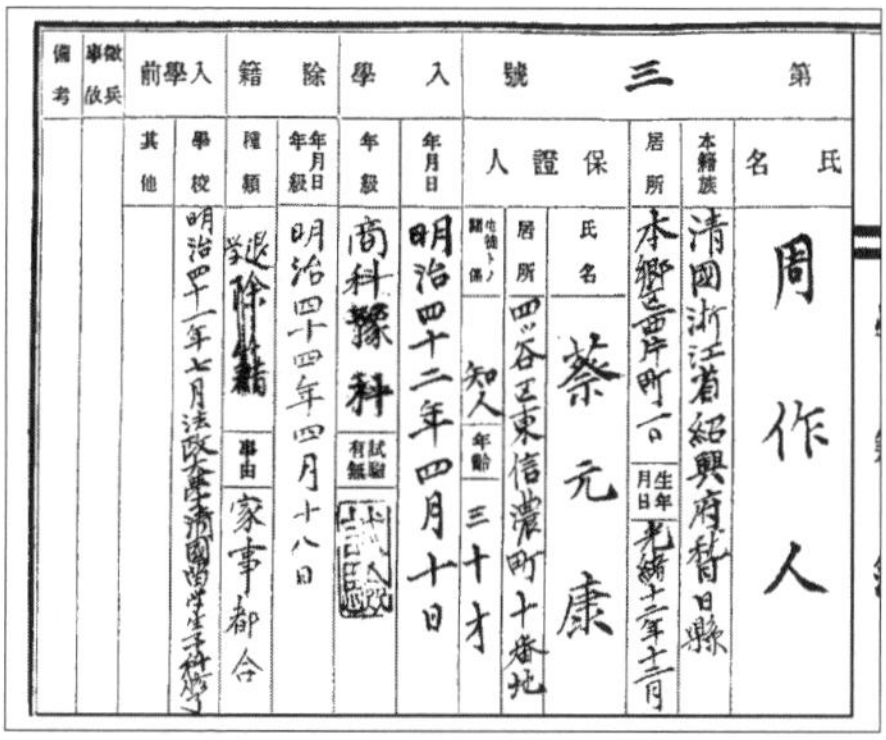
第三號
氏名　周作人
本籍族　清國浙江省紹興府會稽縣
居所　本郷區西片町十
生年月日　光緒十年十二月
保證人　氏名　蔡元康
居所　四ッ谷區東信濃町十番地
生徒ト關係　知人　年齡　三十才
入學　年月日　明治四十二年四月十日
年級　商科豫科
試驗有無
除籍　年月日年級　明治四十四年四月十八日
種類　退學
事由　家事都合
入學前　學校　明治四十一年七月法政大學清國留學生予科卒業
其他
徵兵事故
備考

図6　周作人の立教大学の学籍簿

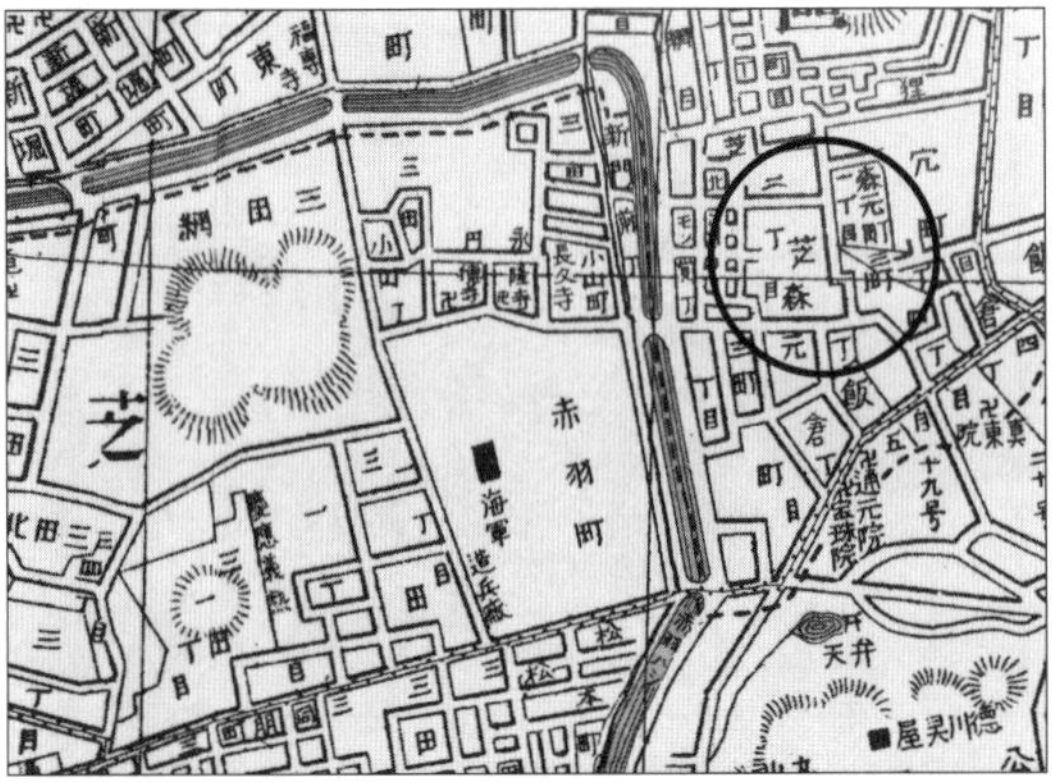

図７　明治末期の麻布近隣図『東京最新全図（明治38年３月版）』（国土地図株式会社複製、刊年失記）丸く囲んだ箇所は借家のおおよその所在地を示す

中国に帰国したのは夏も終わり頃で、帰国に至るまでさらに紆余曲折があった。

立教大学入学後の一九一〇年十二月、周作人は本郷区から麻布区森元町（現港区東麻布）に転居する。結婚後は周作人一人の留学費では足りず、兄からの仕送りもあったが、それでも生活に余裕はなく、転居は経済的な理由からであった。転居先は芝増上寺に近い山手だったが、永井荷風の『日和下駄』（一九一五年）では「芝赤羽根の海軍造兵廠の跡は現在何万坪という広い閑地になっている」とあるように、人気の少ない荒涼とした土地だった。周作人は本郷との違いを「赤羽橋あたり」で次のように述べている。

私たちはそれまで本郷区内にばかり住んでいて、ここは東京で「山手」と呼ばれ……。西片町界隈はわけても有名で、知識階級が集中しているところだった。いま麻布に越してみると、高い木のうえから奥深い谷底へ移ったとまでは言えぬが、要するに環境がまるで変わったのだ。

麻布の家もかなり貧相で、玄関を開ければすぐ通りに面していて、なかは六畳一間の右手に三畳があり、裏には台所と便所があって、二階には三畳と六畳が一間ずつ、家賃は安く、十円かそこらで、本郷の半分ぐらいだった。[*59]

当時の麻布区は市電が開通したばかりで、繁華街とはいえなかった。夫婦二人で暮らせる広さを求めたら、多少の不便は忍ばざるを得ず、立教大学のある築地は麻布から遠いわけでもなかった。近隣には借家が多く建ち並んでいたようで、その様子を振りかえって、「まるで三等車の乗客のように、何の分け隔てもなく、見かければ挨拶し、雑談を交わした」[*60]と述べているように、本郷と異なり、「知識階級」の住むところではなく、雰囲気は下町に近かった。妻の羽太信子からすれば暮らしやすい環境だっただろう。ところが、引っ越して間もない一九一一年三月に周作人は兄から早く帰国するよう督促の手紙を受け取った。周作人夫婦にしてみればあまりにも早い幕切れと感じられたに違いない。

三　文学への目覚め——江戸趣味とファシズムの影

1　日本文学への関心——兄魯迅との思想的時差

兄から帰国督促の手紙を受け取った周作人からの返信は現存しない。だが、弟からの返信を読んだ魯迅は親友の許寿裳宛の書簡に次のように嘆いている。

起孟〔周作人の字《あざな》〕から手紙が来て、まだフランス語も少し勉強したいというので、私はフランス語など飯の種にならないから早々に帰国せよと返信するつもりです。もし二年前にこんなことを言ったら、自らを責めたでしょうが、我ながら考えの豹変ぶりに憐れにも嘆かわしくなります。*61

同じ書簡のなかで、魯迅自身の帰国後、残り少ない田畑も売却し、蓄えは尽きたと述べており、周作人夫婦の生活を支える経済的余裕はもはや失われていた。それでも帰国を渋る弟を説得するため、魯迅は五月に自ら東京を訪れ、作人夫婦も七月頃に紹興へ帰ってきた。帰国後ほどない九月、周作人は次のような旧体詩を記している。

遠游不思帰　遠游して帰るを思わず
久客恋異郷　久しく客となり異郷に恋す
寂寂三田道　寂々たり三田の道
衰柳徒蒼黄　衰柳、徒《いたずら》に蒼黄たり
旧夢不可追　旧夢は追うべからざるも
但令心暗傷　但《た》だ心をして暗《ひそ》かに傷《いた》ましむ[*62]

（大意：遠く日本に留学し、久しく暮らすうちに異郷に恋した。〔麻布の借家から通った〕三田の通りは今ごろ森閑とし、秋を迎えた路傍の柳の葉も色づいているだろう。いまさら昔の夢を追うことも叶わないが、悲しみで心はひそかに痛むのだ）

本来なら生まれ故郷に帰った喜びに浸るはずが、逆に悲しみに沈んでいるとは、東京での生活にどれほど愛着が強いかを物語るものであり、自ら第二の故郷と呼ぶ所以でもある。[*63]この詩を記した一ヶ月後の十月末、時あたかも辛亥革命を目前にした時期に東京で書いた文章を整理し、「江戸の思い出」で次のように追記している。

東京に居ること六年、今夏、越に返り、故土に帰るといえども、弥《いよいよ》寂寥益《ま》し、昔游を追念し、時に根触《とうしょく》するあり。宗邦を疎となし異地を親とする、豈《あに》人情ならんか。*64

この追記の意図するところは旧体詩と変わりない。東京への愛着が強いあまりに祖国に疎遠さを感じてしまうのは自らも情理に反することと感じているのである。その思いは妻羽太信子と楽しんだ江戸文化への愛着も多分にあろうが、恐らくそれだけではない。この文もそうであるように、江戸文化で養われた自らの文学的嗜好への自覚が故郷に対する疎外感を生んでいる。そこには兄魯迅の強い影響力からの脱却を意識し、帰郷を拒む気持ちも潜んでいただろう。だが、実際には経済的にも精神的にも兄魯迅から独立できず、結局紹興に帰ってきた。その疎外感のために辛亥革命という宿願だった民族革命を眼前にしながら宙ぶらりんの気持ちで紹興の実家に引きこもって古い原稿を浄書している。その原稿とは、留学時代に培《つちか》い、後半生の小品文につながる味わいに満ちた散文であった。一般的には山水遊記に分類されるだろうが、周作人はこれを「写生文」と呼んでいる。下町で釣りを楽しんだ休日を記すものだが、その冒頭だけでも引いてみよう。

庚戌〔明治四十三年（一九一〇）〕の秋日、内人、内弟重久及び保板氏の媼《おうな》と偕《とも》に早く出で、尾久川に往き魚を釣る。蓬萊町を経て、駒込病院前に出でて、途《みち》漸く寂静たり、隘《せま》けれど但じ車を容《い》れ、両旁は皆な樹木雑草にして、山嶺の間に在るがごとし。径《こみち》尽き忽《たちま》ち豁朗《かつろう》にして、一《いっ》に懸崖の上に出づれば、即ち田端たり。*65

「尾久川《おぐがわ》」は正式名ではないが、いわゆる江戸朱引図では御府内の北限が「尾久川」、「尾久村」とされ、「尾久村」は旧東京府北豊島郡尾久村（現荒川区東尾久、西尾久、町屋五丁目）を指し、「尾久川」も現在の荒川のことを指すと考えられる。*66 東京帝国大学西側の本郷区蓬萊町（現文京区向丘）から伝染病患者を収容した駒込病院まで来ると人家も少なくなる。さらに田端まで来ると当時の感覚では鄙《ひな》びた田舎である。現在も駒込病院から動坂下《どうざかした》までは下り坂だが、その先は緩やかな上りの坂道で、田端駅（一八九六年開業）の前まで来ると、つづら折りの坂を登る。田端一帯はもともと武蔵野台地が荒川、隅田川の浸食を受けて形成された河岸段丘の上にあるため、確かに「山嶺の間」を行き、「懸崖」を越えた感覚がある。尾久までの釣行について絵画的な感覚で風景を描いた紀行文は、叙情味を湛《たた》えつつも写実性も失っておらず、確かに「写生文」の名に値する。晩年の回想で周作人は坂本四方太《さかもとしほうだ》「夢の如し」の一節を写生文の一例として紹介し、上掲文も「写生文を模倣して書いた」（「俳諧」、一九六一年）と述べている。*67

周知のとおり、写生文は俳諧の一分野として正岡子規が発展させたもので、周作人の言葉を借りれば、「いわゆる写生とは写実を主張し、旧式の詩人のように教条的な嘘をつかず、実地に見聞し、その感じたものを書き写さねば真実の生命が宿らぬとする」*68 ものであった。ただし、自然主義と近接しつつも社会的現実を超越する態度を特徴としており、夏目漱石の初期作品『吾輩は猫である』なども写生文の流れを汲み、その特徴を備えている。後に魯迅・周作人が『現代日本小説集』を編んだ際に、漱石の紹介のために「余裕のある小説」、「低徊趣味」という表現を用いているが、この評価はそもそも漱石が写生文を書く作家たちに与えた呼称だった。[*69]

写生文の書き手が集った雑誌は、子規が主宰する『ホトトギス』であり、留学中に魯迅、周作人が愛読した雑誌である。周作人が写生文への嗜好を語る時、そのなかには『ホトトギス』に拠った作家たちが含まれていたはずだ。『ホトトギス』に限らず、周氏兄弟が日本留学していた時期には新たな文学流派が多数登場している。周作人は当時の日本文壇について「私の雑学 十八外国語」で次のように回想している。

明治大正時代の日本文学は小説と随筆を幾らか読んだことがあり、今でも沢山の作品が好きで取り出して読むことがあるが、雑誌名で流派を示せば、おおよそ『ホトトギス』、『スバル』、『三田文学』、『新思潮』、『白樺』などで、みな敬服する作家ばかりだが、まだ存命の作家も多く、お名前を出すのは遠慮しておく。[*70]

『ホトトギス』の発刊が早いのを除けば、多くが一九一〇年前後に創刊されているのは興味深い符合である。それらを表として整理してみると、表4のように、一九〇九、一〇年に集中して創刊されており、そこで活躍した石川啄木、森鷗外、永井荷風、谷崎潤一郎、白樺派の作家など、いずれも周作人が生涯にわたって熱心に翻訳紹介した作家である。その意味で、この二年間が周作人に

『ホトトギス』	明治39年（1906）	俳句誌から文芸誌に変貌。漱石『吾輩は猫である』（明治38年）、坂本四方太『夢の如し』（明治40年）などを掲載。
『スバル』	明治42年（1909）	石川啄木を発行名義人とし、森鷗外を指導者に仰ぐ。
『三田文学』	明治43年（1910）	永井荷風を教授に迎え、『早稲田文学』に対抗。
『新思潮』（第2期）	明治43年（1910）	小山内薫、谷崎潤一郎、木村荘太ら耽美主義的傾向。
『白樺』	明治43年（1910）	武者小路実篤、有島武郎、志賀直哉など。理想主義を志向し、武者小路は夏目漱石に親近感を表明。

表4　1910年を中心とする新たな文学流派の台頭（『新潮日本文学辞典増補改訂版』による）

とっては極めて重要な意味を持ったといえる。その一方で兄魯迅は、一九〇九年に一足先に帰国したため、日本の文学思潮受容の点では弟との間に思想的時差[*71]が生まれたのである。

とりわけ永井荷風は、周作人が一九三四年以降に強く傾倒する作家であるが、それ以前から自然主義派から享楽主義へと転じた作家として注目していた。後に北京大学教授となった際に行った講演「日本の最近三十年の小説の発達」（一九一八年）で、周作人は次のように永井荷風を評している。

一つは享楽主義である。この派のなかでは永井荷風がもっとも有名である。彼はもともと純粋な自然主義派であったが、現代文明に対して深く不満を感じ、消極的な享楽主義へと転じた。……谷崎潤一郎は東京大学出身で、荷風と同じ流派であるが、デカダンスがより一層濃い。[*72]

ここで周作人は永井荷風を享楽主義としているが、これは必ずしも否定的な評価ではない。武者小路実篤を代表とする白樺派とあわせ、目下の日本文壇を代表する流派で、いずれも自然主義に対抗する存在とみなしている。文中、自然主義を定義するため、永井荷風『地獄の花』（一九〇二年）の跋文を引用し、「荷風はフランス文学に精通し、その主張はゾラの「実験小説論」から来ている」[*73]と説明するように、作人の日本留学以前にも遡って荷風の作品を網羅的に読んでいることがわかる。そしてフランスより帰朝後の作品『冷笑』（一九一〇年）から「現代文明への不満」を契機とする享楽主義への転向を読み取っている。周作人の隠された荷風への関心はさきにみた「写生文」からも読み取れる。生前未発表の浄書原稿には、フランス語で“Souvenir du Edo”（「江戸の思い出」の意。フランス語としてはSouvenir d'Edoが正しい）と題名がついている。なぜ稚拙なフランス語で題名を記したのか何も説明はないが、兄から帰国を促された際に希望したフランス語学習とも無関係ではあるまい。そして江戸文化への嗜好だけでなく、荷風帰朝後の出世作『あめりか物語』（一九〇八年）、『ふらんす物語』（一九〇九年）を併せて考えれば、周作人の荷風への関心はすでに萌《きざ》していたと思われる。

2　大逆事件の衝撃——アナキズムへの関心から

周作人は前段で永井荷風の作風の変化を漠然と「現代文明に対する不満」としか説明していなか

ったが、この変化は大逆事件の衝撃に由来すると考えられる。例えば、「花火」（一九一九年）では大逆事件の印象を次のように語っている。

明治四十四年慶応義塾に通勤する頃、わたしはその道すがら折々四谷の通で囚人馬車が五六台も引続いて日比谷の裁判所の方へ走って行くのを見た。わたしはこれまで見聞した世上の事件の中で、この折程云うに云われない厭《いや》な心持のした事はなかった。わたしは文学者たる以上この思想問題について黙していてはならない。小説家ゾラはドレフユー《ママ》〔ドレフュス〕事件について正義を叫んだ為め国外に亡命したではないか。然しわたしは世の文学者と共に何も言わなかった。わたしは何となく良心の苦痛に堪えられぬような気がした。わたしは自ら文学者たる事について甚しき羞恥を感じた。以来わたしは自分の芸術の品位を江戸作者のなした程度まで引下げるに如くはないと思案した。*74

ここでその名は明記されていないが、荷風が目にしたのは幸徳秋水ら死刑囚を乗せた馬車が当時市ヶ谷にあった東京監獄（当時）から日比谷にあった東京裁判所へ移送される光景だったとみられる。周知のように大逆事件は、一九一〇年五月より多数の社会主義者が明治天皇暗殺計画に関与した容疑者として次々と逮捕され、大審院における非公開審理の結果、ほとんど証拠がないままに死刑宣告を受け、翌年一月に幸徳秋水ら十二名が絞首刑に処せられたものである。処刑執行までの異常な早さ、思想によって罪状を認定するという異常性は、明治末期の言論界を震撼させた。この事件はさまざまな形で多くの文学者に影響を与えた。当時、日本で学んでいた周作人もそのなかに数えられる。「大逆事件」(『知堂回想録』、一九六一年)で次のように回想している。

それは明治四十四年〔一九一一年〕一月二十四日のことだったが、折しも大学赤門の前を歩いていたとき、突然、新聞の号外という声がして、すぐに買って読み、驚きに立ちすくんだ。それが「大逆事件」の判決と死刑執行だった。五十年前の事件で、あの頃日本に共産党があったかどうかも定かでないが、日本の官憲のいう「社会主義者」は、実際には単なる無政府主義者と急進的な主張の社会改革者に過ぎなかったのだ。[*75]

歴史の渦中にあった者は、往々にして木を見ても森が見えない。周作人にしても大逆事件の全貌を把握したのは日本の敗戦後だったのではないかと推測される。森山重雄が『大逆事件＝文学作家論』(三一書房、一九八〇年)で述べるように、大逆事件の全貌とその深刻性が明らかになったのは戦後に言論の自由が保障され、神崎清らによって大逆事件の記録が公刊されるようになってからであった。中華人民共和国成立後の北京にあって日本からの書籍購入もままならない周作人が全貌を把握するまでには時間を要したと考えられるが、留学時代に受けた衝撃は容易に忘れられるものではなかった。

自ら日本留学時代を顧みて、「留学生活は至極愉快なもので」、「下宿の大家や警官から侮辱を受けたこともなければ、もっと深刻な国際的な事件、例えば魯迅が遭遇したような日露戦争で中国人スパイが殺される〔スライド上映のような〕刺激も経験しなかった」[*76]と述べているが、この大逆事件の衝撃はその後も周作人の対日観に影を落としている。最も早く大逆事件に言及したのは「有島武郎」（一九二三年七月）であるが、その後も大杉栄虐殺事件（「再びエロシェンコ君を送る」、一九二三年四月、「大杉栄の死」、一九二三年九月）、難波大助の摂政（昭和天皇）暗殺未遂事件（「日本の海賊」、一九二五年三月）、朴烈大逆事件（「李完用と朴烈」、一九二六年一月）のように国家権力、とりわけ天皇制への叛逆によって命を奪われた者たちへの関心を長く持ち続けた。

こうした関心の背景には、日本文化を深く理解していた周作人にしてもなお不可解な国民性の暗部に対する疑念があったと考えられる。日本の飲食文化に対する愛好を語りつつも、「日本の衣食住に関する結論に修正はないが、日本人は宗教的な国民で、感情が理性を凌駕しているので、付き合いにくいことを、私は以前見落としていた」[*77]と述べるように、穏やかな日常的態度と裏腹に時として暴発する日本人の暗い情動に対する怖れを拭いきれなかった。また、もうひとつにはアナキズムに対する共感が挙げられる。前述のように、日本留学初期にアナキズム系雑誌『天義』にしばしば投稿し、英文でクロポトキンを読んでいた周作人は「ある革命家の手記」の一部分の要約を「ロシア革命と虚無主義の別を論じる」と題して発表している。[*78]この雑誌を主宰したのは何震であり、嵯峨隆によれば、その夫である劉師培は幸徳秋水の影響下でアナキズムを受け入れるようになった人物である。[*79] 幸徳秋水自身も章炳麟や劉師培との交流から、『天義』に投稿したことがあった。周作人と直接面識があったかは別としても、幸徳秋水らアナキストに対する迫害を他人事とは考えなかったはずだ。

大逆事件の衝撃の後、周作人は東京をあとにするが、帰国後も日本文学への関心は持続していた。及川智子の考証[*80]によれば、周作人は日本留学時期から『白樺』を購読しはじめ、中国帰国後も継続し、紹興からバックナンバーを注文するほどであったという。紹興時代、周作人は中学校で英語教員を務めながら、日本文学だけでなく、幅広い洋書を渉猟しては翻訳を試みたり、新たに誕生した我が子のために児童教育方面にも関心を拡げたりしたが、そのほとんどは評価されることはなかった。だが、兄魯迅の尽力によって北京大学に招かれて教授となると、この時期の多方面にわたる蓄積が一気に花開くことになる。

第二章　人道主義文学の提唱とその破綻

一　「その不可なるを知るもこれをなす」――新しき村への共鳴と挫折

1　紹興から北京へ

一九一七年春、中華民国政府教育部官僚だった魯迅の奔走により、周作人の北京大学教授就任が内定した。周作人は、四月一日に北京に到着すると、兄魯迅の暮らす紹興県館に入った。兄と同居するのは日本留学時代以来で八年ぶりである。中国帰国以降、周作人は紹興で妻信子とともに暮らし、浙江省立第五中学（現代日本の中学・高等学校に相当する）で英語教員などを務めるかたわらで細々と執筆活動を行ってきたが、これ以降、中国の政治文化の中心地、北京に身を置いて文学活動を展開することになる。

北京大学は一九一七年から蔡元培新校長のもとで改革が進められ、『青年雑誌』（のちの『新青年』）を創刊した陳独秀（文科学長、一八七九〜一九四二年）を筆頭に新進気鋭の論客たちが一堂に会していた。アメリカ留学から帰ったばかりの胡適（一八九一〜一九六二年）、上海で文名を謳われた劉半農（一八九一〜一九三四年）は特に若く、弱冠二十七歳だった。一回り年長で三十九歳だった陳独秀とともにウサギ年生まれだったため、周作人は彼らを「ウサギ年の名人」と呼んで親しんだが[*1]、周作人にしても彼らの中間の三十三歳で若かった。背広姿に革靴がトレードマークだった劉半農からすると、当時すでに髭を蓄《たくわ》え、毛皮の帽子をかぶった周作人は「ロシア革命の英雄」に見えたという[*2]。この若き俊秀たちは陳独秀とともに『新青年』の同人となり、五・四時期新文化運動の中心となった。

彼らより一足遅れて一九一七年秋から正式着任した周作人は、北京大学で「欧州文学史」「希臘《ギリシア》羅馬《ローマ》文学史」を毎週三時間ずつ、計六時間を講義した。日本留学時代の読書が役立ったとはいえ、日夜講義の準備に追われていた様子が日記からうかがわれる[*3]。日中は講義録を起草し、夜には勤めから帰った兄魯迅に添削をしてもらってから浄書して、大学の印刷所に手渡すという自転車操業の日々だった。そんな余裕のない周作人のもとを頻々と訪れたのは、銭玄同《せんげんどう》（北京大学教授、一八八七〜一九三九年）だった。この日本留学時代以来の友人は一足早く『新青年』同人となり、文字改革問題を盛んに論じていた。魯迅も銭玄同に寄稿を勧められたことは自ら『吶喊』序で語るとおりだが、周作人も勧められて寄稿するようになった一人である。最初に投稿した原稿は「ドストエフスキーの小説」（一九一八年一月）、「古詩今訳に関する題記」（一九一八年二月）などいずれも翻訳だったが、[*4] 初めて自らの言葉で語り出したのが、「武者小路実篤作『ある青年の夢』を読んで」（一九一八年五月）だった。周作人は文章の冒頭で次のように読後の感動を語っている。

図８　北京大学時代の周作人

私はふだん自分の意見を述べるのがあまり好きではない。なぜなら（一）意見が綿密でなく、議論が現実に即していなければ、話したところで価値がない。つまり自分の内なる力が不足していることを恐れている。（二）問題があまりにも大きすぎ、多すぎると感じる。そして論じるには時期尚早だと思う。これは中国人の能力に対する不信でもある。……最近、日本の武者小路実篤さんの脚本『ある青年の夢』を読んで、極めて強い感銘を受けた。梁漱溟さんの文章〔「我らが出でずして蒼生〔庶民〕は如何とす」〕を併せて思い起こし、一つの思いが浮かんだ。それは「その不可なるを知るもこれをなす」必要である。力量及ばず、成果期しがたいといえども、言わざるべからず、成さざるべからず。[*5]

「その不可なるを知るもこれをなす」とは、『論語』（「憲問第十四」）に見える言葉で、儒者を「だめなのを知りながらやっている方」と門番があざ笑う箇所から採ったものだが、[*6] その本意を顛倒させ、困難な変革に敢えて挑戦する決意を表明している。この決意が武者小路実篤の作品に触発されたことは文中に見るとおりだが、日本留学から帰国した直後の周作人は東京への思い絶ちがたく失意に沈んでいた。そのうえ辛亥革命では、革命の実態を目の当たりにして幻滅を味わっていた。「民国の徴《しるし》はいずこに」（一九一二年二月）では明瞭に失望感を吐露している。

嗚呼《ああ》！　昔は異族たりしが、今は同気たり。昔は専制たりしが、今は共和たり。今を以って昔を較ぶれば、其の異は安《いず》くにか在る。今の道に由りては今の俗に変りなし。浙東の片土といえども固《もと》より赫然として一小朝廷なり。昔者と異なれるは、殆んど是に在るか。[*7]

周作人はここで異民族王朝を倒して、同じ民族が治める国家となり、専制国家が共和制国家となったのに、昔と今とで何もやり方が変わらず、変化がないと嘆いている。せいぜい違うのは狭い浙東（紹興、寧波など越の地域）の片隅が小朝廷に成り上がっているぐらいだというのである。その失望感は魯迅にも共通し、周作人独りのものではなかった。だが、心肝相照らす兄魯迅は辛亥革命後、中華民国政府教育官僚として南京、そして北京に赴任し、こののち周作人が北京大学に迎えられるまで、兄弟二人は大部分の期間を別々に過ごしていた。二人の日記にはわずかに書簡のやりとりや書籍の発送の記録が残るのみで、胸襟を開いて語り合う機会は少なかったようだ。

紹興時代の周作人日記をみると、毎月のように日本から洋書や和書を取り寄せている記録が残っており、そのなかには日本の文芸誌『白樺』が含まれていた。前述のとおり、及川智子によれば、『白樺』は日本留学時期に存在を知り、帰国後も購読し、紹興からバックナンバーを注文したほどであった。[*8] この白樺派への傾倒が後年の「新しき村」への共鳴につながったことに疑う余地はない。だが、『白樺』は一九一六年四月号まででいったん購読を取りやめ、柳田国男が主宰する『郷土研究』を新たに購読しはじめており、『白樺』への関心も五・四時期まで一貫していたわけではない。于耀明《うようめい》は『ある青年の夢』が雑誌『白樺』に掲載された一九一六年当時に周作人はすでに一部分を読んでいた可能性があると指摘しているが、その感銘を表明するのは一九一八年四月のことであり、単行本刊行後一年以上経過している。[*9]『白樺』掲載時に影響を受けたとは考えにくいだろう。総じてみれば、紹興時代の周作人は日本文学、民俗学、児童教育などの世界を広く渉猟しつつも、特定の分野に偏ることはなかった。『白樺』に対する興味が一度杜絶《とぜつ》したにもかかわらず、北京に来てから唐突に再び『ある青年の夢』に興味をもった理由について尾崎文昭は作品が与えたショックの大きさゆえであると説明しているが、それだけであったとは思われないのである。[*10]

2　武者小路実篤と『ある青年の夢』

周作人の「武者小路実篤作『ある青年の夢』を読んで」を検討する前に『ある青年の夢』が書かれた背景を武者小路に即して整理しておきたい。この脚本はまず『白樺』一九一六年三月号に序文が掲載され、その後四月号から五回連載され、十一月に完結し、翌一七年に洛陽堂から単行本が刊行された。『周作人日記』によれば、第一幕が掲載された四月号までは購読しているので、序文も読んでいる。その自序のなかで、武者小路は「戦争を好む国民と云えば世界の人はすぐ日本人を頭に描くであろう」と認めつつ、次のように述べる。

日本は一たいに今度の戦争には神経質ではない。そして自分は一般から無視され、軽蔑されている。だからこの作が〔雑誌連載期間中から〕反対の反響を得なかったのは当然かも知れない。[*11]

この言葉からも当時の日本の状況は十分推し量れるだろう。この作品に好意的評価を与えたのは広津和郎のほか見当たらず、武者小路は連載中の『白樺』の編集後記でも、「この頃自分の悪口を云う人が沢山出来た。……僕の『或る青年の夢』はああいうものだから、こっちの精神の感じられないものには悪口を云うよき口実を与えた。それで随分根気よく悪口を云ってくれる。浅薄、和製人道主義、翻訳人道主義、童話劇いろいろの名をつけてくれる」[*12]と述べるように、惨憺たる評価だった。その背景には第一次世界大戦がもたらした空前の好況がある。日本は日英同盟を口実として一九一四年に参戦すると、ドイツの租借地であった山東半島を侵略して支配下に収め、中華民国政府には対華二十一ヶ条要求をつきつけた。経済面でも、戦火で荒廃したヨーロッパ諸国の間隙を縫って工業生産額を倍増させ、名実ともに先進国の仲間入りを果たした。好況に沸く社会では戦争に反対する者のほうが反感を買い、武者小路の反戦劇に対しても批判が多かった。だから、武者小路自身、「自分も云っても始まらないことは知っている。しかし云わないのはなお心残りだ[*13]」として、自序で次のように述べる。

人類の運命にたいする心配、それは僭越な心配ではない。万人の憂えるべき心配だ。この心配から新らしいこの世の秩序が生れることを自分はのぞんでいる。この心配を無視しすぎることは反って恐ろしい結果になる。自分は平和に、理性的に、そして自然にその新らしい秩序が生れることを望んでいる。血なまぐさいことは自分はさけられるだけさけたいと思っている。[*14]

「国と国との関係がこのままでゆくことは恐ろしい[*15]」とも述べるように、武者小路の「心配」は戦争の生む悲劇も含まれているが、それだけではなかった。「恐ろしい結果」や「血なまぐさいこと」を避けるためには、「平和に、理性的に、そして自然にその新らしい秩序」が必要だと述べる。この新しい秩序の構想こそが作品の核をなすものである。作品では繰り返し「人類の意志に従うべきだ」という言葉で平和で理性的な世界への期待が語られ、「国家を捨てろ」あるいは「人類的国家を主張しろ」という声があがる。ここで夢見られた新たな秩序には後の新しき村建設へと向かう理念の萌芽が看取される。藤井省三は「ここで武者小路は第一次世界大戦の帝国主義的側面を人類主義的視点から告発しており、その個々人の覚醒による国家の解体のみが悲惨な戦争から人類を救う唯一の道であるという理念は、一直線に新しき村における実践運動へと連なっていると言えよう」[16]と指摘するように、『ある青年の夢』は単なる反戦劇ではなく、「恐ろしい結果」を招かぬために何をすべきかを模索する思考実験であった。例えば、第四幕では「恐ろしい結果」に言及して、次のように述べる。

男一。実際、今後人間の運命がこのままで進んではたまりませんね。
青年。本当です。そうかと云って革命も恐ろしい気もします。どうしたらいいかわからない気もします、黙って見ていたいような、それも恐ろしいような気もします。[17]

この脚本が執筆されたのは一九一六年であって、まだロシア革命は起きていない。だが、この会話でも示されているように、武者小路は国家間の矛盾がさらに激化すれば「革命」は免れないと考えて危機感を抱いていた。後に新潮社から新装版が刊行される際、「この作は一九一六年にかいたもので、当時迄大戦争中で、米国が参加しない前だった」と述べ、さらに「ロシヤには未曾有の革命が行われた。之も今後どうなるか一寸わからない」と述べるように、[18]『ある青年の夢』執筆当時は第一次世界大戦の最中に提起された反戦論で、自身でもロシアに革命が本当に起きると確信していたわけではない。だが、ロシア革命を経た今日読み返してみると、武者小路の先見性が鮮やかに示されている。そして、周作人の評論からも、その先見性に感銘を受けたことが読み取れるのである。

3　ロシア革命と『ある青年の夢』

「武者小路実篤作『ある青年の夢』を読んで」（一九一八年五月）では冒頭で「その不可なるを知るもこれをなす」という決意が前述のように語られる。続いて前半部分ではその困難に早くから挑んできたのは好戦的なロシアであったと指摘し、ロシアにおける反戦文学の歴史を紹介している。その代表例として挙げられるのは、L・トルストイ（一八二八～一九一〇年）、ガルシン（一八五五～八八年）、アンドレーエフ（一八七一～一九一九年）である。後者二人はいずれもトルストイの影響下にあり、反戦文学はお互いを敵味方なく等しく人間として扱うヒューマニズムに立脚していると指摘する。そのうえで、次のように述べる。

「人類はお互い理解し合える」とはいかにすれば実現できるか？　その答えはやはり「V Narod」〔ロシア語からのローマ字転記、ヴ・ナロード〕なのだ。*19

「ヴ・ナロード」とはロシア語で、ナロードニキが一八七三年から七五年にかけて農民蜂起を訴えた際のスローガンとして知られ、一般に「人民の中へ」と訳される。ナロードニキは十九世紀後半のロシアのインテリゲンチャによる社会主義運動で、資本主義を経由した革命ではなく、ロシア独自の農村における共同体を基盤とした社会主義を提唱した。魯迅と周作人は日本留学時代に血の日曜日事件（一九〇五年）の報道に接して以来、ロシアの革命運動と文学に関心を寄せ、ロシア語学習も志したほどだった。[*20] そうした関心から周作人はクロポトキンの著書紹介を『天義』に寄稿している。北京大学教授となってからも「ロシア革命の哲学的基礎」（一九一九年四月）を翻訳し、革命思想の源流たるバクーニンなどアナキズムを紹介しており、クロポトキン、バクーニンともナロードニキの流れを汲む十九世紀後半の社会主義者に対する関心が継続的に認められる。『域外小説集』ではガルシン、アンドレーエフを翻訳したことがあり、とくにガルシンの「邂逅」（周作人訳）はまさしく人民に奉仕するといったナロードニキ的志向の強い作品であるし、「四日間」（魯迅訳）は殺した敵兵の屍臭のなかで瀕死の四日間を生き抜く凄惨な物語で、反戦文学として著名である。[*21] ここで周作人が反戦文学の理念として留学時代に傾倒した作家と文学に言及したのは、武者小路の作品もまたその反戦文学のなかに位置づける意図があったからであろう。革命への憧憬は、辛亥革命の醜悪さに幻滅してから、長らく失われていたものだった。

その幻滅感を一掃したのが、一九一七年十一月に起きたロシアの十月革命だったと思われる。世界で初めての共産主義政権の誕生は中国でも広く報道され、周作人はロシア民衆の覚醒が現実のものとなったことに驚いたに違いない。一九一七年十一月七日（ロシア暦十月二十五日）にペトログラード（現サンクトペテルブルク）で起きた革命は、十一日には中国の『申報』や日本の『朝日新聞』、『読売新聞』で詳細に報道された。当初はレーニンが指導する「過激派」がロシアを統治することに懐疑的な報道が多く、批判的論調が多かった。自身の見聞した辛亥革命での経験も併せ考えれば単純な革命への憧憬ではなく、期待と危惧が錯綜していたと考えられる。周作人の周辺でも『新青年』同人で後に中国共産党創設者のひとりとなる李大釗（一八八九〜一九二七年）にしても「仏露革命の比較観」で、ロシア社会が混乱に陥っていることを認めつつ、「ロシアの今日の革命は、かつてのフランス革命と同様に、未来の世紀文明に絶大なる変動を起こさせる影響をもたらすだろう」[*22]（一九一八年七月）と期待を示すに止まり、共産主義の勝利として完全に肯定するのは同年十月の評論「庶民の勝利」、「Bolshevism の勝利」まで待たねばならなかった。周作人のロシア革命に対する評価が李大釗よりも積極的であったとは思われず、ロシア革命のような暴力革命がいずれ中国や日本でも起きるかもしれないという懸念を抱きながら、周作人はこの頃『ある青年の夢』を読んだのだろう。

周作人が『ある青年の夢』を入手したのは一九一八年四月八日で、九日、十日二晩で読了すると、十一日の午後「雑文を書く」とあり、十二日には『新青年』の編集を担当していた沈尹黙に原稿を渡している。[*23]『新青年』一九一八年五月号に掲載された周作人の原稿は他に与謝野晶子「人及び女として」の翻訳があるだけなので、これが「武者小路実篤作『ある青年の夢』を読んで」であると考えられる。それからさらに二週間後、四月二十六日の日記には、

午前中、学校に行く。蔡〔元培〕先生を訪ね、来年ロシアに行く件を話す。[*24]

とある。これが周作人の希望であるかどうか、この文脈だけでは判断できないが、ロシア革命が起きたことを承知のうえで、ロシア訪問を検討していたことがわかる。この当時、蔡元培校長は毎月のように日本語資料の翻訳を周作人に依頼しており、日常的に直接往来する関係にあった。翌々日の二十八日の日記には「蔡先生が話しに〔周作人の宿舎に〕来る」とあり、何らかの話し合いが行われたようだが、結局ロシア訪問は実現しなかった。だが、ここからも周作人がロシア革命の行方に重大な関心を寄せていたことがうかがわれる。

こうしたロシア革命に対する危機感は周作人の評論にも明瞭に反映されている。周作人は『ある青年の夢』のあらすじを次のように紹介する。

> ある青年は、知らぬ者にあちこち連れて行かれ、戦争の恐ろしさと無意味さを心から痛感し、「人間がまだ人類的にまで生長し切らない内は戦争がやまない」と結論した。もし「我々が国家の立場で物を見ずに、人類の立場でものを見ること」さえできれば恒久平和が得られるが、これは「民衆から目覚めなければ駄目」だという。*25
> （傍線は著者による。以下同）

引用句は周作人が第一幕、第四幕から抜粋した言葉である。武者小路の脚本では傍線部の科白《せりふ》に続いて次のような言葉が続く。

青年。否むしろ今後ますます戦争がさかんになると思います。少くも戦争にたいする恐怖がますだろうと思っています。今にして目ざめなければ恐ろしい時が来ると思います。[*26]

戦争が盛んになってもまだ「目ざめなければ」、次には「恐ろしい時」が来るという。脚本を通読している周作人には、少なくともそれが「革命」を指すことは自明であっただろう。その恐ろしい時を回避するため、武者小路が必要と考えたのが人類主義であり、そのために要請されるのが民衆の覚醒だった。「民衆から目覚め」るという言葉は第四幕からの引用だが、武者小路の脚本では次のようになっていた。


青年。この世はどうしたらいいとお思いになります。

乞食。さあ。矢張り、実行によって人間の心にありがたいものの本当のありがたさを知らすより仕方がないでしょう。矢張り、民衆から目覚めなければ駄目でしょう。

青年。それは大変ですね。その前に恐ろしいことは来はしないでしょうか。

乞食。来たら来た時です。[*27]

この一節から周作人が「民衆から目覚めなければ」を引用する時、武者小路の「恐ろしいこと」

への危惧を見逃していたとは考えられない。武者小路が訴える人類主義とは、「恐ろしいこと」、即ち暴力革命を回避することが目的であると周作人も理解していただろう。暴力革命を達成した十月革命はまさしく武者小路が作中で懸念していた「恐ろしいこと」そのものであり、『ある青年の夢』を周作人が読んだ時、それは現実となっていた。その現実を前にして読んだ周作人にとって、中国や日本で次に起こるかも知れぬ革命を回避し、「平和に、理性的に、そして自然に」新しい秩序を作り出したいという願いに対する共感は極めて切実なものとなったであろう。そもそも民衆の覚醒によって変革が成就するという発想はナロードニキに近く、周作人にとって慣れ親しんだ発想でもあった。そのうえで次の一節を第四幕から引用して締めくくっている。

青年。戦争を生むものに活力を与えなかったら国は亡びはしませんか。国を亡ぼさずに私は戦争がなくしたいのです。
乞食。其処です。しかし国と云うものの考が今のままでは、それは無理です。民衆の力によって、国の内要をかえてしまわなければなりません。世界の民衆が一つになった時、根でお互に握手し切ってしまえば、その時戦争は自ずと消えるでしょう。……今の国家を認めて、今の戦争を否定する位い虫のいいものはありません。[*28]

現在の国家の本質がまさしく「戦争を生むもの」、すなわち暴力装置にあると武者小路は直感的に見抜いていた。国家がその本質ゆえに破綻する時に「恐ろしいこと」が起きることは不可避であるからこそ、「国の内要をかえてしまう」必要があった。そのためには民衆同士が手を握り合う人類主義が広がらねばならないと武者小路は考えていた。当時の武者小路の思想は、「トルストイ主義の否定の否定によって、『白樺』以前のトルストイ主義的なものが再出現した時期[*29]」（本多秋五）にあったからであろう。民衆の覚醒が中国を再生するという理想は、日本留学時代に兄魯迅とともに周作人が思い描いたものであり、武者小路との思想的な親和性は明らかである。この後、武者小路がキリスト教的博愛主義たるトルストイ主義からアナキズム的コミューン「新しき村」へと突き進む道筋もすでに準備されていたといえる。

4　新しき村の理念

周作人が『ある青年の夢』への共感を表明した頃、武者小路実篤はすでに「新しき村に就ての対話」を『白樺』誌上で発表していた。この対話は、三つの対話から構成され、「第二の対話」、「第三の対話」は『白樺』（一九一八年五、六月号）に掲載されたが、最初に執筆した「第一の対話」だけは『大阪毎日新聞』夕刊（七月十二～二十一日）に「ある国」と題して最後に発表された。

この三つの対話は武者小路の思索の足取りを反映している。「第一の対話」は「虫のいい空想」と述べつつ期待する理想国家の構想を語るものである。大津山国夫が指摘するとおり「自分は実際家ではない。唯考えているだけだ」という留保があるからこそ、自由に「ある国」に寄せるユートピア的願望を語ることができた。[*30] この段階では「新しき村」という構想はまったく存在しなかった。ところが、第二、第三と執筆を進める三ヶ月間に急激に「彼の体内で水位が急激に上へせりあがっているような」形で急展開し、[*31]「第一の対話」が新聞に掲載される頃には機関誌「新しき村」が創刊され、入植地探しが始まっていた。そのため「第二の対話」、「第三の対話」は着地点を想定して準備された内容ではなく、「正直に云うと始めて君にこの問題について話した時とは僕の覚悟はちがって来ている、始めて君に話した時はまだ僕は希望として話していた」[*32]（「第三の対話」）と述べるように、自らも予測しない結末へと導かれるドラマだった。「第一の対話」がユートピアの美しさを語るものであるとすれば、「第二の対話」に特徴的なのは語られたユートピアの美しさを損なう現実に対する怒りである。「今日はよかったらもっと実際的のお話を」と水を向けられて話しだし、現在の社会の不平等を批判するうちに怒りの矛先はやがて現実世界で安逸《あんいつ》に生きる自己にも向けられ、それを改めるため、「僕は人間の理性とか、愛とか、理知とか、そう云うものによって、尤《もっとも》だと思い込むことによって一歩づつ（ママ）進みたく思っている。一時に世界を引くり返そうとは思わない。自分は少数の人が協力して、新らしい生活をつくることから始めたい」[*33]と述べるに至る。文章は無名の若者Aを対話者として想定し、先生たる自分に疑問を投げかける対話劇として展開されるため、武者小路は無意識裡に蔵していた疑問や不安を対話のなかで引き出してしまい、思索の歩みを早めてしまったのだろう。この「新しい生活」への決意こそが、新しき村創設へと向かう決定的動機となった。

最後の「第三の対話」のタイトルには「すべてをあなたの思召しに任せます。私の力では何事も出来ません。三十三の誕生日に[*34]」と添え書きされ、理想に捧げる信仰が語られている。第二の対話では自らの生活を一新するために「新しき村」を創設する決意を示し、具体的方策が語られたが、第三では「新しき村」の成否が問われる。その成否に対する不安を武者小路自身抱かないはずがなかった。だが、「村が出来た処が、それからが大変です。世界的な仕事にするのは不可能と云う方が本当の気がします」という若者Aの問いかけに対して「そう云う問題になると、もう信仰の問題になる」と答え、「我々は平和な道で、静かに自然に、新らしい生活に入れる道を見出した。少くも見出したことを信仰している。我々は神に感謝してよろこんでその道に入って行こうと思うのだ[*35]」と述べる。同じ頃に書かれた「新しき村に就ての雑感」でも「万々が一失敗しても得をして見せる。本当の意味での失敗は正しいことをしようとするものにはあり得ない[*36]」と述べるように、現実的な実行可能性は度外視される。何よりも重視されたのは、恵まれた家産で生活する自分の生活を捨て、自らの生活を変革するための勇気だった。

「新しき村」の提唱について、大津山国夫は第一に力による急進的な社会改造を退けるため、階級と搾取のない万民平等の理想国家の建設を願ったものであり、第二に共産の友愛社会を創り、そのなかで生きることを願い、第三に武者小路自らの生活改造として、有産階級たる自分の財産を新しき村に提供することで、その負い目から脱却することを願ったものだと指摘している[*37]。第一、第二の理由は「第一の対話」においても委細を尽くして語られた内容であり、『ある青年の夢』以来の反戦思想と内実のうえで大きな隔たりはない。だが、何よりも「新しき村」実践に武者小路を駆り立てたもっとも切実な理由は、「新しい生活」で実現する自らの生活改造にほかならなかった。そして、その第三点だけは周作人が共有し得なかったものである。

周作人が「新しき村」の試みを知ったのは単行本『新しき村の生活』（新潮社、一九一八年八月）が刊行されてからである。日記によると『朝日新聞』を当時定期購読しており、妻の実家経由で折々に送られてくる新聞で「新しき村」を知ったことが確認できる。[*38]『朝日新聞』が報ずる九月初旬に「新しき村」が九州日向に建設された記事も恐らく読んだことだろう。[*39]そして、一九一八年十月の日記には郵便で届いた『新しき村の生活』を読み、同日中に「新ラシキ村本部」に送金して雑誌『新しき村』（同年七月創刊）を定期購読し、十一月には『新しき村の説明及会則』（新しき村東京支部、一九一八年九月初版）も読んでいる。[*40]

その後周作人が「日本の新しき村」（一九一九年三月）で武者小路の新たな試みを詳細に紹介するまでに半年弱の間が空いている。だが、この間に発表された「人間の文学」（一九一八年十二月）、「平民の文学」（一九一九年一月）や散文詩「小河」（同年二月）にも「新しき村」の理念は投影されており、それは後述する。ここではまず先に「日本の新しき村」を検討したい。この評論は、内容のほとんどを『新しき村の生活』と『新しき村の説明及会則』からの抜粋翻訳に費やしており、その出処を確認することで周作人が新しき村からどのような理念を摂取したのかが明らかにできる。

冒頭、周作人は「日本の新しき村の運動は世界的にも注意すべき事である」として、「ユートピアを夢見た人は少なくないが、これまで着手実行されたことはなく、幾つか実行に移されたが間もなく消滅した」[*41]と高く評価する。そして、新しき村の優れた点は、トルストイの理念を批判的に継承し、肉体労働だけでなく精神労働も重視してバランスよく、人類に対する義務だけでなく、個人自身に対する義務も果たすことを目指している点であると指摘して、個体と共同体の調和を図りつつ双方の発展に務める実行可能な人生の福音だと称賛している。

個体と共同体の調和の理想は「第一の対話」(「新しき村に就ての対話」所収)で強調される理念であり、「第二の対話」でも議論されているが、長短あわせて三十七箇所の引用のうち半数弱の十六箇所が「第一の対話」からで、ついで多いのは『新しき村の説明及会則』六箇所であり、その内容は共同体と個体の調和的発展について説く内容が中心である。それに対して、「第二の対話」は五箇所だけで、その内容は肉体労働、精神労働によって卑賤の区別は許されぬこと、恋愛においては男女平等を重視すべきこと、肉食にあたっては無用の苦しみを家畜に与えてはならぬことを説くなどで、武者小路が自らの生活改造を決意する部分は完全に捨象されている。このほか、「新しき村の小問答」三箇所、「労働の義務」二箇所、「合理的社会」が一箇所と続くが、信仰を説く「新しき村に就いての対話——第三の対話」に至ってはまったく言及されていない。

ここで具体的に周作人が抜き書きした箇所を見てみよう。以下は『ある青年の夢』と同趣旨の見解を語る部分である。

僕の云うことは現在実現出来ないことにしろ、そう遠くない未来において実現出来る。自分はそれを信じている。それは自分の信仰だ。しかしそう云う社会は暴力によって得られるか、暴力なしにも得られるかと云うことは、その時の個人の進歩の程度による。（「第一の対話」）

遅かれ早かれ、革命は世界的におこるにちがいない。それはもっと世の中が合理的になる為だ。もっと個人的であり、もっと自由であり、そしてもっと人類的でなければならない。（「労働の義務」）

自分はそう云う時代に向っての用意を余り怠ると、革命と云うものが必然に起ると思う。革命を恐れるものは、人間をして益々人間らしく生きられるようにするより仕方がない。[*42]（「第一の対話」）

この三箇所の引用は周作人が訳出した順序のまま示している。抜粋箇所はそれぞれ異なるにもかかわらず、暴力革命に対する危機感が明白に読み取れる。この言葉を補う形で、「新しき村の運動は、この人間らしい生活の実行を提唱するもので、必然的潮流に従って、新たな社会の基礎を作ることによって、将来の革命を避け、無用な破壊と損失を無くそうというものだ[*43]」と述べており、かつての辛亥革命、そしてロシア革命という暴力革命を否定的に捉えていることが明白に示されている。「新しき村」に周作人が賛同したのは、この改革運動によって流血の悲劇を回避して世界秩序を変えられると考えていたからであった。続いて説明するのは、「人間らしい生活」の定義である。

これも周作人は「第一の対話」から抜粋して説明している。この部分は引用が多数にのぼるので、比較的まとまった一節を掲げる。

人類すべてが、他人を人間らしく生活させることによって、自己が人間らしき生活が出来、自己を人間らしく生活させることによって、他人を人間らしく生活させることが出来ると云う確信は、今度の戦争によっても猶はっきりしたろうと思う。……人間は間違った道を歩くことによって平和は得られない。正しき道に帰るまでは血腥《ちなまぐ》さい事件は続いて起る。人間は今のままで平和を楽しむことは出来ない。それは坂に玉を転がして止るのを待っているようなものだ。又少数の人間が自己の幸福を多数の人間の不幸の上に築いていて、天下泰平を楽しむことは出来ない。すべてが人為的には平等にならなければならない。それはすべての人が今の労働者になることを意味していない。又凡ての人が今の紳士になることも意味していない。凡ての人が人間であることを意味する。健全な独立した、人類に対する義務は果すが、同等に自己を何処までも生かす人間であることを意味する。……それにはすべての人が一定の労働の義務を果すことによって、すべての人が衣食住の心配から超越することが出来る時代でなければならない。健全なる生活に必要なる衣食住、それを国民に与えることが出来ない国家は、泰平を喜ぶことが出来ない。[*44]

（「第一の対話」、文中省略は周作人による）

長い引用になったが、ここで武者小路が繰り返し述べる「人間らしき生活」を周作人は中国語で「人的生活」と訳している。日本語に含まれるニュアンスを簡潔に中国語に反映するのは確かに難しいであろう。それは前段の引用にも示されるとおり、「人間らしさ」の含意が極めて広範囲にわたるからである。そこには紳士・労働者という階級を超越し、自他ともに平等で、他者を抑圧しない健全な生活を営む者で、人類全体のために労働の義務を果たしながらも、自らの個性を十全に発展させる者であること、すべてが含意されている。このような理想は誰もが夢みるだろうが、その実現は難しい。唯一好意的に評価した広津和郎すら「武者小路氏の自己批評は「正義」とか「人道」とか迄行くと立止って了っている。氏の懐疑は「正義」に迄、「人道」に迄の懐疑である。「正義」とか「人道」とかは彼は解剖すべからざるものの如くに信仰している」[*45]と指摘したように、正義や善と同じように「人間らしさ」や「人類」を無限定に賛美しても、その内実が伴わなければ絵空事は絵空事で終わってしまう。武者小路がそれを絵空事で終わらせなかったのは、大津山国夫が指摘するように、「自らの生活改造として、有産階級たる自分の財産を新しき村に提供することで、その負い目から脱却することを願った」[*46]からだと言わねばならない。絵空事に殉ずる決意を武者小路は「第三の対話」において「信仰」と名づけた。周作人がその信仰のオプティミズムを採らなかったのは資質の違いによるものであろうが、信仰に殉ずる意志を持たなければ新しき村の存在価値は半ば以上失われたも同然だった。日本の新しき村の存在価値はその後現実に直面した厳しさによって錬成された理念にある。。その後、中国で新しき村が一過性のブームとして終わらざるを得なかった原因も、理念に殉ずる決意の有無にあったと考えられる。

実際のところ、この最初の紹介文「日本の新しき村」を発表した直後は特段反響を呼ぶことはなかった。だが、五・四運動の勃発で状況は一変する。周作人が妻子を伴って東京に一時帰省していた五月、北京大学の学生は、日本の大隈重信内閣による不当な二十一ヶ条要求の容認を含むパリ講和条約の調印拒絶を訴えてデモ行進を行い、その運動は全国に波及した。この報道に接した周作人は単身急ぎ帰国している。ロシア革命の衝撃に続き、中国でも大規模なデモが勃発し、周作人の危機感は一層強まったはずだ。『日本の新しき村』を発表する一ヶ月前に書かれた散文詩「小河」でも、その危機感は鮮明に表現され、後年の回想録も言及している。[*47]

畦脇の稲は川の水音を聞き、眉を顰《ひそ》めて話した。

私は一株の稲、憐れな草、川の水が私を潤してくれるのが好きだけど、私を圧し流さないか心配です。

川の水は私の親友で、以前は私の前を穏やかに流れ、お辞儀をすれば、彼は微笑んでくれました。……もともと川の水は親友だったのに、今はもう他人みたい。彼は泥底で呻《うめ》いていて、その声は微かだけど、なんて恐い声！　そよ風に手を引かれて岸辺を渡るときの、あの楽しそうな、いつもの声とは似ても似つかない。

今度、彼が顔を出した時、もう昔の友達ではなく――私のうえをずかずかと踏み越えてゆくで

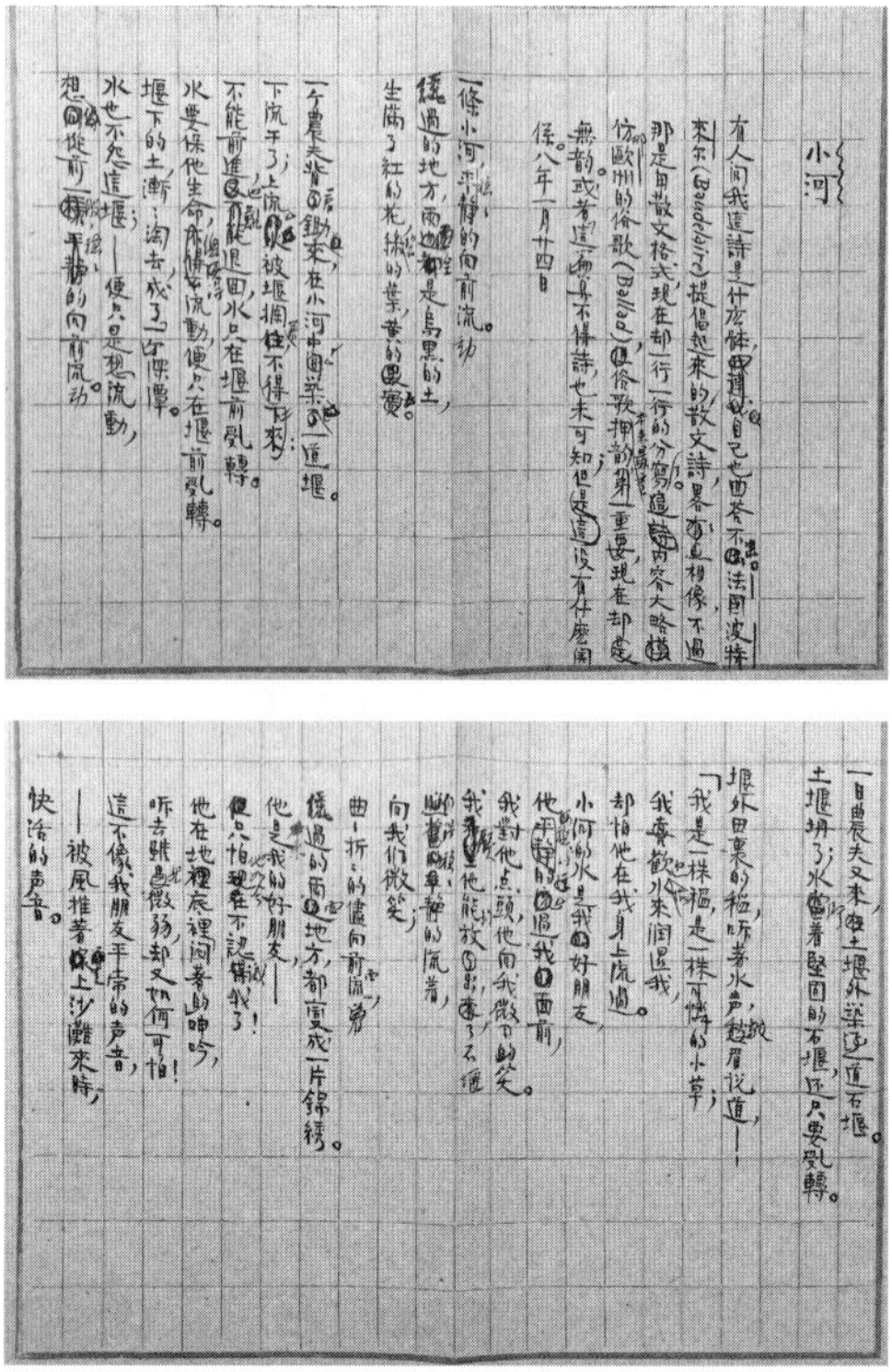

図9　「小河」詩稿（中国魯迅博物館所蔵）

しょう。だから私は心配でなりません。[*48]

（引用の便宜上、原文の改行を省いた）

散文詩は、童話のように洪水の到来を恐れる一株の稲に仮託して語られる。ここでの水は「民は水のごとく、水はよく舟を載せるも、またよく舟を覆す」という古諺を踏まえて、迫り来る革命への危機感をうたうものであった。この詩を書いた三ヶ月後に五・四運動が起きたのであるから、自らの予感が正しかったと確信したであろう。その危機感に衝きうごかされ、七月に再び妻子を迎えるために日本を再訪した際、回り道をして九州日向の新しき村を訪ねている。帰国後、五・四運動が高揚するなか、周作人の新しき村訪問記は大きな反響を呼んだ。兄魯迅の手で翻訳された『ある青年の夢』は、武者小路実篤からの書簡「支那の未知の友人へ」とともに『新青年』〔第七巻第三号、一九二〇年二月〕に掲載され、蔡元培、陳独秀、李大釗らが感想を寄せ、大いに注目を集めた。魯迅は訳者序で次のように述べている。

『新青年』四巻五号で、周啓明〔作人〕が『或る青年の夢』を取り上げていたので、私も早速探して読了し、大変感動した。思想は透徹しており、確固とした自信に満ち、語り口には偽りがない。[*49]

この序文を読むかぎり、弟が一九一八年に「武者小路実篤の『ある青年の夢』を読む」を発表するまで、魯迅は作品を読んでいなかったようだ。周作人も入手してから文章を発表するまで極めて短期間であったから兄に紹介する間もなかったと思われる。また、第一章で指摘したように、白樺派の作家が世に出たのが一九一〇年であったため、先に帰国した魯迅は知る機会がなかったためでもある。

序文でも述べるように、『ある青年の夢』を魯迅も高く評価するからこそ膨大な分量の脚本を翻訳する苦労も厭わなかったわけだが、弟の傾倒ぶりと比べると、魯迅は比較的冷静で、「新しき村」とも一定の距離を置いていたようだ。周作人が『欧州文学史』など北京大学の講義録を毎週書き上げるたびに、魯迅が懇切に添削したように、常日頃、弟の仕事には非常に協力的だったが、「新しき村」に関しては、この翻訳を除けば、魯迅の名前を目にすることは皆無である。「『或る青年の夢』訳者序」でも「本書での話のなかには、私と意見が異なるところもあるが、今はくだくだしく言わないことにし、各人のお考えで見ていただきたい[*50]」と留保することも忘れなかった。この点について、山田敬三は、魯迅は必ずしも武者小路に全面的に賛成だから訳したのではなく、時ところを変えれば中国自らも好戦的になる可能性があると警戒し、自戒するために紹介したと指摘している[*51]。辛亥革命での苦い経験を踏まえ、楽天的すぎる「新しき村」に賛同することに魯迅は躊躇したのだと考えられる。

一方の周作人は五・四運動の高揚と歩調を合わせるかのように、矢継ぎ早に新しき村に関する文章を発表した。「日本の新しき村訪問記」(一九一九年十月)は夏に九州日向に新しき村を訪ねた紀行文で、遠く北京から訪ねてきた賓客として友好的にもてなされた様子がうかがわれる文章である。「新しき村の精神」(一九一九年十一月)、「新しき村の理想と実際」(一九二〇年六月)は講演録で、「新しき村運動の解説」(一九二〇年一月)は胡適による新しき村批判に対する反論である。このなかで説明されている内容は前に見た「日本の新しき村」の内容を敷衍《ふえん》ないしは整理したもので、周作人自身が解説者以上の域を出ない以上当然ながら新たに付け加えるべきものはなかった。一九二〇年三月には「新しき村北京支部設立の告知」が発表された。だが、ほかの日本各地における支部と同様、連絡所としての役割を務めるもので、新しき村を中国で実践するものではなかった。その点について「工学主義と新村の討論」（同年三月）では「新しき村」で働きながら学ぶ理想を実現できるかどうかについて具体的な質問が投げかけられたが、周作人の返答に説得力が無いのも当然であった。一つには新しき村の試み自体が始まったばかりで軌道に乗ったとは言いがたく、二つには周作人自身短い滞在経験しかなく、実務に通じていなかったからである。そのため日本を訪問して直接確かめることを勧めるほかなかった。「新村的討論」（一九二〇年十二月）でも同趣旨の説明をしている。この時期、共産主義に関心を寄せる者のなかには、実践運動としての新しき村に興味を持ち、周作人を訪問する者も多数いた。一九二〇年四月七日の日記には「毛沢東君来訪」という記録も見える。[*52]日記には二人の間でどのような会話が交わされたか記されていない。だが、謝昌余の研究によれば、毛沢東は「学生の仕事」（一九一九年十二月）という草稿で詳細に中国版「新しき村」建設計画を書き残しており、この計画はまさに文化大革命発動に際して書かれた「五七指示」の雛形《ひながた》として読めるもので、晩年の毛沢東の理想としたユートピアを体現しているという。[*53]確かに食堂、学校、図書館、農場をすべて共有する両者の発想はよく似ており、「ロシアの若者は社会主義を広めるため、多くが農村に入り、農民と共に暮らしている。日本の若者の間では近来いわゆる「新しき村運動」が盛行している」（「学生の仕事」）と述べるように、周作人の伝える新しき村を明確に意識している。[*54]「日本の新しき村」が発表された一九一九年三月、毛沢東は北京大学図書館で臨時雇いとして働いており、読後感銘を受けて訪問したとすれば、時間的にも符合する。だが、実践経験に乏しい周作人が若き日の毛沢東の興味関心に応えられたかどうかは謎とするほかないだろう。そして、一九二〇年末には、周作人が過労で肋膜炎を発症すると、新しき村の運動は完全に頓挫してしまった。[*55]

それでは社会運動として実践されなかった新しき村は周作人にとって無意味だったのか。確かに社会運動としては実を結ばなかったが、個体が人類のために働き、なおかつ自らも個性を発展させる階級なき社会というユートピアの夢は、五・四時期の文学活動にも影響を与え、大きな拡がりを持ったと考えられる。

二 「人間の文学」における人道主義の構造

1 「人間の文学」発表の経緯

一九一八年六月初旬に周作人は北京大学での授業を終え、「欧州文学史」と「近代欧州文学史」の講義録を整理校訂した。[*56] これで大学に招聘されて以来一年間講じてきた文学史が完結したことになる。『欧州文学史』はギリシア、ローマ古代文学史から説き起こし、中世文学、ルネサンスを経て、十八世紀までの欧州諸国文学史を叙述している。講義録では、英語、日本語文献を中心としつつも、ギリシア語文献も一部利用しており、日本留学時代の広範な読書の成果といえる。二十世紀初頭の中国においては類をみないものであった。『欧州文学史』は同年十月に上海商務印書館から刊行されたものの、『近代欧州文学史』は二〇〇五年に止庵が北京国家図書館で講義録を発見するまで、ほとんど知られることがなく、二〇〇七年にようやく公刊された。同書について校訂者止庵は次のように評価している。

『欧州文学史』は何よりも作者の学識の広さを示すものだが、後に「人間の文学」と「思想革命」の提唱で五・四新文化運動の代表的人物となったこととも無縁ではない。この『近代欧州文学史』と併せ読めば、より明白であろう。当時の周作人は十九世紀の欧州文学者の影響を最も強く受け、自ら「蓋し時代を以ていまだ遠しとせず、思想感情は多く現代人の共通するところとなり、それ吾人を感発せしめ、更に深切たり」と述べるように、「木炭画」（ポーランド・シェンキエヴィチ作）、「マカールの夢」（ロシア・コロレンコ作）から『域外小説集』、『点滴』、『現代小説訳叢（第一集）』に収められた多くの作品が講義録で紹介されている。[*57]

『近代欧州文学史』には前作『欧州文学史』に収録された中世文学から十八世紀の欧州各国文学

史の部分が含まれており、相当の重複があるため、止庵は「欧州文学史」の旧稿ではないかと推測している。[*58]だが、十九世紀以降の文学史が全体の三分の二を占め、とりわけロマン主義から写実主義への発展、さらに当時最新の文学思潮であった象徴主義に至るまで、叙述は当時の周作人の文学観を知るうえで極めて重要で、北京での最初の一年間に「欧州文学史」を講義したことが、中国に新しい文学を生み出すために必要な理念を準備したといえる。

一九一八年夏以降、周作人は徐々に『新青年』への投稿を翻訳から自らの文章へと移行させている。同人たちが交代で書いていた「随感録」にもアンデルセンの童話やエドワード・カーペンター(一八四四〜一九二九年)の著書『恋愛論』についての書評を発表した。こうした変化は、講義の負担が減ったためだけではなく、「不可なるを知るもこれをなす」(武者小路実篤作『ある青年の夢』を読んで」)という不退転の決意も関係している。そして外的環境でいえば、年末の『毎週評論』創刊が周作人の背中を押したといえよう。

十一月末頃、陳独秀を中心に『新青年』同人の間で協議した結果、刊行が遅れがちの月刊誌『新青年』に加えて、機動性のあるメディアとして『毎週評論』の創刊が決まった。周作人も同人の一人として創刊号に掲載する論文を書きはじめた。日記によれば、十二月五日からわずか三日間で脱稿し、十日に北京大学で陳独秀に原稿を渡している。[*59]四日後に陳独秀から「大著「人間の文学」はとても良い出来なので、このような原稿こそ月刊に載せるべきで、『新青年』に掲載したいと思いますが、いかがでしょうか[*60]」という連絡が来た。この提案に同意した周作人は『毎週評論』のために「平民の文学」（一九一九年一月）を新たに執筆し、「人間の文学」は『新青年』第五巻第六号に掲載された。「人間の文学」が文学革命において果たした理論的役割を考えるとき、陳独秀の判断は極めて的確であったと言わねばならない。陳とともに理論的に主導する立場にあった胡適も『中国新文学大系　第一巻　建設理論集』の導言において「人的文学」を「当時の文学の内容改革に関して最も重要な宣言」だと高く評価する。*61 その際に胡適が言及したのが人間についての定義であった。胡適の論評で引用したとおりに示すと以下のとおりである。

「我々がいま提唱すべき新文学とは、単純にいえば「人間的文学」である。排斥すべきなのは、その逆の非人間的文学なのだ」という。周作人はこの「人間」という言葉を次のように解釈する。「私の言う人間とはすなわち〝動物から進化した人類〟であるが、そこには二つ要点があり、（1）〝動物〟から進化したこと、（2）動物から〝進化〟したことである。……換言すれば、動物から進化した人間とは、「霊と肉の一致した」人間を指すのだ。*62

胡適も指摘するように、「人的文学」が文学革命を方向づける理論となりえた最大の理由は儒教的禁欲主義に対するアンチテーゼの提示にある。それは新たな道徳観に裏づけられた「人間性」の再定義にほかならず、大胆に肉体の欲求を肯定し、精神性との調和を訴えた点に理念としての新しさがあった。さらに肉体と精神という個体における調和だけでなく、集団における個体間の調和については「新しき村」の理念も参照している。この両者の融合が「人間の文学」における理念の核心であった。

2 「人間の文学」における「霊肉一致」とエリス

「人間の文学」で最も注目を集めたのは、「霊と肉の一致した」人間という理想である。周作人は伝統的価値観に縛られない新たな「人間」の定義を示すことによって新しい文学のあるべき姿を示そうとした。その核心たる「霊と肉の一致した」人間像は個体として完結する存在ではなく、社会的存在としての人間のあり方も問われるのは自明である。その点については周作人も極めて自覚的であった。そのため「人間の文学」では前段で個体としての人間の定義、中段では社会的存在としての人間のあり方を論じ、後段で欧米文学と中国文学とで人間の描き方が異なることを論じている。後段では具体的作品名も挙げながら詳論しているため、半ば以上の分量を占めるが、理論的な核心は前段と中段にある。前段ではエリスの著書を踏まえた人間観が提示され、中段では武者小路実篤の「新しき村」の影響が色濃くみられる理想的社会像が提示されている。この「人間の文学」が内包する二重構造を文脈に沿って順次見てゆこう。冒頭で周作人は、以下のように述べる。

私たちが提唱すべき新しい文学とは、一言で簡便にいえば「人間の文学」である。排斥すべきなのは、その逆の「非人間的な文学」である。[*63]

このように提起したうえでヨーロッパにおける「人間」そして「女性」「子ども」の発見を述べ、いずれも古代から存在していたにもかかわらず、正しく認識されず、女性も子どもも男性に隷属させられてきて、中国でも同様の問題が存在し、今こそ解決するべきだと主張する。次に「人間」の定義について次のように述べる。

私たちのいう「人間」とは、世間でいう「天地の性、最も貴なるもの」、あるいは「円なる顱《ろ》に方なる趾《し》」〔丸い頭に四角い足――人間を指す慣用句〕のことではない。すなわち「動物から進化した人類」である。このなかには二つの要点があり、（一）「動物」から進化したこと、（二）動物から「進化」したことである。[*64]

この定義はまさしく胡適が言及した箇所である。周作人は人間のなかに動物と共通の「生の本能」（原語：生活本能。以下同）があって、それはすべて美しく、善なるもので、満足すべきであるとし、もう一方で動物にはない「内面の生」（内面生活）を獲得して、自ら生活を改造する能力を手に入れたとし、前者を肉、後者を霊と呼び、人間には「霊肉二重の生」（霊肉二重的生活）があると述べる。古代の思想では霊肉が並存して永遠に相対立し、肉は獣性の遺伝、霊は神性の兆しであるとされたが、近世になってようやく獣性と神性の双方があってこそ人間性（人性）だと考える者が現れたとして、イギリスの詩人ウィリアム・ブレイク（一七五七〜一八二七年）の名を挙げ、詩篇「天国と地獄の結婚」中の「悪魔の声」を紹介する。

（1）人間には霊魂と区別された肉体などはない。なにしろ、肉体と呼ばれているものは五官によって知られる霊魂の一部である。
（2）エネルギーこそ唯一の生命であり、エネルギーは肉体から生まれる。理性はエネルギーの境界というか円周である。
（3）エネルギーは永遠の悦び。*65

この言葉は「いささか神秘の匂い」を含んでいるとしつつも、「霊肉一致の要義」をよく表現するものだと述べている。この評価は無名のまま生涯を終えたブレイクが十九世紀末の神秘主義詩人イエーツに高く評価された歴史的経緯によるものである。周作人はブレイクの神秘主義的側面からも影響は受けたが、何よりも霊（霊魂）と肉（肉体）の調和の理想に対する共鳴が中心であり、そこにはエリスの思想が介在していた。それは「人間の文学」執筆の二ヶ月前に書かれた「随感録三十四」（一九一八年十月）から読み取れる。

『新青年』同人が交代で執筆する「随感録」には社会時評から文学論まで幅広い内容が含まれる。周作人は社会主義者として知られるエドワード・カーペンターが女性問題について論じた『恋愛論』のなかから、第四章「解放された女性」を取り上げ、出産によって独立が脅かされぬように妊娠育児期の女性は「社会的な共産主義体制」によって生活を保障されるべきだとする主張を紹介する。そのうえで、第一章の「性の欲望」では、「人間の身体に対する不潔な考えを捨て去らねば、この世に自由で美しい公共社会の到来は望めない」というカーペンターの言葉を直接引きながら、およそ人類の身体と本能的欲求に不浄なものは一つもなく、憎むべきは売春など人身売買を行う金儲け主義とそれらを隠蔽する宗教偽善であるという見解を紹介する。*66

この二つの章を併せて紹介した周作人の意図は明白であろう。女性と性の問題は単に本能的欲求の是認だけで完結するのではなく、すぐれて社会経済的な問題であると認識していたのである。荻野美穂によれば、カーペンターが創設したイギリス性心理学研究会では女性にも男性と同様に性欲があり、その性欲から得られる快楽の豊かさは男性を上回ることを明らかにし、女性が母性だけに縛られることのないように望まない出産を避けるための避妊と中絶を合法化するよう運動を展開したという。*67 宗教的信念から避妊を罪悪視する風潮のなかで、性欲を肯定し、女性の権利を訴えることは当時のヨーロッパ諸国においても勇気を必要とした。

周作人はカーペンターと同様の考え方をブレイクとエリスにも見出し、エリスのホイットマン論（『新たな精神』）の一節を抄訳引用してから、「随感録三十四」で次のように述べる。

ブレイクは「エネルギーこそ唯一の生命であり、エネルギーは肉体から生まれる。理性はエネルギーの境界というか円周である。エネルギーは永遠の悦び」であると考えた。ホイットマンは「下半身と頭も胸も同じように扱う」ことができたという。カーペンターの見解も彼らに似ているが、より明快な論旨で、現実的な側面を重視している。*68

「随感録三十四」もブレイクの詩「天国と地獄の結婚」から「人間の文学」と同じ箇所を引用しているが、エリスの『新たな精神』の原文を参照すると、厳密には周作人の言う「天国と地獄の結婚」中の「悪魔の声」を引いているのではなく、同じ詩篇中の「記憶すべき幻想」から「まず人間の霊と肉とが別々であるとの考えを打ち消すべきである」という詩句を引用している。*69 つまり、周作人は文の趣旨は変えていないものの、エリスの原文を丸写しにせず、自身もブレイクの詩集を直接参照し、自分なりに咀嚼して引用句を選んでいる。これは積極的に独自の霊肉一致論を組み立てる努力をしていた証左であり、ここから周作人がエリスに依拠して人間の定義をブレイクの詩に見出したことを裏づけることができる。日本留学時代、周作人は丸善書店でスコットライブラリー版の『新たな精神』を購入したのが初めてのエリスとの出会いであったと後年に回想しており、これがエリスに傾倒する契機となった。*70 そして、この霊肉一致論は講義録『欧州文学史』でも詳説されていたのである。

Marriage of Heaven and Hell,『預言書』中、最も要なる作たり。魔の声（Voice of Devil）の

一節に言う、「人、精神を含《お》くほかに、別に身体無し。蓋し身体なる者、即ち精神の一部にして、官能を以て感覚すべき者なり。力即ち生命にして身体より出で、理は乃ち力の外界」。義甚だ精密にして、古来、霊肉一致を言う者の最たり、故にその思想は甚だ近代に推重せらるるなり。[71]

文体の差はあるものの、ここでの引用も「人的文学」、「随感録三十四」と同趣旨である。『欧州文学史』を執筆する過程で五・四時期の文学理念が醸成されたことが看取される。

ブレイクの影響受容については、紹興時代に他の文献も参照した可能性がある。例えば『白樺』（第五巻第四号、一九一四年四月）に掲載された柳宗悦「ヰリアム・ブレーク」やバーナード・リーチ「W・ブレイクについてのノート」[72]などのブレイク論などが挙げられる。柳の論では周作人と同じく「悪魔の声」を引用しているものの、論旨は神秘主義に傾き、霊肉一致の理想への言及は見られない。リーチは明らかにエリスを参照し、「記憶すべき幻想」を引用しているので、リーチ独自の思想から影響を受けたとはいえない。ほかにも一九一五年に刊行されたラフカディオ・ハーン『文学の解釈』では第六章をブレイクの専論として設けており、イギリスにおける最初の神秘主義詩人として位置づけていて、これも柳と同様に周作人のブレイク理解とは隔たりがあるものの、一部接点も認められる。[73]

性心理学者としてエリスが周作人に影響を与えたことは第一章でも述べたとおりだが、ここでのエリスの影響は性心理学から文芸の範囲まで拡がっている。ここで言及した『新たな精神』だけでなく、エリスは二十代から文芸評論家としても活躍しており、『断言』という評論集も周作人の愛読書である。エリスはまた十九世紀末のロンドンでイギリス中世演劇の脚本集マーメイドシリーズの編纂者としても活躍し、その編集作業を通じてアーサー・シモンズとも親交を結んだ。『断言』に収録されたニーチェ論は、シモンズが主幹を務めた文芸美術誌『サヴォイ』に寄稿されたものである。[*74]シモンズは『文学における象徴派の運動』などフランス象徴派詩人を英語圏に紹介したことでも知られるが、神秘主義詩人のイエーツはライマーズ・クラブを通してシモンズと交遊したことで象徴主義を知り、その影響下で『ブレイク著作集』（三巻、一八九三年）を編んでいる。こうした人間関係を踏まえれば、周作人はエリスを通して世紀末イギリス文芸思潮の影響下にあったといえよう。『欧州文学史』脱稿直後の一九一八年の夏休み、周作人は北京から紹興へ帰省する途次の上海で、虹口の日本人街にあった書店に立ち寄り、岩野泡鳴訳『表象派の文学運動』（シモンズ著、新潮社、一九一三年刊）を購入している。このの ち周作人は直ちに象徴主義に傾倒するわけではないが、留学時代と同様、周作人は日本という窓口を通してイギリスの文芸思潮を摂取していたことがうかがわれる。[*75]

3 「人間の文学」における「人類主義」と「新しき村」運動

いま一度「人間の文学」のテクストに戻ろう。「霊肉一致」を理想とする個体としての人間像を提示してから、周作人は共同体における個体の問題を提起する。まず次のように述べる。

このような「人間」の理想的な生活はどうすればよいか。まずは人類との関係を改善せねばならない。お互い人類であり、同時にそれぞれが人類のなかの一人である。だから、利己にして利他、利他にして利己となる生活を営まねばならない。[*76]

利己が利他となり得るという主張は、「日本の新しき村」の紹介でも、「新しき村の小問答」（『新しき村の生活』所収）から以下の文章を翻訳紹介してなされていた。

自分達にとっては仲間の得することが自分の得することになるのだ。仲間の損は自分の損、仲間の喜びは自分の喜び、仲間の悲しみは自分の悲しみ、そう云う社会をつくろうと云うのだ。現世は他人の損は自己の得を意味し、外国の損は自国の得と心得るように出来ている。自分達はそれはまちがいだと云うことも、自分達の生活で示したく思っている。[*77]

武者小路は共同体における相互扶助の理想を他の文章でも繰り返し表現を変えて語っているが、この箇所は他者の不幸や不利益を喜ぶ現世のあり方に対するアンチテーゼとして、新しき村の生活を始める意図を明瞭に語った箇所である。後述するように、武者小路は人間同士の生存競争で優劣を競うことに反対し、階級による差別の解消を日指していた。この引用の前段で武者小路は、「出来るだけ人間らしい関係のもとに自分達は生きられるだけ生きようと云うので田舎に入るのだ。なるべく現世の人間同志の関係からはなれたくもあるのだ」[*78]と述べており、その部分を補って読めば、豊かな家産で生活する自分の現世のありようのアンチテーゼとして「新しき村」を構想したことが明瞭に読み取れる。そして、その部分を削除して引用した周作人にはその決意の重さが伝わらなかったのではないだろうか。

周作人にとっての新しき村は、暴力なき革命によって誕生したユートピアであり、「おのおのが能力の限りを尽くし、必要な物をもらう」物質生活と、「人間の道義にもとる、あるいは人間の能力以上の因襲的な礼法を排除した」道徳生活を実現することによって、「誰もが自由で本当の幸福な生活」を享受できる場であると信じていた。このような「人間らしい理想的生活」を周作人は人道主義と呼ぶ。ただ伝統的な慈善主義ではなく、「個人主義の人間本位主義」であると強調する。個人を強調するゆえんは、共同体たる人類の繁栄が「森林のなかの一本の木のように」一本一本の木々の繁茂に依存しているからであるという。そして、個人が人類を愛するのも、人類のなかに個人自らが含まれ、自分と係わりがあるからであるという。これは墨子のいう「人を愛するに己に外ならず、己は愛する所のなかに在り」にほかならないと補足する。[*79]

以上から、周作人の提起する「人間の文学」は、個体レベルの人間の定義をエリスに依拠したブレイクの霊肉一致論に求めつつ、共同体と個体の関係については武者小路の相互互助の理想を範とした。この理念に基づいて後半では具体的な作品について批判を展開する。その際に用いられた基準が「人間的な文学」であるか否かであった。

この人道主義文学を基本とし、人間の生の諸問題に対し、記録と研究を行った文章を人間の文学と呼ぶ。その内容は二つに分類できる。（一）正面から理想の生か人間向上の可能性を描くもの。（二）側面から人間の日常の生や非人間的な生を描き、研究に役立てるもの。[*80]

そのうえで「非人間的」な文学については誤解されがちだとして、中国の『肉蒲団』は非人間的文学であるのに対し、ロシアのクプリーン（一八七〇〜一九三八年）が妓女の生活を描く「魔窟《ヤーマ》」は人間的文学であるとする。その理由について、次のように述べる。

その区別は著作における態度の違いにある。一方は真摯《しんし》であり、もう一方は遊興的である。一方は人間的な生活を望むがゆえに非人間的な生活に対して悲哀や怒りの感情を抱いている。もう一方は非人間的な生活に甘んじるがゆえに非人間的な生活に対して満足し、弄《もてあそ》んだり、唆《そそのか》そうとする。[*81]

ここでの「人間的な生活」、「非人間的な生活」はそれぞれ原文では「人的生活」、「非人的生活」で、実は周作人「日本の新しき村」での中国語の訳語と完全に一致する。武者小路の『新しき村の生活』で「人間らしい生活」と表現している箇所を中国語では「人的生活」と訳し、「人間らしい生活ができない」という一節は「非人的生活」という形で意訳している。「新しき村の理想と実際」（一九二〇年六月）では「新しき村の理想とは単純にいえば、人間らしい生活（原語：人的生活）である」[*82]と述べているほどで、「人的生活」は周作人にとって新しき村そのものを指す表現となっていた。その意味で武者小路の理念はエリスに依拠した「人間」の定義と深いレベルで融合している。

以上のように「人間の文学」は文学そのものよりも、文学が描くべき人間像を明らかにした文学論であり、霊肉一致と相互扶助社会の理想を核とする人道主義の旗を掲げたことに大きな意味があった。この理念は、周作人が留学時代に日本女性の裸足と出会った日に萌し、儒教的禁欲主義に縛られてきた我執を捨てて霊肉の調和した世界を渇望するなかから生まれたものであった。とはいえ、武者小路の影響下で生まれた相互扶助論の理念としての脆弱《ぜいじゃく》さは誰の目から見ても明らかで、武者小路自身、失敗は覚悟のうえでの挑戦だった。周作人は武者小路のような実践によらず、その欠陥を広範な読書によって補おうとした。その努力を「平民の文学」を中心とする文学論に見てゆきたい。

三　想像力による救済——ブレイクと神秘主義

えられる。

1　「平民の文学」にみるトルストイの影

「人間の文学」に替えて『毎週評論』へ寄稿する文学論として書かれたのが「平民の文学」（一九一九年一月）である。この執筆の経緯からも「人間の文学」の理論的補完を行う目的があったと考えられる。

「平民の文学」での主張の眼目は、伝統的文学を「貴族文学」と呼んで完全に否定し、新たに「平民の文学」という対照的な考え方を提出した点にある。「貴族文学」は、陳独秀「文学革命論」（一九一七年二月）でも古典文学、山林文学と並んで打倒すべき対象として挙げられたが、貴族と対置されたのは「国民文学」だった。周作人が「国民」を用いず「平民」を用いた意図は必ずしも明らかではないが、五・四時期の周作人が用いた「国民」の例を幾つか見るかぎりでは明確に「国家に隷属する民」という意味を示す時以外使っていない。端的な例を挙げれば、「群れを成す愛国的で夜郎自大の国民はまこと哀れ、まこと不幸なるかな！」*[83]（「随感録三十八」、一九一八年十一月）というものである。ほかの文章では「平民」を用いており、「日本の最近三十年の小説の発達」（一九一八年五月）では江戸時代の俳句川柳を平民文学と呼んでいる。この使い分けから導かれる合理的な解釈は国家という枠組みの忌避であろう。「人間の文学」の結びでは、外国の著作を積極的に翻訳して読者の精神世界を拡げ、「世界の人類を視野に入れ、人間の道徳を身につけ、人間らしい生活を実現せねばならない」[*84]と訴えるように、武者小路の影響のなかで、国家より人類という大きな枠組みに共感して「平民」を選んだと考えられる。

周作人は冒頭でまず貴族文学と平民文学の意味について、「この文学が専ら貴族や平民に読ませるためのものとか、専ら貴族や平民の生活を描いたり、貴族や平民が自ら書いたりしたことを指すのではない」と念を押してから、その区別について次のように述べる。

平民文学が重視すべきは、貴族文学と反対で、内容の充実であり、即ち普遍と真摯という二点にある。第一に平民文学は普通の文体で、普遍的な思想と事実を書かねばならない。……第二に平民文学は真摯な文体で、真摯な思想と事実を描かねばならない。[*85]

ここで述べる「普遍」について、周作人は英雄豪傑や才子佳人の物語ではなく、世間一般の男女の恋愛を描くべきであるとして、「一面的な畸形道徳ではなく、人間が互いに遵守できる道徳を重視するべき」だと述べ、具体例として男性が守らないにもかかわらず女性にだけ貞操に殉じるは不合理であると指摘する。これは周作人が翻訳した与謝野晶子「貞操は道徳以上に尊貴である」（訳題「貞操論」、一九一八年五月）に係わる論争を踏まえたもので、作人は晶子の怜悧《れいり》な貞操論批判のロジックを借りて、女性の貞操を美化する儒教倫理に厳しい批判を浴びせていた。その例示を踏まえて「世の中には等しく平等な人類しかいないのだから、平等な道徳しかないのだ」と述べている。身分の格差をなくして平等であろうとする考え方は新しき村に由来するものであろう。第二の「真摯」については、上の立場から自ら才子佳人を任じるのでもなく、下にへりくだって英雄豪傑を崇《あが》めるのでもなく、自ら人類における一人の個人と考え、人類のなかで人類のことは我がことと考えねばならないと述べ、我がことのように思って論じれば、文章の彫琢《ちょうたく》など構う余裕などないはずで、その切迫した実感こそが真摯であるという。[*86]

ここで主張される「普遍と真摯」には、「人間の文学」ほどの強いエートスは感じられない。一読しただけでは論旨も判然としない。周作人の真意は講演「聖書と中国文学」（一九二〇年十一月）をあわせ読むことでようやく判然とする。このなかで周作人はトルストイ『芸術とはなにか』（一八九八年作）を論拠として文学は作品への共鳴を媒介として作者と人々、人々相互を精神的に強く結びつける機能があると主張する。周知のとおり、この主張はトルストイがその晩年に過去の作品をすべて無価値だったと否定し、芸術に最も大切なのは「感化する力」だと断じたことで有名な論文である。周作人はトルストイの論旨を要約し、文学に必須の要素は「普遍と真摯」だと考えた。「普遍」とは作品を読者に受け入れやすくする平易さを測る基準であり、「真摯」とは芸術家の表現にかける熱意の度合いを示す基準であり、「感化する力」（英訳：infection）とは、これらによって決定されるとした。[*87]

「聖書と中国文学」の冒頭で、周作人はまず文学の起源から説き起こし、その起源は祈禱儀式にあり、宗教と同じ淵源を持つと指摘し、「表面的には芸術となってから、〔宗教〕儀式とはまったく別物となったが、根本においては共通点があり、永久に不変で、それは「神人合一」〔神と人々の一体化〕、「物我無間」〔他人と自分の間に隔てがないこと〕の体験である[*88]」と説いて、その裏づけとしてトルストイの『芸術とはなにか』から次の一節を引用する。

キリスト思想の精義はおのおのが神の子の資格で神と人々を、人々相互を結合させる点にあり、福音書で述べるとおりである。だから、キリスト教芸術の内容なるものも神と人々を、人々相互を結合させるような感情〔feeling as can unite men with God and with one another〕である。……だが、キリスト教でいう人々の結合は、一部の人々の部分的な、排他的な結合〔the partial, exclusive union of only some men〕とは反対に、万人を例外なく結びつけるものだ〔unites all without exception〕ということである。すべての芸術はみなこの特性を持ち、人々を結合させるのだ。さまざまな芸術は芸術家の感情に感化〔中国語：感染、英語：transmit〕した人々を精神的に芸術家と結合させ、また同時に同じ印象を感じた人々同士も結合させるのだ。[*89]

（傍線部及び英文は著者による、文中省略は周作人による。以下同）

この引用は『芸術とはなにか』第十六章からのもので、トルストイは「普遍的芸術 Universal

art」とはなにかを論じる一方で、その反例としてボードレール、ヴェルレーヌなど頽廃派の詩人を「悪い芸術 Bad art」として批判している。引用文中の「万人を例外なく」と強調するのは後段で非キリスト教芸術の場合は万人を結びつけられないという指摘が続くためだが、その部分も含めて周作人はすべて翻訳している。注意を引くのは、後半で言及する「感化力」は英語の原文では transmit（伝える）で、infect（感化、感染する）ではないが、中国語では「いずれも感染」に置き換えている。この二つの動詞はトルストイの文章で頻用されているため、印象の強い「感染」を用いたものとみられる。この引用からも周作人がトルストイの主張する文学を媒介として人々を結びつける理想に共感していることがうかがわれよう。トルストイの論文には類似の反復が多く、周作人が引用した箇所を特定しにくいが、第十九章の次の一段は周作人の引用とほぼ一致する。

未来の芸術の内容となるものは、人々を結合に導くか、ないしは現に結合させせつつある感情〔feelings drawing men towards union, or such as already unite them〕に限られるであろうし、その芸術の形式も万人に理解しうるものとなるであろう。したがって未来の優秀な芸術の理想は一部の人にしか受け入れられぬ排他的感情〔the exclusiveness of feeling, accessible only to some〕ではなくて、逆に普遍的感情〔its universality〕となる。*90

傍線部分には英文原文も併せて掲げたが、その部分も含めほぼ一致し、周作人の引用文では「排他的な結合」、第十九章では「排他的感情」という表現に対置されるのが「普遍的感情」であることが読み取れる。これで「平民の文学」で文学に求める条件の第一に掲げた「普遍」の真意は、トルストイに基づく「人々を結合に導くか、ないしは現に結合させつつある感情」であることが明らかになった。

普遍と並んで掲げられる真摯については、第十五章でトルストイは「感化」に必要な要素を論じ、「作者の個性の強さ」、「作者の感情の明確さ」、「作者の真摯さ」の三つの要素が必要であると述べるが、最後には「ここで芸術感染の条件を三つ述べたが、じつは、条件は後の一つだけなのである」として、「真摯」が最も重要で不可欠だとして、その根拠として農民の芸術には必ず「真摯」が備わっていて、強い感染力を持っている点を挙げている。この根拠にも示されるように、トルストイの芸術論は広く民衆に共有させたいという強い願望のもとに書かれたもので、その意味において周作人が目指す平民の文学という方向性にも合致している。だが、中村融が指摘するように、文学の果たす役割を限定的に捉え、人々を友愛によって結びつける役割のみに限った結果、余りにも功利的な芸術論になってしまった。その芸術論は晩年のトルストイ自身をも縛り、創作にも大きな影響を与えている。[*91] 周作人自身もトルストイの芸術論を引用する際に、クロポトキンによる批判に触れており、その限界性は十分認識していたはずである。にもかかわらず、トルストイの芸術論から「普遍」と「真摯」を引き出したのは、個人の営為としての文学が社会とどのように係わるかを定義したかったからにほかならない。新しき村に共鳴し、個人が活かされる共同体の理念に強く惹かれた周作人は「人間の文学」においても個体レベルだけでなく、共同体レベルでも個体がどのように活かされるかを論じた。その際に参照されたのが武者小路の理念であった。「平民の文学」においてはさらに踏み込んで文学理念として個体と共同体の関係を考えようとしたといえるだろう。その時に「普遍」すなわち「万人を例外なく結びつける」、「神と人々を、人々相互を結合させるような感情」を実現する文学論は極めて魅力的なものだった。その理念を文学でどのように実現すればよいのかを模索するため、五・四時期の周作人は最大限の努力を払ったといえる。「聖書と中国文学」ではトルストイの言葉の補足として、アンドレーエフ、コンラッドらの言葉を書き抜いて示している。例えばアンドレーエフからは次のような言葉を引いている。

私たちの不幸は、誰もが他者の魂、生命、苦しみ、習慣、性向、期待に対してほとんど、あるいは、まったく理解していないことです。文学に私が光栄にも従事し、尊いと感じるのは、その至高の任務があらゆる境界と距離を除去することにあるためです。[*92]

この言葉は『七死刑囚物語』英語版（一九〇九年）の著者序文で述べられるもので、不当逮捕された七人の死刑囚たちが処刑されるまでの苦悩・葛藤が描かれた物語は、大逆事件（一九一一年）直後の日本でも翻訳され、密かな反響を呼んだ。アンドレーエフの序文の言葉は、その苦悩・葛藤を理解し、共感することを文学の使命として訴えるものである。一九一九年十二月に周作人はアンドレーエフの短篇「歯痛」を翻訳したが、この作品は自分の歯痛ばかり気にして、目前で行われたイエスの処刑にまったく関心を示さない商人を主人公として、人間がいかに自己中心的で他人の苦しみに無関心かを描いている。[*93] こうした説明や翻訳からも周作人の「普遍」という概念に託した理想は十分うかがわれるだろう。

トルストイによれば、芸術作品はキリスト教精神のもとでこそ普遍が獲得され、その精神のもとに神と人、人々相互の理解が達成されるものであり、宗教的色彩が強かった。アンドレーエフによれば、作家が純粋に文学的営為において実現すべきものとされる。いずれも周作人が、文学によって共同体における個人同士がどのように友愛によって結ばれるのかを模索して得た解である。その解が、トルストイにおいては「普遍」と「真摯」であり、アンドレーエフにおいては「他者への理解」だった。これらの理念は決して無意味なものではないが、文学運動上の理念としての有効性を問われるとなると、あまりにも茫漠としていることに変わりはない。周作人は個人同士の融和のための文学をさらに模索した。その結果たどり着いたのが神秘主義であった。

2 神秘主義への関心——想像力の媒介者としてのブレイク

周作人が神秘主義に関心を持った時期については明らかではない。だが、「聖書と中国文学」では、古代ギリシアに由来する享楽主義的なヘレニズム思想と古代ヘブライから派生した禁欲主義的なキリスト教神秘主義が近代になって融合しつつあると指摘している。この神秘主義に関する指摘の当否は取りあえず措《お》くが、このような見解を持つに至ったのは、C・スパージョン『英国文学における神秘主義』（一九一三年）の影響である。英文学者スパージョン（一八六九～一九四二年）は同書で神秘主義の歴史をその起源たるギリシア哲学のプラトン、プロティノス（生没年不詳）から説き起こし、中世以降の英文学における神秘主義の歴史を述べており、十八世紀半ばの詩人ブレイクの登場は同書の白眉《はくび》ともいえる部分である。序論冒頭で著者スパージョン自身嘆くように、英国でも神秘主義はしばしばオカルティズムと混同され、侮蔑の対象となってきたためか、英国文学における神秘主義を論じる研究書はほとんど類例がなく、その点は邦訳者宮沢眞一も解説で指摘するとおりである。[*94] さらにいえば、神秘主義そのものに対する評価だけでなく、ブレイクそのものへの再評価も始まったばかりの状況で、難解なブレイクの詩を読み解くための研究書はごく限られていた。「人間の文学」に関する柳宗悦らの研究も存在したが、ラフカディオ・ハーンにしても神秘主義詩人としてのブレイクを歴史的に俯瞰するまでには至っておらず、その意味ではスパージョンの研究に及ばない。

近年の研究では、神秘主義とブレイクを関係づけるよりも、近代初期のイギリスでピューリタン革命（一六四二～六〇年）のなかで勃興した道徳律廃棄派（アンティノミアニズム）に属するランターズとの関係を重視するようになっている。A・L・モートン『イギリス・ユートピア思想』によれば、ランターズは教旨で「聖霊があらゆる被造物に内在し、被造物がその聖霊と交わって自由になりえ、また名誉と財産を共有して水平化を行い平等で友愛的な世界が到来しうる」と主張したという。前述の霊肉一致の理想にしても、実のところ二十世紀初頭の欧州においても決して一般的ではなく、本当の意味で性欲が肯定されるのは欧州ですら第二次世界大戦以降である。周作人は必ずしも今日的ブレイク理解を持っていたわけではないが、性的な自由から平等で友愛的な世界の渇望までを歌い上げた「トータルな過激性」（由良君美）は相当部分理解していたと考えられる。これはエリスを通して養われた人間の本性をラディカルに探求する禀質《ひんしつ》が、いまだ評価の定まらぬブレイクに対しても発揮されたといえる。*95

「人間の文学」から一年後に発表された「ブレイクの詩」（一九二〇年二月）は、思想的特徴を全面的に描き出そうとした論文で、そのことは雑誌初出時の題名「英国詩人ブレイクの思想」にもうかがわれる。論文冒頭でブレイクは「詩人で画家で神秘的宗教家でもある。彼の芸術は神秘主義の思想を根本とし、詩と画を表現の道具とする」と指摘し、古代ローマの哲学者で神秘主義の祖プロティノスの著書『エンネアデス』から神秘主義思想の起源を説く。

ひとえに肉体のために精神を使役したがゆえに、自分の辿った道を忘れ、〔宇宙魂と〕離れ離れになり、ついには我執に包まれ、孤独の境地に入りこみ、すべての不幸の源となる。解脱しようと欲するなら、神智に頼り、様々な理解を得ることによって、物我の隔てなく宇宙魂と再び一つに結合せねばならない*96〔原文：物我無間、与宇宙魂合、復返於一〕。

ここでスパージョンが述べるのはプロティノスの神秘合一（エクスタシス）の概要である。根源たる「一者」（宇宙魂）から万物は流出し、そこから遠ざかった存在が個体である。だからこそ、再び宇宙魂との結合を目指すべきだという。この解説自体がスパージョンの解説の孫引きだが、周作人の関心のありかは明瞭である。つまり、個体としての存在がいかに孤独から脱して全体と一つに結合するか、その関心のありようは、トルストイにおける「普遍」以来一貫している。「聖書と中国文学」では文学の起源は宗教にあり、その理想の境地は「神人合一」、「物我無間」の体験にあると説いたが、ここでも「物我無間、与宇宙魂合、復返於一」と説くように、目指すところは一致し、いずれも「人間の文学」で示された「人類との関係の改善」を目指すものだ。

前述のとおり、ブレイクについては『欧州文学史』でも霊肉の調和の観点から「天国と地獄の結婚」を引用していたが、神秘主義との関係についてはほとんどなかった。『周作人日記』によると、スパージョンの書を一九一八年二月に購入しており、『欧州文学史』執筆に間に合ったはずだが、当時は言及していない。[*97] 一九一八年九月に新しき村の思想に触れ、はじめてスパージョンの神秘主義的観点を必要としたと考えられる。周作人は上記エンネアデスの引用に続いて、ブレイクの神秘主義について次のように述べる。

ブレイクの意見も〔プロティノスと〕同様で、彼は特に想像力（imagination）を重んじ、共感・思いやり・理想主義と併せて、この道〔神秘主義〕に入る要素と考えた。[*98]

（文中英単語も周作人による）

神秘主義がなぜ「想像力」と係わるのか。具体的な説明についてはスパージョンから次の一節を引用している。

ブレイクが考える人類の最も必要な性質とは、決して節制拘束ではなく、愛と理解である。……ブレイクは力を込めて、「我々がすべての生物と同じく感じ、他者の哀楽を自分のそれと同じく感応できなければ、我々の想像力は結局、鈍く不完全なのだ」と語る。「無心の予兆」いわく、

狩り立てられる兎のひと声ひと声が
人の脳髄から一本ずつ筋をひきちぎる
ひばりが翼に傷をうけると
天使ははたと歌をやめる。*99

周作人がこの一節に共鳴を覚えたことは、「無心の予兆」のすべてを論文の結びで改めて訳出していることからもうかがえる。ここでいう「想像力」とは、具体的には人間以外の生物も含めた他者への愛や理解を媒介する機能を指すと考えられる。周作人はここまでトルストイの「普遍」、ア

ンドレーエフの「理解」とさまざまな模索を行ってきたが、ここで「想像力」という概念にたどり着く。この「想像力」という概念をやはりスパージョンの文章を抜き出して次のように述べる。前半の文はスパージョンの文章のまま引いており、後半傍線部は周作人による補足である。

この想像力の言語は芸術である。だから芸術は象徴を通して語りかけ、我執に閉じ込められた人間がそれによって自然そのものも象徴にすぎないと絶えず気づかせるのだ。すべての物質現象を象徴としてみれば、その意義は広大にして深遠なものとなろう。*100

周作人はそれゆえにブレイクの詩は一見抒情詩にみえる作品であっても、実はどれもが言外の意味を備えた象徴詩であると述べる。だが、スパージョンの原文の文脈を踏まえれば、むしろ主張のポイントは後続する文章にあるのだが、周作人は後続段落を省き、自分の言葉へと引き取っている。その引用しなかった段落を改めて訳出すれば、趣旨の違いは明白だ。スパージョンは上段前半に続けて次のように述べているのである。

この点さえ十分に認識されれば、一見すると動かぬ現実に見える外部の事物が私たちに押しつけてくる幻覚から解き放たれる。もしあらゆる物質を象徴として捉えるならば、その暗示性、そして暗示性がもたらす〔象徴の〕存在感は絶えず拡大する。*101

ここでスパージョンは想像力を媒介として象徴が現実世界像を反転させ、幻視の力をもたらすと説いている。神秘主義は霊的な不可視の存在に対する傾注から生まれた思想であり、スパージョンはブレイクをその系譜に位置づけて論述している以上、現実世界を超越して不可視の存在を把握するのは当然の帰結である。だが、この箇所を周作人は意図的に省いた。それは恐らく象徴を媒介として不可視の霊的存在を見出そうとする神秘主義的観点に賛同しなかったためだろう。

そもそも異端詩人として無名だったブレイクを見出したのは十九世紀末の神秘主義詩人イエーツであり、少なくとも想像力の問題をブレイクに即して考えるならば幻視の力の問題を避けて通ることはできず、宗教信仰の問題に立ち入らざるを得ない。宗教性を忌避すれば、神話的色彩に彩られたブレイクの世界を受け入れることは不可能である。ここに周作人のブレイク受容の限界があったが、同時に「不可視の存在」、宗教性に対する忌避は後に自らを唯物論者とすら呼ぶ周作人の思想的根幹に通底するものである。ブレイクへの接近によって導かれた神秘主義への関心は、周作人を他者理解の媒介となる想像力重視へと導いただけでなく、恐らくは信仰とは縁遠い自らの資質も自覚させたはずだ。

四　読み換えられた有島武郎「小さき者へ」——進化論理解にみる兄弟の思想的差異

本章では人道主義文学の諸相を武者小路実篤の関係を軸として検討してきたが、ここで有島武郎との関係についても検討しておきたい。周知のとおり、有島は妻と父を相次いで亡くしたのを契機に大学の職を辞して本格的作家活動に入り、『惜みなく愛は奪う』（一九一七年）、『生れ出づる悩み』（一九一八年）を相次いで発表した。武者小路とともに白樺派を代表する存在として自我の肯定から出発したが、両者は作家的成長を遂げるなかで異なる方向へと向かった。武者小路は「新しき村」の運動を通して、個体の自我を拡張した人類主義へと発展し、自我と他者の融和を目指した。有島も自我の肯定においては共通するものの、人類主義と対照的に「愛の表現は惜みなく与えるだろう。然し愛の本体は惜みなく奪うものだ」*102（『惜みなく愛は奪う』）と述べるように、自己愛を出発点としつつ、その愛を外部の他者にも及ぼしその存在をも内在化することを「奪う」と表現する。そんな有島には、自他ともに包摂する大自我ともいうべき融通無碍な人類主義は理解不能であったはずだ。

このような対照的な二人のうち、有島からの影響を選択的に受容したのが兄魯迅だとすれば、周作人は双方から矛盾する要素も含む影響を受容した。その結果として、魯迅は有島の初期の芸術論から自らの階級的立場の限界を告白した「宣言一つ」まで深く広く影響を受けたのに対して、周作人は芸術論に対する共感にとどまった。その差異には兄弟間の資質的な差異が介在していると考えられる。ここでは五・四時期における有島の影響についてみておきたい。

武者小路と同様、魯迅が最初に有島の文章に接したのは一九一八年以降であり、恐らく周作人から勧められて読んだものと考えられる。周作人は一九一八年七月に初めて『有島武郎著作集 第四輯 叛逆者』を購入すると、その後著作集が刊行されるたびに購入し、一九一九年三月には『有島武郎著作集 第七輯 小さき者へ』を購入しているが、[*103] その有島に言及したのは魯迅のほうが先だった。魯迅は「我々はいまいかにして父親となるか」（一九一九年十月）で、儒教的価値観のもとで子どもに絶対服従を強いることを批判し、むしろ生物進化の法則を体現するため、子どもに愛情を注いで自らより優れた人間に育てることこそ、親の使命であると主張した。この文章を書いた直後、有島の「小さき者へ」を読んだ魯迅は「とてもいい言葉がたくさんあるように思った[*104]」と述べ、有島の言葉を抜粋紹介している。

> お前たちは遠慮なく私を踏台にして、高い遠い所に私を乗り越えて進まなければ間違っているのだ。……斃れた親を喰《く》い尽して力を貯える獅子の子のように、力強く勇ましく私を振り捨てて人生に乗り出して行くがいい。[*105]

この後、魯迅は「小さき者へ」を全文翻訳し、周作人との共編で刊行した『現代日本小説集』（上海商務印書館、一九二三年六月）に収録しており、高く評価している。ただし、「我々はいまいかにして父親となるか」と併せ読むと、魯迅の有島理解には誤読も含まれていたようだ。文中、魯迅はまず生命の基本原理として「一、生命を保たねばならぬこと、二、生命を継承せねばならぬこと、三、生命を発展させねばならぬこと（すなわち、進化）である」と前置きしたうえで、次のように述べている。

生命はなぜ継承せねばならぬのか。発展進化してゆくものだからだ。個体は死を免れず、進化に終わりがないなら、この進化の道を次々と継承して歩むだけだ。進化の道を歩むには内的努力が必要で、単細胞生物が内的努力を重ねて多細胞生物となり、無脊椎動物が内的努力を重ねて脊椎動物となるのだ。だから、後に生まれた命は、前の生命以上に意味があり、より完全に近いのだ。それゆえにまた、価値もより高く、より大切なのだ。前の生命は、後の生命の犠牲になるべきだ。[*106]

ここから明確に読み取れるのは、進化論という科学知識によって、儒教的道徳に基づく祖先崇拝を否定する態度である。有島の文章では子どもたちが親を犠牲にしてたくましく成長することを期待しているが、ここには親よりも優れたものに進化するという発想は本来含まれていなかった。にもかかわらず、魯迅が進化論的に有島を読み解いたのは、日本留学以来の読書体験によるものであろう。

魯迅の留学時期、日本でも加藤弘之『人権新説』（一八八二年）などによって、社会は生物の進化と同様に生存競争を通して優勝劣敗は必然であり、適者生存の原理によって優れた人間（人種）が勝ち残るのだとされ、それが進化論として理解されていた。周作人によれば、魯迅は南京での勉学時代に厳復「天演論」を読んだものの、進化論の意義を理解したのは日本留学時代に読んだ丘浅次郎『進化論講話』（一九〇四年）のおかげであるという。[*107] 丘浅次郎（一八六八〜一九四四年）は東京高等師範学校教授を務めた生物学者であり、同書の後半はダーウィン以降の進化論として社会ダーウィニズムが詳論されている。[*108]

丘浅次郎らの社会ダーウィニズムに従えば、進化から取り残された国家や人種は淘汰されることになる。村上陽一郎によれば、このような社会ダーウィニズムは、エドワード・モースによって日本で広められ、その後日本では生物学の分野より、政治的、道徳的、社会理論的な分野を中心に偏った受け入れられ方をしたという。[*109] その弊害が高ずれば、人種間の優劣から差別が起きるばかりか、優生学を許容するような偏見を助長することになる。加藤弘之の学説は、その意味で優勝劣敗を肯定するどころか、個人に平等な権利を認める天賦人権論すら否定するもので、明治期の自由民権派からも強烈な反発を招いた。そのような影響は当然兄の薫陶のもとで留学時代を過ごした周作人にも共通しており、周作人「祖先崇拝」（一九一九年二月）にも同様の主張が見出され、儒教道徳批判のために祖先より子孫が進化するという論理が用いられている。

自然の摂理からすれば、間違いなく祖先が子孫のために生きるのであって、子孫が祖先のために生きるのではない。……恩という言葉は、実に説明しにくいが、もし本当に自然の摂理を弁《わきま》えていれば、自分を生んだ者にする恩返しとは、より良い人間になるよう努め、父母以上に良い人間となることであり、そして、自らの義務も履行し——即ち父母からの借りを自分の子女へと返すこと——子女が自分以上に良い人間とならねば、正しい恩返しとならない。[*110]

本来の生物学におけるダーウィニズムには子が親より必ず優れるという学説は存在しない。ましてや道徳倫理は本来なら進化論と無関係である。ダーウィンが進化論のなかで主張したのは自然界における豊富な種の存在が自然によって一部が淘汰ないし選択された結果、適者が生存する仕組みであって、そこに個体の努力や競争意識が介在する余地はなく、特定の環境に適応したからといって特定の種が常に優秀であるという保証はない。現在でも自然環境の急変によって在来種が絶滅することは珍しくないが、これを優勝劣敗という論理で説明することはできない。

ここで魯迅、周作人がそろって社会ダーウィニズム的観点を儒教道徳に反対するロジックとして利用したのは、今日的にみれば、科学的な裏づけはない。子孫のほうが常に優秀で、道徳的にも「進化」することは望ましいことであるが、現実にそうなるかどうかは後天的因子で決まることだ。だが、当時の日本、中国社会で新たな科学として君臨しつつあった社会ダーウィニズムは皮肉にも儒教批判として極めて有効に機能した。その有効性について魯迅、周作人が当時どこまで自覚的であったかは明らかではないが、そのために有島の「小さき者へ」もいわば換骨奪胎されて利用されたといえる。

こののち魯迅は自らを進化過程における「中間物」として認識し、「文章の改革にあたっては、どっちつかずの作家が幾らか出るのは当然で致し方ないし、必要なのだ。彼の任務は、ある覚醒を経た後、一つの新しい声の叫びをあげることである。また、古い陣営の出身ゆえ内部事情にも明るく、矛先を変えて一撃すれば、強敵も容易に倒せるのだ」[*111]（「墳の後に記す」、一九二六年十一月）という自覚に至る。その意味で、この独自の進化論的認識は魯迅において極めて重要だったといえよう。

周作人の場合、進化論に対する認識は社会ダーウィニズムと生物学的なダーウィニズムとの双方が混在していた。「日本の新しき村」では武者小路実篤『新しき村の説明及会則』から次のような一節を引用していた。

甲。それならば生存競争と云うものはなくなるわけですね。
乙。私達の仲間ではないはずです。
甲。それで君達の主義から云っても生存競争はまちがっていると云うのでしょう。
乙。少なくとも人間同志の生存競争はしてはならないものだと思っています。[*112]

この一節を引用して、周作人は

以上が新しき村の理想であり、協力と自由、互助と独立をもって生活の根本としている。生物現象としての生存競争は事実として認めるが、人類の生活においては不要である。[*113]と明言している。「生物現象としての生存競争」とは生物学的なダーウィニズムのことであり、人間同士からは優勝劣敗の生存競争を排し、平等な社会を理想とし、社会ダーウィニズムを否定する武者小路と同様の立場に立つことを明らかにするものである。

この思想の背景にはクロポトキン『相互扶助論——進化の一要素』が念頭にあったに違いない。クロポトキンは同書で動物だけでなく、古代・中世の人類の歴史を考察して、強者が弱者を淘汰する生存競争よりも相互扶助のなかで発展してきたと主張している。一九一八年十一月、周作人は大杉栄による翻訳を入手して読んでおり、これは新しき村への賛同を表明する時期とほぼ一致する。[*114]村上陽一郎も指摘するように、社会主義者も生存競争を階級間闘争に読み換えて、その正当性を是認する傾向にあった。[*115]だが、社会主義者のなかでも、クロポトキンなどアナキズムの流れを汲む者には反対者も多く、日本では大杉栄が社会ダーウィニズムへの反対を表明していた。

前述のように「人間の文学」では人間を「動物から進化した」存在として定義していたが、動物であるがゆえに肉欲を持ち、進化した存在であるがゆえに霊的欲求も併せもち、霊肉の調和を目指していた。したがって、獣性と神性を等価にみる立場からすれば、「進化」という言葉は必ずしも適切ではなかったとさえいえる。このような視点はエリスの学説に負うところが大きいものの、新しき村の理念とも合致していたのである。このような進化論に対する認識について周作人が十分自覚的であったことは、「新しい文学への希望」（講演、一九二〇年一月）からもうかがえる。

> まず第一項〔文学は人間の生を描き、獣性・神性一方だけではないこと〕については「人間の文学」でだいたい話しましたが、おおむね生物学の観察から、人類は進化した動物であると考え、だから人間の文学も人間本位主義でなければなりません。なぜならもともと動物ですから、〔動物と〕共通する生の本能はすべて正当なものであり、美しく善なるものです。すべて人間の情理を超えたもの、人間の能力を超えたものは、神性に属し、我々の求めるものではありません。ただし同時に、〔動物から〕進化したのですから、すでに淘汰され、人間の生にふさわしくないものすべては獣性に属すので、その復活や維持は人類が向上する歩みの妨げになります。要するに、その人間に適した人間性に戻すべきで、それを過剰にしても、過少にしてもいけないのです[*116]。

ここで示された進化への認識で注意を引くのは、人間をあるがままに認め、その獣性も本能として認める人間本位主義である。この認識を踏まえれば、あらゆる人間はすべて「中間物」であり、それ以上でも、それ以下でもない。獣性を動物並みに取り戻すことも否定するが、獣性をすべて捨てて神性だけの存在に進化しようとするものでもない。だから、周作人は「過剰」も「過少」も否定する。魯迅は自己否定のうえに成り立つ（歴史的な）「中間物」意識を持つに至ったが、周作人の「中間物」意識はむしろ自己肯定のうえに成り立っている。そして、この肯定的な「中間物」意識のうえに第四章で論じる「生活の芸術」論が成立することになる。後に詳述することになるが、周作人は「生活の芸術、その方法はひとえに取と捨を微妙に混合することにある」と述べて、「禁欲や耽溺を唯一の目的とする者がいるが、その者は生活をする以前に死んでいるのだ」と、獣性や神性どちらかのみを偏重する姿勢を戒《いまし》め、「中庸」の道を歩むことを提唱するに至る。その端緒がここにある。その意味で周作人の思考様式の核となる稟質であり、また兄魯迅との決定的な違いを示すものといえるだろう。

これまで見てきたように、周作人の文学理念は、わずか二年あまりの時間で急速な展開を遂げ、その文学理論は精緻なものとなった。だが、それと同時に随処に理論的綻《ほころ》びが生じていた。新しき村の理想は高いが実践を伴わず、人道主義的文学理念にはトルストイの影響で過度なまでの道徳的潔癖性がつきまとった。にもかかわらず、周作人は獺祭魚的な読書によって理論的矛盾を弥縫《びほう》し、熱に浮かされたかのように疾風怒濤の二年間を走り抜けた。だが、脆弱な文学理念は、一度矛盾の淵に躓《つまず》けば、いつでも潰《つい》える危険にさらされていた。

一九二〇年末、周作人は過労による肋膜炎で倒れ、翌年三月から入院治療を受け、六月からは北京郊外の西山で療養生活を送り、九月にようやく自宅に戻る。この療養期間中は旺盛だった執筆活動もほぼ休止するなかで、さまざまな思想的矛盾に気づかされ、葛藤に苦しむようになる。療養期間中、肉体も休息を必要とする一方で、五・四運動も「新しき村」運動も行き詰まり、思想的な限界に達していた。

五　理想の破綻——西山の療養生活

一九二〇年十一月二十七日に「聖書と中国文学」の講演原稿を脱稿すると、三十日にその講演を行っているが、この頃身体には異変が生じていた。十二月二日夜、三十九度の発熱で診察を受けている。これが恐らく肋膜炎の予兆だった。その後も周作人は文学研究会発足のための宣言文起草など多忙な日々を送っていたが、二十二日夜に異常な疲労感を覚え、二十四日には微熱があったにもかかわらず翌日も大学に出講した。その夜には無理がたたって、三十八度の高熱を発し、翌年一月六日からは懇意にしていた山本医院に入院した。ここで肋膜炎と診断された。三月初めには一度退院して、執筆活動を再開したものの再び悪化し、三月末に再度入院すると、今度は執筆どころか読書さえ禁止され、完全な仰臥状態で五月末まで療養生活を送った[*117]。肋膜炎は胸膜に起きる炎症であり、外傷以外の主たる原因は肺結核、肺がんである。周作人も毎日午後から発熱で苦しむことから、結核の可能性が疑われた。入院中発熱に魘《うな》され、朦朧とした意識のなかで書いたのが、「過ぎ去った生命」（一九二一年四月）だった。その詩を魯迅に読み聞かせたところ、魯迅自身も小声で読み、まるで目の前を何者かが過ぎ去ったような表情であったという。周作人によれば、詩作の際に期せずして「真情と実感」を写しとれたという。[118]
過ぎ去った生命

過ぎ去った三月《みつき》の命よ、どこへいったのか。
いなくなってしまった、永遠に歩み去ってしまった。
この耳でしかと聞いたのだ、のっそり、ゆるゆる、一歩一歩あゆむ足音が、
枕元を歩み去るのを。
起き直って、ペンを手に取り、紙に殴り書きし、
その命を紙に押しとどめ、幾らかでも痕跡を残そうとした――
だが一行も書けない、
一行すら書けなかった。
ベッドに寝たまま、やはり
この耳で聞いたのだ、のっそり、ゆるゆる、一歩一歩あゆむ足音が、
枕元を歩み去るのを。

四月四日病院にて[119]

ここには五・四時期の熱狂が冷め、虚脱した精神状態が自らの言葉で描かれている。「新しき村」の影響で革命の夢に取り憑かれて以来続いてきた疾風怒濤の日々がここで突如停頓した。武者小路実篤に啓発されたユートピアの理念を文学世界で構築する試みは周作人の緻密な思惟によって精緻さを極め、「聖書と中国文学」で完成の域に近づいていた。だが、その理念が精緻化するほど眼前の文学状況に対する影響力は失われた。百年後の今日、当時の周作人の文学理念を直接的に反映した作品を挙げるのは難しい。その影響は後年読み継がれるなかで定着し、中国近代文学における人道主義の伝統を形成していったものの、当時としては孤独な吶喊《とっかん》にすぎなかった。

また一方では、周作人が入院しているうちに、『新青年』同人の間で編集方針をめぐる対立が深刻化していた。上海で共産党結党へ向けた準備を進める陳独秀らは、北京で政治と距離を置いた学術研究を重視する胡適らと決定的な破局を迎える。周作人は兄魯迅とともに双方に対して中立の立場を取ったものの、関係の修復はできなかった。一九二一年七月、中国共産党が正式に発足し、陳独秀が初代中央局書記（のち委員長、総書記）に就任すると、『新青年』は事実上共産党機関誌の役割を担うようになり、魯迅も周作人も『新青年』への寄稿を取りやめた。*120 周作人の発病は、ある意味で五・四運動の終焉を象徴していたといえる。

「過ぎ去った命」が表現する虚脱状態は一過性のものではなかった。一九二〇年末から半年近くの間、断続的に続いた。この時間が周作人に過去二年間にわたる疾風怒濤の活動を見直す冷静さを与えたようだ。肋膜炎の症状が落ち着くと、六月からは北京郊外の西山碧雲寺で療養生活を三ヶ月間送り、十月に北京大学にようやく復職した。碧雲寺では執筆活動も再開したが、この時期は主にエスペラント語の学習で過ごし、ほかには翻訳と短いエッセイを書いただけだった。[*121] この頃の翻訳は後に魯迅と共編で刊行する『現代日本小説集』に収められるが、新たな文学的理念を表明する論文は書かれなかった。外部との連絡はもっぱら兄魯迅に頼り、頼みに応じて運ばれる書籍は仏典が多かったという。[*122] 周作人が仏典に親しむようになったのは南京求学時代の一九〇四年十二月頃からで、当時も「投身飼餓虎経」を耽読したというが、本格的に親しむようになったのは西山療養期からである。[*123] 半年以上にわたる療養生活中の思想的な変化は西山で書かれた「山中雑信」（一〜六）に如実に示されている。

私の最近の思想の動揺と混乱は、もう頂点に達したと言ってよく……〔一、六月五日〕
私の思想は本当に混乱の極みで……今は放任し、無理に統一せず、取り敢えず読書で暇つぶしをするのも仕方ないでしょう。[*124]〔六、九月三日〕

この三ヶ月間の「思想の動揺と混乱」の外因は、疑いなく五・四運動の行き詰まりにある。「山中雑信」で、外界との唯一の接点である新聞を読めば不愉快になると知りながらも読まずにおれない自分を、触《さわ》れば痛むと知りながら傷口に触らずにおれぬ怪我人に譬《たと》えており、この内面の「傷口」が当時の周作人の文学観にも変化をもたらしたのも当然で、肉体的にも療養生活を迫られた周作人は外界から隔離され、精神的「傷口」を癒す時間も十分に与えられていた。

　当時、周作人は「思想の動揺と混乱」を解消するために仏典をかなり読み漁《あさ》った形跡が「山中雑信」からうかがわれる。『梵網経』から殺生を戒める言葉を引用し、非現実的だと認めつつも、動物を人間同様に慈《いつく》しむ考え方は「やはり真実であり、美しいものであると思う」[*125]と述べ、ブレイクの「無心の予兆」も同様の見解を示すと振り返っている。どちらも動物の殺生に関してではあるが、周作人にとっては「動物を愛するのも人を慈しむのと深く関係があり」[*126]、「想像力」による他者理解と無縁ではなかった。ところが、その一方で「勝《すぐ》れた行い」を書いて、次のようにも述べている。

> 『菩薩戒本経』をたまたま読んでいて、すべての菩薩から受戒した者で、衆生《しゅじょう》と行いを共にしない、或いは病人を見舞わない、或いは悩み憂える者を慰めないのは、どれも汚《けが》れの始まりであって、わずかに汚れとならぬ例外の一つは自分が勝れた行い〔原語：勝業〕を修めていて、中断したくない時である、と説くのが目にとまった。[*127]

　それゆえ自分も「勝れた行い」を修めることにしたと述べるが、「勝業」とは仏の教えにかなった、すぐれた行いを指すが、汚れを避けるための勝業では本末顚倒である。当然これは周作人一流のユーモアではあるが、「衆生」という他者への同情を自分の内面から意識的に遠ざける意志も垣間見える。文中、ブレイクの詩や仏典を引き、「想像力」による他者理解の必要を認める一方で、それと矛盾する逃避の姿勢も示している。ここになおも理想を捨てきれぬまま、矛盾葛藤から脱却する手だてを追い求め、自分を傷つけていった「思想の動揺と混乱」の跡がうかがわれる。これは外界の消息を伝える新聞に接する時の「傷口」の痛みと対応するものであろう。

西山での療養期間に生じた変化は、周作人の散文にも反映され、アイロニーを含んだ「打ち傷」（一九二一年六月）、「天足」（同年八月）、「資本主義の禁娼」（同年十月）等が生み出される。序論でも述べたとおり、反語というフィルターによって、周作人は自らを正しく理解するものだけを受け入れ、理解せぬ者には敢えて誤解されることによって排除し、絶望的現実から身を守る鎧《よろい》を身にまとったのである。

第三章　失われた「バラ色の夢」――『自分の畑』における文学観の転換

一　頽廃派への共感――厨川白村「近代の悲哀」の影響

1　文学研究会と創造社の対立

一九二一年一月、文学研究会が発足した。文学革命の旗印のもとに始まった中国現代文学における最初の文学結社である。これに伴い、それまで文言小説を掲載してきた文学雑誌『小説月報』(上海商務印書館)は文学研究会の機関誌として沈雁冰《しんがんぴょう》(茅盾《ぼうじゅん》、一八九六～一九八一年)を主編に迎え、口語体の作品を掲載して紙面を全面的に刷新した。前章で論じた周作人「聖書と中国文学」も紙面刷新後初めての『小説月報』(第一二巻一号)に掲載されたものである。この文学研究会の成立の過程で周作人が中心的な役割を果したことは、倉橋幸彦が『周作人日記』の詳細な分析によってすでに明らかにしたとおりだが、それだけでなく「新しき村」運動を支援する雑誌『人道』のメンバーだった鄭振鐸《ていしんたく》や耿済之《こうさいし》らが文学研究会設立準備の中心となったという指摘も重要であり、これが文学研究会の方向性を決定づけた。[1]

周作人の回想によると、当時燕京大学の学生だった瞿菊農《くきくのう》（一九〇〇〜七六年）に招かれ、「聖書と中国文学」（一九二〇年十一月三十日）と題して講演を行ったのが『人道』メンバーとの交流の始まりだったと述べている。一九二〇年十一月二十三日に北京万宝蓋の耿済之宅に関係者七名が集まって研究会の設立を協議し、参加者の総意のもと周作人が宣言文を起草することになった。[2]

宣言文では研究会の目的として三点挙げる。第一は「友誼《ゆうぎ》を深めること」であり、「会合を開いて意見交換を行い、相互理解を深めることを目指す」とする。第二は「知識を深めること」で、個人では限られた知識を広げるために外国の資料を集めて図書館や出版部を作りたいとする。第三は「著作家の労働組合となる基盤作りをする」で、文芸を単なる暇つぶしと考えず、人生に必要な職業と考え、著作業に携《たずさ》わる人間を結びつけたいと述べている。[3] この宣言文について、止庵《しあん》が「新しき村」の会則に似ていると評するように、周作人は文学研究会を文学者の連帯と融和をはかる「新しき村」として思い描いていたと考えられる。[4]

ところが皮肉にも後年の回想で自ら認めるように、「事実はまったく逆になり、会の設立は入り口に敷居を作り、結果的に逆に対立の始まり」となり、半年遅れて発足した創造社と鋭く対立することになった。[5] 両者の対立の発端は、田漢《でんかん》（一八九八〜一九六八年）、郭沫若《かくまつじゃく》（一八九二〜一九七八年）

らが文学研究会への参加勧誘を拒んだことにあるが、関係悪化を決定づけたのは『創造季刊』発刊予告として発表された「純文学季刊『創造』出版予告」（一九二一年九月）だった。

〔新〕文化運動が生まれて以来、わが国の新たな文芸は一、二の偶像によって壟断《ろうだん》され、芸術新興の機運は消滅せんとしている。創造社同人は奮然と立ちあがり、社会の因襲を打破し、芸術の独立を主張し、世の名もなき作家たちとともに立ちあがり、中国の未来の国民文学を造らんと願うものである。*6

この予告には創造社同人として、田漢、成仿吾《せいほうご》、郁達夫《いくたつぷ》、郭沫若、張資平、鄭伯奇《ていはくき》、穆木天《ぼくぼくてん》が名を連ねていたが、郭沫若によれば全員の総意による文章ではなく、郁達夫（一八九六〜一九四五年）の独断で書いたものだという。*7「偶像」とは具体的に誰を指すのか明かされていないが、五・四時期に文学革命を担った作家たちが参加する文学研究会を指すことは疑うべくもなく、宣戦布告と受け取られても致し方なかった。『創造季刊』（一九二二年五月）創刊前後の状況について、郭沫若は『創造十年』で次のように回想している。

『創造季刊』の予告を出す時に〔郁〕達夫が彼らは「文壇を壟断している」とあてこすった。それで知らぬ間に敵同士になってしまった。『文学旬刊』はすぐに僕らを罵倒する文を載せ、頽廃派の「肉欲描写作家」とは郁達夫で、「盲目的翻訳者」とは僕と寿昌〔田漢〕のことだった。『創造季刊』出版後には沈雁冰〔茅盾〕が郎損という筆名で酷評を加え、文学研究会は人生派だが、創造社は芸術派・頽廃派だと、急にはやし立てた。僕らの刊行物は季刊で、メンバーは誰も上海にいないので、よそから攻撃を受けても我慢するしかなかった。*8

『文学旬刊』は後に『文学週報』に名を改める文学研究会の機関誌で、茅盾や鄭振鐸らが毎号のように筆名で論評を発表していた。紙上には創刊予告に対する反発に加え、郭沫若の口語自由詩集『女神』（一九二一年八月）、郁達夫の短篇小説集『沈淪《ちんりん》』（同年十一月）への批判が出た。『沈淪』は日本留学中の中国人学生が民族差別を受けるなかで性的欲求に煩悶する姿を描く短篇小説で、作中の性欲描写が指弾の的となった。この回想で郭沫若がどの文章を具体的に指すのかは特定できないが、鄭振鐸が『文学旬刊』に連載していた短評「雑譚」には創造社批判として読めるものが幾つも含まれている。例えば「盲目的翻訳家」（『文学旬刊』一九二一年六月）では現在の中国がどんな作品を必要としているか考えずに無分別に翻訳していると郭沫若らを批判し、「醜悪描写」（『文学旬刊』一九二二年五月）では『沈淪』の「性欲描写」（原語）を非難している。*9 鄭振鐸らの一方的な批判に対して反論するメディアも持たない状況下で、郭沫若らが過剰な被害者意識を持っても仕方ない側面はあった。だが、郭沫若の側に記憶の混乱や誤認が多いのも確かで、続く茅盾の批判は『創造』に対する私の印象」（『文学旬刊』一九二二年五月、六月）を指すようだが、この評論には「酷評」といえるほどの感情的批判は実のところ見当たらない。[*10] この頃には恐らく文学研究会の側も沈静化し、冷静な議論ができるようになっていたと思われる。

創造社側の郁達夫、郭沫若が反論できる態勢が整ったのは、一九二二年夏に『創造季刊』(創刊号)が刊行された後だった。鄭振鐸が最初の批判を発表してから、すでに一年近く経過している。この間に周作人から郁達夫擁護の評論「沈淪」(一九二二年三月)も発表されており、当事者としては遅すぎる反論であるが、この反論が双方の文学的主張の違いを理解する手がかりになるので見ておこう。

郁達夫の反論は短篇小説「血と涙」(一九二二年八月)として発表された。[*11] 作中に登場する主人公は日本留学帰りだが仕事がなく、「人生のための芸術」を提唱して大もうけした友人に勧められて、労働者を主人公とする小説を書く。労働者が不幸な事故で血を流し、厳しい現実に涙するさまを小説に描き、原稿料をやっとせしめて喜ぶところで締めくくられる。これは鄭振鐸の文芸評論「血と涙の文学」(一九二一年六月)を皮肉るもので、鄭は花鳥風月を詠ずる文学を冷血の産物と批判し、いま必要なのは「血の文学と涙の文学」だと主張していた。[*12] 郁達夫は鄭が主張する単純な社会反映論を逆手にとって、文字どおり「血も涙もある」作品を書いてみせたわけだ。

郭沫若は「盲目的翻訳者」に対する反論として「文学の研究と紹介について」(一九二二年七月)を発表し、これに対して茅盾から再び反論を受けた。その反論に対する感情的反発として書かれたのが「国内評壇及び自己の創作に対する態度について」(一九二二年八月)である。郭沫若の再反論が実はまったくの誤解によるものであることは孟文博[13]が指摘するとおりで、いま詳しく触れるゆとりがないが、結果的にここで展開された文学的主張は、当時の創造社を代表する文学論として注目に値する。

郭沫若は冒頭でまず「我が国の批評界には良からぬ風習がある」として、批評家が匿名や筆名で作家を誹謗中傷する習慣を指摘し、鄭振鐸、茅盾らが筆名で創造社を批判していることを非難する。そのうえで、自分は卑劣な態度を採らず、この機会に自らの創作への姿勢を明らかにしたいとして、芸術は「〔現実の〕反映（reflective）であってはならず、創造（creative）でなければならない」と述べ、芸術とは現実の直接的反映ではなく、頭脳のなかで濾過作用、醸造作用を経て生み出されるべきもので、芸術は主観性のもとで培養されるべきだと主張する。そして芸術をプロパガンダの道具や糊口を凌《しの》ぐ便法と見なすようでは芸術の堕落だとして、芸術の独立性を強く訴える。

> 文芸は本来苦悶の象徴なのだ。それが反映か創造かを問わず、いずれも血と涙の文学なのだ。必ず紙面に「赤」の字がないと血でないとか、さんずいに「戻」の字がないと涙でないと限ったことではない。……主たる眼目は、苦悶に幾重も囲まれたなかで、霊魂の深いところから流れ出た悲哀でなければ読者の魂を揺さぶることはできない点にある。[14]（文中の省略は著者による）

ここでも現実を単純に反映する創作のあり方を否定し、「個人の苦悶」に秘められた「霊魂の深いところから」生まれた「悲哀」が生み出した文芸作品こそが感動的なのだとする。これまでも文学研究会と創造社の対立の構図として、前者は「人生のための芸術」を主張する人生派で客観的観察を重視する自然主義を標榜し、後者は「芸術のための芸術」を主張する芸術派で主観的直観を重視するロマン主義を標榜する流派として対照的に描かれてきた。ここでの郭沫若の主張も、まさしく現実社会より個人の主観性（苦悶）を重視する点で創造社の文学的主張を代弁するものである。そして、この「文芸は苦悶の象徴である」という主張は厨川白村《くりやがわはくそん》「苦悶の象徴」（初稿、『改造』一九二一年一月号）に依拠すると考えられる。

この点については工藤貴正が『中国語圏における厨川白村現象』ですでに指摘するところであり、京都帝国大学教授であった厨川白村（一八八〇～一九二三年）が創造社に及ぼした影響については多くの先行研究がある。[15] 郭沫若は正確に厨川のテクストを引用してはいないのだが、その主張に近いと思われる箇所を「苦悶の象徴」（初稿）から示してみよう。

> 私が平素考えているところの文芸観——即ち生命力が抑圧を受けるところに生ずる苦悶懊悩が文芸の根柢であり、その表現法が広義の象徴主義であることを、いまこの新しき学説を借りて明らかにして見たいと思うのである。[16]
>
> （傍線は著者による。以下同）

唯それ抑えがたき止み難き内的生命の力に迫られて、自由な自己表現をなすものは芸術家の創作である。科学的にのみ物を見る習いの心理学者の眼には、それが『無意識』と見ゆるほどまでに大きい深い有意識な苦悶苦悩が実は心霊の奥ふかき聖殿に潜んでいるのである。自由な絶対創造に於てのみそれが象徴化せられて、ここに文芸作品は成る。[*17]

文芸が単純な現実の反映ではなく、「心霊の奥ふかき聖殿」に潜む「苦悶苦悩」が象徴化されたものであるという概念的な照応関係は認められよう。また、郭沫若は一九二一年五月に執筆した『西廂記』校訂本の序文では、作者王実甫が「肉欲に苦悶しつつ純愛を渇望している」ことを指摘し、「近代精神分析派の学理」を踏まえ、物語は「精神的外傷（トラウマ）」で歪められた「性欲（リビドー）」の産物であると指摘しており、ここにも厨川を経由した精神分析学の影響がうかがわれる。[*18]

こうした厨川の影響は郭沫若だけでなく、創造社メンバー全員に及んでいる。なかでも厨川に学ぶため、東京高等師範学校から京都帝国大学への転入試験を受けたという張鳳挙（一八九五～一九八六年）は別格の存在といえる。日本敗戦後に『京都大学文学部五十年史』に寄稿した「わが師わが友」（日本語、一九五六年）では次のように回顧している。

私が京都へ来た最大原因は、私の後を継いだ幾人かの友人達のそれと同じく、厨川白村先生の門牆《もんしょう》に列したい心切ない念願にあった。いまこそあまり読まれていないようだが、しかし先生の不朽の名著「近代文学十講」は、大正時代を通じて、すべて当時の文学に志す青年が必ず読まなければならなかった座右宝だったのみならず、実際、今日においても、同じ性質の著述として、その右に出ると云えるほどのものが、果して現れているかどうか、私にはわからない。[*19]

文中でも述べるように、張に続いて鄭伯奇（旧制第三高校から京都帝大へ進学、一八九五～一九七九年）、徐祖正（東京高等師範学校から京都帝大選科へ転入学、一八九五～一九七八年）らが次々と厨川の名を慕って京都に集まり、文学を学んだ。ここからも厨川が中国人留学生の間で非常に人気があったことがうかがわれよう。東京高等師範学校で学んでいた田漢も「新ロマン主義及びその他」（『少年中国』一九二〇年四月）で、厨川白村を訪問した感想を紹介している。

先月（三月）中旬、私は京都を四日間旅行し、〔鄭〕伯奇兄のところに泊まった。九州へ向かう前の晩（十八日夜）、伯奇とともに岡崎公園沿いの大通り〔のお宅〕に〔厨川〕白村先生をお訪ねし、九時半まで心ゆくまで語り合い、先生に重大な疑問点を三つ四つ質問したところ、どれも完璧な回答を下さった。先生は我らの新しき文壇に大きな期待を寄せられ、我ら「若き中国〔原語の「少年中国」は掲載誌名〕」の新しき芸術家がより一層創作に励み、出来不出来にこだわらず、心のなかに書きたいものがあれば、すぐに書いてほしいと仰られた。[*20]

この訪問の際には、三高在学中だった鄭伯奇も伴っており、彼らが日常的に授業以外の場でも足繁く厨川白村宅を訪れ、文学を論じあっていたことをうかがわせる。厨川が一九二一年一月に「苦悶の象徴」(初稿)を『改造』に発表した頃、創造社に加わるメンバーは全員まだ日本で学生生活を続けていたから、この新しい文学論を読んでいただろう。その後同年七月の創造社結成を経て、翌年の『創造季刊』出版後の論争で表明された文学的主張に「苦悶の象徴」の影響が見出されるのは当然といえる。

厨川白村から強い影響を受けた創造社メンバーは例外なく、みな日本の旧制高校、大学という正規教育機関で学んでいる。その点、清朝末期に留学したために変則的な教育しか受けられなかった魯迅や周作人とは大きく異なる。彼らは来日すると、まず官費留学生としての奨学金を得るため、旧制高校特設予科や東京高等師範学校などを受験した。合格後は特設予科を経て、旧制高校三年間、大学本科三年間のエリート教育コースのなかで、文理を問わず徹底した外国語と教養全般にわたる教育を受けた。この点については大東和重が『郁達夫と大正文学』(東京大学出版会、二〇一二年)で詳論するとおりで[*21]、旧制高校での教養教育が創造社メンバー共通の文学的素養となった。郭沫若の回想録『創造十年』には、医学を捨て、文学を学ぶ決心をすると、京都帝大への転学を志し(のち断念)、いきなりゲーテ『ファウスト』をドイツ語原典から翻訳しだしたというエピソードがあるが、これも旧制高校時代の教養教育の基礎があったからできたことである。

これに対して文学研究会の側は五四新文化運動のなかで数々の経験を重ねてきたとはいえ、茅盾は北京大学予科までで経済的事情から本科への進学を断念し、鄭振鐸も北京鉄路管理学校を経て、商務印書館に就職したように、経済的事情による学歴、学識の差は個人の能力で覆《くつがえ》すべくもなく、海外に留学する機会に恵まれた者とそうでない者との間には教育面で大きな格差を生んだ。その格差は文学的主張の対立にもつながった。創造社に対する厨川の影響もその格差の現れと見なせよう。

こうした文学研究会と創造社との対立の構図に周作人を置いてみた時、双方から親近感を持たれる要素があったと考えられる。周作人は兄魯迅とともに民族存亡の危機感から、日本留学時代に英訳と独訳でロシア文学、東欧文学を読み、被抑圧民族の文学に共感し、『域外小説集』を編んだ。それに対して創造社のメンバーは欧州文学作品を英独仏の原典で読みこなし、中国の実情を無視した「盲目的翻訳家」と鄭振鐸に批判されてもシェークスピア、ゲーテ、ダンテら古典文学を翻訳する価値を強く主張して譲らなかった。[*22] 五・四時期における日本や欧米列強に抵抗するナショナリズムは文学研究会が共有する思想である。だが、もう一方で周作人と創造社との親和性も否定できない。日本に留学した時期は異なるものの、明治後期から大正期に至るまで日本文学思潮から強い影響を受けている点で共通し、厨川白村への傾倒はその端的な例である。このように共通する文学上の読書体験が、本来は文学研究会を代表する立場にありながら、周作人に文学観を大きく転換させ、結果として創造社と近しい文学観を共有する一因になったと考えられる。

2　周作人と張鳳挙——頽廃派への評価をめぐって

いま一度、時間を一九二一年の夏に巻き戻そう。

西山での療養生活も終わりに近づいた一九二一年八月、京都帝国大学を卒業して中国に帰国したばかりの張鳳挙は、沈尹黙に伴われて魯迅に会い、ついで周作人にも西山で会った。紹介者となった沈尹黙は一九〇六年に京大に一度入学したものの経済的事情で中途退学し、今回改めて北京大学から在外研究の機会を与えられて京都を再訪し、張鳳挙と知り合った。[*23] 張は京大を卒業して帰国したところで、北京の文人たちと会うというのは就職活動という側面もあっただろう。魯迅は、八月二十二日に沈尹黙に招かれて会食した際に張鳳挙を紹介され、翌日張の住まいを訪ねており、最初の印象は非常に良かったようだ。[*24] その際、張が西山に周作人を訪ねたいと申し出たので、魯迅は書簡で次のように訪問を知らせている。

沈尹黙が張黄〔張鳳挙の本名〕を紹介してくれたが、「浮世絵」をやっていて、この人は非常にいい人で、頭脳も明晰で、西山にうかがいたいとのことだが、もう来ましたか？[*25]

『周作人日記』によれば、八月二十六日、張、沈ら五人は西山まで出向き、周作人と会食しているものの、談話の内容には言及していない。[*26] 魯迅は二十九日に張を今度は八道湾の自宅に招き、『域外小説集』を贈り、その日の面談での印象を書簡で周作人に次のように語っている。[*27]

張黄〔鳳挙〕は今日やってきて、〔谷崎潤一郎を大いにけなし、だいたい我らと意見に違いはなく、泡メイ〔岩野泡鳴〕も非難しました。そのうえ夏目〔漱石〕も余りに低徊趣味すぎるので不満だとのこと。さらに郭沫若が上海で『創造』(?)とやらを出すそうです。近頃私は沫若、田漢の手合いを非常に軽蔑しています。東京の留学生のなかには、珈琲を飲んで（アブサンなど酒類は高すぎるので）、デカーダンを自称するものがいるそうで、笑止の沙汰です。[*28]

（「デカーダン」は原文にある日本語のまま）

この書簡から、魯迅と張が近年の日本文学について話し合ったことがうかがわれる。この時期、魯迅は周作人とともに『現代日本小説集』に収める短篇作品を翻訳中で、どの作品を採録するべきか西山で療養中の周作人と書簡で議論していた。採録作品には夏目漱石も含まれるが、谷崎潤一郎（一八八六～一九六五年）や岩野泡鳴（一八七三～一九二〇年）はなかった。張が谷崎や岩野を非難するのを聞いて、魯迅としては我が意を得た思いだろう。〔谷崎は当時永井荷風に見出されて『三田文学』で活躍しており、耽美主義的作風で知られていた。岩野は自然主義作家として出発したものの、独自の一元描写論によって、従来の自然主義作家たちとは一線を画し、フランス象徴主義を概説した『表象派の文学運動』（シモンズ原著、一九一三年）を翻訳した作家として知られるが、いずれも魯迅の好みではなかったようだ。周作人が一九一八年の夏休みに泡鳴の訳書を購入していることは前述のとおりで、魯迅も少なくとも目は通していたと思われる。

続いて郭沫若、田漢が話題にのぼるが、当時は「純文学季刊『創造』出版予告」（一九二一年九月）が世に出る前で、創造社の存在を魯迅は知らぬはずで、張が伝えたものと思われる。創造社発足前から郭沫若は『時事新報・学燈』で口語自由詩を発表し、田漢は『少年中国』で文学評論を発表しており、魯迅も読んでいたであろうが、やや不可解なのは、まだ面識もない相手を魯迅が「軽蔑している」とわざわざ書いている点である。[*29] 自称「デカーダン」（デカダン、頽廃派を指す）の留学生たちへの嫌悪と重なるように読める。この嫌悪の根拠はあまりはっきりしないが、この頃から上述のとおり『文学旬刊』でも創造社を頽廃派として批判する声が上がっており、デカダン嫌いは魯迅だけではなかったようだ。[*30]

以上の私信や日記から魯迅が当時から創造社や頽廃派に対して嫌悪感を示していたことが見て取れるが、これとは対照的に、周作人は「三人の文学家の記念」（一九二二年十一月）で頽廃派だけでなく創造社にも親近感を表明する。

その背景には、前章で論じた西山での思想的葛藤があったと考えられる。その葛藤から脱出するために反語的文体を獲得したが、その変化は同時に従来の人道主義的文学観にも変容をきたすに至った。頽廃派への親近感の表明はその端的な現れである。文章では表題のとおり、フロベール、ドストエフスキー、ボードレールの生誕百年を記念するもので、フロベールを「自然主義文学の先駆者」として、ドストエフスキーは「人道主義思想の極致」を体現した文学者として紹介されるが、以前の文章の再引用で評価内容に大きな変化はない。だが、最後に取り上げる「頽廃派文人の祖師」として紹介されるボードレールからは周作人の文学観に新たな変化が看取される。

周作人はボードレールについて、「彼の詩は病的な美で充ち満ちており、貝殻に秘められた真珠のようだ。彼は後に頽廃派文人の祖」となり、「トルストイは社会主義的観点からまったく理解できないと批判した作家」であると紹介する。*31 かつて人道主義的文学観を提唱した時期にはトルストイ『芸術とはなにか』に依拠し、文学を媒介とした理解と融和を主張したが、その著書において最も厳しく非難されたのがボードレールであった。そのボードレールを周作人は次のように評価する。

私たちが完全に是認し、親近感を覚えるのは、彼の「頽廃的」感情と、それを表現した著作の美である。*32

この評価は従来のトルストイに依拠した人道主義的文学観を完全に覆すものである。そればかりか兄が書簡でくさした「デカーダン」を正面から肯定するものであることを周作人自らも認識しており、わざわざ次のように念を押している。

新たな名目の古いロマン主義や浅薄な慈善主義が新聞雑誌に溢れていて、日本の西京〔京都〕の友人がいうには、留学生にはコーヒーを飲んでアブサン（absinthe）の代わりとする自称頽廃派も現れたそうである。各人が何派を提唱しようと、もとより自由であるが、どうも精神的な切実さに欠けている現状では「古い酒瓶に新しいラベル」の感を免れない。[33]

「ロマン主義」が創造社を指すとすれば、「慈善主義」とは「血と涙の文学」を訴える文学研究会を暗に諷するものであろう。別の文章で周作人は慈善主義とは階級的なもので、安逸に暮らす者の奢侈品《しゃしひん》であり、平等な立場から互いに助け合う人道主義とは別物であると述べるように、人道主義とは似て非なるものとして否定的に捉えている。[34] 自称頽廃派の留学生に関する悪口とは、魯迅が書簡で伝えてきたものと瓜二つである。こうしてみると、悪口の出処は恐らく張鳳挙しか考えられないが、周作人はその悪口には与《くみ》せず、魯迅が頽廃派を嫌っているのを承知のうえで、「どの派を提唱しようと、もとより自由」だと述べる。自分が頽廃派を支持するのも随意ではないかという含みでもあろうが、創造社、文学研究会の文学論争が実は浅薄であることを批判している。

みなが己の生来の好むところに従って、まずは写実時代の自然主義、人道主義、あるいは頽廃派の代表的人物と著作について、少し研究してから自分の方針を定めた方がよい。たとえ新ロマン主義でも写実の洗礼を受け、頽廃派の心情を経て生まれたものだから、その方面にも注意すべきで、さもなくば、古いロマン主義になりかねない。[35]

「新たな名目の古いロマン主義」、あるいは「新ロマン主義」という用語は今日すでにわかりにくくなっているが、二十世紀初頭においてはドイツを中心に流行した文芸思潮を指し、自然主義に反抗した抒情的象徴主義を指す。文芸批評におけるニーチェ（一八四四～一九〇〇年）やハウプトマン（一八六二～一九四六年）、ホフマンスタール（一八七四～一九二九年）、リルケ（一八七五～一九二六年）などがこの思潮に含まれる。日本では『スバル』（一九〇九～一三年）、『三田文学』（一九一〇～二五年）を中心に活躍した永井荷風（一八七九～一九五九年）、木下杢太郎（一八八五～一九四五年）、谷崎潤一郎ら耽美派を指すものである。文中の説明では、新ロマン主義に関する明確な定義はないが、頽廃派の心情を経て生まれたと述べる点からも新ロマン主義の歴史的定義と符合する。周作人は日本留学の終わり頃に谷崎や永井らの作品にも実際に接し、「日本の最近三十年の小説の発達」[*36]（一九一八年）でも言及しており、自然主義から新ロマン主義への流れを十分知悉したうえでの発言である。

したがって、ここでの指摘は、文学研究会、創造社それぞれの文学的主張に対して一定の理解を示しつつも、それぞれ自ら標榜する文芸思潮について理解が不足しているという批判が込められており、その反省を促すためにこそ、自然主義、人道主義、そして頽廃派という順で各文芸思潮を代表する文学者を紹介したのだと考えられる。

じつは周作人の文章に先立ち、田漢は「悪魔詩人ボードレールの百年祭」を『少年中国』（一九二一年十一月、十二月号）に発表し、鄭振鐸は『文学旬刊』（一九二一年十一月二日）の一面記事として

「ドストエフスキー生誕百年記念」を発表し、その文章の後には茅盾が「ドストエフスキーはロシアに何をもたらしたか」という短文を寄稿している。[*37] 田漢の文章は月刊誌に二回に分けて連載された十数頁にわたる本格的な評論で、ボードレール詩集の英訳で知られるF・P・スターム（一八七九〜一九四二年）を参照して象徴主義詩人として高い評価を与えている。もう一方の鄭振鐸の文章はドストエフスキーに関する短い紹介と作家年表に過ぎず、両者の文章を比べれば、学識の差は歴然としている。周作人は当時『少年中国』にブレイク論や宗教論を寄稿しており、毎号読んでいたであろうし、『文学旬刊』は文学研究会の定期刊行物であるため、寄稿していなくとも代表者として目を通していたはずだ。したがって、ここで周作人がドストエフスキー、ボードレールを人道主義、頽廃派として位置づけたのは偶然ではなく、意図的に言及論評する形で、浅薄な文学論争に苦言を呈したのだと考えられる。

3　周作人と厨川白村――「近代の悲哀」への共感

周作人のボードレールに対する関心は創造社との関係以外からも見出される。「三人の文学家の記念」執筆後、ただちに散文詩『パリの憂鬱』から十篇を選訳、発表するなど、その共感は通り一遍のものではなかった。翻訳された作品のなかには、トルストイ『芸術とはなにか』でわけのわからない詩の代表例として挙げる「異国人」も含まれており、そこには従来の文学観を明確に否定する意図も含まれていた。周作人のボードレールに対する関心は、「小河」（一九一九年）で散文詩型を試みた際にも言及したことがあり、一九一七年から一年間かけて北京大学で行った講義録『近代欧州文学史』でも言及がある。講義録では、ボードレールをヴェルレーヌとともに頽廃派（デカダン le decadent）として紹介し、後にモレアス（一八五六〜一九一〇年）によって呼称が象徴派に改められた経緯を説明し、昨今は神秘主義などの流派と併せて新ロマン主義と呼ぶことなど、歴史的呼称の変遷の説明もしており、人道主義的文学観を支持していた時期からボードレールについても周作人が知悉していたことを示している。「三人の文学家の記念」でも、その講義録から一部分を抜粋し、次のようにボードレールを紹介している。

波特来耳《ボードレール》、人生を愛重《あいちょう》し、美と幸福を慕うは、伝奇派《ロマン》詩人と異ならず。唯だ幻滅の時代に際し、絶望の哀しみ、愈益《ゆえき》深切なるも、而るに現世に執着せること又特に堅し。理想の幸福は、既に致す能わず、復た世を遺《わす》れ以て安息を求めるも肯《がえ》んぜず。故に唯だ生を求むるに努力し、苦中に楽を得んと欲し、悪と醜の中に善と美を得んと欲し、［以って楽事を媮《ぬす》むは、蓋《けだ》し其れ悲痛なり。此れ所謂現代人〔日本語「近代人」の意〕の悲哀にして、Baudelaire 蓋《か》しこれを先に受くるなり。］新異の享楽を求めて得んとして、僅かに官能を激刺するを藉りて、聊《いささ》か生存の意識を保つ。[*38]

上記の引用の際に、後続の文章との対応を考慮して、「現代人の悲哀」を含む［　］内の文節は省かれ、その代わりに別の段落にあった傍線部の文章によって補っている。ここではボードレールに関する通説的説明は省かれ、頽廃派としての特質が強調されている。すなわちロマン派のような美と幸福を希求しても得られず、絶望の深い哀しみに沈みながらも、現世への執着を捨てることもできない。そのため、現実を生きることに努力し、苦痛のなかにも快楽を、醜悪のなかにも善美を見出そうと、新奇な享楽を手に入れ、官能を刺激することで、辛うじて生存の意識を保つのだというもので、周作人はこの説明を総括して、さきほど省いた「 」内の文節を敷衍して次のように解説する。

彼の容貌にも似た頽廃は実は猛烈な生を求める意志の現れで、東方風の泥酔した暇つぶしの生活とはまったく異なるのだ。いわゆる近代人の悲哀とは、猛烈な生を求める意志と現在の思うに任せぬ生活との葛藤なのだ。[*39]

ここでの「近代人」も中国語「現代」(modern)からの翻訳である。「猛烈な生を求める意志」と、理想の美と幸福が得られぬ「思うに任せぬ生活」との葛藤が「近代人の悲哀」の原因であり、その悲哀を共有するからこそ「頽廃的」感情に私たちは共感すると述べている。『近代欧州文学史』での記述のいわば要約といえる説明である。そして、このなかで印象的な「近代人の悲哀」は、厨川白村『近代文学十講』が「第四講 近代の思潮(其二)」の「一 近代の悲哀」で詳論する内容と一致している。

『近代文学十講』は厨川白村が旧制第三高校教授であった時期に書かれた出世作ともいえる近現代欧州文学史の講義録である。序文で「白墨《チョオク》のにおいの失せない講義という積り」[*40]と述べるように、欧文原文資料も交えつつ饒舌な文体で書き綴るもので、十九世紀半ばにおける「近代生活」の成立から説き起こし、自然主義の勃興と衰退、そして世紀末の象徴主義、神秘主義の出現から二十世紀初頭の文芸思潮各種に至るまでの歴史を五百頁あまりを費やして詳説する。この文学史書の好評を受けて書き継がれたのが『文芸思潮論』（大日本図書、一九一四年）で、古代ギリシア・ローマ時代から現代に至るまでの文芸思潮の変遷を霊肉の対立、すなわち神性的ヘブライ思潮と獣性的ヘレニズム思潮とが相互葛藤する循環史観によって描き出している。

『魯迅日記』及び『周作人日記』によると、周作人は紹興で厨川の著書を読んでいる。魯迅は一九一三年八月に日本から『近代文学十講』を取り寄せ、紹興にいる周作人に郵送し、周作人は同年九月六日から同書を五日間で一気に読了している。[*41]張鳳挙の回想でも不朽の名著と評していたように、当時の文壇ではかなりの影響力を持った文学史書であり、日本でも大正末期までに九十二版まで重版され、中国では羅迪先によって一九二一年に翻訳され、広く読まれた。[*42]張も述べるように、国ごとの枠組みを超えて広く近代欧州文学思潮を俯瞰する書籍は今日でもあまり例を見ないためであろう。

同書で繰り返し言及される「近代の悲哀」は全体の叙述を貫く重要な観点であり、後の著書『苦悶の象徴』では「悲哀」を「苦悶」に置き換え、近代人の生命力が抑圧を受けるところに生じる苦悶が昇華され、象徴化されたものを文芸として定義しており、基本的観点は継承発展されている。厨川の文体は講義録のためか、平易ながら反復が多いが、その概要を要約すると、以下のようになる。

厨川はまず「近代の苦悶悲哀」について次のように説明する。

近代の苦悶悲哀の有力なる一原因は、確かにこの二者の衝突にある。即ち一面に自我を主張せんとするところは、他方に於て此物質観のために圧迫せられ、そこに近代人の懊悩苦悶は生ずるのである。[*43]

この苦悶ないし悲哀が生じる原因に対する説明として、厨川は「近代的精神は科学を基礎として一切の現象を物質の盲動〔無分別に行動を起こすこと〕であると見る。従って人間は自然の機械的法則に圧迫されて全く動きの取れない者である[*44]」と指摘している。ここでの「物質の盲動」、もしくは「物質観」とは自然世界が科学的法則に基づいて活動していることを指し、そこにショーペンハウアーのいわゆる世界の「盲目的な意志」が働いていると見ている。その「盲目的な意志」と人間の自我との衝突ないし対立こそが近代人の苦悶悲哀の外的な要因とされる。

この衝突による苦悶と同時に、内的生活においても、近代以降、科学の発達によって、観念的な宗教や哲学は機械的法則の前に力を失い、近代人は信仰による魂の平安を得られなくなり、ヨーロッパ諸国では懐疑厭世の風潮が蔓延した結果、十九世紀にはフランスのラマルティーヌ、ドイツのハイネらロマン主義が現れ、哲学ではショーペンハウアーによる厭世哲学（ペシミズム）が現れたと述べる。厨川は苦悶悲哀をさらに四種類に分けて説明し、最後の第四として弱い自我ゆえに孤立感に苛《さいな》まれる悲哀を挙げ、これに苦しむのが頽廃派であるとして次のように説明する。

一方には心的生活の苦痛と、他方には肉的生活の欲望と、この二つの素因が相合してここに出来たのが即ち所謂デカダンの徒である。……神経過敏な近代人の感受性はそれが剃刀《かみそり》の刃のように鋭いだけに、また甚《はなは》だ脆《もろ》いものである、折れ易いものである。……田園自然の清興に人界の苦患を忘れようとすることは彼等には到底出来ない。……何だかこう死ぬに死なれず、逃れるに逃れられないような苦しい端目《はめ》に陥ったのが即ちデカダンである。つまらぬとは思いながら、猶現在の生に執着して行くところに彼等の言うべからざる深い悲愁がある。[*45]

この一段も講義録としての性格上、冗長感を免れないが、あえて要約すると、内面においては肉的欲望と霊的欲望との間で葛藤する頽廃派は、もはや近代以前の清らかな信仰世界には戻ることができず、葛藤に苦しみながらも現実の生活に強く心ひかれ執着しているために死ぬに死ねず、悲哀に苦しむとされる。周作人のいう「猛烈な生を求める意志と現在の思うに任せぬ生活との葛藤」という表現はその要約として読んでも違和感はない。ここでの「生を求める意志」について、厨川は、ショーペンハウアーの哲学を用いて説明している。

> 前にも述べた如く、近代人生観の平面には一種の宿命論《フェイタリズム》がある。……人間がいくら焦っても騒いでも、そこに所詮逃れられない窮極があるのだから致方がない。ショオペンハウエルの言った如く、世界は一の大なる盲目的意志の発現で、之《これ》に対して藻掻《もが》いたところで、それは徒《いたず》らに個物の自滅を招くに過ぎないと、こう観ているのである。はては現在の生活に対する努力にものうくなって、泣言すらも言わなくなる。[*46]

ここでの「盲目的意志の発現」とは、ショーペンハウアー『意志と表象としての世界』を踏まえたものである。人間も含めて世界のすべては「盲目的な生への意志」に衝《つ》き動《うご》かされていると考え、各人の持つ合目的的な意志や行動は逆に個体間の利害の衝突や競争によって実現できないために、生涯にわたり苦悩に苛まれると考えるのが通説的理解であろう。[*47] ショーペンハウアーによれば、その苦悩からの解脱《げだつ》のためには「生への意志」（性欲の満足の断念など）を否定し、他者に対する「愛」が必要であり、それを「同情」（共苦、ミットライト）と呼ぶ。それを踏まえれば、厨川のいう「生活に対する努力」の放棄とは「生への意志」の否定に相当し、ショーペンハウアーの思想と照応している。だが、ショーペンハウアーのペシミズムだけでは説明しきれない部分もある。

他人《ひと》のことなぞは無論構っていられない。既に生れて来た以上自分だけはその惰力で、仕方なしの果敢《はか》ない無意味な生を続けて行くばかりだ。他の者はまた一層自棄《やけ》になって絶間なく酒色の方面に肉の歓楽を追うのである。わずか瞬時の人為的な刺戟によってでも此苦痛を忘れようとする decadent《デカダン》 の生活が即ちそれで、……束の間の享楽を貪って、自分ひとりだけ何の目的も理想もなしに、其日々々を送って行く外はないと感ずるのである。[*48]

いわゆる「世界の盲目的意志」の発動で、自らの合目的的な意志を失うという説明は上段の繰り返しだが、ショーペンハウアー自身はこのようなペシミズムを頽廃派と結びつけて説明したことはなく、ペシミズムを頽廃派（デカダンス）と結びつけて論じたのはニーチェである。かつてニーチェは『悲劇の誕生』でヴァーグナーへの心酔ぶりを示したが、それはやがて幻滅に変わり、中期以降のニーチェは「デカダンスの哲学者にして初めて、デカダンスの芸術家に自己自身を与えたのである」（ニーチェ「ヴァーグナーの場合」）と述べるように、ショーペンハウアー、ヴァーグナーをデカダンスと結びつけて批判した。厨川のデカダンスの定義もニーチェの解釈を踏まえたものと考えられる。[*49]ここでの「生の意志」と「思うに任せぬ生活」との葛藤もその影響下で強調されるに至ったのである。このような頽廃派への共感はボードレールにこと寄せて表明されただけでなく、郁達夫の短篇小説「沈淪」擁護においても繰り返し表明され、精神分析学の知見を踏まえた頽廃派擁護論が展開されるに至る。

4 郁達夫『沈淪』の波紋――文芸への精神分析学の適用

『沈淪』が刊行された翌月、郁達夫は自らの小説集『沈淪』とともに英文の葉書を周作人宛に書き送っている。

こよなく尊敬申し上げる周様へ
私の無礼をなにとぞお許しください。この葉書とともにお送りいたします私の短篇集は、先月刊行された『沈淪』〔原文 Drowned〕です。本書を先生の良心に基づいて御批評賜ればと存じます。上海の文学者たちは私に反対しており、私は遠からず埋葬されそうですので、最後は先生の挽歌で送っていただければと存じます。　あなたをお慕いする者より　T. D. 郁文[*50]〔郁達夫の本名〕

『周作人日記』によれば、安徽省安慶から送られた一九二一年十一月二十七日付の葉書は、北京の周作人宅に同月三十日に届き、別便の短篇小説集『沈淪』も十二月四日付で届いている。葉書を英文で書いたのは他人に読まれたくないためと推測されるが、その意図は明らかではない。いずれにせよ、葉書の文面を読めば、当時の上海での酷評に郁達夫は明らかに相当ショックを受け、最後に一縷の望みを周作人に託したものと思われる。周作人は十二月十日に返信をしているが、その返信は現存しない。だが、一九二二年三月末に『沈淪』を擁護する評論を『晨報副鐫』に発表しており、その結果を見る限り、郁の最後の望みは裏切られなかった。周作人の評論が発表された後、刊行間もない『創造季刊』が五月に郁から届けられ、二人の友誼は後々まで続く。[*51] 後年、郁達夫は回想のなかで、文学研究会を代表する周作人が擁護したおかげで、猥褻だと難ずる「罵詈雑言の嵐がやっと収まった」と感謝しているほどである。[*52]

周作人が面識のない郁達夫を擁護した理由は同じ日本留学経験者であるゆえの親近感など幾つか理由が考えられるが、最も重要なのは日本留学以来エリスを通して強い関心を抱き続けてきた性心理学の問題との関連であり、郁達夫が短篇集の劈頭《へきとう》に記した自序に注意を引かれたためだろう。

最初の一篇「沈淪」はある病的な青年の心理を描いたもので、青年のメランコリアの解剖と呼んでも良いし、そこには近代人の苦悶も描かれている——すなわち性の欲求と霊肉の衝突である。[*53]

郁達夫が「近代人の苦悶」と記しているのを目にして、周作人は厨川の存在を意識したことは想像に難くない。郁達夫も郭沫若らと同様に厨川白村の著作に親しんでいた証左である。もともと厨川の文脈では「悲哀」と「苦悶」はしばしば混用されており、「苦悶の象徴」（初稿）が『近代文学十講』における「近代の悲哀」の延長線上にあることは前述のとおりである。「苦悶の象徴」が発表された当時、作人は病気療養中で病院にいたため、日記が残されておらず、読んだことを裏づける確証はないが、作人の次のような『沈淪』評価は、郁達夫の自序と照応するもので、「苦悶の象徴」を読んでいたことは「沈淪」（一九二二年三月）からも裏づけられる。[*54]

この短篇集で描くのは青年の近代的な苦悶であると総括するのが正確だと思う。生の意志と現実の衝突はあらゆる苦悶の根幹である。人は現実に不満だが、虚無にも逃避せず、冷たく硬い現実の中で、なおも得られもせぬ快楽と幸福を求めるのだ。近代人の悲哀とロマン主義時代の相違もここにある。[*55]

この評論では、「近代的な苦悶」を「近代人の悲哀」と言い換えながら、郁の論旨をさらに詳しく敷衍《ふえん》しており、「三人の文学家の記念」で頽廃派を論じた箇所と同じ趣旨である。「近代的な苦悶」は「生の意志と現実の衝突」に由来するもので、世界の盲目的意志の反映たる現実を変えることはできず不満に思っていても、虚無に逃避せず、生に執着し、その代償として快楽を追うという構図は厨川の論旨そのものである。周作人もその点を承知のうえで厨川を知るものが読めばわかるように書いたと考えられる。

そもそもを言えば、季刊『創造』出版予告で周作人らを「一、二の偶像によって〔文壇が〕壟断」

されていると批判しておきながら、この期《ご》に及んで救援を求めるとは虫のいい話である。だが、十一月半ばに北京で発表された「三人の文学家の記念」を当時安徽省安慶にいた郁達夫は十一月末頃にようやく入手して読み、頽廃派への共鳴を表明する周作人の文章に一驚したからこそ、葉書で助力を求めようと思いたったのではないか。そう考えれば、刊行後一ヶ月以上経過して『沈論』をようやく周作人に郵送した不自然さに対する合理的な説明となるだろう。

以上のように、郁達夫への擁護においては厨川の文学論が大きな役割を果たしたが、周作人は理論的裏づけをすべて厨川に負っているわけではなかった。厨川は「苦悶の象徴」（初稿）で精神分析学を文芸に応用しようとして、その具体的な成果としてA・モーデル（一八八五〜一九六五年）の著書『文学における性愛の動機』[*56]に言及していたが、モーデルから具体的な論拠を引き出していない。だが、周作人はこの評論「沈論」を発表する直前にモーデルの原書を読み、同書の第十章「作家の幼少時における性愛生活とその昇華」に基づいて、不道徳な文学の特徴について論じている。[*57]この第十章は、作家の幼少時の性的体験が作品に反映されていることを論じるもので、主にフロイトの精神分析学に依拠している。冒頭、モーデルは次のように述べている。

この〔フロイトの〕学説は多々反論を受けたものの、すでに認められはじめている。モル〔Albert Moll, 一八六二〜一九三九年〕やハブロック・エリスやヘルムート〔Hermine von Hellmuth, 一八七一〜一九二四年〕の研究はフロイトの見解を裏づけるものである。[*58]

周作人はこの箇所に言及していないが、ここからモーデルがエリスの性心理学方面の研究も参照していることがわかる。人間の内面に秘められた性的嗜好と文芸の関係は、かねてからエリスに傾倒してきた周作人が一貫して興味を抱きつづけてきた問題であり、厨川以上に熟知しているとの自負もあっただろう。

周作人はモーデルの研究によって不道徳な文学についての定義を整理し、『沈淪』は無意識な放恣に属し、人間のありのままの姿を描こうとするものだと指摘し、自然主義、頽廃派の文学も大多数は同様であると説明している。モーデル自身は著書のなかで特定の文学流派と結びつけるような説明は一切していないため、これは周作人による補足である。ここでの「無意識な放恣」とはフロイトの学説によるもので、幼少時に持っていたサディズム、マゾヒズム、露出狂、窃視症などの欲求が成年後も残った結果、作品に反映され、無意識に残酷な場面を描いたり、裸体や性愛行為を描いたりするとされる。それと同様の傾向を示す『沈淪』も露出狂的傾向を持ち、猥褻ではあるが決して不道徳な性質は持っていないと結論づけている。同様の作品に関する評価をモーデルから引いて、「アプレイウス（ローマの哲学者）、ペトロニウス（ローマの作家）、ゴーティエ（フランス文学者）やゾラ（フランス文学者）などのような作家の露出狂癖は、決して彼らの作の芸術的価値を減じないどころか、時には高めさえするのだ[*59]」と指摘し、積極的に性的嗜好の反映を肯定し、次のように述べる。

この小説が霊肉の対立を芸術的に描くのを鑑賞して、どちらの勝利か、意図は何かと詮索してはならない。小説の価値は無意識な自己の露出にあり、芸術的に情欲を昇華させたところに真摯と普遍がある。[*60]

「真摯と普遍」とはトルストイの『芸術とはなにか』に依拠して提起した平民文学の要件であったが、ここで意図するのは作品が広く読者に受け入れられる要件であろう。精神性を重視する霊性と肉欲を肯定する獣性のいずれが優勢なのかを問うよりも、その葛藤に苦しむ自己の内面を剔抉《てっけつ》した点を重視するのは精神分析学の学説を忠実に敷衍するものである。これは厨川が「苦悶の象徴」で言及する、内面において抑圧された苦悶が芸術においては象徴主義によって表現されるという説明とは異なっている。周作人はあらゆる文芸を安易に象徴主義的に解釈する厨川流の解釈には同意できず、直接モーデルを参照しつつ『沈淪』を分析したのだと考えられる。

二　『自分の畑』における文学観の転換——個人主義の文学へ

1　「自分の畑」としての文学

「三人の文学家の記念」（一九二一年十一月）での頽廃派への共感表明により、周作人は文学的主張において大きく創造社に歩み寄り、文学研究会とは距離を置く恰好となった。一九二二年一月から『晨報副鐫』で始めた「自分の畑」（原題「自己的園地」）と題する一連の文芸評論はその微妙な立場を反映するものである。

その第一回目の連載「自分の畑」では、文芸という自分の畑で「薔薇や菫《すみれ》を植えるのも、青物、〔漢方の〕薬材を植えるのと同じく、種類は違えども自分の畑を耕すことにおいては同一の価値がある」と述べ、かりに「自分の畑が狭く、生み出すものも貧弱かつ役立たずに見えようとも恥じることはない」[*61]と言明する。これは要するに文芸における実用的価値の否定であり、それは「自らの心の志向に従って、薔薇や菫を植えるのは個性を尊重する正当な方法である」[*62]と述べるように、文学が個人的営為である以上、文学者の個性を活かす作品であることが最も重要であると主張する。

その前提に立って、文学研究会が主張する「人生〔中国語では人間の生全般に解される〕のための芸術」に対し、「芸術は当然人生のものであると考えるが、それは芸術が本来私たちの感情生活を表現するのだから、どうして人生と分けられようか。もちろん人生に実益をもたらすのは芸術が本来持つ役割だが、唯一の任務ではない」[*63]と指摘する。文学研究会の主張は前述の「血と涙の文学」が社会的弱者に目を向けているように、芸術によって社会的正義を実現しようとする志向を持っている。この機能を周作人は必ずしも否定しないが、それが唯一の任務であることを否定している。だから、「芸術は独立しているが、もとは人間性の産物だから、人生から隔離する必要もなければ、人生に奉仕する必要もなく、人生と渾然一体の芸術としたらよいのだ」[*64]と述べる。

創造社は、文学を単純な現実社会の反映と見ることに反対し、個人の創造性を重視し、内面での濾過作用を経て表現される表現こそが文学であると主張し、「芸術のための芸術」というテーゼのもとに芸術の独立性を主張した。その論理が厨川白村に多くを負っていることは前述のとおりである。周作人の見解はその両者の折衷案ともいうべきもので、薔薇や菫を選ぶ個性を重視するなど、明らかに創造社の主張に近い。文章の結びで「花を植えて暇つぶしをする者もいれば、花を植えたのは金儲けのためという者もいる。真の花を植える者は花を植えること自体を自らの生活とする」[*65]と述べるように、文学そのものの自己目的化へ傾いている点で、文学を現実の社会改革に役立てる発想とはすでに相容れない。これが「人生と渾然一体の芸術とする」真意である。

このような文学観の表明は同時に現実の社会改革からの撤退も意味していた。前章で論じたように、西山療養時期には、仏典を参照しながら「勝れた行い」（一九二一年七月）で「勝れた行いを修めている者は衆生と行いを共にしなくてもよい」から自分も「勝れた行い」をすることにした[*66]と述べていたが、「自分の畑」はそうした述懐によって自分の活動範囲を文学に限定することを明確に表明するものであった。ただ、この文学観の転換は容易なものではなく、これから一九二三年夏の兄魯迅との訣別を経て、一九二四年十一月に「生活の芸術」を発表するまで試行錯誤が続くことになる。

この「自分の畑」を皮切りに連載する文学評論は、五・四時期の人道主義的文学観を軌道修正し、新たな文学観へと転換するプロセスを明瞭に示すものであり、その意味で周作人の思考の軌跡を追う恰好の材料といえる。郁達夫擁護の「沈淪」(一九二二年三月)もこのなかに含まれているだけでなく、トルストイの文学論批判から魯迅の小説「阿Q正伝」への論評、保守的な学衡派の批判に至るまで、内容は多岐にわたる。いまここですべてを取り上げるゆとりはないが、これまでにみた創造社への接近と対照的に文学研究会との間で生じた文学観の齟齬を明らかにするために、ここでは師弟関係にあった兪平伯《ゆへいはく》との論争を中心に見てゆきたい。

2 「生を求める意志」と「力を求める意志」の葛藤——トルストイズムとの訣別

兪平伯(一九〇〇~九〇年)は清朝考証学の権威兪樾《ゆえつ》の曾孫で、のちに宋詞や『紅楼夢』の研究において先駆的役割を果たした文学者である。一九一八年に傅斯年《ふしねん》(一八九六~一九五〇年)、羅家倫《らかりん》(一八九七~一九六九年)らとともに新潮社を組織し、新詩(白話詩)の詩人として活躍、学生時代に周作人の知遇を得て師事した。卒業後、杭州第一師範学校で教鞭を執った際に朱自清(一八九八~

一九四八年）と知り合う。一九二一年六月に周作人が「新詩」で「現在の詩壇は本当に消沈しきっている」[67]と慨嘆したのを受けて、一九二二年一月には新詩の専門誌『詩』を朱自清、葉紹鈞（一八九四〜一九八八年）らとともに創刊した。その創刊号に発表した論文「詩の進化的還原論」（一九二二年一月）はトルストイの芸術論に沿って、良い詩の基準として、その内容が読者を感動させ、善を志向させ、深みがあって多数の読者に受け入れられることを条件とし、少数の読者にしか受け入れられないものは貴族的な詩であるから価値が減ずると述べていた。

この見解は兪平伯にとって目新しいものではなく、「詩の自由と普遍」でも「文学が貴族のものか、平民のものかの問題については、私が繰り返し論じる必要はない。周作人先生が「平民の文学」で明快に述べるとおりである。彼は両者の区別は普遍と真摯という二点の特性にあり、さらにはっきりと「平民」と「通俗」の意味は異なると述べている」[68]と説明し、因襲道徳にとらわれた伝統的通俗小説の価値を否定しつつ、封建的道徳にとらわれない存在である「平民の文学」を構想していた。「詩の進化的還原論」でも周作人の「平民の文学」での主張を下敷きにしつつ、康白情《こうはくせい》（一八九六〜一九五九年）の主張する「詩は〔精神的に優れた〕貴族のものである」[69]（「新詩への私の見解」）という主張に対して反論を行い、詩歌は本来的には民衆のものであると主張している。

　平民性は詩の主たる本質であり、貴族的な色彩は後に添加されたもので、色彩が濃すぎると詩の普遍性を損なう。だからこそ私たちは方向転換して「純朴に立ち返」り、厚化粧から詩の本来の顔立ちを露わにすべきだ。思うに詩は将来平民のものに帰すべきだけでなく、原初の詩も本来は平民のもので、現在の貴族性を帯びた良い詩も平民的な本質を内に秘めているのに隠されて見えないにすぎない。[*70]

兪平伯は、詩が進化することによって原初の姿に還元されるとする論旨から、論の表題を「進化的還原論」と名づけた。この主張と並行して『文学旬刊』(一九二二年一月二十一日)紙上でも「民衆文学の討論」という特集テーマを掲げ、兪平伯を筆頭に許昂若、葉聖陶、朱自清が見解を発表した。この四人はいずれも兪平伯と親しい文学上の友人であり、葉と朱は雑誌『詩』でともに主編を務めている。この特集では全員が兪平伯の見解に同意するものではなく、特に朱自清は明確に兪平伯の主張が民衆の実態を無視した空理空論であることを犀利《さいり》に論じているが、ほかの三人は民衆文学の存在を前提とする立場から描くべき対象や題材を論じている。これは『文学旬刊』が文学研究会の機関誌として「人生のための芸術」を標榜している点からも当然であり、周作人の五・四時期の文学的主張に沿うものでもあった。

ところが、周作人は従来の見解を完全に否定する見解を表明する。「文学の討論」(一九二二年二月八日)では、読者からの質問に答えて、「文学者は民衆の導き手であるべきで、もし直截な言い方をするならば、それは精神的貴族である」と述べ、「先年、康白情さんが詩は貴族のものだと述べて、多くの人から攻撃を受けましたが、実は私の意見からみても正しいのです」[*71]として兪平伯が批判した康白情の見解も肯定した。そして、この見解については十日後に『晨報副鐫』で発表された「貴族的なものと平民的なもの」（一九二二年二月十九日）でさらに詳しく説明を行っている。

文芸上の貴族的な精神と平民的な精神という問題について、すでに多くの人が討論しており、みな平民的な精神が最も良くて、貴族的な精神はすべて悪いと考えている。私自身、以前はそのように考えていたが、いまはいささか疑わしく思っている。変容しても連綿と続く文芸がそんなに明確に区分できるのか。あるいは一つの時代の趨勢なら表現できなくもないが、そんな風に優劣を決められようか。[*72]

自らも言及するように、周作人は『文学旬刊』上で行われた「民衆文学の討論」を意識している。この論争は、一九二一年十一月に朱自清が民衆文学の提唱に対して異議を唱えた（「民衆文学談」、『文学旬刊』一九二二年十月十日）ところに端を発し、兪平伯がこれに反論し（「佩弦と民衆文学を討論する」、『文学旬刊』一九二二年十一月二日）、「詩の進化的還原論」（一九二二年一月）で持論をさらに拡充した延長線上で行われたのが「民衆文学の討論」であった。朱自清は異論のなかで文学は常に少数の先駆者が生み出すもので、民衆とは隔離された存在であると述べていた。ここで周作人が述べる見解も朱自清に近い。自らが「平民の文学」で述べた「普遍と真摯」という二つの基準で平民と貴族の文学を区分したことは「あまり妥当ではないと思う」と自説を否定し、古代の貴族文学にも真摯な作品はあり、真摯な作品であれば普遍的たり得る可能性は具えていると述べる。

私の現在の意見では、文芸で貴族と平民の二つの精神があると仮定すれば、それは人間の生に対する二通りの態度に過ぎず、人類共通のもので、とある階級だけに属するものではない。当初こそ両者は経済状況によって所属が決まり、それが二つの名称の由来となったのだが。*73

二十世紀初頭に経済状況と切り離した平民的な精神や貴族的な精神が存立し得たのかどうかについては議論の余地があるだろう。だが、ここで問題なのは、周作人自身もトルストイの芸術論に依拠した「平民の文学」に対して信頼を失っている点である。その不信感ゆえに「貴族の文学」を批判した誤りも自覚したのであろう。そこで周作人が行おうとするのは「平民」と「貴族」の概念の書き換えである。従来は無前提に善なる者として肯定してきた「平民」の概念を次のように措定する。

平民の精神はショーペンハウアーのいう生への意志〔原語：求生意志〕と言うべきで、貴族の精神とはニーチェのいう権力への意志〔原語：求勝意志〕である。前者は有限の平凡な存在であることを望み、後者は無限の超越した成長を望んでいる。前者は完全に俗世的で、後者はやや超俗的ですらある。*74

さらに具体的な例として漢魏六朝の詩歌は貴族的で、元曲は平民的であると述べているが、これは決して文言白話の違いではなく、両者の人間の生に対する観点が異なるからだとする。そのうえで平民文学に対する不信感を次のように吐露する。

私は友人の疑古〔銭玄同〕さんと話したおりに、彼も同様の感想だったが、私たちが不満なのは、平民文学の思想があまりにも現世的で欲得ずくで、現世の時代を超越しようとする精神がないことである。彼らは人生を達観し、楽天的なあまり現状に満足しすぎている。*75

この不満について「平民は誰もが得られるべき生活の楽しみすら得られないため、彼らの理想は望んでも得られない貴族の生活止まりで、それ以外に何ら望みはなく、文学で表現されるのは功成り妻妾に囲まれて団欒を楽しむ思想になってしまう*76」と補足説明するように、現実の民衆の願望は実のところ、トルストイが思い描いたような善良なものではなかったことに気づいた結果、従来の人道主義の限界を自覚したものである。とはいえ、周作人も理想として思い描いた民衆像が手前勝手な幻想であったことは理解しており、「生への意志」を持つ民衆を否定する意図はなかった。したがって、「生への意志」と「権力への意志」のどちらかが否定されるのではなく、二者は葛藤のなかで並存する。そこで最後には「私が思うに、文芸は平民の精神を基調としつつ、貴族的な洗礼を加えてこそ、真正なる人間の文学が生み出せると思う[*77]」という結論を導き出している。

ここで従来の人道主義的文学観のなかで提起された「真摯と普遍」も、「平民の文学」も完全に否定されたことは確認できたが、もう一点注意しなければならないのは「平民」と「貴族」の価値が逆転して、「貴族」のみが肯定されるようになったのではなく、双方が葛藤矛盾を抱えつつも並存していることであり、周作人は双方に価値を認め、それぞれに限界をみている。現世的な平民と超俗的な貴族との双方を等価値にみなし、それをショーペンハウアーの「生への意志」とニーチェの「権力への意志」になぞらえ、それぞれ中国語では「求生意志」と「求勝意志」という形で概括しているかぎりにおいては双方は等価である。だが、中国における平民の「生への意志」は、あまりに現状の安逸な生活に甘んじており、ショーペンハウアーのいう「盲目的な生への意志」しか持ち合わせておらず、個体ごとの合目的的な意志を持った人生の苦悩を知った存在ではない。いわば「同情」（共苦、ミットライト）を知らず、動物・植物も共有する根源的な生きる欲望に埋没しているために、平民に対して批判的なのだと考えられる。

このように平民と貴族との二項対立のなかで平民を批判する背景には、厨川に依拠した頽廃派への共感があった。頽廃派は「盲目的な生への意志」を持つ一方で、自ら「無意味な生」の連続と感じてペシミズムに陥っている点で、平民にはない苦悩を知る存在であると同時に貴族とも異なる中間的存在である。周作人は、現状肯定的な平民を超えた存在として、「文芸においては、平民の貴族化——つまり、凡人の超人化が望ましい[*78]」と総括するが、これは平民にも貴族にも属さない第三の存在たる頽廃派を想定するものであろう。[*79]

3 「詩の効用」をめぐる兪平伯との論争——トルストイズムとの訣別

このように大きな思想転換が周作人の内面で進む一方で、周作人を師と仰ぐ兪平伯との間には思想的時差が生まれていた。北京大学を卒業した一九二〇年夏以降、杭州第一師範学校で教鞭を執っていた兪平伯と北京の周作人との間で日常的な往来は途絶えていたことが原因かも知れない。新詩の停滞ぶりを嘆いた周作人の慨嘆に応えて一九二二年はじめに創刊した文芸誌『詩』に掲載した「詩の進化的還原論」は、兪平伯にとって満を持して発表した論文であったはずだ。それを名指しで批判した周作人「詩の効用」（一九二二年二月）は兪平伯を困惑させるに十分なものだった。周作人は「貴族的なものと平民的なもの」で展開した主張をさらに敷衍し、トルストイの芸術論を完全に否定している。まず冒頭で次のように述べる。

『詩』第一号で兪平伯さんの「詩の進化的還原論」を読んで、「良い詩の効用は多数の人を深く感動させ、善へと向かわせることができる」という定義に少々疑問を感じたので、三点に分けて私の意見を記してみたい。[*80]

ここで兪平伯が述べる定義は、トルストイの芸術論『芸術とはなにか』で説く芸術作品の感化の力を踏まえたものである。前述のとおりトルストイは芸術を評価する基準として、主観的で曖昧な美に依拠することを否定し、より確かな基準として人生における永遠かつ最高の目的である善こそが芸術の価値を決めるとした。トルストイにとって善とは神への希求にほかならないと付帯的に説明し、そのうえで、万人を例外なく結びつける感化力を持った芸術こそが必要であると説いている。*81
兪平伯が「多数の人」を「善に向かわせる」という条件を示したのは、その敷衍にほかならない。これは周作人が参照した箇所と同一であるが、「平民の文学」では、芸術評価の基準として美を否定し、善を選択したトルストイの観点については触れず、文学には万人に受け入れられる「普遍」とその感化を担保するための条件として作家の「真摯」が必要と説いて、道徳的な色彩は薄められていたのに対し、兪平伯はむしろトルストイズムの特徴である宗教的な善の基準を明確に打ち出すものといえよう。

この兪平伯の主張に対して、周作人は三点に分けて反論を行っている。

まず、第一の批判として、「詩は人々を感動させ、善に向かわせる」ことに価値があり、それができない詩は「社会的価値が失われている」*82と述べるが、周作人は「人々」「社会」に文学の価値判断を委《ゆだ》ねることに強く反発し、兪平伯の言う「社会」を「大衆」「民衆」と言い換えつつ、個人と対立させながら反論している。

私は一貫して文学は個人のものであるが、「彼〔個人〕は人々が言いたくても言葉に表せない言葉を言うことが出来る」から、同時に人類のものでもあると言いもした。しかし、彼〔個人〕が言う時は、主観的に自分の言いたいことを言うだけであり、別に客観的に大衆の心情をおしはかり、彼らのために通訳をするのではない、というのも極めて確かな事実だ。*83

文中の引用は自らのかつての文章「新文学への希望」（一九二〇年一月）から引くもので、表立って否定することは避けているが、明らかに文学を個人本位に捉える志向を強めている。ここでの批判には文学を功利的な「社会的価値」ではかることへの反発以外に「大衆」「民衆」へのマイナスイメージが作用していることは明らかで、先にも引いた「貴族的なものと平民的なもの」で「真摯」を重視した理由も、この大衆不信と無縁ではない。平民に「現世の時代を超越しようとする精神」がない点に失望し、その理由として「真の文学が発達する時代には多少なりとも貴族的な精神が含まれている」*84と述べていた。

続く第二として、兪平伯の述べる「詩は人々を感動させ、善に向かわせるのが第二の条件である」*85とする「善」の定義にも、「単なる不合理な社会の一時的な慣習で、決して芸術価値を判断する基準とはできない」*86と周作人は反対する。この手放しの善への警戒感は、雑誌『詩』に掲載された兪平伯宛「通信」でも次のようにトルストイに対する不信感として明確に示されている。

私が最近トルストイの説に不満なのは「勧善書」に陥りやすいためです。汪敬熙さんも『小説月報』通信で言っていました。[*87]

これは、『新潮』同人であった汪敬煕《おうけいき》が留学先からの投書で、文学革命は古い足枷《あしかせ》を外しこそはしたが、「新たな幾つかの足枷で現在の小説家を縛って」おり、周作人の発表した「人間の文学」はその一つだとする批判[*88]を指す。無論、周作人がトルストイに批判的となったのは、この投書のためばかりとは言えないが、あらためて五・四時期の情熱がさめる思いで読んだことは確かだろう。汪敬煕の投書の趣旨は、理念が先行するあまり、どの作品も内容が空虚だという批判であったから、周作人が「三人の文学家の記念」で文学研究会、創造社に対して行った批判と大きく隔たるものではない。同時に郁達夫『沈淪』の擁護だけでなく、「恋愛詩」(一九二二年十二月)で汪静之の詩集『蕙的風』が決して不道徳な文学ではないと擁護するように、中国で依然支配的だった禁欲主義的風潮に抗する姿勢は、エリスとの邂逅以来一貫して変わりない。

最後の第三として批判するのは、「少数の人しか感動させられないが、高い価値が認められる面もある。だが、普遍的価値がないから、私はそれを貴族の詩と呼ぶのだ」[*89]という兪平伯の見解に対してである。周作人はクロポトキン『ロシア文学の理想と現実』からトルストイ批判の箇所を次のように引用する。

どの芸術にも独自の表現法があり、それが作者の感情を他者に伝える方法でもあるから、芸術の理解には一定の訓練が必要である。……だから、彼〔トルストイ〕の「普遍的な理解」〔英訳universal understanding〕の基準も少々こじつけと言わねばならない。[*90]（文中省略は著者による）

兪平伯への反論として引くクロポトキンの「普遍的な理解」批判は、『芸術とはなにか』でトルストイが「普遍的感情」に言及した一節に向けられたもので、まさしく周作人が「平民の文学」と「聖書と中国文学」で主張したもので、「万人に理解しうる」芸術こそが、「例外なく」「普遍的に」「人々を結びつける」という理念を支えるものだった。個体間の融和、一体化を目指した理念の否定は「平民の精神」を否定するよりも重大な意味を持っている。前章で論じたように、この理念に基づいて、アンドレーエフにおける他者への理解からブレイクにおける想像力に至るまで五・四時期に掲げた文学的主張は整合性が保たれていたからである。「貴族的なものと平民的なもの」でも「普遍と真摯」の概念は妥当でなかったとして、「古代の貴族文学にも決して真摯な作品が欠けていたと思わないし、思想・形式のいかんにかかわらず、真摯な作品ならば、本来普遍となりうるのだ」と述べる形で、従来よりも「真摯」という文学家個人の姿勢を重視する考え方へ転換していたが、ここで決定的になったといえる。この後は「文芸の統一」（一九二二年七月）でも「私のいう普遍的感情は、質的なものであって、数の問題ではない。個人の感じる愉快や苦悶が純粋で切迫してさえいれば、それが普遍的感情なのだ」と述べるように、「自分の畑」で展開された一連の評論によって、他者との融和を目指した「普遍と真摯」の理念は形骸化して作家個人レベルの「真摯」の一極化へと傾いていった。

三　バラ色の夢との訣別——個人主義文学の確立

1　『新青年』同人の分岐

これまで西山での療養生活を契機として、周作人の精神的葛藤から人道主義的文学観が自壊し、頽廃派への共感表明からトルストイ主義の否定へと突き進む経緯を検討してきた。こうした内的葛藤だけでなく、五・四運動で指導的役割を果した『新青年』同人内部でも思想的分岐が生じていた。『新青年』は封建的儒教倫理と対決する点で一致点を見出していたが、具体的な社会改革の方向性については当初から異なっていた。一九一九年七月から胡適が「問題を多く研究し、主義をあまり語るな」(『毎週評論』第三一号)と主張すると、李大釗は社会問題解決以前に理想と主義を共有するべきだと反論したため、その対立が表面化した。

この論争が行われた当時、『新青年』主編であった陳独秀は、五・四運動に立ち上がった学生たちを支援するために「北京市民宣言」のビラを撒いて逮捕拘禁されていた。その不在中に『新青年』編集を担当していた李大釗は『新青年』第六巻第五号(一九一九年九月)を「マルクス主義特集号」と銘打って刊行したため、双方の思想的分岐は決定的となった。陳独秀、李大釗らは早くから現実の社会変革を志向し、共産主義に関心を寄せていたのに対して、アメリカでプラグマティズムを学んだ胡適は共産主義に反対していた。この思想的な対立を何とか弥縫してきたのは、長堀祐造が指摘するように、同人たちの個人的な友誼《ゆうぎ》の賜物であったが、それも限界に近づいていた。[*91] 拘禁を解かれた陳独秀が主編に復帰し、内部の融和を図るべく、「『新青年』宣言」（一九一九年十二月）を発表し、参加メンバーの主張の不一致を認めつつも、今後は科学的知見により自由で民主的な社会の実現のためにともに努力すると誓ったが、再び結束することはできなかった。

一九二〇年一月、北京での厳しい監視の目を逃れた陳独秀とともに『新青年』の発行拠点も上海へ移った。これに伴い、誌面内容も共産主義に係わる論文が増えたため、北京の胡適らは反発して寄稿を取りやめた。北京からの寄稿を求める陳独秀に対し、胡適は次のように書簡で答えている。

『新青年』が「思想色があまりに鮮明すぎる」ことに、〔陳独秀は〕「最近でもそうは思っていません」とのこと、しかし、これは既成事実であり、今から意識的に思想色を薄めるのは容易ではありません。北京の同人側の薄める苦労は上海の同人側が濃くする手練手管《てれんてくだ》の早さに及びません。[*92]

双方の思想的分岐は明白であり、『新青年』同人はすでに関係修復が不可能な状況に至っていた。

一九二一年の正月に胡適を代表として北京の同人たちが陳独秀に宛てた手紙では、『新青年』を再び北京に戻して編集するか、北京では別途新たに雑誌を創刊するかなど、幾つかの選択肢を示して同人たちの意見を募ったが、周作人は病床にあったため、兄魯迅とともに、『新青年』は分裂するに任せ、（必要に応じて）別途哲学と文学を論じる雑誌を作るしかないという意見を述べるに止まった。[*93] この当時の魯迅と周作人は共産主義に反対はしないが、陳独秀のように政治活動に加わる考えはなく、中立的立場であった。その一方で、陳独秀は書簡での議論のさなかに上海を離れ、広東国民党政府のもとで西南大学設立準備に加わり、七月には中国共産党第一回大会で中央局書記に選出され、中国共産党の代表として革命の奔流に身を投じて行く。北京大学に残った同人たちとの間で温度差がさらに大きくなるのは当然だった。陳独秀はそれでも魯迅と周作人には変わらぬ期待を寄せ、次のような書簡を書き送っていた。

『新青年』騒動は、とうにお二人もご存じのところかと思いますが、現在、広東に移して出版するより他に方法がなくなりましたが、北京の同人は誰も文章を書いてくださらないと思いますので、お二人に助けを求めるほかありません。いかがでしょうか。お返事をお願いします。[*94]

これに対する兄弟二人の返信は現存していないが、魯迅はエロシェンコの翻訳作品を『新青年』第九巻第四号（一九二一年八月）に寄稿し、周作人は西山療養中に作った詩を第九巻第五号（一九二一年九月）に寄稿したのが最後となった。陳独秀が編集担当したのが第九巻第六号までで、その後は正式に中国共産党機関誌として生まれ変わることになったので、兄魯迅ともども周作人は陳独秀に対して最低限の情誼は尽くしたといえる。だが、その関係も一九二二年三月に始まった非宗教運動のなかで決定的な決裂を迎えるに至る。このキリスト教に対して展開された排斥運動については、山本澄子『中国キリスト教史研究』（山川出版社、二〇〇六年）に詳しいが、欧米諸国の支配下にあったミッション系教育機関から教育権を取り戻そうという意図で始まったもので、その運動の背後には成立間もない中国共産党が関与しており、陳独秀も運動に加わり、ナショナリズムの高揚と相まって宗教活動に対する過剰なまでの排斥運動に発展した。思想と信仰の自由を奪いかねない危険を感じた周作人らは、銭玄同、沈兼士らと語らって、「信教の自由を主張する者の宣言」（一九二二年三月）を『晨報』紙上に発表した。宣言文のなかで周作人は次のように述べる。

私たちはどんな宗教の信徒でもなく、どんな宗教も擁護しませんが、どんな宗教に対しても挑発的反対運動をすることに賛成しません。ひとみなそれぞれの信仰は絶対的な自由を持ち、法律的な制裁を除いて何人の干渉も受けるべきではないと私たちは考えます。信教の自由は約法〔暫定的憲法「中華民国臨時約法」〕にも記載があり、知識階級は率先して遵守するべきで、少なくとも率先して破るべきではありません。*95

以上がほぼ全文だが、ここで示された信仰の自由を守るべきだとする主張は、共産党指導者の陳独秀と真っ向から対立する。陳はこの宣言文に反論する形で「皆さんは信教の自由を大いに尊重すべしと宣言されましたが、宗教に反対する自由はなぜお許しにならないのですか？ どうか〔非宗教運動を行う〕弱者の自由を尊重し、自由、人道主義という贈り物で〔欧米諸国という〕強者に媚びを売らないでいただきたい」[96]（「周作人、銭玄同諸君への手紙」四月七日）と訴えたが、これは周作人の意図を誤解していた。周作人は宣言に続いて、矢継ぎ早に「宗教擁護の嫌疑」（四月五日）、「思想圧迫の黎明」（四月十一日）を発表し、その意図が宗教擁護ではなく、「思想取締の危険を予感したために抵抗したのである」と述べ、排斥運動の文章が「悪魔を根絶やしにする」、「〔悪魔の〕手先を殲滅せねば安んじて朝食をとれぬ」[97]など、危険で暴力的な言辞に満ちている点に警戒感を示した。そのうえで「陳仲甫〔独秀の字《あざな》〕さんへの返信」（四月十一日）で、「私たちが宣言をした動機はすでに紙上でも表明したように、宗教の問題に限らないのです。今回の宗教に対する糾弾は今後信仰に限らず思想を取り締まる第一歩になると考え、反対したのです」[98]と述べ、陳独秀の批判はまったく当たらない、むしろ保護されるべき弱者は陳ではなく、周作人側だ、とした。この一連の論争が両者が思想的に決定的に袂《たもと》を分かつ契機となったことは、尾崎文昭が「陳独秀と別れるに至った周作人」[99]で論じたとおりで、この非宗教運動によって周作人はいっそう個人の自由への志向を強めていった。

2 「理解」と「想像」——有島武郎への共感

文学観の変化とともに、トルストイによる「普遍と真摯」の理念が否定された一方で、「文学研究会宣言」で謳われた「相互理解」は変わることなく堅持された。その際に必ず参照されたのがアンドレーエフの言葉である。例えば、「文芸上の異物」(一九二二年四月)では、想像上の産物である物怪《もののけ》や精霊が非科学的であろうと、文学の世界では排除すべきではないとして、次のように述べる。

文芸においてはおのおの持論があって当然だが、同時に寛容な心と理解の精神であらゆる作品を鑑賞すべきだ。そうしてこそ文芸の真意を完全に理解できるだろう。アンドレーエフは「七死刑囚物語」の序文で良いことを言っている。「私たちの不幸は、誰もが他者の魂、生命、苦しみ、習慣、性向、期待に対してほとんど、あるいは、まったく理解していないことです。文学に私が光栄にも従事し、尊いと感じるのは、その至高の任務があらゆる境界と距離を除去することにあるためです。」[*100]

この頃、周作人は思想の自由が圧殺される危機感から陳独秀との間で非宗教運動をめぐる論争を行っており、文芸上の異物に対する理解を訴えたのも同じ趣旨から他者への寛容を訴えたものと思われる。その論拠として参照するアンドレーエフの言葉は、以前「聖書と中国文学」(一九二〇年十一月)で引用したものである。この引用が偶然ではないことは、「女性と文学」(一九二二年六月)でも繰り返し引いて文学における相互理解の重要性を説いていることからもうかがわれる。この文章は北京女子高等師範学校で行われた講演で、新しい時代にふさわしい女性と文学の係わり方を説くもので、この時期の文学観の特徴が明快に示されている。まず冒頭で女性に文学は必要ないとする伝統的価値観を否定し、次のように述べる。

いまや女性と文学の考え方もまったく変わりました。文学は人間生活〔原語：人生〕が別の形をとって現れたもので、生活に従属して説教や暇つぶしに使う道具ではありません。文学は自己表現を本質とし、他者に〔感動を〕感染させるのが役割であり、その効用は個人を主体とし、人類全体を対象範囲とします。*101

ここで注意すべきは、文学の本質が個人の自己表現にあり、他者に与える感動は副次的結果に過ぎないと述べている点であろう。「感染」や「効用」などトルストイ風の表現が用いられているが、他者の感動を重視した五・四時期の文学観とは正反対の見解を提出している。さらに「現在の文学は複雑になっているのだから、理解するにはそれなりの訓練が必須である」と指摘しており、完全にクロポトキンによるトルストイ批判を踏襲している。かつてトルストイにおいては「万人を例外なく結びつける」条件として「普遍」的に理解されることが芸術の要件とされたが、その要件が否定されたため、今度は芸術を理解するには読者の努力が必須となった。そのため他者理解にも努力は当然欠かせないと述べて、「私たちは不幸な人々に接する機会を持たなかったため、しばしば不公平な反感を持つことがあるが、暗黒生活を描く文芸作品は私たちの誤解をただしてくれる」[*102]と説く。そして、誤解を解く効用は古代文学より現代文学の方が優っているとして、アンドレーエフの言葉を再び引く。その趣旨が文学を媒介とした相互理解の実現であることに変わりはないが、相互理解は個人間に限定され、人類全体の融和を目指すトルストイ思想の面影はすでに失われている。

同様に五・四時期に繰り返し論じられた「平民の文学」の内容も大きく様変わりした。すでに「貴族的なものと平民的なもの」（一九二二年二月）でも「平民的な精神」を否定的に評価していたが、「日本の小詩」（一九二三年四月）では、俳句を「日本の小詩」として紹介し、その簡潔性と暗示性を高く評価し、中国の新詩にも取り入れたいと述べる一方で、俳句は平民の文学ではないと述べる。これは、かつて「日本の最近三十年の小説の発達」（一九一八年）で江戸文学を「平民の文学」と呼び、その代表として俳句や川柳を挙げた見解とは逆である。これには「平民の文学」の評価だけでなく、俳句そのものの評価が変化したことが係わっている。俳諧について「日本の小詩」では次のように説明している。

第二に、詩の性質の問題である。小泉八雲はエッセイ「小さな詩」で「日本における詩歌は空気のように普遍的だ。詩歌に誰もが関心を寄せている。詩歌を誰もが読んでいる。また、詩歌をほとんどの者が詠んでいる」と述べている。この言葉にもとより嘘偽りはないのだが、私たちは俳句が平民の文学だと認めるわけには行かない。理想の俳諧生活は私欲を去り、自然の美に遊び、「造化《ぞうか》に随《したが》ひて四時《しいじ》を友」とする風雅の道は決して万人のために語るものではなく、万人の理解しうるものでもない。蕉門の高弟去来は「俳諧で万人〔の好み〕に合わせるのは容易だが、一人に合わせるのは難しい。もしも他人のための俳諧なら作らぬほうがよい」という。[*103]

この頃、周作人は『俳聖芭蕉全集』（聚英閣、一九二〇年）や池田秋旻『日本俳諧史』（日就社出版部、一九一一年）を読んでおり、日本の俳句への関心を改めて深めていたことがうかがわれ、その結果として俳句に対する評価も大きく変化したと考えられる。[*104] その具体的な表れとして、一九二二年夏から日本の俳句を中国の新詩に取り入れようと、「小詩」を提唱しており、五・四時期に「平民の文学」と位置づけた俳句評価とは大きく変化している。

文中で「風雅の道」を説く部分は、芭蕉が「笈の小文」で「造化」を論じる有名な一節で、ここで訳出するにあたっては、芭蕉の原文に基づいて改めた。この一節で芭蕉は荘子に基づく「造化随順」の思想として、万物を創造化育する自然の働きに従って句作を行うべきだと主張している。[*105] この風雅論を根拠として、俳句は「平民の文学」ではないと周作人は指摘しているが、俳諧論のなかでも、大衆的な談林派ではなく、高踏的な芭蕉の俳論を根拠としているのだからある意味当然である。続く引用を周作人は去来の言葉として引くが、実際には服部土芳の『三冊子《さんぞうし》』にみえる言葉で、『去来抄』と並んで重要な蕉風俳論である。この引用は原文とズレがあるので、周作人の意図を示すために先に中国語からの訳を示したが、原文は次のとおりである。

師のいはく「句は天下の人にかなへる事ハ易し。ひとりふたりにかなへる事かたし。人のためになす事に侍《はべ》らばなしよからん」と、たはれの詞有《あり》。[*106]

原文が示すように、師と仰ぐ芭蕉の教えを土芳が書き取ったものである。原文の「天下の人」を「万人」と置き換えたのは意訳として見ることも可能だが、「人のために為す事に侍らば為《な》し好《よ》からん」は、「人のために句を作るのならば作りやすかろう」と解釈すべきところであり、『三冊子総釈』編者の南信一も「真に俳諧の何たるかを解する一二の人の心にかなう様な句を作る事は容易でない」[*107]と説明するように、大衆に迎合することは容易だが、風雅に通じた少数者に認められることは難しいというのが論旨で、他者に理解される努力を排除するものではない。ところが、周作人の翻訳では、その多寡を問わず、他者に迎合することを禁ずる主張に改められた。周作人が「なしよからん」の解釈を誤った可能性が高いが、結果的に周作人の考えがより濃厚に反映され、誤読を含む蕉風俳論を踏まえて次のように結論する。

真の俳道は生活を芸術とし、己の為のなかに世間に貢献する部分を含むとしても決して自己を曲げて群衆に迎合することはないのだ。[*108]

蕉風俳論は確かに高踏的であるが、周作人はそれ以上に大衆への迎合を頑《かたく》なに拒絶する姿勢をみせている。俳論のなかでも高踏的な創作論を選択したうえに、その傾向を偏った方向に解釈したのは周作人自身の文学観の変化がもたらした結果と言わねばならない。このような大衆不信は西山療養時期にすでに垣間見えていたものである。その感情が文芸論のなかでも明確な主張として現れるに至った。さらに俳句は俗語を用いながらも俗に陥らない境地を描き出しているとして、与謝蕪村「春泥集序」での「俗を離れて俗を用ゆ[*109]」という言葉はその境地を見事に表現していると絶賛し、その境地を体現するのが精神的な貴族であると述べる。

現在の因習以外いかなる理解も想像もない社会では彼我共に協和する芸術を建設しようとしても、結局実現せぬ幻想なのだ。いかなる形式であろうと、真の詩人はやはり少数の精神的な賢人だ――もし貴族と言うのを憚るならば[*110]。

ここでは貴族という言葉を避けて賢人としているが、文学者は精神的貴族たるべしという考え方に変わりはない。五・四時期に平民の文学と見なしていた日本の俳句も貴族の文学として評価されている。ここからも当時の中国社会に対する周作人の深い諦念が感じとれる。トルストイに託した「彼我共に協和する芸術」の夢は、「因習以外いかなる理解も想像もない社会」では到底実現できないと諦めざるを得なかった。「精神的貴族」とは畢竟《ひっきょう》そのような社会からの孤絶感の表明にほかならない。その一方でアンドレーエフの言葉を五・四時期と同様に引用して、文学を媒介とした相互理解を訴えても、理解し理解される対象はいきおい限定されるだろう。

この孤絶感は頑なさで自らを鎧《よろ》いながら、もう一方では理解されることを渇望する矛盾に満ちている。その心情に合致したのが有島武郎だったと考えられる。『周作人日記』によると、周作人は西山での療養を終えて帰宅して間もない一九二一年十月初旬に短篇小説「潮霧」を翻訳している。[*111] 白樺派として出発した有島武郎の存在を早くから知っていたにもかかわらず、周作人が文章で有島に言及したのは「日本の最近三十年の小説の発達」（一九一八年）だけで、まとまった形で言及するのは「潮霧」が初めてであった。周作人を通して有島を知った魯迅の方が先に作品翻訳を手がけている。

「潮霧」は北海道と本州を結ぶ連絡船が深夜の濃霧で航路を見失い、対岸に衝突するところを辛くも免れる物語で、自らの生死を偶然の運命に委ねざるを得ない人間の心理を描き、大病を患った直後の周作人の琴線に触れるところがあったのだろうと思われる。これまで有島については、魯迅が「我々はいまいかにして父親となるか」（一九一九年十月）で、親が子どもに絶対服従を強いる儒教的倫理観に反対するなかで、有島の「小さき者へ」に言及し、貧困家庭の少女の死を描く「お末の死」とともに翻訳している。この二篇がいずれも社会的弱者への同情を主題としているのと比べれば、作品内容は大きく異なっている。

この作品をなぜ選択したのか、周作人は直接的に説明していないが、作品の訳文付記では有島のエッセイ「四つの事」(一九一七年)をほぼ全文訳出している。このエッセイは有島の創作動機を説明するものだが、趣旨としては「惜みなく愛は奪う」(一九一九年六月原作)にかなり近いもので、創作を行う理由として四ヶ条を挙げ、それぞれ理由を説明している。その四ヶ条を抜き出してみると以下のとおりである。

私は第一淋しいから創作をします。
私はまた、愛するが故に創作をします。
私は又愛したいが故に創作をします。
私はまた私自身の生活を鞭《むちう》たんが為めに創作をします。*112

四ヶ条の理由を要約すると、第一の「淋しさ」は現実世界で抑圧され孤立する自己の魂を回復する手段としての創作を説き、第二の「愛する」は他者への愛情を表現する手段としての創作を説き、第三の「愛したい」は、自らの愛情が他者に受け入れられる喜びを得るために創作すると説き、第四には、自己成長の手段としての創作を説いている。このうち第三の「愛したい」について、有島は次のように説明する。

私の愛は墻《かき》の彼方に隠見する生活や自然やを如実に摑《つか》みたい衝動に駆られます。だから私は私の旗を出来るだけ高く掲げます。……この合言葉が応ぜられる機会は勿論沢山はない。……然し二度でも一度でも、私の合言葉が誤りのない合言葉で応ぜられるのを見出す事が出来たら、私の生活は幸福の絶頂に達します。*[113]

比喩的な文章を整理しておくと、文学という「合言葉」によって、他者に呼びかけ、他者も書き手の意図をよく理解し、「合言葉」で応じる時、幸福の絶頂に達するという趣旨であろう。だが、「合言葉」には万人に理解されるものではなく、限られた読者にしか理解されないという諦念が含意されている。これは蕉風俳論の誤読に基づいて述べた「自己を曲げて群衆に迎合することはない」という論断と表裏一体をなすものであり、「自分の畑」以降の個人主義文学への志向が明瞭に顕れている。「潮霧」は兄弟共訳の『現代日本小説集』（一九二三年六月）には収録されなかったが、「四つの事」は一九二二年五月に編集整理を行った際に周作人の手で付録の作家紹介文に収録された。*[114]

一九二三年七月十四日、日本から数日遅れで届いた七月九日付の新聞を手にして周作人は愕然とした。そこには有島武郎の自死が猟奇的に報じられていた。周作人にとって、有島の死は日本留学時代に大逆事件で幸徳秋水が処刑されたという報道に接した時と同じぐらいの衝撃であったという。*[115]周作人はただちに「有島武郎」を書いて哀悼の意を表明した。略歴紹介では有島が幸徳秋水と面識があったこと、自ら所有する農地を小作農にすべて贈与し、筆一本で生活していたことを紹介したうえで、自死までの経緯を論評抜きで紹介し、「どんな理由であろうと、自らの生命をもってその感情、思想に殉じた以上、その厳粛さにわれわれの口は塞《ふさ》がれるのだ」と述べ、有島の創作態度を示す言葉として「四つの事」を再び引用してから、次のような言葉で締めくくっている。

有島さんが亡くなったのは、本当に惜しまれ、悼むべきことだ。……実際、この世の大砂漠では、どんなことだってありうるから、われわれはそこかしこに同行者をいくたりか見つけてこそ、寂寞と空虚もいくらか紛れようというものだ。*116

有島は「寂寞と空虚」を癒やしてくれる「砂漠」の「同行者」だった。その突然の訃報に周作人は強いショックを受けたが、その悲痛な思いは恐らく有島の死だけが理由ではなかったと思われる。この追悼文を記した日から魯迅との間に生じた不和にいたる事件の経過を示す痕跡が兄弟の日記に残っている。その抜粋を以下に示す。

七月十四日（土曜）

魯迅日記：夜、〔孫〕伏園が来てすぐ帰る。今晩より自室で食事することにし、自ら料理を一品用意した。これは特記せねばならない。

周作人日記：午前に有島武郎に関する小文を書く。……夜、〔孫〕伏園と〔その子〕恵迪がくるが、すぐ帰る。*117

魯迅日記では十四日から一人で食事を摂《と》ったことが明記されており、この日から家庭内に異変が生じていたことがわかるが、その理由について説明はなく、周作人日記では食事に関する言及すらない。日記で唯一共通する記載事項は孫伏園の来訪である。孫は同じ紹興出身で、北京大学卒業後は『晨報副鐫』主編を務め、魯迅、周作人はその文芸欄の主要な寄稿者であったため、ごく親しい間柄だった。周作人にも子どもがいるので、孫伏園は何度か子連れで訪問しているが、今回は険悪な雰囲気に驚いて早々に辞去したと思われる。その後、十九日に決定的な破局が訪れる。

七月十九日
魯迅日記：午前、啓孟〔周作人〕みずから手紙を持ってきたが、あとで呼んで尋ねようとしても来ようとしない。
周作人日記：午前、喬風〔弟の周建人〕、〔張〕鳳挙、魯迅、世界語会に手紙を出す。*118

魯迅の日記では周作人が自ら手紙を持参したと述べられているが、周作人の日記に至っては手紙を出したとしか述べていない。だが、手紙で書かれていたのは兄弟の義絶を告げる内容だった。以

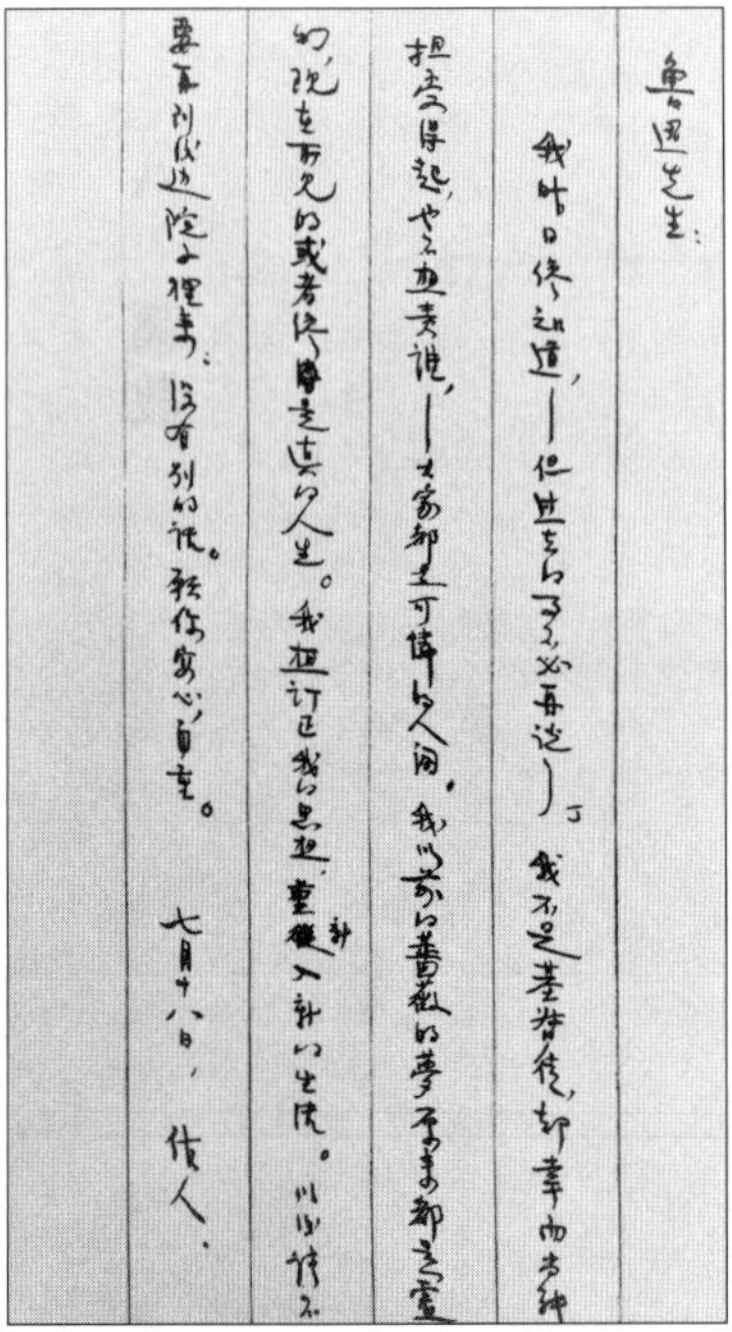
魯迅先生：
我昨日才知道，——但過去的事不必再說了。我不是基督徒，卻幸而尚能擔受得起，也不想責誰，——大家都是可憐的人間。我以前的薔薇的夢原來都是虛幻，現在所見的或者才是真的人生。我想訂正我的思想，重新入新的生活。以後請不要再到後邊院子裡來，沒有別的話。願你安心，自重。
七月十八日，作人。

図10　周作人が魯迅に送った訣別の書簡

下がその全文である。

魯迅さん

私は昨日初めて知りました。しかし、済んだことを今さら言いますまい。私もキリスト教徒ではありませんが、幸いまだ耐えられますし、誰も責めたくはありません——皆だれもが憐れむべき人間なのです。これまでの私のバラ色の夢はやはり幻で、いま目にしているのが本当の人生なのかも知れません。私は自分の考えを改め、新たな生活に入りたいと思います。今後、どうか奥の家〔周作人の居室がある〕にはお越しにならぬよう。用件は以上です。心安らかに、御身大切に。七月十八日　作人[*119]

手紙は十八日付なので、手紙の文中の「昨日」とは十七日を指すと考えられる。その日に何が起こったのか、周作人はまったく書き残していないが、何を知ったのかを手紙に即して推測するならば、魯迅が何らかの罪を犯し、その事実を周作人が昨日初めて知り衝撃を受け、義絶を決意したと理解できる。その罪が「キリスト教徒」ではないが「まだ耐えられる」という表現から道徳問題であると推測される。さらに「誰も責めたくない」、「皆だれもが憐れむべき人間」と述べる以上、係わっていたのは魯迅だけではなく、複数の人間であったと考えられる。もし魯迅だけが対象ならば、不特定を指す人称を用いる必要はないはずだ。「バラ色の夢」とは過去の円満な家庭団欒を指すようだが、後述するとおり、周作人の文学理念にも係わるものと考えられる。

この兄弟の不和については過去にもさまざまな証言があり、これまで多くの先行研究があるが、真相は藪の中であり、確定した結論は永遠に得られない。恐らく最も真実に近いと思われるのは中島長文「道聴塗説――周氏兄弟の場合」の所説であり、端的に言えば双方の誤解から生じた不幸であると考えられるが、ここでは周作人の文学と思想に係わる問題に限って触れたい[*120]。止庵は、問題の七月十七日に周作人が武者小路実篤「或る夫婦」の訳文付記を執筆した事実を指摘し、そこには周作人の心情が反映されているのではないかと示唆している[*121]。

「或る夫婦」は、美しいが軽佻浮薄な妻が姦通したりしないか疑い、嫉妬に苦しむ男性教師の苦悩を描く短篇小説である。周作人は訳文付記で、「ヨハネによる福音書」（第八章三節）の、姦淫で捕まった女を前にしてイエスが皆にで「あなたがたのうちで罪のない者が、まず彼女に石を投げなさい」と呼びかける一節が小説の主題に近いものの、小説のほうが「論理一辺倒にならず感情描写を主にしているため、作中人物は凡庸で欠点だらけだが共感でき、愛すべき存在となった」と指摘し、ほかの文豪の作品などよりも「この作品で描かれる凡人の嫉妬のほうが私たち凡人にとっては意義深く感じられる」[*122]と称賛している。止庵は、この称賛の言葉には精神的打撃から立ち直ろうとする周作人の「自己修復」の意識が働いていると指摘している。この問題を文学テクストのなかで考える時、止庵の指摘は極めて重要な意味を持っていると考えられる。

　ここで改めて魯迅への手紙を読み返してみると、絶交を告げながらも相手を責める言葉は見出されず、赦そうという意識が強い。周作人が「昨日初めて知った」ことが事実であったのか、悪意に満ちた虚偽だったのか、今となっては知るすべがない。ただいえるのは、告げられた言葉は兄魯迅に対して絶交を告げねばならないほど、周作人にとって重大な意味を持っていた。さらに止庵が指摘するように、中国の家庭内の不文律からすれば、成年後でも母の指示があれば子は拒めない――望まない結婚を魯迅が受け入れたのが端的な例である――にもかかわらず、今回の絶交については、一部始終を見守っていたはずの母親魯瑞も周家の当主たる魯迅が家を出て行くのを容認したことが注意される。その意味で周作人が手紙で述べる「皆だれもが憐れむべき人間」という言葉こそが最も真実に近かったのではないかと考えられる。

止庵は七月二十日に周作人が翻訳に着手した長与善郎「西行」にも注意すべき言葉があると指摘している。この短篇小説は他人の猜疑心や悪意にまったく取り合わず恬淡《てんたん》と日々を過ごす西行法師の姿を描くが、作品の末尾は次のような言葉で締めくくられている。

気の毒な人々じゃ。一生他人の事に煩わされて過ぎるのじゃ。それを対人の心、仏の方では衆悩と云う。火宅の人々は一生此対人の心に駆られ鞭打たれて、自分自らを楽しむと云う安楽な時がない。*123

このなかの「気の毒な人じゃ」という言葉を周作人は「可憐的人們」と訳している。これは魯迅宛の手紙で記した「皆だれもが憐れむべき人間」（大家都是可憐的人間）と中国語では一致する。つまり周作人の内面における「可憐的人們」とは、仏典における「衆悩」に苦しめられる者であり、「衆を楽《ねが》う者は、則ち衆悩を受く」*124という一節に基づくものと解することができる。この言葉は『正法眼蔵』「八大人覚」にある「楽寂静《らくじゃくじょう》」の一節であり、独り静かに静寂を楽しめず、群れたがる者はさまざまな苦しみから逃れられないと説くものである。周作人は「衆悩」を中文訳のなかでもそのまま用いており、煩悩に苦しむ三界《さんがい》の比喩である「火宅」も含め、仏典に通じた周作人はその含意を十分理解したうえで訳していたと考えられ、それは魯迅宛の手紙の一節にも反映されていると思われる。

その含意を踏まえれば、「大家都是可憐的人間」は「皆だれもが憐れむべき人間」というより「みな誰もが気の毒な人間」と訳す方が周作人の心情に近かったのではないだろうか。当時の関係者はすでにこの世を去り、事実の詮索にもはや意味はない。ここで考えるべきは周作人がどのように現実の世界での出来事を感じ取り、それを文学テクストに反映させていったかという問題である。止庵が指摘するように文学テクストと現実世界との間に結節点は確かに存在したのだ。

「西行」翻訳後、周作人が執筆したのは初めての単著となる『自分の畑』の巻頭を飾る自序であった。この単行本には一九二二年以来の『晨報副鐫』で連載してきた同名の文芸評論のほか、「オアシス」(原題「緑州」)と名づけられた書評を中心とするエッセイのほか、単発的に書かれた文芸評論二十篇も含まれていた。「オアシス」とは言うまでもなく「寂寞と空虚」に満ちた「砂漠」のなかに見出した楽園の謂《い》いである。西山での療養生活以後書かれた文芸論だけでなく、日本を経由してやってきたロシア詩人エロシェンコとの交流を記したエッセイや散文詩まで幅広く収録していたが、兄魯迅のために書いた文芸評論「阿Q正伝」だけは収録しなかった。周作人はその自序(七月二十五日執筆)で次のように述べている。


私が思うに、世の人々の心も口もすべて虚偽で塞がれていないかぎり、「愚民」の恨み辛みにも喜んで耳を傾けたいのだ。きっと大芸術家と同じくらいの慰安をもたらしてくれるだろう。

私は文芸を愛し、文芸で他者の心情を理解し、文芸に自分の心情を見出して理解される楽しさを得たいのだ。[*125]

この相互理解の希求に有島の影を見出すのはさほど難しくないだろう。文芸作品を通して相互理解を達成する願いは有島の「四つの事」の第二、第三で述べられていたものである。さらに序文の結びでは、次のようにも述べている。

私は普段から友人と話すのが好きで、今でも想像の友人を求めていて、彼らに私のつまらない閑談を聞いて欲しいのだ。私は過去のバラ色の夢はすべて幻だと分かっている。だが、まだ求めているのだ――これは生ける者の弱みだ――想像の友人を、凡人の心を理解してくれる読者を。私はこうした文章が他人に何かしら役立つとか、なにがしか喜びを与えられるとか考えてもいないが、凡庸な自分の一部だけでも表現したいのだ。ほかには何の目的もない。[*126]

ここで述べる「バラ色の夢」も魯迅宛の手紙にみえる言葉である。一度は幻と否定しながらも、ここではその夢を捨てきれないと告白している。ここでの「バラ色の夢」は、兄魯迅との家族団欒の夢だけではなく、文学における人道主義の夢も含意されている。かつてトルストイの文学論から万人を一体とする「普遍と真摯」を併せもつ文学を希求したが、その理念は脆くも潰え、現実には文学という「合言葉」を解する者は決して多くないことも自覚している。しかし、それでも「凡人の心」、「凡庸な自分」を理解してくれる読者を得て、相互理解の喜びを実現する願いを捨てずにいるのである。文学において貴族的な精神を憧憬しながら、もう一方で「凡人」、「凡庸」であるという自己認識は矛盾するかにみえて、周作人の実相をそのままに示すものである。貴族的精神という理想と凡庸な現実の乖離に葛藤しつづける中間的な存在であることの認識は、「人間の文学」での「獣性」と「神性」との中間的存在という自覚以来、変わることなく一貫している。だが、「バラ色の夢」が失われた今、理想に届かぬ中間的存在としての自己認識が陰影を帯びることになったのは当然である。作人はそれを「寂寞」と表現した。序文の結びは次のように締めくくっている。

私は寂寞であるがゆえに、文学に慰安を求め、雑多な読書をし、好い加減な創作をしても、学者先生たちのお眼鏡にはかなうまいが、自分なりには相当の成果をあげたのだ。もし国内に私と気持ちを同じくする人がいたら、この雑多な文集を捧げたい。もしいなければ、それまでのことだ。――寂寞の上にさらなる寂寞はあるまいて。[*127]

この序文は単行本収録前に八月一日の『晨報副鐫』に掲載されているので、魯迅も当然読んでいるだろう。その翌日、魯迅が八道湾の居宅から出て行ったことを周作人は日記に「L夫婦は磚塔胡同へと移り住む」とのみ記し、かつての「お兄さん」(原語:大哥)という呼称は日記から姿を消した。*128

以上のように、西山での療養生活を契機として始まった人道主義文学の崩壊と個人主義文学への転換のプロセスは、一九二三年夏の魯迅との訣別をもってほぼ終わりを告げる。一九一九年末に魯迅が紹興から母親魯瑞、朱安夫人、作人一家、建人一家を八道湾の新居に迎え入れてから三年余りで、家族の団欒は終わりを告げた。しかし、魯迅と周作人は義絶したものの、この後も公的には雑誌『語絲』（一九二四～二七年）の同人、女子師範大学維持会のメンバーとして、文学的にも政治的にも極めて近しい同志として行動を共にしてゆくことになる。

第四章　「生活の芸術」と循環史論——エリスの影響

一　暗い時代の「予感」——『語絲』創刊以前

1　バクーニンの箴言と循環史論

一九二三年九月、初めての個人文集『自分の畑』が刊行された。五・四時期の人道主義文学を清算してからの文芸評論などを一冊にまとめたものである。文集のタイトルはヴォルテール（一六九四〜一七七八年）の十八世紀フランスの諷刺小説『カンディードまたは楽天主義』にちなんでいる。

この小説の主人公カンディードはパングロス博士からライプニッツの予定調和説を学び、「この世ではすべてが最善である」という楽天的哲学を信奉していたが、男爵の娘キュネゴンドとの許されぬ恋ゆえに安住の地を捨て、流浪の旅に出る。旅先では楽天的哲学を覆《くつがえ》す事件ばかり起き、戦争、地震、異端審問と辛酸《しんさん》を嘗《な》め尽くし、最後にようやく故郷に戻る。最後の場面では、相も変わらず楽天論を説くパングロスをなだめつつ、カンディードは言う。「いかにもおっしゃるとおりです。何はともあれ、私たちの畑を耕さねばなりません」[*1]と。辛酸を嘗め尽くしてもなお自らの義務を果たそうとするカンディードからは強靭な楽観性が感じられる。

ヴォルテールの意図は、神の意志が働いて世界は常に最善の結果に導かれるというご都合主義的な予定調和説批判にあった。楽天主義ゆえに数々の辛酸を嘗め尽くす主人公に対する筆鋒は辛辣で諷刺に満ちている。だが、周作人が共感したのは作者の鋭い批判意識ではなく、数々の辛酸を嘗め尽くしたカンディードのほうだった。主人公の苦難と自ら経験した五・四時期における蹉跌《さてつ》を重ね合わせたからこそカンディードに共感し、自らも畑を愚直に耕すことを決意し、本筋の文学に専念することを宣言するものだったと考えられる。

己が畑を文学に限定する意図を明確にするのが周作人の意図であったことは間違いないとして、なぜカンディードの言葉を選んだのか。この言葉が「人口に膾炙《かいしゃ》している」というが、当時の中国で啓蒙主義思想家ヴォルテールの言葉を誰もが知っていたとは思われない。周作人は直接フランスの十八世紀の小説を手に取ったのではなく、エリス『夢の世界』での引用で読んでから英訳本を手に入れて読んだのだと考えられる。エリスは同書で夢の研究に着手するまでの経緯を次のように述べている。

偉大な博物学者リンネはかつて地球上の片手で覆えるほどの広さを研究するために生涯を送れたらと語った。私たちの探求がどれほど小さい土地に限られても、結局は〔巨大な〕太陽へと導かれる。この世に微細に過ぎるものはなく、些細に過ぎるものもない。私が痛みとともに思い出すのは、どれほど昔のことか、若き日の傲慢ゆえに、己が夢を語るのは愚劣だと放言して人を傷つけたことだ。以来、その悔悟ゆえに自らに苦役を課してきた。「私たちの畑を耕さねばならない」と十八世紀の哲学者は述べた。私は出来るだけ心がけて己が夢の畑を耕してきたが、畑は決して大きくない。それでも畑から伸びる小径《こみち》のどれもが宇宙の深奥に通じているのではないかと時折考えるのだ。*2（傍線は著者による。以下同）

この一節は『夢の世界』の最終章の「結論」の末尾にあたる。周作人は一九二三年以降、『夢の世界』を、「文芸と道徳」（一九二三年六月）、「エリスの言葉」（一九二四年二月）など重要な論説のなかで取り上げており、この箇所を念頭に置いて「人口に膾炙している」と述べたことは間違いない。エリスはヴォルテールという名前を挙げていないが、周作人には恐らく自明のことであったのであろう。ここでエリスがいう己が畑とは夢の世界を指し、その研究の畑は、小なりといえども宇宙を知るに至る道だと述べている。その畑の比喩を周作人が文学に置き換えたことは単なる偶然だろうか。

「自分の畑を耕す」決意を一九二二年一月に表明して以来、周作人は五・四時期に取り組んだ社会改革への関与を断念することで安定した境地を見出し、「衆生と行いを共にしない」代償として「勝業（勝《すぐ》れた行い）」に従事することで免罪されると考えていた。その文学に何を見出すのか、『自分の畑』はその解答を探索する過程であったと考えられる。文学を夢のアナロジーとして捉える発想自体、周作人はエリスから得ており、その新たな方向性を示唆するものであった。たとえば、エリスは夢の世界で生起する不条理や不合理で説明のつかない現象について、フロイトの精神分析学だけでなく、E・B・タイラー（一八三二〜一九一七年）の『原始文化』の理論も援用して次のように説明している。

子どもが現代における野蛮人と原始人の表象であることはしばしば指摘されるところだ。厳密に言えばそれは真実であり得ず、子どもが古代人、野蛮人と同一であるという考え方に疑問を持たざるを得ない。だが、私たちが夢のなかでは文明的な精神状態ではなく、古代人や後世の野蛮人の思想感情に時折近くなることがあることについては、ほとんど疑問の余地がない。……タイラー（特に彼の『原始文化』において）によって初めて体系的に述べられたように、精霊信仰の理論は夢のなかに原始宗教と哲学の主たる源泉が見出されるのである。[*3]

タイラーはイギリス人類学の父と呼ばれ、『原始文化』では非キリスト教圏における未開民族の習俗を研究し、人類の信仰生活が精霊信仰から一神教の宗教へと発展する過程を論じた。そして未開民族における「野蛮な」信仰は文明化される過程で合理化され、洗練された道徳となり、その完成形をヨーロッパ文明に見出す単線的な進化論を主張する（今日的にみれば、以下に述べる「野蛮」ないしは「野蛮人」（savage）という価値判断は多元的文化の共存を希求する立場と相容れないものがあるが、当時の価値判断をほかの言葉に置き換えることは困難なので、本書では「野蛮」という言葉をそのまま使用する）。

このエリスの説明からうかがわれるように、周作人は以後の文学論のなかで、文学を夢のアナロジーとして捉えるだけでなく、「野蛮人」の迷信信仰が今日も息づく場として捉えるようになる。その意味で文学は皮膜《ひまく》の間《かん》にありながら現実と隔絶された世界であり、周作人を護る機構として機能していた。だが、現実は周作人が文学世界のなかで自己完結することを許さなかった。一九二二年以降も現実は徐々に文学という孤塁を浸食し、非宗教運動での陳独秀との対立、家庭内不和をめぐる魯迅との訣別だけでなく、本章で後述する日本における大杉栄殺害事件、中国での言論弾圧を経験した結果、周作人の内面は暗い予感で閉ざされてゆく。逆説的ながら、それゆえにこそ、周作人はますます自らを護る機構を理論的に強化する必要があったともいえる。その葛藤が一つの極点に達したのが「元旦試筆」（一九二五年一月）である。周作人は新年を迎え、不惑の年齢となったにもかかわらず、「惑わない」という境地にはほど遠いと告白し、次のように述べている。

以前はまだ自分には「自分の畑」があると思い込んでいたが、去年にはいささか疑わしくなり、いまや明白にそんな畑などありはしないと悟ったのだ。……目下のところ、やはり正直に素人だと認め、「文学家」という看板は仕舞うことにしよう。[*4]

「看板を仕舞う」という言葉も結局は韜晦《とうかい》に過ぎず、文学を捨てることはなかったが、かつて「自分の畑」を耕すと宣言した時の楽観的な響きはもはや読み取れないのも確かである。その暗い予兆は恐らく一九二二年の非宗教運動から始まったと考えられる。前章で既述のように、周作人は頑ななまでに信教の自由、思想の自由を守ろうとした。だが、若者を中心として大勢の意見は思想の自由よりもキリスト教排斥を優先しようとするものだった。陳独秀を始め、従来同志と恃《たの》んだ人々と対立したのは、周作人にとって初めての経験であった。その経験を「思想圧迫の黎明」（一九二二年四月）で次のように述べている。

私は前回声明したように、私たちは信教の自由を主張しているのであって、宗教が安全だと擁護しているわけではなく、個人の思想の自由が脅《おびや》かされることに抵抗しているのだ。なぜなら私は信仰に対して干渉することが後日思想を取り締まる第一歩になると信ずるからだ。そして、いまや不幸にして不吉な予兆の予言はついに現実となったのだ。[*5]

「不吉な予兆」が現実になったと述べるのには理由がある。それは当時の非宗教運動の異様な熱気にあった。この文章と前後して、『晨報』などの新聞紙上には非宗教運動に賛同する青年から周作人たちに反論が多数寄せられた。彼らと周作人との論争について、尾崎文昭は「陳独秀と別れるに至った周作人」で次のように指摘している。

運動側は威勢の好い客気と現実問題認識の浅さによって周作人らの意のある所を理解できなかったこと、周作人はこれに対し暗澹たる思いをすると共に、同時にこの若い勢いに幾分の被圧迫感を覚えているようであることが見てとれる。周作人の鋭敏な感覚は共産主義運動の勃興と拡大を余人に先んじて察知したのであろう。*6

「思想圧迫の黎明」と同日の『晨報』紙上で公開された陳独秀宛の書簡（一九二二年四月）のなかでは自らの心情をより率直に吐露している。ここでの多数派の暴力に対する不信感はもはや決定的になっていたといえるだろう。

私たちの恐れが「杞憂」であれと強く望みますが、もう不幸な事態はそこまで来ていると予感します。思想の自由への圧迫は必ずしも政府の力を必要とせず、人民が多数の力で少数の異分子に干渉すればそれは圧迫なのです。*7

既述のように、この時期に周作人は詩論でトルストイズムに疑問を示し、文学の平民性を否定した。この文学観の転換も非宗教運動で眼前に突きつけられた大衆運動の持つ暴力性と無縁ではありえず、現実世界で吹き荒れた嵐は確実に文学世界にも及んでいた。ここで吐露した大衆運動に対する暗い「予感」はその後の中国の歩みを考える時、重い意味を持っている。周作人はあたかもその予言を裏づけるかのように、紅衛兵の迫害によって最期を遂げたのだから。

この「予感」は同じ頃発表した「思想界の傾向」にも影を落としている。文中で周作人は南京の学衡派の存在や旧師の章炳麟が国学を講じている例を挙げ、近年の国粋主義が強まっているとして懸念を示し、「私の予言が当たらなければ良いのだが」[*8]と述べた。これに対して、国故整理運動を提唱して、自ら中国古典学の再評価に取り組んでいた胡適は周作人の懸念を一笑に付し、復古運動とは関係ないと否定してみせた。だが、現実は周作人の暗い「予感」を裏づけるかのように展開した。二年後に発表した「大道易者の予言」(一九二四年七月)では次のように述べる。

　壬戌〔一九二二年〕の夏に私はかつて中国では思想取締りが実行されるだろうと予言し、思想界の趨勢は復古への反動傾向を示していると述べた。当時「何之」先生〔胡適を指す〕は反対されたが、事実は雄弁に勝り、「何之」先生も私も「ブラックリスト」入りし……[*9]

ここでいう「ブラックリスト」とは、陳独秀はおろか周作人、胡適の著書すらも書店で販売が禁止されていたという事実を指す。その発端は『晨報副鐫』紙上で読者から寄せられた質問から始まり、その事実を劉半農が確認し、最後には胡適本人が公開書簡で国務院の要職にあった張国淦《ちょうこくかん》（一八七六〜一九五九年）に問い合わせても事実は明らかにならなかったが、末端の警官による販売禁止は続いていたことが明らかにされた。[*10] 政府当局は公には認めずとも軍閥政権下では思想取締りが公然と行われ、その一端がたまたま胡適らの質問によって明らかになったに過ぎないと傅国涌《ふこくゆう》は指摘している。[*11] かつて胡適に悲観的だと笑われた周作人の「予感」は、二年後に果たして事実となったわけである。その「予感」の確かさを自ら痛烈なアイロニーで自画自賛してみせる。

それがし、まこと神技を持っているのではあるまいか！　頼みとするのは光明をもたらす星一つだけである。その星とは『綱鑑易知録《こうかんいちろく》』一部にほかならぬ。昔、バクーニンは「歴史の唯一の役割は人々に二度とそうならぬよう警戒させることだ」と宣《のたま》ったが、私は逆さまにして「歴史の唯一の役割は人々にまたしてもそうなると教えることだ」と言おう。[*12]

『綱鑑易知録』とは中国史を明代まで概説した入門書で、清末に私塾などでよく使われた。周作人も少年時代に学んだもので、その程度の学識でも軍閥政権下で思想取締りが起きることは十分予見できたという皮肉である。続いて引用するバクーニンの言葉は一九一九年に翻訳した「ロシア革命の哲学的基礎」（原著アンジェロ・ラポポート）から孫引きしたものであるが、本来の文脈で意図されたものとは大きく異なる。その言葉を当時の周作人自ら翻訳した言葉と比較してみよう。ラポポートはまず「バクーニンは唯物論者であり、それゆえ彼は人類が最高レベルに進化した動物に過ぎず、思想というものは脳内で発生した物質に過ぎないと考える」と説明してから、人類が動物よりも高等で、「将来」という概念を持ちうるのは、その思考能力と集団性によると述べ、集団での生存、即ち相互扶助によって自然に打ち勝ち、発展してきたと指摘する。この説明を踏まえて、ラポポートは以下のようにバクーニンの言葉を引用しながら歴史の意義を説明する。

「歴史の真正にして偉大にして崇高なる目的は、個人の真実完全な解放である」という。だからすべての過去と因襲はことごとく捨て去らねばならない。なぜなら進歩というのは、過去の過ちから徐々に脱却することにあるからだ。「私たちの動物性は私たちの背後にある。私たちの人間性は私たちの行く手にある。この人間性だけが私たちに光明と温《ぬく》もりを与えてくれる。私たちは決して後ろを振り返らず、前を向かねばならない。もし後ろを振り返ることがあるなら、過去はこうだが今後そうなってはいけないと、はっきり見定めることにあるのだ」という。*13

文中引かれるバクーニンの言葉は如上の言葉と明らかにニュアンスが異なる。周作人は引用で省いているが、バクーニンのいう「歴史」とは、人間が動物性から脱却し、思考力を持ち、相互扶助に支えられた人間性を獲得するに至る過程であり、それが「進化」にほかならない。だからこそ「過去」を振り返る退化は許されない。しかし、「大道易者の予言」で換骨奪胎された言葉からは

「進化」という言葉の持つ時間の不可逆性が失われている。だからこそ、過去は振り返ることができるばかりか、過去が再来する恐れが現実になった。

周作人がバクーニンの箴言《しんげん》を換骨奪胎したことに無自覚であったことは考えられない。『新青年』誌上に二期にわたり連載した論文であり、この後「速達に代えて」（「代快郵」、一九二五年八月）、「運命」（「命運」、一九二七年四月）、「厄運の略述」（「陽九述略」、一九四四年四月）、「国史」（「国史」、一九四五年一月）で口癖のように繰り返す言葉なのである。「進化」の否定は不可逆性の否定につながり、過去と未来の時間軸を相対化する。人類の歴史を進歩的史観のもとで把握することが否定されるから、端的に言えば、過去を未来に再現することも、未来を過去に発見することも可能になる。だからこそ、周作人は「歴史の唯一の役割は人々にまたしてもそうなると教えることだ」、過去は二度でも三度でも再現されると言ってみせたのである。かつての人道主義文学はすでに周作人自ら否定していたが、それよりも深い意味において、この換骨奪胎は重要である。「人間の文学」において「動物」から進化した生物としての「人間」を定義した時は少なくとも「動物」への逆行は含意されていなかったものが、ついに覆された。

だが、この時間軸の相対化が痛烈なアイロニーによって語られていることにも注意せねばならない。過去の再来、反動が現実となることを周作人は繰り返し暗い「予感」として語っている。その見方は悲観的すぎると胡適に笑われたが、結局は現実のほうが周作人の悲観的予言を裏づける結果となった。それゆえに周作人は痛烈なアイロニーなしに語ることができなかった。

本章では周作人が経験した暗い時代の足跡を追いながら、その経験が文学にどのように反映されたかを跡づけてゆきたい。

2　関東大震災と大杉栄虐殺——ファシズムの足音

一九二三年九月一日午前十一時五十八分、関東地方全域を大地震が襲った。相模湾北西海底を震源とする地震は東京を中心に湘南地方、三浦半島、房総半島全域に甚大な被害をもたらし、死者の数は二十万を超え、京浜地帯に壊滅的打撃を与えた。周作人が心寄せた数々のことどもが一瞬で奪われた。

関東大震災で発生した津波は、鎌倉一帯を襲い、家屋を次々と湮没《いんぼつ》させ、別荘で休暇中だった厨川白村もその犠牲となった。火災は津波以上の災厄をもたらした。一日昼から翌日夕刻まで、下町は全域が炎上し、その火災に追われて人々が逃げ込んだ本所区の陸軍被服廠《ひふくしょう》跡は折からの旋風による火災の犠牲となって三万八千人（推定）が焼死した。[*14] 周作人がかつて兄と暮らした本郷界隈では東京帝国大学図書館の蔵書七十五万冊の大半が灰燼に帰した。神田の印刷所三秀舎では出荷目前の『白樺』九月号が焼失し、『白樺』は八月号で終刊となった。

この日をサイデンステッカーは「江戸独自の文化を生み出した下町」が「ほぼ完全に姿を消し」た日と呼んで哀惜している。[*15] 後年一九三四年夏、周作人は妻羽太信子とともに東京を再訪し、幸運にも被災を免れた本郷菊富士ホテルに一ヶ月半逗留した。その目的の一つは震災前の面影を訪ね歩しては、江戸情緒ただよう昔日の東京を何度も回顧している。[*17]帰国後、周作人は永井荷風の『日和下駄《ひよりげた》』や『東京散策記』を引き合いに出くことだったという。[*16]

関東大震災の発生を周作人が知ったのは九月三日のことであった。その日の日記には「一日に東京で地震、大火事があったと聞く」とある。おそらく『晨報』の報道で知ったものの、詳しい情報がないため、この時は事態を静観したようだ。翌日四日の日記に「呉克剛、陳東原二君、丸山から手紙。夜遅く眠る。観光局に羽太に電報で問い合わせるよう依頼する」と記述がある。[*18]この丸山とは、『北京週報』記者の丸山昏迷（本名幸一郎、一八九五～一九二四年）であり、手紙は震災の発生を周作人に急報したものだろう。その報せ《しら》に驚き、当時まだ珍しかった国際電報で問い合わせたものと考えられる。中島長文によれば「観光局」とは当時王府井大街にあった日本国際観光局北京事務所のことだという。[*19]だが、東京は郵便局が機能しておらず、羽太家から無事を知らせる手紙（九月十日付）が北京に届いたのも十月十五日だった。[*20]丸山が記者を務める『北京週報』では九月九日号でいち早く関東大震災の発生を報じ、「未曾有の大地震と日本の積極的発展」という論説を掲載している。

この論説は「正華生」という筆名で書かれているが、丸山昏迷の文章と考えられる。『北京週報』は主筆の藤原鎌兄《かまえ》と丸山昏迷の二人が毎号記事を書き、外部からも寄稿を仰いでいた。藤原は主筆として毎号巻頭に連載される記事を主に担当し、「北京から」や「時局大観」など短い論説を「週報子」や「一記者」という筆名で書き、丸山は折々の話題に関する単発企画記事を中心に書いている。九月九日号掲載記事では、論説「日本の天災に対する中国国民の同情」（筆名：一記者）と上記正華生による論説が並んで掲載されていて、前者は藤原鎌兄著『北京二十年』（平凡社、一九五九年）に収録されているため、「一記者」が藤原だったことがわかる。だとすれば、並載された正華生の論説は丸山である可能性が高い。「正華生」は論説で次のように述べている。

九月二日午前六時、電報通信社北京支局は忽ち一通の驚くべき電報を受取った。曰く内地大震斯《か》く々々と其報道が余りに大袈裟なので流石《さすが》の同支局も一時配達に躊躇した程であったと云う。然るに稍《やや》後に至って双橋の無線電信は明《あきら》かに東京横浜に於る同様の大震災を伝え、是に於て北京の人心は愕然として驚き恟々《きょうきょう》として安んぜず、只管《ひたすら》後報の到るを待ったが、後報は愈《いよいよ》来って愈惨。[*21]

この電報が恐らく北京にもたらされた日本語による震災第一報だった。電報通信社は株式会社電通の前身で、一九〇一年に創立され、電報による速報ニュースを提供して発展した。電文の内容は確認できないが、短い電文だけでは事が重大だけに信じかねたのであろう。だが、北京郊外に完成したばかりの双橋無線通信局が試験通信中に続報を受信し、震災による被害の惨状が明らかになった。[*22] これらの情報を確認した丸山が周作人に知らせたのが翌々日だったと考えられる。

中国国内の大手各紙も九月二日には上海の『申報』がロイター通信社発信の電報記事として「日

本の大地震」を報道し、大地震の発生のために東京・大阪間の電話線が断絶し、東京・横浜・横須賀一帯は重大な被害を受けた恐れがあると伝えた。北京では『晨報』が一日遅れて三日から震災発生を報道した。[*23]だが、情報は混乱錯綜しており、今日の目から見れば誤報も多数含まれていた。

その原因は言うまでもなく、東京にあった主要メディアが壊滅的な打撃を受けて機能不全に陥ったためであり、当時東京市にあった新聞社十六社のうち、焼失を免れたのは東京日日新聞、報知新聞、都新聞だけで、ほかの新聞社はみな社屋を失い、電話、電報を発信する通信回線も断たれたため、手足をもがれたのも同然の状態だった。朝日新聞（東京本社）は九月四日以降、辛うじて号外を発行したものの、ほかの新聞各紙は九月中旬頃まで機能停止状態に陥った。[*24]幸い大阪本社の朝日新聞は平常どおり新聞を発行できたが、現地との連絡が杜絶《とぜつ》した状態では正確な事実報道は不可能であるうえ、海外の北京に新聞が届くのは船便で四、五日を要したので、ロイターや電報通信社の速報性に遠く及ばなかった。

その後、『周作人日記』には「地震の映画を真光に行って見る」（九月二十四日）、さらに「夜、家族と永井とで真光に行って映画を見る」（九月二十五日）とあり、東安門大街の真光電影院まで出かけて震災に関するニュース映画を見ている。[*25]映画の詳細は不明だが、当時すでにサイレント映画は普及段階に入っており、一九一九年に開館した真光電影院では欧米で製作されたパラマウント映画などを上映していた。震災発生直後撮影された記録映像は日本にも現存するが、同様の映像が北京でも上映されていたと考えられる。[*26]周作人も震災の状況を映画館で目の当たりにして、ようやく事態の重大さを理解したことであろう。

こうした震災の混乱のさなか、大杉栄が虐殺された。周知のとおり、震災の混乱が続く九月十六日に憲兵大尉甘粕《あまかす》正彦らがアナキスト大杉栄及び伊藤野枝《のえ》、大杉の甥橘宗一を憲兵隊に連行させ、秘密裏に殺害したもので、甘粕事件と呼ばれる。震災発生当時、流言蜚語が飛び交うなかで、朝鮮人虐殺事件が起き、多数の尊い生命が失われた。また当時の軍部、警察当局は混乱の機に乗じて社会主義者の一掃を密かに企て、労働組合員ら十三名を拘束、殺害する亀戸事件も起こしていた。

周作人は、この甘粕事件の発生を知ると、直ちに「大杉栄の死」を発表し、日本の未来に対する深い憂慮を表明した。その一文が掲載されたのは九月二十五日付の『晨報副鐫』である。若き日の巴金《ぱきん》がアナキストとして一九二四年五月に「橘宗一を悼む」（詩）や「偉大な殉道者——同志大杉栄君の魂に捧ぐ」（詩）を発表したことを山口守は指摘しているが、それよりもはるかに早い。[*27] 当時の情報流通の速度を考えれば、その反応の早さは常軌を逸している。周作人は次のように記している。

日本の無政府主義者大杉栄とその妻伊藤野枝及びその二人の子は赤坂憲兵隊分所の甘粕大尉に呼び出され、甘粕大尉指揮下の憲兵によって全員殺害されたというが、これは日本の大地震発生後の最も驚くべき事件である。[*28]

「その二人の子」が殺害されたという点を除けば、ほかに誤りはない。当時の報道の流れを追うと、大杉のほかに野枝と甥の橘宗一が殺害されたことを日本の新聞各紙が一面記事として一斉に報じたのは九月二十五日のことであり、それまでは戒厳令下の報道管制下で一部の関係者が把握していた事実も日本では報道できなかった。したがって周作人はこの事実を日本の新聞報道以外から知ったことになる。

戒厳令による報道管制があったとはいえ、朝鮮人や社会主義者が秘密裏に殺されたことを知り、大杉栄の安否についても懸念する声は、当時すでに上がっていた。例えば『朝日新聞』が九月十四日のコラム「青鉛筆」で大杉栄が殺害されたという噂を紹介しているように、関係者の間には拭《ぬぐ》いきれぬ疑念があった。[*29] その一週間後、二十日には戒厳令司令部責任者福田雅太郎陸軍大将、憲兵司令官小泉六一陸軍少将らが理由不明のまま突如更迭《こうてつ》される人事が発表され、報道関係者は騒然となった。時事新報記者によれば、一部の報道関係者は二十日の時点で憲兵隊を直接取材し、大杉と「伊藤野枝と子ども」の殺害を探知し、直ちに殺害を報ずる号外を一部地域で張り出したものの、それも同日中に発禁になったという。だが、その号外はまさしく周作人が誤認したとおり、野枝の子どもが殺されたと述べるものであった。[*30]

一部で拡がった大杉殺害の情報は、日本国内では二十五日まで完全に封印されたが、その封印の埒外にあったのが外国向けの通信社だった。『申報』は九月二十一日付で、電報通信社からの速報として、東京憲兵分隊隊長甘粕大尉が十六日に著名な無政府主義者大杉栄を拘束して赤坂憲兵隊留置場に連行し、深夜未明に独断で大杉栄を刺殺すると、続いて伊藤野枝とその子二人も刺殺して、井戸に投げ込んだ（傍線部は誤報）と詳細に報道している。『晨報』も九月二十二日付でほぼ同じ内容を報道している。[*31] 周作人が事実を把握したのも、この報道によるものと考えられるが、丸山が電報通信社から受け取った電報の情報を周作人にいち早くもたらした可能性もある。いずれにせよ、この情報によって、周作人は日本で情報が解禁されるよりも早く大杉殺害に対する抗議を表明することが可能になったわけだ。

丸山昏迷の短い半生を丹念に跡づけた山下恒夫は、丸山が日本社会主義同盟（一九二〇年七月結成）に北京から加入し、「支那社会主義に就て」（『社会主義』第三号、一九二〇年十二月）を寄稿していたことを明らかにして、丸山が北京に来る前から社会主義運動に係わり、来華後も日本の関係者との連絡を維持していたと指摘している。[*32] だとすれば、大杉栄虐殺の一件について、電報通信社だけでなく、日本の関係者からより多くの情報を得られた可能性もある。

その丸山が大杉栄虐殺に対して満腔の怒りを抱いたのは当然だろう。『北京週報』（十月七日号）には「大震災以上の大災害――甘粕事件と日本の損失」という論説が正華生という筆名で発表された。冒頭で次のように述べる。

今度の東京大震災は実に日本に取って大打撃ではあったが、併《しか》し我々は大震災が与えた災害よりも更に大なる災害の之に伴って起ったことを悲《かな》しむ。其一つは朝鮮人事件で、他の一つは甘粕事件である。前者は一時誤解の取沙汰として打消されたが、最近は又必《かならず》しも一概に抹殺し去るべきものでないことが報ぜられる。但し此方は事実の真相が未だ十分判然せず流言訛伝のみが頻《しき》りに飛播されて居るから、軽々に論断することは出来ぬが、甘粕事件に至っては責任ある当局の発表もあり、其真相頗る明白、而《しか》も愈々出でて愈々非なるものがあるから、我々は之を黙視することが出来ぬのである。[*33]

この論説は、震災の被害もさることながら、震災の混乱のなかで起きた朝鮮人虐殺事件と甘粕事件が日本にとって重大な問題であることを指摘している。そのうえで日本を襲った天災は世界の同情を喚起こそすれども何ら侮蔑を受けることはないが、甘粕事件に至っては「日本国家の大不名誉」であると述べている。その理由として論説が指摘するのは、法治国家としての日本の信用失墜である。

日本の国民が、殊《こと》に拘留せられたる嫌疑者が、裁判なしに殺害せられたと云ったら日本の信用は全然瓦解するではないか、況《いわん》や幾世紀前の極刑たる三族にまで罪を及ぼす如き事実が行われたとしたなら日本国民は世界の国民から何として待遇せらるるであろうか。[*34]

論説では、かりに世紀の大悪人であっても日本には厳たる裁判と法律があり、その発動によってしか罰を与えることはできないと述べ、よしんば法律を離れたとしても、日本の武士道精神に照らして考えれば、たとえ仇《あだ》なす相手であっても、甘粕が大杉を「背後から縄を以て絞殺した」ような卑劣な振る舞いは容認できないと厳しく指弾し、次のような言葉で論説を締めくくっている。[*35]

大震災の打撃は大なりと雖も十数年を経れば立派に恢復さるるであろう。甘粕某が日本の光栄ある歴史に与えた大汚点は永久に拭えぬ。我々は大地震の惨害に泣く涙よりも甘粕某の与えた日本の損失に万斛《ばんこく》の血涙を絞るものである。[*36]

ここでの批判の舌鋒の鋭さは社会主義者たる丸山の面目躍如たるものがあろう。だが、この主張を支えるロジックは丸山ひとりのものではなく、周作人も同一のロジックで大杉虐殺を弾劾していた。ここで今一度周作人の文章「大杉栄の死」に戻り、両者の比較をしてみよう。周作人は大杉栄虐殺の報道を伝えてから、その思想を次のように高く評価する。

私と大杉栄は面識もなく、彼の著書も『民衆芸術論』、『互助論』、ファーブルの『昆虫記』の数種を除けば、あまり読んだことがないが、彼は物の分かった人物で、現代の日本に彼のような人が居るのは当然ではあるが、日本にとっても光栄なことと言わざるを得ない。[*37]

二人は確かに面識こそなかったが、周作人にとって大杉栄は極めて近しい存在だった。日本留学中の一九〇七年前後に周作人は雑誌『天義』にクロポトキンに関する文章を数篇寄稿したが、その主宰者・劉師培と妻何震をアナキズムへと導いたのは日本の社会主義者幸徳秋水であり、その過程で大杉栄とも交流があった。[*38] また留学中に章炳麟の国学講習会でともに学んでいた銭玄同は一九〇八年にエスペラント語を大杉栄から学んでいる。[*39] そればかりか一九二二年二月から魯迅・周作人宅に逗留したロシアの盲目詩人エロシェンコが日本から強制退去の処分を受けたのは、日本で大杉栄らアナキストたちとの交流ゆえに政治的危険分子とみなされたためだった。大杉と周作人は生涯すれ違いを何度も繰り返しながらついに面識を得なかったが、二人が思想的に共有するものは少なくなかった。

　周作人が挙げる大杉の翻訳のなかで最初に出版されたのは、一九一七年刊行の『相互扶助論——進化の一要素』（ピーター・クロポトキン原著、春陽堂）であり、この書でクロポトキンは、適者生存による生存競争原理を否定し、個体間の相互扶助こそが種の保存を可能にするとして、ダーウィンの進化論に異議を唱えた。第二章ですでに触れたように、周作人は新しき村に共鳴していた時期に大杉の翻訳を読んで参考にしていた。続いて刊行された『民衆芸術論』（ロメン《（ママ）》・ロオラン原著、アルス、一九二一年）は、浅薄な「貴族的な精神」の兆候を帯びた演劇を批判して、古典演劇が持っていた「平民」の持つ生命力を回復するべきだと主張しており、トルストイの芸術論を補強する性格を持ち、周作人の人道主義文学論との親和性は明らかである。このほか『昆虫記』（アンリ・ファーブル原著、叢文閣、一九二二年）だけでなく、『自然科学の話』（大杉栄・安城四郎訳、アンリイ・ファブル原著、アルス、一九二三年）も周作人は購入している。とくに『昆虫記』からは一部分を訳出し、「泥んこの宴《うたげ》」という童話の連載に収録しており、大杉の翻訳作品をほぼ網羅した愛読者と呼んでよい。*40 以上の大杉の訳業の紹介に続き、周作人はその虐殺に憲兵隊が係わっていたことに深い憂慮を示す。

いま政府の軍官によって公然と謀殺され、しかも憲兵司令部、戒厳令司令部と係わりがあるとは、なおのこと愕然となる事態である。この事件について公明正大な処分が行われなければ、日本の名誉にも係わることだと私は考える。*41

日本の名誉に係わる理由として、周作人はスペインのフェレール事件を挙げる。軍事裁判で冤罪を被ったスペインのアナキスト、フランシスコ・フェレール（Francisco Ferrer Guardia, 一八四九〜一九〇九年）を周作人は想起していた。フェレールは「悲劇の一週間」と呼ばれる事件の扇動者として捕らえられ、十分な証拠もないまま処刑された。この処刑の不当性に対する抗議運動が国内外で発生し、スペインの二大政党制が崩壊する契機となった。軍部による大杉虐殺を容認するような事態が起きれば、スペインと同様に、日本の政党政治への信頼も失墜し、一気に軍部独裁政治に傾斜するのではないかと懸念したのである。そして、歴史は作人の懸念どおりに展開した。

私は大杉の事件がフェレール事件の再演にならぬように希望する。これは日本の名誉を守るためだけでなく、世界の有識者のためでもあり、皆が再び遺憾の念を抱かぬためだ。[*42]

この文章と正華生の文章の間には共通のロジックが見出される。大杉栄らの虐殺の惹起した問題は、単なる人命の損失にとどまらず、日本の国家としての尊厳に係わる問題だという視点である。周作人の文章が九月二十五日発表で、正華生の文章は十月七日発表であるから、作人の文章を正華生が読んで、影響を受けた可能性は十分あるだろう。そして、正華生が丸山であるとするなら、その間に両者が何度も面談や手紙で連絡を取り合っていることは『周作人日記』からも裏づけられる。[*43]

その後ほどなく周作人の懸念は現実のものとなった。甘粕が無政府主義者を殺害したことが報道されると、日本国内で各方面から甘粕の減刑を求める声がわき起こったのである。在郷軍人会や早稲田大学の右翼学生グループ縦横倶楽部が行った減刑嘆願署名運動は六十五万筆にも達したという。[*44]にわかに信じかねる数字だが、甘粕の弁護団は四谷区民から集めた五万筆の署名を提出したともいわれる。[*45]正華生が論説を発表した時にはすでに右傾化した日本国内の世論を承知していたと考えられる。その空気が変わったのは、十月八日に甘粕を審理する軍法会議が始まり、大杉が拘束後、憲兵隊に拘束され、甘粕によって伊藤野枝も幼子の橘宗一までもが殺害され、井戸に投げ込まれたことが明らかになってからである。雑誌『改造』(一九二三年十一月号)、『婦人公論』(同年十一月・十二月合併号）では大杉を追悼する特集号を発行し、甘粕に対する痛烈な批判を展開した。[*46] だが、十月十七日付の『晨報副鐫』に「大杉事件の感想」を発表した時、周作人は日本での甘粕批判をまだ読んでいないと思われ、日本の世論に対する強い怒りがうかがわれる。まず冒頭で次のように述べる。

大杉事件は日本の国としての名誉に重大な影響があり、その裁判の判決結果によって決まると私は信じている。もし通常どおり「主犯格の殺人者」として公平に死刑に処するのであれば、何の問題もない。私は死刑に常々懐疑的だったが、罪状隠匿のために七歳《（ママ）》の橘宗一を殺害した殺人犯、甘粕正彦を死刑に処することには私はまったく躊躇なく賛成するし、人倫正義の求めるところだと思うのだ。

もしも政府が甘粕を釈放あるいは減刑しても日本国民が何ら抗議しなかったら、それは日本全体の恥辱となり、他国が国交断絶をしないとしても、文明国家のなかに安閑と身を置くことはできまい。[*47]

これほど強い語調で周作人が弾劾することはほかに例を見ない。弾劾の言葉に込められているのは、法治国家としての日本に対する信頼を失った怒りだけに止まらない。常々懐疑的であったという死刑にすら賛同するまでに周作人を衝き動かしているのは、罪状隠匿のためなら幼子でも殺す非人道性に対する憤りである。周作人の憤りは日本の世論が甘粕に荷担しているのを知っていっそう強いものとなった。続けて述べる。

この問題は判決時に分かることで、いま余計なことはいうまい。それでも私が杞憂を抱くのは、新聞紙上で「縦横倶楽部」など六つの団体が五万人で甘粕のために減刑嘆願すると称し、手紙で裁判官を脅迫さえしているためで、私は友邦のために悲観せざるを得ないのだ。大学教育を受けた縦横倶楽部の部員は、まさか甘粕の殺人すら是認し、公然と「嬰児殺害」すら認めるというのか。[*48]

ここで言及する「縦横倶楽部」とは早稲田大学教授であった青柳篤恒（一八七七～一九五一年）が指導する学生団体である。青柳は中国語、極東外交史を専門とし、一九二三年五月には陸軍の後援のもとで学生たちと軍事研究団を結成した。学内で開催された軍事研究団結成大会では賛成派と反対派の学生の間で争いが起きた。その際に暴力をふるって反対派学生を排除したのが縦横倶楽部だった。[*49]この縦横倶楽部もまた青柳の指導のもとで結成された学生組織で、甘粕減刑嘆願運動を在郷軍人会とともに展開した。日本でのファシズムの蠢動《しゅんどう》に対する周作人の怒りは強く、抑制されているが決然としている。

もし縦横倶楽部が目的を達したら、中国では排日の空気が高まるだろう。その根拠は政治外交問題よりも確固としている。――すなわち縦横倶楽部とやらが公然と「嬰児殺害」を認めたことへの反感である。反感を持つ者必ずや多数にのぼり、日本に害はなくとも決して有益ではあるまい。弱く無力な中国のなかでも分けて弱く無力な知識階級の友情など日本にとって取るに足るまいが、私は言明しておきたい。日本が朝鮮すべての、中国のほとんどの怨恨ものとせずとも、わずかに残された知識階級の友誼すら失ってしまったら、日本国民は東アジア民族のなかで本当に孤立してしまうだろうと。*50

結びの言葉として、中国だけでなく朝鮮に言及しているのは、韓国併合（一九一〇年）だけでなく、『北京週報』の正華生も言及するように、震災で朝鮮人が多数殺害されたことを周作人も承知していたからである。日本はこのうえ大杉栄を虐殺して恬《てん》として愧《は》じないようでは、周作人自らも含む「わずかに残された知識階級の友誼」さえも失い、東アジアで日本に共感を寄せる者はもはやいないと述べる言葉は胸に迫る。だが、日本はこののちも周作人の真摯な忠言を裏切りつづけた。

文中言及する「嬰児殺害」とは、新約聖書「マタイによる福音書」にみえる「幼児虐殺」のことを指す。ヘロデ大王はベツレヘムにユダヤ人の王となる救世主が生まれたことを知り、ベツレヘム一帯の二歳以下の男児を一人残らず殺害したが、幼子イエスは天使の告知に従って虐殺前にエジプトに逃れて無事であった。周作人は、この物語で描かれる無辜《むこ》の幼子に対して向けられる邪悪な意思と暴力にたびたび言及しており、ここでもその故事に言及して橘宗一殺害に対する憤りを表現している。

周作人が最初に「嬰児殺害」に言及したのは「児童書に関して」（一九二三年八月）で、文中、政治運動に小学生まで動員されて、大雨のなかを歩かされた事例を挙げ、まだ自立的な判断力も持たぬ子どもに政治的運動を強いたことに憤慨し、「私は中世の児童十字軍を思い出し、教条主義を無理強いする「嬰児殺戮」は、ヘロデ大王による「嬰児殺戮」と何ら変わりない」と述べる。この小学生たちは命を奪われたわけではないが、橋宗一殺害と共通するのは、国家権力や大衆運動による強圧的な力が何ら抗するすべを持たない弱者を圧迫する構図である。

同様の怒りから、周作人は一九二三年九月にスウィフトの諷刺的評論「慎ましき提案」を翻訳している。この作品は極めて長いオリジナルの題名に示されるように、「アイルランド貧民の子が両親や国の重荷となるを防ぎ、公共の益となるための慎ましき提案」として満一歳になったアイルランドの子どもを地主・富豪の食用に供すべしという残酷な諷刺を含むものだった。[*51] この作品の内容が形を変えた「嬰児殺戮」であることはいうまでもないだろう。あえて反語的な作品を翻訳することで、「時として思い切り肌に爪を立て、その痛みで痛快さを味わうかのように」して訳したと述べるように、屈折した快楽で自らの鬱屈を晴らすものだった。[*52] 伊藤徳也はこの作品を中心に論じた論文「沸騰する国家主義と群衆運動に抗して」で、周作人が国家主義と群衆運動の脅威にさらされ、無力感に陥ったすえに、「相互理解の困難や文字言語の無力の自覚」を持つに至ったと指摘している。[*53] この自覚は前述した「「文学家」という看板は仕舞う」（「元旦試筆」）という断念につながるものである。

この「嬰児殺戮」の出典は、これも伊藤徳也が指摘するとおり、聖書から直接着想したものではなく、武者小路実篤の戯曲「『嬰児殺戮』中の一小出来事」(一九一三年原作)から得たものである。『周作人日記』によれば、この戯曲を含む『武者小路実篤全集』(芸術社版)第一巻を一九二三年六月末に入手しており、時期的にも符合する。*54 周作人は女子学生が銃殺された三・一八事件直後(一九二六年四月)にこの戯曲を翻訳し、軍閥政府に抗《あらが》う力もなく虐殺された学生の死を悼《いた》んでいる。「嬰児殺害」をめぐる周作人の憤りは、日本で台頭するファシズムだけでなく、中国で高まる民族主義にも向けられており、弱者を蹂躙する国家の暴力に対する抗議を表明するものであった。

3 頽廃派と循環史論――「新文学の二大潮流」

いま一度一九二三年初夏に立ち戻り、この時期の周作人の文学観を俯瞰しよう。

魯迅と訣別する直前の六月、周作人は北斗生という筆名で『北京週報』第六九号(六月十七日発売)に日本語で「支那文壇無駄話」を発表した。近年この佚文《いつぶん》を発見した伊藤徳也は次のように述べている。

一九二三年の周作人は、華々しい活躍を始めた徐志摩(と陳源)、創造社(郭沫若、成仿吾、郁達夫)の旺盛な活動を目の当たりにして、まず六月八日〔執筆日〕に、「北斗生」名義の「支那文壇無駄話」を日本語で書いた。その中で彼は、前者を「北京」の「耽美派」、後者を「上海」の「革命文学」と呼び、今後の中国文壇の趨勢を両者によって代表させようとした。そしてその一週間後に中国語で「新文学的二大潮流」の前半部を書いた。この文章では、実名は何一つ挙げずに、単に今後の中国の新文学の二大潮流は、〝頽廃派〟と〝革命文学〟になるだろうとし、自身の見通しを解説した。*55

「支那文壇無駄話」で注目すべきは、伊藤が指摘するとおり、北京の耽美派と上海の革命文学を対立的に捉える観点が後の「新文学の二大潮流」（一九二三年十月）と類似している点である。だが、「新文学の二大潮流」のなかで提起されるのは、頽廃派と革命文学との対立の構図であり、耽美派は登場せず、対立の構図そのものは合致しない。その点については、伊藤も論じるように、後に書かれた「新文学の二大潮流」では全体の見取り図に修正が加えられたためだと考えられる。そして、この対立の構図は、『中国新文学の源流』（一九三二年九月）に至ると、頽廃派が言志派に、革命文学は載道派に、それぞれほぼ等価に置き換えられ、中国文学史の発展は両派の対立角逐によって循環史論的に把握されるようになる。「支那文壇無駄話」はその萌芽として重要な問題を含んでいる。なかでも注目に値するのは、「支那文壇無駄話」で挙げられる文学者の実名である。いわば周作人が文学史を対立的に捉えるに至った端緒が明示されているわけで、そのなかで言及される「デカダン」、「耽美派」、「プロ文士」（プロレタリア文士）の内実が明瞭に示されている。文章冒頭で周作人は次のように述べる。

今の一番新しき文学運動は無論デカダンである。それは又二つに分ける事が出来る。即ち一ッは北京にある英国式の耽美派でもう一ッは上海にある日本仕込みのプロ文士の連中である。[*56]

デカダンとはデカダンスを指し、前章で論じた頽廃派を指すものであろう。それを北京と上海に分けて観察しているところに当時の周作人の認識が示されている。北京の耽美派に分類されるのは胡適、陳西瀅（陳源）、徐志摩である。この耽美派について、伊藤は「耽美派と対立する頽廃派——1923年の周作人と徐志摩、陳源」で詳細に論じ、周作人の傾倒するデカダンスと共通点を認めつつも、芸術と生活の関係に対する根本的な態度に違いがあったと論じている。[*57] ここで解明された耽美派の定義を踏まえる限りでは「新文学の二大潮流」における頽廃派とは別の存在だったと考えるべきだろう。

もう一方のプロ文士について、周作人は創刊間もない『創造週報』（一九二三年五月）に掲載された成仿吾、郭沫若、郁達夫の評論を例に挙げ、「上海の『創造』社同人は皆日本の留学生で自分達はよくデカダンだと云って居たが僕に云わせるとプロ文士と名づけた方がもっと適当だろうと思う」[*58]と述べ、「プロ文士」らしい「武者振」を発揮した評論として成仿吾「詩の防禦戦」（一九二三年五月）を挙げている。

成仿吾は「詩の防禦戦」で中国の新詩の現状を痛烈に批判し、「いまや〔詩の〕王宮の内外至る所に雑草〔原語：野草〕がはびこっている。悲しきかな、痛ましきかな！」[*59]と慨嘆し、なかでも周作人の提唱した小詩運動を完膚《かんぷ》なきまでに批判している。なかには感情的批判も少なくなかったが、「日本人すら短歌・俳句を挽歌で送ろうとしているのに、周さんはなぜその骸《むくろ》をわざわざ拾って来て大々的に賞賛するのだ」[*60]という指摘などは尾上柴舟《おのえさいしゅう》「短歌滅亡私論」（一九一〇年）を踏まえた批判であり、日本文学に精通した成仿吾でなければ提起できないものだった。

ここで批判された小詩運動とは、一九二一年に周作人が提唱した短詩定型詩の試みである。周作人の提唱は、石川啄木が「歌のいろいろ」（一九一〇年）で訴えた「忙しい生活の間に心に浮んでは消えてゆく刹那々々の感じを愛惜する心」を表現する道具としての短歌・俳句を中国の新詩にも適用しようとするものだが、安易な模倣作が続出して失敗に終わった。[*61]とはいえ、周作人はこれまで創造社に少なからず肩入れし、郁達夫『沈淪』を擁護したり、成仿吾の短篇小説を日本語に翻訳して『北京週報』に掲載したりしていただけに、成仿吾の嘲笑的な批判には裏切られた思いもあっただろう。「支那文壇無駄話」はその鬱憤を晴らすために書かれた側面もあったに違いない。[*62]

このほかに言及されるのは、郭沫若「我らの文学新運動」、郁達夫「文学上の階級闘争」である。周作人は詳論していないが、いずれも日本のプロレタリア文学からの影響がうかがわれる評論である。郭沫若は文学革命の不徹底性を批判し、「われわれの運動は文学のなかでプロレタリアートの精神を、赤裸々な人間性を爆発させるものだ。われわれの目的は生命の爆弾をもって魔物の巣窟を打ち破ることにある」と述べるくだりに注目したのだろう。後年、一九二七年以降に創造社が左傾化する時期の論調と比べれば、理論的裏づけに乏しく、単なるスローガンに堕しているが、文学革命をブルジョアジーによる改革に過ぎないと切って捨てた勇猛さは瞠目に値する。[*63]

郁達夫の評論も郭沫若と五十歩百歩で、「階級闘争」について「文学上の階級闘争は、その淵源を求めるなら人類の歴史と同じくらい古い」と述べるように、「階級闘争」の概念を文学理念の消長に当てはめており、階級に対する理解が皮相的なレベルだったことを示している。だが、今後来たるべき文学がプロレタリアート文学であると断言する点では、郭沫若よりも明瞭な態度表明をするもので、近代以降の文学史の変遷を俯瞰して次のように述べる。

一時こそは自然主義が力を得て、森羅万象を網羅した感があった。しかし、その宿命論には進取的な態度が見られず、個性を遺憾なく発揮できなかった。そこで新進の青年は消極的反抗の態度をとって頽廃派と象徴派の運動を生み、積極的反抗の態度をとる者は今日の新理想主義と新英雄主義の運動を生みだした。後者の運動から旗幟《きし》鮮明により強く反抗する者は、実践運動と結びつき、プロレタリアートの旗幟を堂々と掲げ、人生と芸術を一つにしたのだ。[*64]

客観主義を志向する自然主義への反発として、頽廃派や象徴主義が台頭し、それに続いて新理想主義が台頭したとする考え方は、基本的に周作人が『近代欧州文学史』などで述べた考え方と変わらない。新理想主義とは十九世紀後半に生まれた文芸思潮で、トルストイに代表される人道主義文学のことを指している。異なるのはプロレタリア文学の登場に言及している点である。プロレタリア文学と従来の文学との違いが反抗の度合いにあるという見解の当否は別として、周作人はこうした主張に注目して創造社にプロレタリア文学の呼称を与えたのであろう。

ただし注意を要するのは、創造社のメンバーも周作人も「プロレタリアート」（原語：無産階級）という表現に止まり、「革命文学」という表現は用いていない点である。「プロ文」などの表現は日本文学に親しんだ郁達夫、郭沫若、周作人が日本語コンテクストの延長線上で用いているものと考えられる。この頃、日本では文芸誌『種蒔く人』（東京版）が一九二一年（大正十年）十月に創刊され、関東大震災とともに終刊したものの、プロレタリア文学運動の先駆的役割を果たした。郁達夫らもそうした日本の文学思潮を承知したうえで言及したもので、当時の中国で定着した概念ではなかった。

その後四ヶ月遅れて、「新文学の二大潮流」が『燕大週刊』（第二〇期、一九二三年十月）に発表された。その付記によれば前半部分を六月に書き上げた後、「事情によって中断し」、十月にようやく脱稿したという。[*65] その事情とは恐らく魯迅との訣別を指すと考えられる。前半部分は「支那文壇無駄話」と同じ時期に書かれたわけで、同一の発想から書きはじめられたことは疑うべくもない。それはつまり、「耽美派」の胡適や陳西瀅や「プロ文」の創造社に対する反発から書かれたという動機は共通であるということを意味している。だが、執筆過程で「耽美派」は姿を消し、「プロ文」

という呼称が「革命文学」に書き換えられ、対立する文学流派の構図が修正された。冒頭で次のように述べる。

中国新文学の趨勢は将来二つの大きな潮流に分かれるであろう。今の用語を用いるなら革命文学と頽廃派である。二者の発展は当然で、私の見るところによれば、後者がより大きな勢力を占めるだろう。[*66]

この予測の根拠として、周作人は「結局は社会が文学の背景にあるので、中国の現状を見れば、来たるべき文芸思潮が上記の二つになることは知れたことだ。しかも楽観的な理想主義は結局失敗に終わると予言できよう」と指摘している。革命文学が失敗する根拠とは、中国の現状を理想主義ゆえに楽観視しすぎるためだということになる。この時点では「大道易者の予言」(一九二四年七月)のように、自らの暗い時代の予感が的中したことを嘆くには至っていない。だが、この「新文学の二大潮流」が「大杉事件の感想」執筆の直後に書かれたことを考えれば、日本の社会主義者の死がここにも影を落とし、将来の中国における革命運動の行く末も悲観的な見方に傾いていたことは否めない。その心境から「支那文壇無駄話」に登場した創造社同人たちのプロレタリア文学待望論の安直さを改めて見返せば、失望を通り越して、強い不信感を抱いたとしても不思議ではない。

後半部分でも「これは私見ながら、革命文学はその根本において頽廃派と本来は一致しているものの、より楽観的で、感情的なのだ。その相違点において、私は革命文学が登場しても必ずしも盛んにはならないと言うのだ」[*67]と同趣旨の見解が繰り返され、再び「楽観的」だと指摘される。文中その根拠は示されないが、「支那文壇無駄話」でも言及した創造社に対する批判であることは疑えない。そもそも中国現代文学において「革命文学」が本格的に論じられるのは一九二七年以降であり、創造社もいわゆる左旋回（一九二七年）以降は日本で左翼文芸理論を学んだ留学生たちも加入し、理論水準も向上する。しかし、一九二三年時点では「革命文学」への言及自体が他にほとんど例を見ないほど早いものだった。その意味で郭沫若や郁達夫の理論的水準が低いのは事実としても、「楽観的」という批判は酷といわねばならない。[*68]

このように周作人の現実認識が大きく変わった結果、「支那文壇無駄話」ではデカダン（頽廃派）のもとに対立的に捉えられていた北京の「耽美派」と上海の「プロ文」という構図は解消されたと考えられる。新たな現実認識のもとでは「先生たちのモットウは美芸術とそしてシェクスピヤとである」[*69]といった「耽美派」が将来発展する可能性はないと判断したためだろう。「プロ文」のほうは革命文学に置き換えられ、頽廃派と対立的に捉えられるようになった。ただし、革命文学も頽廃派とまったく無関係というわけではなく、どちらも「非人間的生活」にある中国社会を背景として生まれたという認識を示し、共通の特色が見られるとして、次のように指摘する。

彼らの行為、言語は異なるにせよ、共通の特色があり、それは現制度に対する呪詛であり、伝統に対する反抗であり、群衆に対する蔑視である。これは現在の社会、とりわけ中国社会が受けるべき懲罰なのだ。あるいは政治上は中国はまだ亡国とはいえないかもしれぬが、文化的には中国はすでに滅んだと言わざるを得ず、少なくとも人民の多くは亡国民の根性だ。……もし中国が滅んで再び興隆するなら、この新文学の登場はその最初の兆候となる。[*70]

その来たるべき文学とは伝統的な文人墨客の風雅な文学などではなく、「真正なる個人主義文学でなければならない」[*71]と主張する。その理由として、次のように述べる。

今の時代はまさに頽廃時代で、総体が分裂して個体が解放され、自ずと非常に独創的で偏向した文芸が生まれており、これは古典派から見れば衰退と考えられるかもしれぬが、実は時代の要求するものであり、しかも、我々からすれば、ある意味では個体が総体に統制される古典文学よりずっと面白みがあり、だからこそ天下泰平の時代よりも現代のほうがより大きな期待が持てるのだ。[*72]

かつて「新しき村」運動で理想社会を説いた際には、「人類とは総体で、個人とは総体の一部分の単位なのだ」(「新しき村の精神」、一九一九年十一月)と述べて、総体と個体とは表裏一体であることを強調していた。ここでは個体が総体から切り離されて独立した存在となり、解放されたからこそ文学も独創的たり得ると述べており、一九二二年以降の個人主義文学の特徴を明瞭に示している。この特徴は後に古代以来の中国文学史全体を貫く特徴の叙述にも適用される。例えば、「冰雪小品選序」（一九三〇年九月）では次のように述べている。

　頽廃時代になり、皇帝や祖師ら要人たちが絶大な権力を失うと、在野の者が活躍し、百家争鳴を呈し、正統本流にある者は古き良き時代が失われたと嘆くが、私たちがこの時代にこそ新しい思想、素晴らしい文章が生まれると思うのは、当然私たちが言志派であるためだ。[*73]

　ここで示される認識は『中国新文学の源流』（一九三二年九月）とほとんど同じである。「言志」の本来の語義は「詩は志を言う」（「書経・舜典」）に由来し、詩は自らの思いを述べることを意味するが、ここでは個人的感情の発露を重視する立場に立つことを意味している。止庵の言葉を借りれば、いわゆる「言志派」の「志」とは個人の感情を指すのに対して、「載道派」の「道」とは社会における主義や目的を指し、その実現のために文学を利用することを意味する。[*74] したがって、一九二三年の「新文学の二大潮流」で強調する個人主義文学の標榜は、表現こそ違うが、「言志派」とほぼ等価と考えてよいだろう。また、個人的感情の発露より社会目的の実現を目指す文学は「載道派」に置き換え可能であり、「革命文学」もまた「載道派」に包摂される存在と見なせよう。この段階ではまだ明言されておらず、革命文学も頽廃派と共通する性格を持つことが指摘されているが、後の『中国新文学の源流』では完全に相容れない存在として描かれ、「言志派」と「載道派」との相互交代による循環史論的文学史が完成する。

以上の特徴に加えて、もう一つ特徴として、周作人は「このような新文学にはしばしば復古の現象が現れるが、ごく普通のことである。だが、これは決して復古ではない」と述べ、「現在に対して反抗する運動で、理想とする古《いにしえ》も本来は空想の一種にすぎず」、「ユートピアの夢想」と大差ないと説明して、次のように理由を述べる。

彼らは未来に信を置けず、現在にも不満で、むろん過去を懐かしむのでもないが、未来より確かで、現在よりは不確かであるため、過去を利用して刹那にして永劫の情景を創造し、遣る瀬《やせ》ない心情をいくらか慰めるのだ。表面的には退嬰的にみえるが、その精神は極めて現世的であり、革命文学よりも熱烈に現世的とすらいえなくもないのだ。*75

革命文学より頽廃派が優れて現世的であると述べるところから、ここでの説明は新文学全体ではなく、頽廃派に即した説明として読むべきだが、頽廃派の特徴として「復古の現象」が見られるという指摘は従来見られなかったものである。未来と過去を相対化する循環史論的観点は「大道易者の予言」(一九二四年七月)でバクーニンの箴言を反転させた時に鮮明となったが、それよりも早く、周作人自ら復古現象とは異なると述べるように、時間軸の相対化は虚構の世界のことで、現実でのそれと直ちに同一視できない。「過去を利用して刹那にして永劫の情景を創造する」のは一種の「空想」や「夢想」であり、現実世界の退化とは別に考えるべきだろう。

周作人はこれまでにも「鏡花縁」（一九二三年三月）で子どもが好んで作り話をすることを戒めることに反対し、虚偽であろうとも美しい夢に騙されるのなら何ら悪いことはないとして、「夢想は永遠に滅びない。恋愛中の青年も人生の黄昏にある老人も、色合いは様々でも誰しも夢想がある」*76と述べ、文学における夢想の重要さを指摘していた。同様の見解は「科学小説」（一九二四年九月）でエリスの見解を援用しつつ述べられている。周作人は、エリス『社会衛生の課題』から子どもに童話を与えるのを止めたところ、童話よりも残酷な物語を子どもたちが自ら創作しだしたので、大人たちは慌てて「ジャックと豆の木」を与えたというエピソードを紹介し、子どもたちには精神衛生上、架空の物語を与える必要があると述べている。なぜ子どもが架空の物語や残酷な童話を必要とするのかについて、周作人は説明を省いているが、エリスはその理由として、子どもは人間の文明の発達段階を再現しながら成長するため、子どもの世界には「野蛮人」（savage）の世界観の残《ざん》滓《し》が見出されると説明し、大人から見れば「野蛮」で残酷に見える物語であっても子どもには必要だと述べている。また、エリスは『夢の世界』において、人間の睡眠時に無意識下で表象される夢には、一個人の現実生活の反映だけでなく、淵源を古代に持つ言語を通して古代から伝わる「野蛮」の名残も反映されるという。例えば夢における象徴を論じる一節でエリスは次のように述べている。

今日の私たちの言語、生活全般に深く浸透している象徴は、伝統文明とともに古代から大部分を私たちが継承してきたものであり、その淵源はおかりしれぬほど原始的な古代にある。私たちが日常生活で新たに加えたものは極めて少なく、そのほとんどは意識的に行われたものだ。しかし、私たちが通常の意識から脱落ないし逸脱するやいなや、狂気、幻覚、幼児、野蛮、民間伝説、詩歌、宗教へと——私たちは象徴の海に飛び込むのだ。それでも正常たるを失わず、象徴が自由に活動する余地のある場所、それが夢の世界である。*77

エリスによれば、通常の意識のもとでは抑圧される不合理や不条理が、夢のなかでは自由に解放されるからこそ、古代からの野蛮の名残も表象される余地があるという。そこには単純な現実生活の反映だけでは説明のつかない多様な因子が錯綜して夢が生成表象される。このような示唆をエリスから受けたからこそ、周作人はその興味の範囲を文学だけでなく、神話、童話、民俗学、人類学へと拡げていったと考えられ、「新文学の二大潮流」における見解はその先駆けと見なすことができる。*78

周作人は、童話や民俗学だけでなく、文学の独立性、自律性を強調する主張もエリスの芸術論から引き出しており、その傾向は一九二三年以降顕著なものとなり、やがて文学論から派生して「生活の芸術」論が独立した道徳論として展開されるに至る。当初、周作人が摂取したエリスの思想的影響は「人間の文学」で見られるように、霊肉一致の理想に関するものに限られていた。だが、郁達夫『沈淪』を擁護する際、モーデルらの精神分析学やエリスの性心理学を参照する必要が生じ、エリスの影響は拡がった。

前章で述べたように、この当時『沈淪』が批判を浴びたのは、小説における猥褻描写が虚構として認識されず、現実の行為と同一視されたためにほかならない。そのうえ、小説を現実と同一視したのが、新文学の担い手たる文学研究会であったところに問題の深刻さがあった。「血と涙の文学」というスローガンのもとで現実社会の反映としての文学創作に性急なあまり、文学作品が虚構であるという大前提をなおざりにしていた。その点に危機感を覚え、周作人は精神分析学の知見を踏まえて、精神世界で抑圧された欲求の発露は芸術作品として容認すべきであるとして、現実との峻別を訴えたのが「沈淪」（一九二二年三月）であった。ここでの論理は性的節制の問題に限定されていたが、より普遍化したのが「文芸と道徳」（一九二三年六月）である。ここでは性的欲求だけでなく、人間のあらゆる欲求が内面世界において抑圧されることで、さまざまな幻想へと昇華され、芸術に転化されることを説いている。その根拠として参照するのがエリス「カサノヴァ」である。周作人は次のような一節を引用している。

大自然のもとで欲望は直ちに行動に移され、心には何ら痕跡をとどめないが、一定程度の節制が――単に性欲のみを指すわけでなく、その他多くの人間の活動を含めて――欲望の夢想と心象を理想的な幻想を持つ芸術へと育てるためには必要なのだ。だが、社会的観点からすれば純粋な自然とは異なる。社会では欲求を直ちに心の赴くままに行為に移す余地はないのだ。……衝動が抑圧される弊害を避けるため、この感情をより高く穏和な方向へと移すことが重要なのだ。*79

ここでエリスは、自然界の生物はあらゆる欲求を直ちに行動に移すのに対し、人間は自らの欲求は一定程度まで節制するため、その節制された欲望が夢想と心象を生み出し、芸術になると述べている。「欲望の夢想と心象」は原文で dreams and images of desire と表現されており、前後の文脈を踏まえれば、自らの欲望のままに空想にふけり、情景をイメージすることを意味し、その行為は、現実に実現できない時の代償行動として、欲求充足のために必要であり、それが芸術のために必要だという論旨である。

この論旨は厨川白村「苦悶の象徴」(初稿)の論旨ともよく照応する。厨川自ら精神分析が「科学者一流の組織的体制を具えているところ」に着目し、文芸に応用したと述べて、人間は夢のなかで無意識に抑圧されてきた欲望衝動を解放するが、その際に理性による抑圧から逃れるために現実とは異なる内容に書き換えられるために、覚醒時には不可解な夢として認識されると述べ、これはまさしく芸術における象徴化であり、同様のプロセスを経て表現された「苦悶の象徴」こそが文学というなのだと主張している。周作人は必ずしも厨川の観点にすべて同意したわけではないが、文学という創作活動が現実世界における代償行動だとする考え方においては一致している。

このように、文学を現実の代償行動とする論理が当初必要とされたのは猥褻性批判に対する反論においてであったが、周作人はエリスの論理を援用しながら、文学における虚構の独立性を強化していったことが見て取れる。その一方で、虚構が現実と隔絶されているといっても、結局は現実から離れた虚構も成立しない。周作人も虚実皮膜の定理は認識していた。問題は現実との距離だった。日本でも中国でも否応なしに迫る保守反動の流れに対して周作人は強い憤りを表明し、厳しい批判を展開したが、もう一方で外部から自身の精神的な脆弱さを守る隔壁として文学における虚構性を擁護し、独自性を強く主張する方向へ傾いていった。

二　「生活の芸術」とエリス――『語絲』創刊以後

1　「ごろつき」の真骨頂――女師大事件から三・一八事件まで

一九二四年十月、編集方針をめぐる対立で孫伏園が『晨報副鐫』編集者の職を辞すと、周作人も作品発表の場を失った。それに代わる媒体として創刊されたのが『語絲』週刊である。一九二四年十一月に創刊された『語絲』には、魯迅・銭玄同・劉半農ら『新青年』以来の同人のほか、林語

図11　『語絲』創刊前後の周作人と友人たち（右から２人目：周作人、３人目：郁達夫、左端：胡適）

堂・江紹原・兪平伯・馮文炳など若手の学者や作家も加わった。編集実務は孫伏園が当初担ったものの、一ヶ月後に『京報副刊』の編集者として職を得たため、周作人が事実上の主編を務めた。以来、一九二七年十月に張作霖軍閥政権によって発禁されるまでの三年間にわたり、『語絲』は文芸創作、評論から社会批評、民俗学研究まで幅広いジャンルの文章を掲載し、北京の文学界をリードした。周作人は文芸批評などの散文に健筆を揮《ふる》っただけでなく、むしろそれ以上に軍閥政府に迎合する守旧勢力との激しい論争に力を注いだ。女師大事件（一九二五年八月）、三・一八事件（一九二六年三月）をめぐって、陳西瀅ら『現代評論』派と行った論争は代表的なものであった。その論争は主に『京報副刊』を舞台として展開され、周作人の戦闘的な一面をよく示すものであった。

だが、もう一方で、飯倉照平が指摘するように、この頃から「「故郷の野菜」や「北京の菓子」のような身辺の民俗を振り返る文章を書くように」なった。[*80] 紹興や北京に関する風物を語った叙情味豊かな散文は後の小品文へと継承されていった側面だけでなく、近接分野として子ども向けの童話、ギリシア神話研究、さらには本格的な民俗学研究まで幅広い裾野を持っており、周作人の後半生の文学活動へとつながる多様な可能性を示している。周作人と童話との係わりを論じた周作人研究草創期の研究者、伊藤敬一が「周作人の思考方法には、エリスのような二元論および循環論とでも言うべきものが深く入りこんでいる」[*81]と指摘したのは、一九二四年前後の周作人を洞察した結果にほかならない。伊地智善継も「周作人氏に於ける歴史意識」（一九四八年）でバクーニンの箴言を引きながら同様の指摘をしていたように、周作人の二元論的思考方法は早くから認知されていた。[*82]

ここで指摘される「二元論」は厳密に言えば、バクーニンの箴言に見られる時間軸の相対化からエリスにおける耽溺と禁欲の二元論に至るまですべて含まれ、対象とする範囲は極めて広い。むしろ対偶的思考方法と呼ぶ方がふさわしいが、少なくとも周作人の内面においては共起的に顕れた特性であるから、ここでは二元論的思考方法と呼んでおきたい。この二元論的発想の萌芽は『自分の畑』自序に見出されるもので、エリスの影響と相まって顕在化したのは事実としても、やはり周作人が自らの稟性《ひんせい》の自覚に導かれて選び取った結果というべきで、それを意識し始めた契機は、やはり本章冒頭でも触れた「元旦試筆」だったと思われる。「文学家」廃業宣言には次のような自己規定が含まれていた。

当初は人様の田畑を借りては、わずかばかりの痩せたニンジンや不味《まず》い野菜を育ててごまかしていたが、「いま現在」急に自分は「ルンペン」で、肩に鍬を担いで農繁期に〔臨時雇いの〕雑用をやるほか何の仕事もないことを悟ったのだ。自分の畑を失くしても惜しくもなし、もしも世の習いどおりごろつきでも身過ぎがたつならば。*83

社会改革への参与を断念し、文学家であることも断念した時点で、自らの立場は「ルンペン」〔遊民〕もしくは「ごろつき」〔流氓《りゅうぼう》〕となったと述べている。自らの文学活動を「雑用」と呼ぶ習慣もこの頃に始まる。いずれにしても文筆の世界において自らの位置づけを見失ったことを比喩的に述べるもので、ある種の自虐的レトリックだが、この「ごろつき」という自己認識は実は現実世界の状況変化と通底していたと思われる節がある。「元旦試筆」より半年前に書かれた「ごろつき」〔一九二四年六月十八日発表〕は、少年時代に自分はごろつきであったとユーモラスに語るエッセイである。

「ごろつき」〔破脚骨〕――パチャクェ〔phacahkueh〕これは私たち〔紹興〕の地方方言だが、いわば「無頼漢」であり、王桐齢教授『東游雑感』の書きぶりを真似すれば、こんな感じか――「ごろつき」〔破脚骨〕とは北京官話でいう「無頼漢」〔無頼〕、ならず者〔光棍〕であり、古語でいうちんぴら〔泼皮〕、ごろつき〔破落戸〕であり、上海でいうならず者〔流氓〕で、南京でいうならず者〔流戸〕、ちんぴら〔青皮〕、日本でいうごろつき、イギリスでいうならず者〔rogue〕

で……。この名詞の本来の意味ははっきりしないが、文字面から考えれば、おおかた脚骨をいつも痛めつけられるから、そう呼ばれたのだろう。[*84]

以上のように講釈をしてから、この手の者たちは当然悪者だが、彼らには彼らなりの道義があり、義を重んじ、勇を奮《ふる》うものだと評価する。いわゆる義侠の道に生きる者であって、親しくなれば、困っている時には助太刀もしてくれるという。だから「ごろつき」になるには、それなりの訓練が必要で、古武士のごとき修行が必要であり、なかでも重要なのは殴られることであり、「苦しみ、辱めに耐え抜く勇気が相当ないと、ひとかどのごろつきにはなれない」と述べている。文中、自らも紹興で暮らしていた少年時代は、ごろつき同然だったとして、次のように回想している。

江南で水兵となる以前、私は弟と田舎で無為に遊び暮らしていて、相当ごろつきの風格があり、遠縁のやくざだけでなく、近所のちんぴら三下どもとも顔なじみだった。[*85]

文章の結びで、周作人はピカレスク文学を「流氓生活的文学」と中国語に訳し、中国の『水滸伝』なども人物描写がもっと細やかであれば『ドン・キホーテ』をはじめとする世界のピカレスク文学の一つに含められたはずだと評し、近年はピカレスク文学を「盗賊文学」と完全に犯罪者として訳す者がいるが、これは濡《ぬ》れ衣《ぎぬ》だと述べている。

このエッセイを卒読しただけでは、少年期の思い出も交えながら「ごろつき」に関する蘊蓄《うんちく》を傾けたものとして見すごしそうだが、止庵によれば、この文章は、訣別以後、ほぼ一年近く別居して連絡を絶っていた魯迅が六月十一日に八道湾の自宅を訪れたことと関係があるという。[*86]「ごろつき」の正確な執筆日は不明だが、発表日は一週間後の十八日で、確かに魯迅の訪問直後に書かれたとおぼしい。魯迅は周作人との絶交後まもなく磚塔胡同へ転居したが、その後、西三条胡同に家屋を購入し、修繕を終えた一九二四年五月末に転居した。八道湾を訪ねたのは自室に残してあった什器類や周作人と共有していた書籍のうち自分のものなどを引き取るためだったが、そこで周作人夫婦との間に騒動が持ち上がった。『周作人日記』には「午後、L〔魯迅〕が来て騒ぐ。張〔鳳挙〕、徐〔祖正〕二人が来る」[*87]とのみ記されているが、六月十一日の『魯迅日記』には以下のように記述されている。

午後、八道湾宅に書籍と什器を取りに行く。西廂房〔魯迅、周作人の共有書庫、左図の魯迅・周作人書斎とある部屋を指す〕に入る段になって、啓孟〔周作人の字〕と妻〔羽太信子〕が突然現れて怒鳴りながら殴りかかり、電話で重久〔信子の弟〕、張鳳挙、徐耀辰〔祖正〕を呼ぶと、妻は彼らに私の罪状を述べ立てた。はしたない言葉ばかりで、辻褄が合わぬ部分は啓孟が取り繕った。結局なんとか書籍と什器を取って家を出た。[*88]

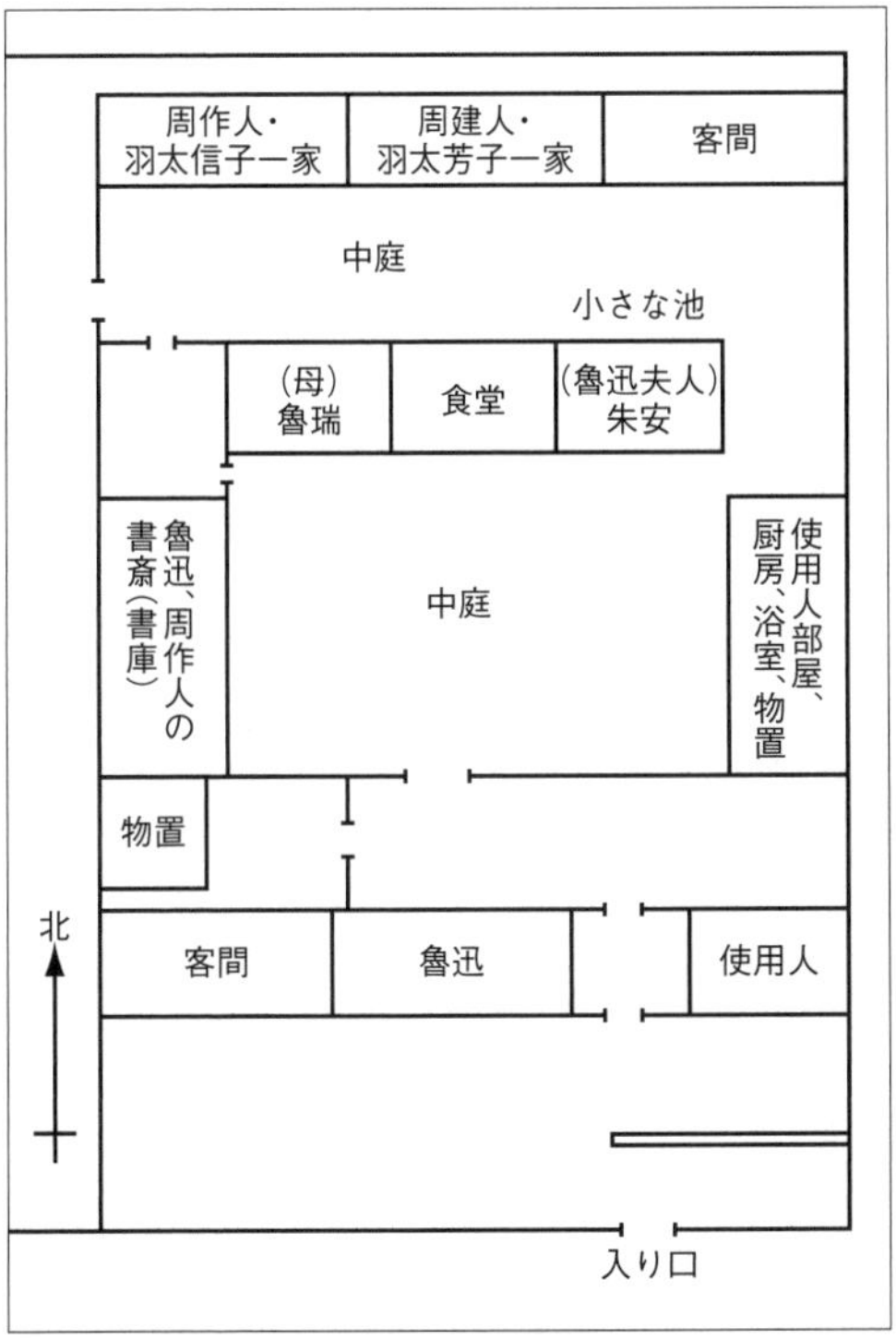

図12　北京八道湾の住居略図（1919年入居当時）
＊周建人は1921年９月に、魯迅は1923年８月に退去

一九二三年の夏は直接衝突することなく別れたが、一九二四年夏の周作人は暴力さえ振るおうとしたことを当時同居していた章川島が証言している。[*89] この事件について周作人は直接的な感想は何も残していないが、止庵によれば、周作人が当日の自身の振る舞いを踏まえて「ごろつき」を書いたのだという。従来、この文章は魯迅を「ごろつき」だと周作人が罵倒したものとされてきたが、

根拠に乏しい。これまでに見たように、周作人は少年時代の自らをごろつきだと述べ、「元旦試筆」でも文学家の看板を下ろして「ルンペン」（遊民）、「ごろつき」（流氓）になったとする自己認識を踏まえれば、魯迅への罵倒ではなく、自らを評したものだろう。この「ごろつき」の自覚は、魯迅との紛糾だけでなく、女師大事件、三・一八事件での論争の経験を経て、いっそう自覚を強めてゆくことになる。

その後も「ごろつき」という自己認識は周作人の内面に澱《おり》のように溜まってゆく。一九二五年二月には「十字街頭の塔」というエッセイを書き、周作人はここでも自らを「ごろつき」であると規定しつつも、街頭の大衆のなかに埋没できない自分は「象牙の塔」ならぬ「十字街頭の塔」で暮らすのだと述べる。この比喩は厨川白村の著書『象牙の塔を出て』（一九二〇年）、『十字街頭を往く』（一九二三年）という表題に即したものである。震災で亡くなる前の著書で厨川は、文学論を越えて文明批評を志すことを表明し、表題のとおりに自ら社会変革に身を投じる決意を示していた。「十字街頭の塔」とは厨川の決意に対する屈折した批判意識を示すものである。

『周作人日記』によれば、一九二五年一月二十日に『十字街頭を往く』を購入し、同年三月十一日に『象牙の塔を出て』を購入している。いずれも発売後だいぶ時間が経過している。[*90] 厨川の没後、一九二四年三月に『苦悶の象徴』が単行本として刊行されると、四月十二日に北京の東亜公司へ羽太重久を買いに走らせた熱心さと引き比べ、だいぶ冷淡である。[*91] それでも刊行後だいぶ遅れて厨川の上記二種を購入したのは、魯迅がその頃厨川の翻訳を始めたためであると考えられる。

かつて創造社と対立関係にあった時期、魯迅は「デカダン」に対して否定的で、厨川を評価していなかったが、『苦悶の象徴』には強い関心を示し、周作人より一足早く四月八日に東亜公司で『苦悶の象徴』を購入し、九月から『苦悶の象徴』の翻訳を始めている。その後十月七日には羽太重久に東亜公司へ『象牙の塔を出て』と『十字街頭を往く』を買いに行かせ、十二月から『象牙の塔を出て』の翻訳に着手した。[*92] 翻訳作業を終えると、まず『苦悶の象徴』を十月から『晨報副鐫』に連載し、『象牙の塔を出て』は十二月から『京報副刊』などに連載した。どちらでも常連寄稿者だった周作人には嫌でも目に入っただろう。周作人が『十字街頭を往く』、『象牙の塔を出て』を順次購入した時期はまさしく魯迅の翻訳を始めたタイミングと重なる。そして、『語絲』に発表した「十字街頭の塔」も魯迅が読むことを当然想定しているだろう。

エッセイの冒頭で、周作人は皮肉めいた口調で「厨川のひそみにならえば、私は十字街頭の塔にいるのだ[*93]」と述べる。「十字街頭」という社会改革を決意した厨川の言葉に、周作人はかつて「新しき村」運動を通して自ら社会改革に係わった過去を思い起こしたはずだ。これから十字街頭に出る厨川に対し、周作人は薬局、酒店、果物屋がひしめく街路で暮らした少年時代を語る。この少年時代の思い出には「ごろつき」という自己認識が顔をのぞかせている。そのうえで「象牙の塔」を出る厨川に対して、自らは街頭に「塔」を建てると語り、「塔」といっても仏塔（ストゥーパ）のごとき衆生を救うような塔ではなく、喧噪から逃れるためのもので、「私は十字街頭で暮らしたが、結局はその仲間には入らず、庶民のなかに紛れていた」と述べ、中途半端な立場にあるとして次のように述べる。

人様は象牙の塔を出て十字街頭に出るというのに、私はそこに塔を建てるとは話がうますぎるようでもある。もとより私は芸術家でもないから、象牙や牛角の塔もないとはいえ、街頭に立ってくたびれたり、押されたりするのも御免なので、街頭に面した塔に住むほかないのも至極当然なのだ。ただ現在の中国で、この態度は一番割に合わず、大衆が塔を見れば、こいつは知識階級だ（有罪だ！）、紳士と商人が見れば、これは国民党だ（取り締まれ！）となるが、……いずれにせよ、こうした噂話は当てにならず、長続きはしないのだ。*94

「ごろつき」という意識を持ちながら、下層階級の大衆にも受け入れられず、上流階級の紳士にも受け入れられない。この中途半端な立場が割に合わないと理解しつつもやめられない。それは結局のところ街頭にいることが「くたびれ」、「押される」からではなく、自らの理想を抱きながらも社会において実現することの困難さを知ってしまったからにほかならない。だから「塔」に籠もっていたほうが楽なのだと周作人は説き、文章の結びではそれを婉曲《えんきょく》に魯迅に伝えようとしている。

正直に言えば、この塔も街頭と無関係な代物ではなく、世事にかまけず塔に籠もるのも、もとはといえば街頭への反発であって、街頭で説法につとめる人々にしても自らの塔があるなら、それは大衆からはかけ離れた理想をおのおの持っているからだ。結局は街頭の群衆と一緒に無分別にうろつき、自分の考えなど一つも口にしない者でないと塔なしではいられない。[*95]

自ら思い描く理想が現実の醜悪さの陰画であるとしたら、塔として形象された理想があるかぎり大衆との距離は埋まらないと周作人は考えた。だから、その理想を捨てなければ自らの塔を捨てることはできない。塔とはいわば自身の内面を守る殻である。同時にこの塔のイメージは魯迅が当時住んでいた磚塔胡同の「塔」を寓しているとも考えられる。磚塔胡同は、元代の高僧万松野老（一一六六〜一二四六年）のために建造された煉瓦の塔にちなんで名づけられた地名であり、魯迅もまた文字どおり塔の聳《そび》える胡同（横町）で暮らしていた。もし厨川のように「十字街頭」に出て、魯迅も社会改革に乗り出すのなら、それは徒労だと周作人は伝えたかったのではないか。かつて非宗教運動で感じた圧迫感も想起していただろう。魯迅もまた理想を高く掲げる人間である以上、大衆運動のなかに身を投ずることは到底できないと考え、厨川の翻訳にこと寄せて忠告したものと考えられる。

その忠告にもかかわらず、魯迅ばかりか周作人自身も塔に身を隠すことは現実世界が許さなかった。それを明白に示したのが女師大事件である。兄弟二人は自分たちの学生を守るため、身を挺して教育総長章士釗《しょうししょう》、女師大校長楊蔭楡《よういんゆ》と戦うことになった。

北京女子師範大学（以下、女師大）は一九一九年四月に設立された北京女子高等女子師範学校を前身とし、一九二四年に大学に改組されたもので、周作人は一九二二年九月から、魯迅は一九二三年七月から、親友の許寿裳《きょじゅしょう》校長に招かれて講師となっていた。だが、一九二四年二月に許寿裳が辞任し、楊蔭楡に交代すると、強権的運営が学生の反発を招いた。同年秋に楊校長が反対派学生を正当な理由なく退学処分とするに及んで、一九二五年一月、学生自治会も対抗措置として教育部宛に校長辞任要求書を提出した。この要求書を軍閥政府下の教育総長章士釗は却下し、校長側を支持し、同年五月に楊校長は報復措置として自治会代表メンバーの劉和珍、許広平ら六名を退学処分とした。[*96] この強権的弾圧に対し、周作人は学生擁護の立場に立ち、「女師大の学風」（一九二五年五月）を発表して楊校長の辞任を要求し、魯迅も「ふと思いついて（七）」（一九二五年五月）で退学処分を受けた学生たちを擁護した。二人の立場は期せずして一致していた。学生擁護派の教員として、二人とも学生自治会のメンバーに招かれ、五月二十一日に校務維持討論会にも参加した。その後も五月二十七日には「北京女子師範大学の騒乱に対する宣言」を魯迅が起草し、周作人ほか六名が賛同署名する形で『京報』紙上に発表された。当然ながら宣言文の修正作業のために面談や文通での交流があったはずだ。その後も兄弟二人は、八月二十日、九月十日、翌年三月二十二日と校務維持会に出席しているだけでなく、女師大の各種行事にも出席していることから、顔を合わせる機会は少なくなかったと思われる。[*97] 魯迅は民国政府発足以来、教育部の官僚であったため、教育総長章士釗に見とがめられ、八月に女師大が教育部によって解散処分を受けると、ほぼ同時に解雇された。教育部は同じ敷地に北京女子大学を直ちに開校し、希望する学生は女子大学に転籍させた。この措置を不服とする学生は宗帽胡同（現西城区西鉄匠胡同近辺）に移転して独自の授業を続けた。魯迅も女師大の復校と自らの復職をかけ、その活動の中心的な職務を担った。その活動のなかで、退学処分を受けた教え子の一人である許広平と急速に接近したのもこの時期で、『両地書』（第一集）からは二人の感情の機微が読み取れる。官職を失った魯迅は九月から幾つもの学校で講師を掛け持ちして生活費を確保しつつ、章士釗、楊蔭楡ら軍閥政府を擁護する胡適や陳西瀅ら『現代評論』派と論戦を展開した。同年十一月末、教育総長章士釗が辞職すると、学生たちはようやく元の校舎に復帰し、翌年一月には魯迅も裁判で勝訴して教育部に復職し、一応の決着を見た。だが、女師大に復帰した学生たちにはさらなる悲劇が待っていた。

一九二六年三月十八日の朝、魯迅は浄書稿を持参した許広平を引き留め、新たな原稿の浄書を依頼した。許広平によれば、魯迅が「デモ、デモ、毎日デモだね。私は清書してもらいたい原稿がまだあるのだが」と不満を漏らすので、彼女はデモの参加を断念し、魯迅のもとに残ったという。*98 この平凡な日常の偶然が許広平の運命を変えた。午後になると、女師大図書館に勤めていた許羨蘇が魯迅宅に駆けつけ、デモ隊の学生たちが、段祺瑞《だんきずい》政府の衛兵によって、ある者は銃で撃たれ、ある者は殴打され、多数が国務院門前で死傷したと知らせた。犠牲者には女師大の劉和珍、楊徳群の二人も含まれていた。*99

この日のデモは、段祺瑞政府に日本など列強八ヶ国に対して弱腰な態度を改めるよう求めるものだった。奉天軍閥の張作霖を支援する日本は、馮玉祥《ふうぎょくしょう》率いる国民軍から天津の大沽口で攻撃を受けたのを口実に、段祺瑞政府の責任を追及し、列強八ヶ国からの最後通牒として、大沽口砲台の撤去を要求した。列強八ヶ国は北京議定書によって軍隊駐留の権利が認められていたため、正当な権利が侵害されたとする主張である。このような理不尽な要求に対しても、段祺瑞政府は為す術を持たなかった。北京は第二次奉直戦争（一九二四年九月）以来、国民軍の支配下にあったが、一方では奉天軍閥が北京の喉元を狙っており、段祺瑞は両者の軍事的妥協の産物として臨時政府執政となったにすぎず、実権はほとんどなかった。その意味で当事者能力のない段祺瑞への請願デモに魯迅が消極的態度を示したのも当然で、だからこそ許広平にはまだしも生産的な浄書作業を促したのである。

ところが、無為無策の段祺瑞政府はあろうことか、民衆に銃口を向けて弾圧する態度に出た。劉和珍は自治会代表として女師大事件でも先頭に立って軍閥政府と戦ってきた学生であり、許広平も本来なら自治会代表として行動をともにしていたはずで、劉和珍とともに銃弾に斃《たお》れた可能性が高かった。事件当日に執筆した「花なき薔薇の二」で、この日を「民国以来もっとも暗黒なる日」と呼び、次のように記している。

もはや「花なき薔薇」など書いている時ではなくなった。
棘のある言葉を書くにしても少しは平常心を要する。
たった今聞くところでは北京城内ですでに大殺戮が行われたという。私が今まで益体《やくたい》もない文字を書き連ねている間にも多くの若者が銃弾を浴び、凶刃に斃れたのだ。ああ、人と人との魂とはかくも通じ合わぬものか。[*100]

この一節に込められた感慨を読み取ることは容易ではない。請願デモに行こうとした許広平は魯迅に引き留められて、危地を免れたが、ともに戦ってきた劉和珍は銃弾に斃れた。許広平も単純に僥倖を喜ぶことはできず、魯迅もまた請願デモが無駄だと引き留めたことに自責の念を免れない。丸山昇はこの事件で魯迅が思想的に新たに学ぶことはなかったと述べつつも、魯迅が無駄と考えた請願デモに身を挺して参加して死んでいった若者がいたという事実に耐えがたいほどの苦しみを味わったことを指摘し、「通じ合わぬ」、「人と人との魂」という言葉には「魯迅の呻《うめ》き」が感じ取れるという。[*101]

その「呻き」とは、犠牲となった若者の真摯さをくみ取れなかった自責の念であり、許広平を引き留め、ほかの学友を死地に赴かせた責任感であり、その殺戮の瞬間も「益体もない文字」を書いていた自責の念であり、自らの密かな恋着ゆえに許広平を引き留めた罪悪感さえあったかもしれない。そこには錯綜した感情がせめぎ合っていた。ほどなく魯迅自身にも段祺瑞政府の逮捕令が出され、三月二十九日から五月十五日まで許寿裳とともに北京市内の病院などに身を潜めねばならなかった。この逃亡生活が最終的に魯迅に北京脱出を決意させることになり、八月二十六日に北京を離れた後、厦門大学を経て、北京を脱出した許広平と一九二七年初めに広東で合流し、二人で新たな生活を始めるに至る。

もう一方の周作人は三・一八事件にどのように対応したか。直後に書いた「大惨殺に対する感想」（一九二六年三月二十日発表）では、十八日に燕京大学へ向かう途中、九死に一生を得た学生に会い、その学生の帽子には弾痕がつき、服は死傷者の血で汚れているのを見て、周作人は事態の重大さを悟ったという。「三月十八日国務院の惨殺事件より国民軍に忠告する」〔同三月二十一日発表〕では、国民軍がこれまで軍閥よりも民衆に近い立場にあることを評価していたにもかかわらず、このような殺戮事件を起こしたことに疑問を呈し、「死者は二度と戻らず、段祺瑞、章士釗の声望ももとより地を払ったが、最大の影響は国民軍にある。共感や信用の損失は計り知れず、挽回の望みはない」と批判している。*102 批判の言葉こそは厳しいが、当時の政局全体を踏まえた冷静な批判で、魯迅と比べれば抑制的なものである。魯迅同様、周作人もデモには否定的であり、「五・四運動の功罪」（一九二五年六月）では大衆運動で事がなせると考えるのは迷信であると明確に否定していた。*103 ところが、事件の翌々日に女師大に出向いて劉和珍、楊徳群の遺体と対面すると、冷静だった周作人の態度にも変化が現れた。その日の日記には次のように記されている。

二十日晴　午前、女師大で会議に出席し、一昨日亡くなった劉、楊二名を入棺し直す。劉和珍は文科本科一年生で宗帽〔胡同〕以来の学生だ。午後五時に帰り入浴する。*104

この日の体験をもとに書いた文章が「悲しむべきことと恐るべきこと」（一九二六年三月）である。文中、死に化粧を施して入棺した二人を見て、次のような感想を漏らしている。

二人が並んで横たえられているのを見て、私は哀しみを抑えきれなかった。まるで自分の妹の死を目の当たりにしたようで――いや、妹が今も健在ならもう四十だから、まるで自分の娘の姉が二人亡くなったかのようだ。娘たちに本当の姉はいないのだが。*105

周作人の妹端姑は生後一年足らずで天然痘にかかって亡くなった。同時に発病した周作人も三歳だったが命を取り留めた。夭折《ようせつ》した妹や実在しない己《おの》が娘の姉にも喩えているのは、学生二人の死を家族同然に感じているからだろう。弱者の命が奪われることに対する深くて激しい感情は周作人の精神に宿る稟質であり、魯迅とは異なる感情が働いている。ともに参列した白髪頭の教員さえ涙を滂沱と流すのを見て、作人は「人の禽獣と異なる所以の者、其れ同情あるをもってなり」*106という孟子の言葉をゆくりなく思い起こしたという。四月に入ると奉天軍閥による航空機爆撃が続き、近隣で被害が出た。眠れない夜が続いたためか、周作人は四月十一日から風邪で十日ほど自宅で臥せった。その間に翻訳したのが武者小路実篤の戯曲『嬰児殺戮』中の一小出来事」である。その訳文付記には次のように記している。

三月十八日の政府による大虐殺の後、私は言葉にできぬ憂悶に苦しみ、この作品を思い出した。この作品は私の気持ちを上手《うま》く言い表しているように思われ、翻訳したくなった。だが、千々《ちぢ》に乱れた心では冒頭だけしか訳せず、筆が止まった。〔四月〕十一日から突然高熱が出て、ゆうに十日間は外出できなかったため、訳稿をまた取り出し、平熱に戻ってからの四、五日間に訳稿を書き継ぎ、今日ようやく完成した。この翻訳は武者小路さんの著作を紹介するというより、彼に自分の気持ちを代弁してほしかったからだ。

一九二六年四月二十日、北京で――中国のベツレヘムにて[*107]

この付記から当時の心情の推移がうかがわれる。事件直後の文章は極力抑制されているように見えるが、それは自らの鬱屈した気持ちを「言葉にできぬ」というのが実態だった。同様の状態は、事件五日後に書いた「三月十八日の死者について」にもうかがわれる。

私は熱狂することに欠けた人間だが、同時に冷静さにも欠けること甚だしい。恐らく精神が衰弱しているため、何らかの刺激を受けると、心が千々に乱れ、思索できず、ましてや執筆もできなくなる。[*108]

この後、空爆による不安も加わった結果、体調を崩し、完全に身動きのとれない状態に陥った。

病臥から回復する過程で行われたのが武者小路の戯曲の翻訳だった。

この作品は単行本『心と心』に収められた短い戯曲である。戯曲ばかり二十三篇を収めた単行本について、関口弥重吉は、会話体を中心とする小説を得意とし、自ら小説家ではなく脚本家であると称した武者小路らしい長所をよく示していると高く評価している。さらに、その背景として若き日の武者小路がイプセン、ストリンドベルヒの戯曲を愛読していた事実を指摘し、彼らの文学的成功に倣《なら》おうとして戯曲の執筆に力を注いだと説明している。[*109]

「『嬰児殺戮』中の一小出来事」で描かれるのは、前述のようにベツレヘムでヘロデ大王が行った嬰児虐殺を描くものだが、同じ頃に執筆された戯曲「わしも知らない」（一九一三年十一月）でも幼児が釈迦の目前で皆殺しにされる狂気の世界が描かれている。これらはいずれも初期の武者小路文学を貫くトルストイズム、すなわち非暴力による平和主義をモチーフとしている。関口は武者小路の自伝的小説「或る男」から次のような一節を引いて、そのモチーフを裏づけている。

彼は自分の頭のなかの、あらゆる倉のなかから、隅の隅まで材料をさがした。……そして彼の捜し出したのは釈迦、八相記の内の、釈種の滅亡にたいする釈迦の態度であった。……自分だったらどうするだろうと思ったのと、トルストイの無抵抗主義、暴力に抵抗するのに暴力をもってしない所に興味をもった。[*110]

「わしも知らない」では、流離王（通行表記は瑠璃王）が恨みを晴らすために釈種（釈迦族）を皆殺しにし、釈種の子たちも残虐な方法で殺すのを釈迦が為す術なく見ているさまを描く。最後は流離王自身も放火された宮殿のなかで自害するが、釈迦は弟子に万人が調和して生きる社会がいつ到来するのか問われ、「わしも知らない」とのみ答えて沈黙する。釈迦は、誰が殺されようとも自らの教えは「厳然と聳えている」と語り、「もしわれ、現在の情にうごかされて流離王の手許に荒れこむか、或いは流離王の前に憐れみを請えば、我が教は立ちどころに崩れるのである」と述べて動こうとしない。幼い命が残虐に奪われても徹底した無抵抗主義を貫く。『嬰児殺戮』中の一小出来事」でも愛する我が子を喪《うしな》った主人は結末で「覚えて居ろ」と叫ぶが、復讐の暴力に立ち上がることはなかった。

関口によれば、武者小路の問題意識においては、この狂気の殺戮が近代国家へと引き継がれて拡大したのが戦争であり、その問題の解決のために取り組んだのが「ある青年の夢」（一九一六年）であるという。[*111]「ある青年の夢」は戦争による暴力を否定し、人々の心のなかから平和を望む心を喚起することによってしか世界平和は実現できないと主張し、暴力革命も否定していた。武者小路は後に平等で平和な社会を実現するために「新しき村」運動に投身し、周作人もその運動に共鳴したのであった。その意味では、周作人の嬰児虐殺に対する強い憤りは武者小路の原初的な問題意識につながるものである。現実的困難によって断念を余儀なくされた理想の残り火がここにある。

三・一八事件発生後、周作人は強い憤りに駆られ、北京政府を擁護する『現代評論』派批判の文章を三月から七月まで延々と書きつづけた。泥仕合の観さえある応酬であったが、相手が音《ね》を上げて沈黙するまで諦めることはなかった。その泥仕合の最後に書かれた「もうすぐ終わり」（一九二六年七月）では『現代評論』が教育総長章士釗から一千元援助を受けていた事実を指摘し、もし月末までに有効な反論ができなければ事実と見なすという最後通牒を突きつけて、とどめを刺した。[*112] その経緯をここで詳らかに論じるゆとりはないが、まさしく「ごろつき」の真骨頂と呼ぶにふさわしいものであった。

『現代評論』との論争が終わりを告げた頃、周作人は「二匹の鬼」（一九二六年八月）を発表し、次のように述べる。すでに序論で引いたものであるが、もう一度掲げたい。

　私の心には Du Daimone が住まっていて、これは二匹の鬼と呼んでよいだろう。鬼と呼ぶのに躊躇してしまうのは、彼らが決して人間の死後化けて出る鬼〔幽霊〕ではなく、宗教上の悪魔でも、善神でも悪神でも、善天使でも悪天使でもないからだ。彼らはある種の神だが、神では尊大すぎるので、気の毒だが鬼と呼ばせてもらおう。[*113]

ここでの「鬼」の意味が日本語の「鬼（オニ）」とも、中国語の「鬼（guǐ）」とも意味が異なることは序論ですでに述べたとおりである。あえてギリシア古代における「ダイモーン」（Daimone）という表現を周作人が選択したのは、エウリピデスの戯曲「ヘカベ」にみえる精霊（ダイモン daimôn）

を念頭に置いていたからにほかならない。プラトン以前の精霊は理知的存在ではなく、善悪の分別を持たぬ妖精のような存在だった。周作人はその「ダイモーン」が自分のなかに住みつき、「一匹目は紳士鬼で、二匹目はごろつき鬼」で、「そいつらが私の言動一切を采配している。これは一種の双頭政治だが、執政官二人の意見はあまりかみ合わず、私はその間を振り子のように揺れ動くのだ」という。*114

このような感懐を漏らしたのは、言うまでもなく、三・一八事件の論争で内なる「ごろつき鬼」が遺憾なく本領を発揮したからであろう。女師大事件のさなかに書いた「雨天の書・自序二」(一九二五年十一月)でも、散文集を編むに当たって自作を再読してみれば、他人のあら探しが得意な紹興の「師爺気質」が歴然と見て取れると述べていた。*115 この「師爺気質」も「ごろつき鬼」と同様の資質を自覚するものである。そして「師爺気質」を自覚しつつも、「平淡自然な境地」を目指していると述べるように、ここにも二匹の鬼と同じく相克する二面性の自覚が示されている。

この二面性のどちらも周作人は否定するものではない。「二匹の鬼」のなかで、ごろつき鬼が優勢を占めると、「私はすっかり精神的なごろつき(紹興方言「破脚骨」)にさえなるのだ」と述べる時、周作人は間違いなく自らの少年時代を想起している。このごろつきは、悪いこともするが、義侠に生きる者であった。だからこそ、「ごろつき鬼」は軍閥政府の暴力の前に斃れた学生のために泥仕合の論争さえ厭わなかったが、その一方で醜悪な現実から距離を置こうとする「紳士鬼」の志向も持ちつづけていた。厨川を諷刺して「十字街路の塔」に住まおうと語ったのは戯れにせよ、その二つの志向を早い段階から表明するものであったといえる。

2　エリスと「生活の芸術」——道徳家の自覚

前項では「ごろつき鬼」としての周作人の戦闘的側面を検討したが、他方では「新文学の二大潮流」（一九二三年十月）以降、周作人は頽廃派への傾倒を強めつつも、厨川白村の影響から脱し、エリスの芸術論に依拠しながら、文学論を展開する。すなわち、文学を夢のアナロジーとして捉え、現実と接点を持ちつつも、その代償行動が文学作品であると考えるようになった。これが周作人の「紳士鬼」の一面である。

本項では、『自分の畑』以降、文芸論から脱して、さらに広い範囲に浸透するエリスの影響を検討したい。一九二三年十一月、周作人は『晨報副鐫』で「雨天の書」と題した文芸評論の連載を開始する。その最初の一篇が「『糸繰り車のおとぎ話』を読む」であり、頽廃派文学者の作品から説き起こして、エリスの「生活の芸術」論を紹介している点で、エリスの影響の浸透が明瞭に看取される文章である。この後、「生活の芸術」論は周作人の思想の中核を占めるに至る。

その意味で「『糸繰り車のおとぎ話』を読む」は重要な文章であるが、周作人はエリスの名前にまったく言及しない。この時は出典を明示するほどの重要性は認識しておらず、あくまでも頽廃派を論じることだけが念頭にあったのであろう。

ここで論じる童話集『糸繰り車のおとぎ話』（一八八五年、英訳一八九九年）の著者、フランスの詩人・評論家カチュール・マンデス（一八四一～一九〇九年）は、若くしてサントブーヴ、ゴーチエ、ボードレールら頽廃派の先達に才能を高く評価され、私生活でもゴーチエの娘と結婚したものの、愛人の作曲家との間に子をなし、奔放な女性遍歴があったと伝えられる人物である。周作人はその作家の童話集がＣＦ女士（張近芬）によって中国語に翻訳されたことを紹介しながら、作者の享楽的な青春を評して、次のように述べる。

本来、生活の芸術は、決して耽溺と禁欲の奈辺にも存立せず、耽溺と禁欲の双方が支え合い、取っては拒み、拒んでは取る旋律を生む人間の生に存立し、直線に進むのを良しとしない。耽溺は生活の基本で、蔑視すべきでなく、ある種の節制が必要なだけだ。それが禁欲主義の役目で、その役割はさらなる満足を得ることにあり、その目的を離れた禁欲自体に何の価値もない。*116

（傍線は著者による。以下同）

ここで述べる「生活の芸術」という概念はのちに「エリスの言葉」（一九二四年二月）、「生活の芸術」（一九二四年十一月）で繰り返し言及されるもので、この時期からのエリスの影響を考えるうえで重要である。周作人はこの箇所の出典を明記していないが、エリスの「性的節制の問題」（『性心理学研究』第六巻）をほぼ忠実に引用するものである。原文では、どんな聖者であっても生活の性的な側面を無視することはできず、アッシジの聖フランチェスコ、トルストイに至るまで、そうした経験があったからこそ聖人になれたと指摘し、次のようにエリスは述べる。

したがって、性的衝動の抑圧が硬直して不毛な禁欲の段階を越え、単に性的に有害なものを意識的に拒むだけでなく、有益なものを意識的に受け入れるようになってこそ、好ましい徳性の要素が禁欲のなかに生まれる。その時こそ禁欲が本当に偉大なる生活の芸術〔the great art of living〕の一部となる。なぜなら生活の芸術〔art of living〕は、ほかの芸術と同様、厳密さとは相容れぬものであり、拒んでは受け入れ、与えては受け入れる不断の調和のうねりに存するからである。*117

両者を比べれば明らかだが、周作人の文章はエリスの言葉を丸写ししたものではなく、かみ砕いて説明したものである。エリスは禁欲の持つ役割が硬直した抑圧にあるのではないと述べる一節を周作人は禁欲が「さらなる満足を得る」ための調節弁であると明快に述べ、だからこそ、禁欲だけでは意味がなく、耽溺と禁欲は相互に依存する関係であると説明するものである。完全な表現の一致は見出せないが、趣旨としてはほぼ一致する。さらにエリスの「拒んでは受け入れ、与えては受け入れる不断の調和のうねり」（the weaving of a perpetual harmony between refusing and accepting, between giving and taking）という表現を踏まえたからこそ、周作人は「取っては拒み、拒んでは取る旋律を生む人間の生」（原文：欲取復拒、欲拒復取、造成旋律的人生）と表現したと考えられる。耽溺と禁欲の間で揺れる人間の生を表現するものである。このような晦渋な表現は、エリスの原文を参照せねば周作人の本意も明らかにならない。

さらに注意を要するのが「生活の芸術」である。エリスの原文では art of living がこれに対応する。英文の living は逐語的には「生きる」、「人生」、「生活」のいずれにも訳せる。周作人が中国語の訳として「生活 shēnghuó」を選んだのは、日本語と違って中国語では「生きる、生存する」という意味も含まれ、日本語よりも広義であるためと考えられる。日本語は「生」（せい、しょう）という単音節の語彙も利用可能な分だけ、「生活」はより社会的属性が強いので、エリスの本意に即すなら「生の芸術」とするべきであろう。英文の art も逐語的には「技術、すべ」、「芸術」のいずれにも訳せる。だが、傍線部で「ほかの芸術」に言及している文脈から、エリスが「芸術」を意図して用いていることは明白である。したがって、the great art of living も「偉大な生活の技術」とするより「偉大な生活の芸術」と解釈すべきで、エリスの論旨にも合致する。

周作人が引用した「性的節制の問題」は、『性心理学研究』のなかで性と社会の関係を論じた章で、長らく道徳的観念のもとで人間の生物的本能たる性欲が抑圧されてきたがゆえに生じた弊害を指摘するものである。この章の終わりでエリスは「極端な放縦も良くないが、極端な禁欲も良くない」と述べて、「その均衡を保つのは、一人ではなく二人でこそ性的に充足される生物学的事実なのである」と結んでおり、ここに周作人の意図があったと考えられる。*118

この文章だけでなく、頽廃派の文学を論じる際に周作人がエリスを参照するのは今に始まったことではなく、郁達夫を擁護した「沈論」でもモーデルの研究を引用した際に参照していたことは既述のとおりである。それは頽廃派への共感のなかに霊肉対立の葛藤が含まれていた以上、論理的必然であり、周作人の文学論が人間の本来的なあり方を追求する立場から離れないかぎり、不可避の問題であった。これまでに論じた「人間の文学」（一九一八年）におけるブレイクでも、「三人の文学家の記念」（一九二一年）における厨川白村でも、そこには常に霊肉対立の葛藤があった。その問題を周作人は常に文学における題材の問題として論じてきたが、これ以降は人間の生における指針、つまり道徳の問題として論じるようになる。それがこの時期からエリスを直接引用言及する回数が増える理由にほかならない。『雨天の書』を刊行する際に記した「雨天の書・自序二」では自らの紹興「師爺気質」の自覚が明記されていたが、もう一つ次のように述べている。

本書の編纂を終えて、つくづく考えさせられ、驚きを禁じ得ないのは、意外なことを二つ発見したからだ。一、自分がなんと道徳家であったこと。自分は極力あらゆる専門家のたぐいから逃れようとしてきて、文学家、批評家、まして道学家などお呼びではなかった。かねてから一番嫌いなのは道学家（あるいは新式の呼称ではパリサイ人）だが、思いもよらぬことに、それは自分が実は道徳家だったのだ。わたしは彼らの偽道徳、不道徳を打破するため、実は無意識に自らの信ずる新道徳をうち立てていたのだ。自分の文章を一つ一つ読むと、うわべこそは田舎のごろつきのようだが、そこには道徳が色づき、輝きを放っている。*119

ここで述べる道徳家の自覚は自己批判を伴いつつも「新たな道徳」に対する自負も示されている。一番嫌いな道学家との戦いでは「ごろつき鬼」の風体で嘲罵恫喝まがいの論説もあったと認めつつも、そこに自らの信ずる新たな道徳を主張するものであることに変わりはなかった。それは「不浄観」に対する強い反発であり、たとえば、情欲を戒める仏典「欲海回狂」（『安士全書』第三巻）に触れ、人間の肉体を不浄と見なす発想には根本的な間違いがあり、もし本当に不浄観を捨てきれないのなら、自らを浄化の炎で焼くべきだと述べている（「「欲海回狂」を読む」、一九二四年二月）。また世の中では、上半身が紳士で、下半身は下流社会で「懲らしめねば」と考えるのが正しいと考えられているが、ならば腰から下を切り落とせるかといえば断じて不可であろうと皮肉交じりに述べる文章もある（「上下身」、一九二五年二月）。このような道徳家の自覚はエリスに依拠しながら本格的に道徳論を展開しようとする決意にほかならない。*120

その意思を体現した文章が「エリスの言葉」（一九二四年二月）である。文章冒頭で周作人はエリスを「最も敬服する思想家の一人」と紹介し、著書『性心理学研究』（全六巻）は視野の広さ、思想の深みにおいて余人の追従を許さないが、その過激さゆえに保守的なイギリス政府が出版を認めず、第一巻はアメリカで刊行されたことを紹介し、イギリスのピューリタンに劣らず中国の道学家の害毒はひどいので、中国でもエリスを紹介する意義はあるのだと説明し、エリス『断言』から「聖フランチェスコ、そのほか」を紹介する。

聖フランチェスコ（一一八一～一二二六年）はフランシスコ会創立者で、豪商の家に生まれ、青年時代は放埓な享楽の限りを尽くしたが、大病した経験を契機として現世的な快楽を断念し、伝道活動に生涯を捧げた。禁欲的で敬虔な人柄ゆえにもうひとりのキリストとも称される。エリスによれば、この聖フランチェスコが敬虔な信仰生活に入る前の享楽的生活を無視して心理学的洞察はできず、「究極の（過剰なまでの）自由を経なければ究極の節制を獲得できない」[*121]ため、聖フランチェスコの敬虔さも青年期の耽溺があったからこそだという。周作人はそうした説明を紹介したうえで、両者の調和の重要性を説く「エリスの言葉」を以下のように引用する。

この二者（すなわち禁欲と耽溺）の一方のみを人生の目的〔aim in life〕とする者がいたら、その者は生きる以前にすでに死んでいる。まず一方〔耽溺〕の極みまで進んでから、もう一方に転じてこそ、人間の生とは何たるか〔what life is〕を真に理解し、模範的な聖者として後世に記憶される。だが、終始一貫して二重の理想を重んじる者こそ、生活の芸術を知悉した明智なる達人〔the wise master of living〕といえる。……すべての生〔life〕は建設と破壊、取得と付与、永遠に続く〔肉体の〕組成〔anabolic〕と分解〔catabolic〕の循環である。[*122]

（文中（　）内は周作人の補記）

ここでの禁欲と耽溺の調和の理想が「『糸繰り車のおとぎ話』を読む」での論旨とほぼ軌を一に

することは明白だろう。単に禁欲と耽溺の調和を説くものではなく、耽溺を経験しなければ、節制の意味を知ることはできないという論理も含めて一致しており、ここで「生活の芸術」の概念は周作人の内面で完全に定着していることが確認できる。人間の生が永遠の組成と分解の循環の連鎖であるとエリスが説くのは、栄養の取り込みによって肉体を維持する同化作用（anabolic）と体内からエネルギーを取り出す異化作用（catabolic）という二つの作用が生ある限り永遠に循環する生物学的原理に基づいている。これを補足する言葉として、「生活の芸術とはひとえに取と捨の二者の混合にある」（All the art of living lies in a fine mingling of letting go and holding in.）というエリスの言葉を引いているが、これも本来的意味では上記の循環原理を意味している。[*123] 周作人はこの一節に続けて、『性心理学研究』の後書きから次の一節を引用して、「永遠に続く肉体の組成と分解」という生命の循環イメージを循環史論へと接続させる。

私の意見が保守的すぎるという人もいれば、過激すぎるとかいう人もいる。世にはいつも過去に固執して手放さない人と、自らの思いどおりの未来を手に入れようと執心する人がいる。しかし、明智なる人は両者の間に立ち、どちらにも共感し、自分たちが永遠に過渡期にあることを知っている。いつであろうと、現在は単なる交差点にすぎず、過去と未来の出会う場であり、私たちはどちらにも不平を並べるわけにもいかない。伝統なくして世界はなく、活動なくして生命はない。[*124]

過去と未来の間に立ち、「永遠に過渡期」にあるという認識は、生命の循環のアナロジーにほかならない。エリス自身の「活動なくして生命はない」という言葉から生命の新陳代謝活動が読み取れるだけでなく、周作人が生命の循環と時間の循環とを重ね合わせることによって、より明快にエリスの循環史論を印象づけている。前項で述べたバクーニンの箴言によって循環史論が提起されたのも同じ一九二四年のことであった（「大道易者の予言」）。周作人自身がどれだけ自覚的であったかは明らかでないが、当時の社会的状況の変化とエリスの循環史論の受容には一定の相関関係があると言わねばならない。「エリス『感想録』抄」（一九二五年二月）では次のような一節を訳出している。

（二）進歩

一九一三年十一月十三日　私はいま流行の厭世思想に共感できない。厭世思想の者は破産して無一文になった楽天家に過ぎないのではないかと思う。〔言い換えれば〕楽天家は世界の進歩〔progress〕とともに自分も大層ご立派な教会の日曜学校という目的地まで向かうと明らかに思い込んでいた。……彼の過ちは進歩の概念〔notion of progress〕を高く見積もりすぎたことにあり、宇宙の進行〔cosmic advance〕が、もしあるとすればだが、自分の眼前にありありと姿を現すと思っている。人間の心に居座って永続する進化〔evolution〕の挙動が、永続する回帰〔involution〕の挙動とともに、長らく均衡を保ち続けていることを彼は理解できないのだ。*125

『感想録』はエリスが時事社会に触れて感じたことを書き留めたエッセイで、話題は時評的なものから、哲学的思索まで幅広い内容を含んでいる。この文章には周作人自身の感想は一切含まれていないが、上にみた循環史論に通じる内容を選んで訳出しており、共感を持って訳していることは疑えない。文中の「(二) 進歩」という見出しは周作人が翻訳に際して付けたものであるが、エリスの原文に即すなら progress に相当し、科学の進歩など、人間の意思と知力のもとで発展する性質を含意している。その「進歩」に対するエリスの認識を示す部分を訳出することで、自らの認識を改めようとしていると考えられる。

周作人はかつて『自分の畑』自序で、楽天家カンディードにならって文学に専念すると宣言したが、結局、現実社会に完全に背を向けることはできなかった。その結果、現実世界の保守反動化の前で楽天主義は破綻した。だが、そのために厭世観に陥るのは進歩の概念を過信しすぎたためにすぎないのである。そのような認識をエリスの言葉を借りて自らの心に刻もうとしているかに見える。

ここで取り上げる進歩とは、「自分の眼前にありありと姿を現す」存在であり、人間が操作可能な対象である。だが、宇宙の進行を司る原理は人智を超えた存在であり、進化 (evolution) と退化 (involution) の二つの力がせめぎ合うなかで宇宙は永遠に均衡を保ち続けている。そこには人間の操作で改変可能な余地はない。この進化と退化のせめぎ合いを説明するため、エリスはヘラクレイトスの言葉として、燃焼と消火という相反する二つの運動が拮抗しながら揺らめきつつ燃えつづける永遠の炎の喩えを引いて、永遠に変わらぬように見えて変化し続けるのが宇宙という存在であると説く。ヘラクレイトスはいわゆる万物流転（パンタ・レイ）で知られるギリシア哲学者である。世界の一切が絶えず移ろい、変化し、生成消滅するが、対立葛藤する力がせめぎ合うなかで調和することを説く。*126

こうしてみると、エリスも周作人も進歩の概念を直ちに否定するものではないが、人間の意図的操作の可能性を否定する以上、進歩の持つ役割は大幅に限定される。進化の可能性も退化の可能性とともに互いに拮抗することで均衡を保っているなかで、世界は人間の意図や関与が及ばないなかで流転しつづける。

「新しき村」運動に賛同した五・四時期、周作人は優勝劣敗の定理としての進化論に反対し、生存競争を否定する武者小路実篤に賛同した。霊肉一致の理想においても、人間の肉欲を否定して霊性だけを肯定する人間論に反対した。その意味で進化と退化の力の均衡が世界の調和をもたらすという人生観の獲得は二元論的思考方法の完成とみることができる。

3　「礼部文件」――「文明的野蛮人」をめぐって

一九二四年十一月、雑誌『語絲』が創刊された。その巻頭を飾ったのは周作人「生活の芸術」であった。このなかで周作人は再びエリスに依拠しながら生活芸術論を提起し、禁欲と耽溺の調和を説いた。趣旨そのものは同一だが、ここではエリスの生活芸術論を儒教との係わりのなかで論じている。まず冒頭で紹介するのはチェーホフが書簡集で描写する中国人の姿である。

ある中国人に酒場でウォッカをご馳走したところ、彼は飲む前に杯を上げて私と店のマスター、店員たちに「請（どうぞ）」と言った。これは中国の礼儀だという。彼は私たちのように一気に飲み干すことなく、一口一口すすり飲み、一口するごとに少しものを食べる。それから私に中国の銅銭をくれて、感謝の気持ちを表した。やけに礼儀正しい民族である。[*127]

これだけを読むとチェーホフが中国人に対して好意的であるように読めるが、周作人が読んだ英訳版書簡集を今日読み返してみると遺憾ながらそうは読めない。この書簡集では主にロシア縦断旅行での見聞が語られ、なかでもアムール川流域での見聞には中国人がたびたび登場する。そして、その描写には当時ヨーロッパでは一般的だった中国人蔑視が少なからず含まれている。たとえば英訳書簡集では、中国人をChinamanという蔑称で記すだけでなく、上記のエピソードも「イルクーツクに着くと、出会う中国人の数は当地のハエの数ほど多かった」という描写から始まり、「よく躾けられた動物」という評価まで出てきて、中国蔑視の態度は歴然としている。[*128] 周作人もチェーホフ個人の偏見とは考えなかったであろうが、その差別的表現を目にしたうえで上記を訳しているわけで、「やけに礼儀正しい民族（awfully polite people）」という褒め言葉も額面どおりに受け止めたとは考えられない。[*129] チェーホフの皮肉に満ちた中国人形象を踏まえ、「一口一口すするのは確かに中国ならではの飲酒の芸術である」と認めつつ、その美風は一部を除いて廃《すた》れてしまったとして、次のように述べる。

　中国人は飲食を享受するすべはそこそこ心得ているが、生活全般にわたる芸術はとうに失われてしまった。中国の生活方式は両極端しかなく、禁欲にあらざれば放縦であり、酒を口に上《のぼ》すことすら御法度か、さもなくば酒樽に全身浸《つ》かるというありさまで、両者は互いに反発し合い、対立をエスカレートさせた挙げ句、どちらも惨憺たる結果となる。[*130]

　そこで周作人は中国には「生活の芸術」が改めて必要とされているのだと主張し、「エリスの言葉」でも引いたエリス「聖フランチェスコ、そのほか」を再び引用する。そのうえで「生活の芸術」という名詞は中国固有の言葉で言えば「礼」にほかならないと指摘する。その根拠として『礼記』での「礼」とは、英訳するならばrite（儀式）ではなくart（技巧、芸術）だとする辜《こ》鴻銘《こうめい》（一八五七～一九二八年）の見解を紹介する。「礼」を儀式と捉えず、芸術と捉えるなら、エリスの「生活の芸術」（art of living）の精神とも合致する。さらに周作人は「生活の芸術」の本義を『中庸』に求める。

　実のところ生活の芸術は、中庸を重んじる礼節のある中国では元来なんら目新しいものではなく、『中庸』の冒頭で「天の命ずるをこれ性と謂《い》う。性に率《したが》うをこれ道と謂う。道を修むるをこれ教と謂う」と述べており、私の解釈によれば、明快にその旨主張するものだ。[*131]

「天」とは宇宙から人間に至るまでをすべて支配する原理的存在であり、その天から個人に与えられるのが「性」である。「性」とは個人ごとに異なる先天的な資質、本性である。その性に従うのが「道」であるという。これを「生活の芸術」に適用すれば、人間としての本来的な「性」に従って、禁欲と放縦の調和を図るのが「道」であるという理解になるだろう。周作人によれば、ここでの「礼」とはあくまでも儒教本来の礼を指し、宋以降禁欲主義に陥った儒教とは別物だと断っているが、「生活の芸術」を儒教の「礼」と結びつけて考える点で五・四時期と決定的に異なると言わねばならない。

ただし、これが周作人の思想的後退と捉えるのは短絡的である。むしろこの転換は、儒教に代表される伝統的価値体系に対してさらに深い考察を加えるようになった結果である。その視点はおそらくチェーホフの中国人に対する偏見に満ちた視点からも示唆を得ているに違いない。中国が野蛮な国だと蔑視を受けるのは誇り高い読書人にとって耐えがたい屈辱であろうが、古代から継承されてきた伝統には確かに「野蛮な」風俗習慣が残っていた。その視座を与えてくれたのがJ・G・フレイザー（一八五四〜一九四一年）の人類学であり、周作人らはフレイザーに学んで、中国独自の民俗学を生み出した。[*132]

「生活の芸術」発表後、周作人の「礼」を「生活の芸術」とする見解に対して、直ちに反響があった。宗教学者江紹原《こうしょうげん》(一八九八～一九八三年)から「礼の問題」という投稿が寄せられた。そのなかで江紹原は、周作人の言う「本来の礼」に対して率直に疑義を呈し、「先生はおおかた「宋代以降の道学者」を攻撃せんがために「本来の礼」なるものを褒めそやしただけでしょう」として、次のように述べる。

人類学研究者の教えるところによれば、世界各地の野蛮民族のほとんどがある種の礼や楽を持っているそうです。野蛮人は生から死に至るまで、日々「礼」の支配を受けています。……野蛮人の礼は確かに文化的な複合体で、我々の目で分析すれば、そこには少なくとも我々には「魔術」(Magic)の要素、宗教的な要素、道徳的な要素、医療的な要素、それから芸術的(狭義)の要素が見出されます。中国も真実の「本来の礼」とはそのようであると思います。*133

江紹原は、一九一四年に上海の浸礼会大学(バプティスト大学)予科卒業後、異母兄・江亢虎《こうこうこ》(一八八三～一九五四年)に従ってアメリカ留学。一九一七年病気で帰国すると北京大学の聴講生となり、新潮社に参加した。英文雑誌で偶然知った日本の都々逸《どどいつ》に興味を持って質問したのが縁で周作人と面識を得たという。*134 一九二〇年よりアメリカに再度留学し、シカゴ大学で宗教学を修めた後、一九二三年に帰国、北京大学教授となった。『語絲』創刊前後から宗教学研究から民俗学研究へと転進し、周作人と親交を深めた。この転進にあたって、周作人から強い影響を受けたことは、『語絲』創刊号に掲載した戯文「駱駝語より訳す」からもうかがわれる。

初め学問を身過ぎの糧にしたいと出国した時、小さな布袋一つ持っていたが、言うだに腹立たしいことに、いつの間にか袋の奴は何の挨拶もなくたくさん穴をこしらえた。私が拾えば、奴がれは落とし、双方何年もあべこべに精励したが、いま袋を開ければ中は空っぽ。[*135]

さらに次のように民俗学研究への転身の決意を語る。

本来ならお詫びのうえ自害してあの世へゆくところだが、幸い旗頭の駱駝に学問を創造するほうが学問を飯の種にするより上等だと諭され、学問で世過ぎし損なっても恥ではないと心得た。[*136]

ここでは戯文でユーモラスに研究者としての挫折感を語っているが、江紹原は帰国直後に非宗教運動に際会し、そのなかで宗教学研究の限界を痛感し、民俗学研究への転進を決意するに至ったものである。[*137] ここでの「駱駝」とは、自分たちを当時の北京で荷駄運搬に使われた駱駝に喩えたジョークで、砂漠のような精神的風土で生きる読書人をイメージしている。当時、江紹原に限らず、周作人の書斎・苦雨斎には学者や作家が集い、彼らは自らを戯れに「駱駝」と呼び合っていた。この呼称はのちに一九二六年七月に刊行された文芸同人誌『駱駝』で用いられたほか、一九三〇年創刊の同人誌も『駱駝草』（駱駝に与える食料の意）と名づけられ、関係者の間で愛用された。文中の「旗頭の駱駝」もまた周作人のことを指すものであろう。「有島武郎」（一九二三年七月）では砂漠を行く同行者の一人としての有島を悼んでいるが、その当時から砂漠でたくましく生き抜く存在として駱駝が仲間内の隠語として使われていたと考えられる。

この隠語は「礼の問題」でも使われ、江紹原は自分の投稿は「impulsive（衝動的）な駱駝の振る舞い」に過ぎないと述べ、仲間内でしか通じない隠語によって気のおけない師弟関係であることを示しつつ、もう一方では舌鋒鋭く周作人の「礼」の虚構を喝破する。

江紹原は人類学の知見を踏まえ、伝統的な「礼」は実のところ古代における「野蛮人」の風俗習慣を反映したものにすぎず、ほとんどは近代科学から見れば合理的理由に欠けた「魔術」的な要素を多分に含んでいると指摘し、中国古代からの「本来の礼」だけがその例外になることはあり得ないと主張する。だから、江紹原は「どんなに古い「礼」であろうと、私たちの科学知識・道徳規準・芸術的センスによって、洗練、改造しなければ、決して今日の我々の役に立たないでしょう」[*138]と述べ、今日の生活に合致する「礼」は自分たちの手で新たに作るべきだと主張する。この江紹原の質問に対し、周作人も直ちに返答し、次のように述べる。

「礼」を理想化しすぎているという君のご指摘は、私も認めます。私のいう「本来の礼」とは実のところ、かくあるべしと空想した礼にすぎず、いつの時代に行われたかも確答できないし、どの時代にもなかったかもしれないのです。……君と同様、私も今日の生活方法は今日の私たち自身が決めなければなりません。「生活の芸術」(The Art of Living)という呼称は広義において「礼」に近いのでそう申しましたが、もとより理論上の話であって、事実ではありません。*139

周作人はここで江紹原の質問に答えて、「中庸」にしても、「本来の礼」にしても実は「空想した礼」、つまり理念上の仮説にすぎず、歴史的に実在した「礼」ではないことを認めた。実際、周作人自身、「礼の問題」を掲載した『語絲』第三期に「犬は絨毯をひっかく」(一九二四年十二月)という文章を寄稿し、アメリカのJ・H・ムーア(一八六二～一九一六年)の著書『野蛮の名残』(*Savage Survivals*)に言及し、同趣旨の主張をしている。

ムーアは工業高校で教鞭を執るかたわら、『より良い世界の哲学』(一八九九年)、『新倫理学』(一九〇七年)を著した。その著書はダーウィンの進化論に基づいて倫理の進化を説くもので、進化論を倫理学に取り込んだスペンサーに近いが、趣《おもむき》はだいぶ異なる。*140『野蛮の名残』は勤務校での講義録であり、動物が家畜化される過程や人間が「文明化」(civilized)される過程を進化と呼ぶ点で、スペンサーとは進化論に対する認識が大きく異なる。ムーアによれば、家畜化された動物には野生時代の「野蛮」(savage)が残り、人間も「文明化」しても「野蛮」(savage)が残っているという。

後述のように、人類学でも「野蛮」という概念は人間が俗信にとらわれていた時代を特徴づける重要な概念だが、フレイザーらの人類学では通常、動物については「野蛮の名残」を問題にすることはなく、この点でムーアの著書『野蛮の名残』は特異な存在である。

ところが、周作人はその特異性に興味を持ったようだ。「犬は絨毯をひっかく」では「野蛮の名残」の具体例として、犬がオオカミだった時代に草原で寝床を作るために地面を掘っていたため、今でも絨毯をひっかく習性があることを紹介している。この具体例を踏まえ、本来なら必要ない行動であるにもかかわらず、「昔からの本性が出て、無意味な行動に及ぶのだ。この世にも多くの野蛮（あるいは禽獣だった）時代の習性が残り、すでに無用だったり、むしろ有害なのに、時として今でも発作が起こって犯罪に及んだり、いろいろ荒唐で迷信めいた悪行に及ぶのだ」と周作人は指摘している。[*141]

『周作人日記』によれば、この書物を一九二四年七月に入手している。[*142] 後述するフレイザーとほぼ同じ時期に触れており、今日的にみて、ムーアの主張が学説としてどれだけの支持が得られるかは疑問だが、結果的に周作人が文化人類学に興味を持つうえで橋渡しの役割を果たしたと考えられる。

それだけでなく、ムーアの主張は、先にみた江紹原の指摘とも響き合うものがある。江紹原は宗教も道徳も時代に合わせて洗練させ、進化させるべきだと主張していたが、これは人間、動物の違いを超えて倫理道徳の進化を主張するムーアに酷似している。ムーアが著書の結びで次のような主張をしていたことは注目に値する。

人間の感情は神性と獣性の決闘場と言われ、それぞれ高潔、善良で、文明化され、新たに加わった私たちの神性の側面と、私たちを堕落させる下劣で古くからの動物的な衝動をもつ獣性の側面がある。*143

神性と獣性の対立は周作人にとって古くて新しいテーマである。ムーアが提起する枠組みは性欲ではなく、「文明化されたか（civilized）」、「動物的な衝動（animal like impulse）」を残しているかという対立軸にあり、「生活の芸術」で掲げる禁欲と放縦とは必ずしも一致しないが、人間の内面に対立葛藤を見出す二元論的観点には共感しただろう。通常の人類学では「野蛮」と「文明化」をこのように二元的に捉える発想はない。それはムーアのように生物的本能として捉えず、「野蛮」は進化の途上で否定される対象でしかないためである。

ムーアはそのため著書のなかで「野蛮」という表現のほかに、「衝動」という表現で先天的本能の発露について論じており、動物も家畜化されるまでは本能的「衝動」によって行動を支配されていたが、家畜化することで「衝動」が弱められたと論じている。たとえば狼は狩りの対象を殺す「衝動」を持っていたが、家畜化された犬はその「衝動」を失ったという。*144 人間も幼い子どもは先天的本能のほうが強く、文明化されていないので、しばしば「衝動」に支配されやすいともいう。*145

この二元論的発想が周作人を引きつけたのだと考えられる。そのため「礼の問題」での江紹原の文章にも「衝動」が隠語のように使われていた。たとえば、次のように述べている。

私としては近々短いものを書いて、生活の芸術に対する見解を明らかにしたいと思います。ただし、これも「衝動」に過ぎないかもしれません。中国人に impulsive と非難されるのは光栄なことだと思っていたのですが、後になって、普通の中国人みんな蝸牛とか駱駝のようですから、彼らから見て impulsive であっても、せいぜいが impulsive な蝸牛、impulsive な駱駝にすぎず、どちらもまだまだ impulsive ではないと思うのです。*146

この発言に対し、「私も impulsive な駱駝で、ふだんはあまり汗もかかないのに、よく感情的になります」と周作人は答えており、二人の間で impulsive は共通の隠語として機能している。その含意は当時でもムーアを読んだ者しか共感できないものである。駱駝は上述のように周作人の書斎・苦雨斎に集ったメンバー同士の隠語であったが、impulse は周作人と江紹原だけの隠語だったと考えられる。

江紹原は「礼の問題」の結びで、周作人の考える理想の礼を新たに制定するため、「礼部総長」となっていただきたい、そうすれば、本家の「周公の礼」よりも、ずっと良いものができあがると述べた。周公とは古代周王朝の王で、殷王朝を滅ぼし、中国の制度、礼楽を定めたことで知られるが、周作人の姓とかけた冗談である。この冗談を受けて、周作人は江紹原を「礼部次長」に任じ、『語絲』を中心として「礼部文件」なる連載が始まった。[*147]

この「礼部文件」に一貫するのは、近代中国に残る「野蛮人（savage）」の遺風たる封建的な慣習・制度への痛烈な批判意識である。一九二〇年代の中国では伝統文化があらゆる局面で西洋の科学合理主義の洗礼を受けたにもかかわらず、なおも根強く支持されてきた。その所以は、必ずしも西洋文化への感情的反発のためばかりではない。礼教に代表される伝統的文化・制度が、個人の感性レベルにまで浸透していたためである。たとえば、文学における古文などは、手に馴染んだ思想表現の手段として、また朗誦時における音楽性において、はるかに口語に勝り、当時の読書人が捨てきれなかったものの一つである。「礼部文件」掲載開始当時、新文化運動の担い手たちは、すでに思想的分岐点に達しており、伝統文化の全面否定ではなく、選択的に再評価しようとする「国故運動」が盛んとなっていた。そのなかで伝統的「礼」には「野蛮人」の慣習が継承されたものだとする周作人、江紹原の指摘は衝撃的であった。民俗学を通して中国社会にいまだ残る旧弊を排除しようとした江紹原の意識を彼の初めての著書『髪鬚爪《かみひげつめ》――それらの風俗に関して』導言から見ておこう。

我らが時代は科学発達の時代である。西洋人ならばかく申して宜《よろ》しい。我々中国人は、この科学のために何ら重が、しばし待て。

要にして不朽の貢献を残してはいない。しかも、科学の成果と利点は——物質、知識、精神の分野を問わず——我々もすでに自力、他力で受容、享受し、決してわずかなものではないが、十全というにはほど遠い。したがって、中国人にふさわしいのは、我らが時代とは西洋科学発達の時代、という言葉ではないかと思われる。*[148]

科学を「西洋」という限定つきで述べるのは、科学が中国では十分内在化されていない謂《い》いである。五・四時期の新文化運動から五年、すでに一定の成果を収めたとはいえ、江紹原はなお懐疑的だった。「根本的に思想の革命・変容が生まれていないのに、その表層だけが漆のように西洋科学に覆われている人間*[149]」ばかりが増え、そうした人々は一朝ことがあれば、きっと深層に眠っている伝統思想が「正体をあらわし」てしまうだろうという。こうした危機感は、周作人も共有しており、「犬は絨毯をひっかく」の後半では、ムーアに続いて、フレイザーの『金枝篇——呪術と宗教の研究』、『サイキス・タスク*[150]』に依拠して、個人的な恋愛問題が社会的指弾を受けることがあるのは、「野蛮の名残」による弊害であると指摘し、植物の生育と人間の性行為には相関関係があると信じた野蛮人が、掟からはずれた恋愛を集落全体の安否に係わるものとして厳しく罰した事例を紹介し、次のように述べる。

こうした御先祖からの遺産は私たち誰もが持っており、処分するのは容易でないが、科学の力を借りて、少しでも実態を知り、理知によって常に自戒すれば、幾らかは良くなるだろう。道徳の進歩は、迷信の増加によってではなく、理性の純化によらねばならない。[*151]

野蛮の名残、道徳の進歩、科学といった概念は、二人の間で共通するものである。周作人に即して言えば、一九一九年に「思想革命」などで早くから表明されていた思想でもある。「理性の純化」を図るためには欧米の科学の力が必要だったが、欧米諸国列強は同時に中国を侵略し、植民地化する存在でもあった。上海で発生した五・三〇運動の後に間もなく書かれた「文明と野蛮」（一九二五年六月）では次のように述べている。


文明人には鉄砲があるが、野蛮人にはない。

西洋人には鉄砲があるから文明的で、中国人には鉄砲がないから野蛮である。

日本人も当初野蛮だった。なぜなら鉄砲がなかったから。今は文明的だ。鉄砲があるから。

鉄砲で人を殺すのは文明的で、鉄砲で野蛮人を殺すのはより文明的だが、鉄砲での殺し合いも文明的だ。[*152]

周知のとおり五・三〇運動では、日系紡績工場でストライキ中の中国人労働者が日本人職員の発砲で死亡したことから上海全体を巻き込む抗議運動に発展し、運動のなかで上海市民、学生十三名が死亡した。鉄砲は科学の象徴であるが、その科学が野蛮人よりも残虐になりうる存在であることを周作人は強烈なアイロニーで指摘している。にもかかわらず、その科学の犠牲にされる痛みを自覚しながらも、周作人には中国を変えるために欧米の「文明」の力を借りざるをえないという苦衷があった。それはフレイザーの人類学も例外ではなかった。

ここで人類学者として著名なフレイザーについて簡単に述べておかねばならない。イギリスのケンブリッジ大学のフェローだったフレイザーは、非キリスト教圏に赴いた宣教師、貿易商、研究者らが残した膨大な旅行記、見聞録などを博捜し、世界各地の民族の風習を分析することによって、「野蛮」民族の道徳が進化を遂げ、科学へと到達する過程を描き出そうとした。これはイギリス人類学の父と呼ばれるタイラー（一八三二〜一九一七年）の理論を継承するもので、呪術に支配される世界から宗教道徳によって維持される社会への発展過程は、世界全体が近代的合理主義に裏打ちされた世界へと単線的に発展すると確信した進化論的歴史観によって貫かれている。だが、当時の人類学の理論的限界として、彼らは世界のあらゆる文明が単線的な発展を遂げ、ヨーロッパのキリスト教文明が究極のゴールだとする認識を自明の前提としており、その価値観から欧米以外の文明を「野蛮」だと断罪した。この立場は今日的に見れば石塚正英が指摘するとおり独善の誹《そし》りを免れない。だが、「野蛮」だと批判の対象となる俗信についても、宗教が未発達の状態においては俗信に裏づけられた多くの禁忌（タブー）が社会秩序の安定に貢献したことを指摘し、俗信に一定の存在価値を認めていたことはフレイザーの人類学の特徴である。そして、なによりも全十一巻（第三版、のち補巻を加えて全十三巻）にのぼる浩瀚《こうかん》な『金枝篇』によって描き出された体系的な論述が十九世紀末から二十世紀初頭における文学、歴史学に与えた影響は大きく、民俗学、人類学という学問分野を確立させた功労者である。[*153]

日本では南方熊楠が一八九〇年代に大英博物館に通っていた時期に直接現地でタイラーやフレイザーの研究に接しており、日本でのフレイザー受容の先達と考えられる。[*154] 特に「十二支考」（一九一九年一月）では『金枝篇』に繰り返し言及し、フレイザーの影響が明瞭に看取される。周作人は一九一六年から柳田国男が編集する『郷土研究』を定期購読しており、同誌に投稿していた南方熊楠、津田左右吉らの議論のなかでフレイザーの名は早くから承知していたものと思われる。日記によれば、一九一七年に『サイキス・タスク』を大学から借り出し、抄録を作っており、「野蛮民族の礼法」（一九二一年一月）や「通信」（一九二四年十二月）はその抄録から引用している。[*155]

だが、大部の『金枝篇』を購入するのを躊躇したのか、本格的にフレイザーを読みはじめたのは簡約本『金枝篇』（一九二二年刊、全一巻）を購入した一九二三年五月以降であった。『サイキス・タスク』に至っては一九二四年十二月にようやく購入している。[*156] 同じ人類学ではラングに日本留学時代から親しんでいたのと比べると、だいぶ遅い印象は否めない。その理由は必ずしも明らかではないが、一つの要因としてラングがフレイザーを批判していたためだと考えられる。その批判の要旨は、『評伝J・G・フレイザー』（ロバート・アッカーマン著）で詳論されており、門外漢が繰り返す必要はないが、簡潔に述べれば『金枝篇』での重要な主題である王殺しの儀礼に関する理論をキリスト教におけるイエスの死と再生の秘蹟に適用するかどうかに係っている。*157 信仰に係わる秘蹟を人類学の研究対象とすることにラングは反対し、フレイザーを批判した。クリスチャンではない周作人にとって秘蹟の研究はタブーではないはずだが、周作人のフレイザーへの言及が増えるのは「礼部文件」以降であり、その躊躇を解いたのは江紹原だったと考えられる。

江紹原がフレイザーに接した時期を特定することはできないが、シカゴ大学で宗教学を学んでいた時期に宗教学と密接な関連を持つフレイザーやムーアの研究を知っていたはずだ。一九二三年夏に帰国して、周作人と交流するなかで江紹原がフレイザーの理論を伝え、日本留学以来信頼してきたラングからフレイザーへの転換が図られたと考えられる。二人の交流のなかで生まれた「礼部文件」はフレイザーの理論を下敷きにした中国の俗信研究であり、江紹原の単著として刊行された『髪鬚爪《かみひげつめ》――それらの風俗に関して』で取り上げる頭髪や髭、爪などに関する呪術の意味を古典文献から読み解く研究はまさしく『金枝篇』の共感呪術が中国にも存在したことを裏づける試みにほかならない。

周作人も江紹原とともにフレイザーの理論を受け入れることにより、中国社会に残る保守的な風土をより有効に批判することができるようになった。たとえば、「女子ズボンの心理学的研究」では、女学生の服装について「袖は必ず腕に斉《ひと》しく、裙〔スカート〕は必ず脛《すね》に及ぶ」よう定めた教育界連合会に対し、周作人は辛辣な批判をしている。

まこと李笠翁のいう「秘器は掩蔵し、家珍は愛護す」に過ぎない。笠翁は他人が盗み見して妄想逞しくするのを心配し、教育界の諸兄は他人を盗み見して妄想逞しくせぬかと心配した。その意図こそ違えど心根は同じで、いずれも野蛮思想の名残である。[*158]

「野蛮思想の名残」とは、フレイザーが『サイキス・タスク』の「第四章 結婚」で述べる性的タブーにまつわるエピソードを念頭に置くもので、性的不道徳によって農作物の収穫に影響が出るなど、部族や社会に不利益をもたらすという俗信のために女性に厳しい掟が課されているという。中国保守派の取締り側のロジックも、「衣は以て体を蔽《おお》い、また以て身を彰《あらわ》すと、昔賢戒める所、猥《いわん》や女生、衆流に仰望せられ」[*159]と伝統的儒教倫理を踏まえ、旧来の女性観、倫理観に訴えて服飾に規制を行おうとするもので、当時も一定の説得力を持っていたと考えられるが、それ自体がいわば「野蛮の名残」であると周作人は批判する。これに加え、エリス『夢の世界』を援用して次のように論理を補強する。

テオドール・シュレーデルが述べる如く、現代の文芸・科学・美術などの大作を発禁にするのも、この原始思想に基づいている。猥褻性が対象自体にあり、それを猥褻と感じる当事者にはないと思いこみ、発禁が必要なのは、当の本人自身なのだとわかっていない。[*160]

ここでロジックの核となるのは、官憲が猥褻性を規定し、その規定によって対象への感受性のあり方が規制される倒錯性への反発である。この伝統倫理の倒錯性を「野蛮思想の名残」と結びつけるため、「野蛮人は自分を客観化して、自分の行為の責任を他に転嫁するが、子ども・狂人にも同様の傾向が認められる」[*161]とエリスに依拠して補足している。これは「道徳の進歩」が「迷信」によらず、「理性の純化」によってでなければならないという論理を実際に適用した例と見なすことができるだろう。[*162]

さらに「野蛮の名残」としての伝統倫理批判は、こと猥褻に限らず、他のタブーに対しても適用され、江紹原は『周官』媒氏」で性行為が農耕に影響を及ぼすという信仰や婚礼について論じている。その具体例として、凶作の際に限って定められた礼に従わずとも結婚が許されるという記述(『周礼』「地官・大司徒」)を挙げ、江紹原は「野蛮時代の中国には、もともと男女の性交によって生物の繁殖を促す風習があったのではないか」[*163]と指摘する。つまり「野蛮の名残」が『周礼』に見出されるという推測である。この推測を理論的に支えているのがフレイザーであることは、同時期に発表された周作人「シャーマニズムの礼教思想」から明白である。この時期の二人の言論には随所にお互いの論を相補い合う部分が少なくない。周作人は、四川省の督弁が密通を犯した学生を道徳擁護の名目で射殺したこと、湖南省の省長が雨乞いのために禁欲しているという実例を紹介してから、まさしく「礼教」の名のもとに行われている美徳が実はシャーマニズムに基づくものだと指摘して、フレイザーの言葉を引く。

フレイザー博士は、『サイキス・タスク』第三章において、迷信と両性の関係について「彼ら〔野蛮人〕は、ある種の性的行為を行うか禁ずることで動物の繁殖、植物の成長を促すことができると信じているのである」と述べる。*[164]

江紹原が「催生」で依拠していたのは、まさしくこのフレイザーの指摘であろう。経典に即した検証でフレイザーの研究をどれだけ適用できるか試みたものと考えられる。このほかにも「男三十にして娶《めと》り、女二十にして嫁《とつ》がしめ」という一節を「媒氏」から引き、結婚年齢があまりに高く、現実的ではないから礼教の空論であろうと推測する一方で、そのような禁止規定のなかった野蛮時代の風習の残滓がうかがわれるとして次の一節を引用する。

中〔仲〕春の月、男女を会せしむ。是の時に於いて、奔《はし》る者は禁ぜず。*[165]

なぜ「仲春之月」だけは、男女を集め、自由に恋愛をさせ、礼に従わずに「奔る」者も許すのか、という疑問を呈し、従来の経学的解釈は不合理だと批判したうえで、本来「仲春之月」とは古代の「恋の季節」であり、男女の性行為が、豊作をもたらすという信仰に基づくものではないかと述べて、次のように推測する。

「仲春之月」というのは、本来は太古の男女が自由に結ばれる季節だったが、後に礼教のタガがはめられるようになって、男女は礼に則って婚礼をせねば軽蔑されるようになった。とはいえ、古来の風俗も容易には断ち難く、仲春になると、礼教の網をかいくぐって、相慕うものたちは桑中の密会を果たすのだ。「礼」化されたものは恥知らずと強く非難しようとも、同情するものは非難するに忍びないのだ。[*166]

礼に適《かな》わぬとして『周礼』が禁じるのは、世俗で行われていた古代からの俗習で、そこに本来的な古代風俗がうかがわれるというのが、江紹原の着想だった。江紹原は精力的に文献を博捜することで、経典自体に含まれる太古の風俗の残滓を見出し、万古不易の聖典とされた儒教の致命的な後進性を明らかにしようとした。「礼部文件」の後も、フレイザーを理論的基盤としつつ、経典だけでなく、白話小説、筆記類も資料に加えて、現代の中国と「野蛮」時代の接点を見出す試みが、本格化してゆく。江紹原の研究が本格化するにつれて、周作人の関与は相対的に減少するが、フレイザーを媒介とした伝統文化への批判意識は強まりこそすれ、弱まることはなかった。

その背景として北京を覆う政治状況の悪化があったことを想起せねばならない。上述の女師大事件が発生した一九二五年以降、北京は馮玉祥（国民軍）の支配下にあったが、奉天系軍閥が馮打倒の機会をうかがっていた。「読経救国発凡」が発表された一九二五年末、馮は奉天系軍閥の内訌《ないこう》を誘って反撃したが失敗し、北京からの撤退を迫られていた。そうした状況悪化への懸念が江紹原を執筆へと駆り立てたと考えられる。江紹原はシャーマニズムにおける酋長の役割を検討し、清朝までの皇帝の衣食住が厳格に規定されていたのは、「礼」そのものが古代の野蛮風俗の名残であるからだと述べる。論文は全篇諧謔的な文体で構成され、江紹原のスタイルがよくうかがわれるものであり、特に冒頭では「諸君は「読経救国（経典を学んで国を救う）」が、覆し得ぬ真理であることを知らねばならぬ」と切り出す。そして、その真理は生物進化論からも証明可能であり、他の古代の恐龍が死滅したなかで犬がなおも生息し、五大文明のなかで唯一中国文明だけ健在なのは、いずれも他よりも優れた点があったためだと結論づけ、次のような諷刺を展開する。

かくて私は犬には必ずや他の古代動物に勝る知恵があると結論するに至った。異議あるまい。ギリシア・ローマ・エジプト・バビロンの文明は高度ではあるが、今やいずこに行ったか？しかるに中国はなお存在し、老いた松柏の如く末節ながら長らえている。しからば中国文明にも必ずや他よりも秀《ひい》でたところがある。異議あるまい。我らは犬に勝るのはほかでもない、ひとえに我らには経典があり、犬にはないからだ。しかして、中国文明の優れた点はすべて経典の中にある、異議あるまい。*167

この反語的文体の痛烈さには、さすがの周作人も驚嘆したようで、「今のような世界で、こんな文章を読めるとは思いませんでした」[*168]という感想を誌上に寄せているように、江紹原の執拗なまでの論理の精緻さと大胆な遊戯性の追求という特色を十分にうかがうことができる。それは軍閥政権下の当時にあっては、命に係わるものであった。一九二六年四月、江紹原は自由を求めて、広州の中山大学に移る。翌一九二七年、北京は張作霖政権下で白色テロが吹き荒れ、李大釗は逮捕殺害された。この状況下で発禁処分を受けた『語絲』は発行拠点を上海へ移さざるをえなくなる。その意味で周作人、江紹原が取り組んだ民俗学研究は反動化する中国社会の現実と厳しく対峙し、戦うものであった。

三 夢想家との訣別——「二匹の鬼」というペルソナの確立

一九二六年八月、周作人は単行本『芸術と生活』のための序文を書く。一九一七年以来、十年間の文学芸術論を一冊にまとめた論文集である。自ら題名の由来として「私の文芸と人生に対する意見はおおむねこの中にある」[*169]と説明するように、文学者として世に出てからの十年間の活動を網羅する論文集であり、本書が描こうとした初期周作人の思想の軌跡を示すものといえる。

これまでに本書でも論じた「平民の文学」、「人間の文学」、「聖書と中国文学」など文学革命を代表する文学論を先に配列し、続いて日本文学関連の評論として「日本の小詩」、「日本の最近三十年の小説の発達」を、最後に「日本の新しき村」、「日本の新しき村訪問記」など、日本の新しき村の運動に関する紹介と評論を配置する構成となっている。十年間の論文集とはいえ、内容の中心はやはり五・四期が中心であることは、周作人にとって前半の五年間がいかに重要であったかを示しているが、自らの思想的変貌について周作人は次のように述べる。

この論文集で示したのは、私の今日までの芸術と生活に対する意見の一部であり、今後どうなるかは、私にも分からない。だが多少はきっと変わるに違いない。実際これまでにも多少の違いは見て取れるわけで、例えば一九二四年以降に書いた三篇はそれ以前の論文と少々異なり、私から見ても、夢想家と伝道者の匂いがだんだんと薄れてきたと思われる。*170

自らの思想の変遷を振り返って、周作人が一九二四年で変化が生まれたと述べているのは、本章で論じた『語絲』創刊以後の認識の変化を指すものである。関東大震災での大杉栄虐殺に強い衝撃を受け、日本のファシズム化に危機感を強めるなかで「新文学の二大潮流」を発表して、それまでの文学観を大きく転換させた時期に当たる。さらに遡れば、第三章で論じたように、その変貌は一九二一年から始まり、頽廃派への共感を深めるなかで「夢想家」ないしは「伝道者」として信奉したトルストイズムや新しき村の運動に対する熱狂も冷めていった。その点について次のように説明している。

誰しも一時期はたいてい理想家となって、文芸と人生に対して何らかの主義を信奉するものだ。私も以前はユートピアを夢想したことがあって、新しき村にも非常に強い憧憬を抱き、文学でもいくらかは相応の主張をしたものだ。私は今でも日本の新しき村の友人を尊敬しているが、この〔新しき村の〕生活は自分の興味を満たしただけで世を覚醒させる効果は恐らくあまりなく、人道主義文学も同様で、自分の興味が満たされれば十分であり、生活と芸術に勤《いそ》しむ理由として不足はなかった。以前私が愛好した芸術と生活の諸相は、今でも私はおおむね愛好しているが、目的は少し変わった。以前はそこに込められた主義を好んだが、いま好むのは芸術と生活そのものである。[*171]

周作人の過去十年間にわたる思想の軌跡を振り返ってみる時に驚かされるのはその連続性である。新しき村の運動に係わるなかで編み上げた人道主義の文学理念の核となった人間に対する認識は幾つもの変遷を経て、エリスに依拠した「生活の芸術」へと昇華されたが、それは「人間の文学」で提起されたものと相矛盾するものではない。人間に対する認識が精緻化するのに伴って、その理念の解釈や重点が変化したものである。新しき村の運動そのものに対する参与も社会状況の変化によって断念せざるを得なかったが、その理念に含まれていた平等の概念は、男女の関係や進化論に対する否定的な見方に示されたように堅持されている。それだけでなく、新しき村の思想は、アナキズムとして大杉栄に対する親近感にも示され、その死に対する周作人の憤激は思想の一貫性を感じさせる。また、三・一八事件に際しては武者小路実篤の戯曲『嬰児殺戮』中の一小出来事」を翻訳したように、その影響は伏流水のように消えることなく残っている。

ただし、芸術と生活を愛好する「目的は少し変わり」、いまはそこに込められた「主義」より「芸術と生活そのもの」を好むという。この変化をもたらしたのは、やはりエリスの芸術論であろう。周作人は文学を現実と截然と分かち、文学を夢のアナロジーとして捉える方法をエリスから学んだ。現実の主義が夢の世界では本来の意味を失うのは当然である。そもそも頽廃派文学への傾倒が始まった一九二一年以降、周作人は社会改革のための主義には与せず、非宗教運動では陳独秀ら共産主義者と訣別しただけではなく、文学流派としての文学研究会の自然主義や現実主義にも与せず、創造社のロマン主義にも与しなかった。その時点で周作人は一つの主義を選び取るには多くを知りすぎていたと言うべきなのかもしれない。

このような回顧と文学活動十年間の総括を語るに至ったのは、その直前の七月に書いた「二匹の鬼」での自己認識と深く係わっていると思われる。これまでも繰り返し引用したように、この文章で周作人は「ごろつき鬼」と「紳士鬼」とが自らの内面で駆逐し合うのをユーモラスに描いていたが、その両者の葛藤を観察する客体——外在的視点を獲得したのが一九二六年であった。のちにエリスもまた伝記作者ゴールドバーグに「叛徒とそれに劣らぬ隠士[*172]」と呼ばれていることを知って、自らの内面にも「叛徒と隠士が息づいている」と語ったが、その意図に変わりはない。

周作人は、この二つの葛藤する内なる志向を自覚することにより、外向的で侠義に厚い「ごろつき鬼」と内向的で芸術家気質の「紳士鬼」という互いに相容れない仮面《ペルソナ》を弁別し、必要に応じて使い分けるすべを学んだ。この新たな自我の確立こそが一九三〇年代以降の周作人の文学を貫く核となるのである。

注

序論

＊1——鮑耀明編『周作人晩年書信』（真文化出版公司、一九九七年十月）四七四頁。鮑耀明、筆名は成仲恩、甘牛など。

＊2——鮑耀明編『周作人晩年書信』「編者前言」、伊吹和子『われよりほかに 谷崎潤一郎最後の十二年』（講談社、一九九四年）二六七～二七六頁。

＊3——止庵『周作人伝』（山東画報出版社二〇〇九年一月）二九六～二九八頁で詳説されている。

＊4——拙編「周作人・松枝茂夫往来書簡 戦後篇」（『文化論集』第三三号、早稲田大学商学同攻会、二〇〇八年九月）参照。

＊5——松枝茂夫「周作人について 二、知堂老人「八十自笑」の詩」（『中国文学のたのしみ』、岩波書店、一九九八年）一七三～一七七頁。このテクストの初出は『疾駆』第二号（早稲田大学現代中国文学研究会、一九七三年）である。後に「「八十自笑」の詩の解の訂正」が同誌第三号（同、一九七四年）に掲載された。その後、加筆修正のうえ、『節令』第五期（早稲田大学中国文学研究室、一九八四年）に改めて掲載された。ここでは松枝茂夫の解説を踏まえ、著者が大意を記した。『疾駆』の存在については寺村政男大東文化大学教授より御教示並びに資料提供を受けた。記して謝意を表したい。

＊6——周作人「両个鬼」（『語絲』第九一期、一九二六年八月九日）、『周作人散文全集』（広西師範大学出版社、二〇〇九年）第四巻七〇八頁。なお、この du は文字どおりで解せば不定冠詞となるが、中国語の意味からすれば deux となるべきところである。周作人は他の文章でもフランス語の du を誤用している（「第一章 日本文化との邂逅——周作人における「東京」と「江戸」」参照）。

＊7——丸尾常喜『魯迅「人」「鬼」の葛藤』（岩波書店、一九九三年）終章注記三二五頁。なお具体的な例示としてあげたのは、「随感録三十八」（『新青年』第五巻第五号、一九一八年十一月十五日）、『周作人散文全集』第二巻七五頁及び「文芸上的異物」（『晨報副鐫』一九二二年四月十六日）、『周作人散文全集』第二巻五四九～五五二頁に拠っている。

＊8——プラトン『ソクラテスの弁明』（岩波文庫、一九六四年）第三一節に「すなわち私の聴き慣れた〔神霊の声の〕予言的警告は、私の生涯を通じて今に至るまで常に幾度も幾度もきこえて来て、特に私が何か曲がったことをしようとする時には、それがきわめて些細な事柄であっても、いつも私を諫止するのだった」と述べる。

＊9——「花煞」（『語絲』第六八期、一九二六年三月一日）、『周作人散文全集』第四巻四一六～四一七頁。

＊10——「赫卡柏《ヘカベ》」（『欧裏庇得斯《エウリピデス》悲劇集』上冊、一九五一年七月訳了）、『周作人訳文全集』（上海人民出版社、二〇一二年）第一巻三四〇頁注記三四。

＊11——Stephen A. Diamond, "Daimonic," David A. Leeming, *Encyclopedia of Psychology and Religion*, Springer US, 2014. p. 197a.

＊12——周作人「両个鬼」、『周作人散文全集』第四巻七〇八頁。なお文中の「公理」とは、魯迅ら女子師範大学学生擁護派の「校務維持会」に対抗し、陳西瀅らが章士釗を擁護するために組織した「教育界公理維持会」を皮肉るもの。

＊13——エリスに関する伝記的説明は佐藤晴夫「訳者まえがき」（『性の心理』第一巻、未知谷、一九九六年）及び『世界文学大事典』第一巻五〇七頁により、歴史的評価については亀井俊介『ピューリタンの末裔たち——アメリカ文化と性』（研究社出版、一九八七年）一八八～一九〇頁を参照した。

＊14——周作人「東京的書店」（『宇宙風』第二六期、一九三六年十月）、『周作人散文全集』第七巻三四四頁、及び「周作人自述」（一九三四年十二月作、陶明志編『周作人論』上海北新書局版）、『周作人散文全集』

第六巻四三四頁。

＊15――周作人「日本之再認識」（『中和月刊』第三巻第一期、一九四二年一月）、『周作人散文全集』第八巻六一五～六一六頁。

＊16――周作人「日本之再認識」、『周作人散文全集』第八巻六一九頁。

＊17――周作人「先母事略」（一九六二年九月）、『周作人散文全集』第一三巻七七四頁。

＊18――周作人「最初的印象」（『知堂回想録』一九六一年三月作）、『周作人散文全集』第一三巻三三五頁。木山英雄は「乾栄子と羽太信子――周作人日記二題」（『鄔其山』第二二号、一九八八年冬）、「乾栄子と羽太信子――追説」（『中国図書』一九八九年四月号）で、周作人の乾栄子に対する恋情を明らかにし、例えば周作人が一九二〇年代に用いた「子栄」というペンネームは栄子の名前をもじったものであるという。

＊19――周作人「懐東京」（『宇宙風』第二五期、一九三六年九月）、『周作人散文全集』第七巻三二九頁。このほかに「日本之再認識」（一九四二年一月）、「最初的印象」（一九六一年三月）でも引用がある。なお、原典は Havelock Ellis, "St. Francis and Others," *Affirmations*, London, Walter Scott, Ltd. 1898, pp. 235, 236. による。

＊20――中野美代子「衣裳としての思想」（『悪魔のいない文学――中国の小説と絵画』、朝日選書、一九七七年）四四頁。

＊21――守屋毅『元禄文化――遊芸・悪所・芝居』「第二章　「悪所」という観念・「悪所」と「悪性」」（講談社学術文庫電子版、二〇一四年十一月）による。

＊22――Edward George Seidensticker, *Low City, High City: Tokyo from Edo to the Earthquake*, New York, Knopt, 1983, p. 18. 邦訳はエドワード・サイデンステッカー『東京 下町 山の手 1867-1923』（安西徹雄訳、TBSブリタニカ、一九八六年）二二頁による。

＊23――エリス『性心理学研究』序（佐藤晴夫訳『性の心理』第一巻、未知谷、一九九六年）五頁。Havelock

Ellis, "General Preface," *Studies in the Psychology of Sex*, Volume 1: The Evolution of Modesty, Philadelphia, F. A. Davis company pub. 1910. 3rd Ed. なお、佐藤晴夫による翻訳では邦題を簡略化して『性の心理』としているが、同一書の翻訳である。

＊24――周作人「結婚的愛」(『晨報副鐫』一九二三年四月)、『周作人散文全集』第三巻五九頁。なお、原著はMarie Stopes, *Married Love*, London, A.C. Fifield, 1918.

＊25――Isaac Goldberg, *Havelock Ellis: The Man and His Work*, Little Blue Books, No. 213. The Little Blue Books とはアメリカの社会主義者 Emanuel Haldman-Julius の発行する労働者向け廉価書である。

＊26――周作人「拾遺」「拾遺二」(『亦報』一九五一年六月十日、十一日)、『周作人散文全集』第一一巻五七〇〜五七三頁。一九〇三年、周作人がまだ南京水師学堂で学んでいた頃、一足先に日本に留学していた魯迅から人づてに届けられた書籍のなかに『世界十女傑』が含まれていたと語っている。同書ではロシア皇帝アレクサンドル二世暗殺を行った女性テロリスト、ソフィア・ペロフスカヤ(Sophia Perovskia, 一八五三〜八一年)が紹介されている。

＊27――周作人「藹理斯的詩」(『語絲』第一二七期、一九二七年四月十六日)、『周作人散文全集』第五巻二〇三頁。なお、章衣萍の生没年には諸説あり、ここでは陳玉堂編著『中国近現代人物名号大辞典』(浙江古籍出版社、一九九三年)による。

＊28――周作人「沢瀉集序」(『語絲』第一四五期、一九二七年八月二十日)、『周作人散文全集』第五巻二八一頁。

＊29――周作人「両个鬼的文章」(『過去的工作』、一九四五年十一月十六日作)、『周作人散文全集』第九巻六四四頁。

＊30――止庵「関於『沢瀉集』」(『沢瀉集・過去的生命』、北京十月文芸出版社、二〇一一年三月)二頁。

＊31――周作人「沢瀉集序」、『周作人散文全集』第五巻二八一頁。

＊32――周作人「西山養病」(『知堂回想録』、一九六一年十一月作)、『周作人散文全集』第一三巻五八六〜五八

七頁。
＊33――周作人「山中雑信一」（『晨報』一九二一年六月七日）、『周作人散文全集』第二巻三三九頁。
＊34――周作人「山中雑信三」（『晨報』一九二一年七月二日）、『周作人散文全集』第二巻三四五頁。
＊35――周作人「碰傷」（『晨報』一九二一年六月十日）、『周作人散文全集』第二巻三六一頁。
＊36――同上、『周作人散文全集』第二巻三六二頁。
＊37――周作人「宣伝」（『晨報』一九二一年七月十五日）、『周作人散文全集』第二巻三七五頁。
＊38――周作人「西山養病」、『周作人散文全集』第一三巻五八六～五八七頁。
＊39――鮑耀明編『周作人晩年書信』四七四頁。

第一章

＊1――魯迅「瑣記」（『朝花夕拾』、一九二六年十月）、『魯迅全集』（人民文学出版社、二〇〇五年）第二巻三〇四～三〇五頁。
＊2――周作人「我学国文的経験」（『孔徳月刊』第一期、一九二六年十月）、『周作人散文全集』第四巻七六九頁。
＊3――周作人「二六、脱逃」（『知堂回想録』、一九六一年一月作）、『周作人散文全集』第一三巻二一三～二一四頁、『周作人日記』一九〇一年六月十九日。
＊4――周作人「学堂生活」（『亦報』一九五〇年四月四日）、『周作人散文全集』第一〇巻七〇〇頁。
＊5――同上。
＊6――周作人「副額」（『魯迅小説裏的人物』、一九五一年十月）、『周作人散文全集』第一一巻七七四頁。
＊7――『周作人日記』一九〇二年二月二日。
＊8――周作人「老師二」（『知堂回想録』、一九六一年一月作）、『周作人散文全集』第一三巻二六〇頁。
＊9――宮内庁編『明治天皇紀』第一巻（吉川弘文館、一九六八年）七六九頁。

＊10——和歌森太郎『東京百年史 第三巻』「あとがき」（東京都、一九七二年）一四八九頁。
＊11——Edward George Seidensticker, *Low City, High City: Tokyo from Edo to the Earthquake*, p. 8. 邦訳はエドワード・サイデンステッカー『東京 下町 山の手 1867-1923』一二頁。
＊12——「江戸朱印図」は『東京百年史』第一巻所収附録。
＊13——*Low City, High City: Tokyo from Edo to the Earthquak*, p. 13.『東京 下町 山の手 1867-1923』一八頁。
＊14——*Ibid.*, p. 8. 邦訳前掲書一二頁。
＊15——*Ibid.*, p. 10. 邦訳前掲書一四頁。
＊16——*Ibid.*, p. 18. 邦訳前掲書二二頁。
＊17——守屋毅『元禄文化——遊芸・悪所・芝居』「元禄文化史覚書——「あとがき」をかねて」（講談社学術文庫電子版、二〇一四年十一月）、明治期の開放的な性のありようについては、関井光男「性愛と生命のエクリチュール」（鈴木貞美編『大正生命主義と現代』、河出書房新社、一九九五年）を参照。
＊18——岡本綺堂「寄席と芝居と 附・明治時代の寄席」（初出『日本及日本人』一九三六年一月号、『綺堂芝居ばなし』、旺文社文庫、一九七九年）。
＊19——森永卓郎監修『物価の文化史事典』（展望社、二〇〇八年七月）「家賃」の項、一九〇〜一九三頁。
＊20——『東京人』二〇一一年十一月号「特集・チャイナタウン神田神保町」（都市出版）などによる。
＊21——『新撰東京名所図会』第一八九号、麹町区之部下（睦書房影印本、一九〇〇年五月刊行）一三八〜一三九頁。
＊22——北岡正子『魯迅 日本という異文化のなかで——弘文学院入学から「退学」事件まで』「一、魯迅の弘文学院入学」（関西大学出版部、二〇〇一年）並びに『魯迅年譜長編』（河南文芸出版社、二〇一二年）第一巻七六〜七八頁。
＊23——山崎武兵衛は広く不動産売買を行う資産家。「〔神田区〕猿楽町四 略歴 先代武兵衛の長男にして弘化元

年三月を以て生れ、其名跡を襲ぐ方今土地建物合資会社代表社員たり」(『時事新報社第三回調査全国五拾万円以上資産家』、『時事新報』一九一六年五月二十七日、神戸大学経済経営研究所「新聞記事文庫」データベース)。

*24――北岡正子『魯迅 日本という異文化のなかで』二九八頁。

*25――『魯迅年譜長編』第一巻八七、九一、九五頁。

*26――許寿裳『亡友魯迅印象記』(人民文学出版社、一九七七年)四頁。

*27――夏目漱石「趣味の遺伝」、『夏目漱石全集』第二巻(岩波書店、一九九四年)。

*28――許寿裳『亡友魯迅印象記』二六頁。

*29――森永卓郎監修『物価の文化史事典』「家賃」の項、一九四頁。

*30――『東京人』二〇一一年十一月号「特集・チャイナタウン神田神保町」。

*31――周作人「酒」(『魯迅的故家』、一九五一年五月作)、『周作人散文全集』第一一巻五四二～五四三頁。

*32――周作人「日本的衣食住」(『国聞週報』第一二巻二四期、一九三五年六月)、『周作人散文全集』第六巻六六三頁。

*33――同上。

*34――周作人「眼睛石硬」(『魯迅的故家』、一九五一年五月作)、『周作人散文全集』第一一巻五三〇頁。

*35――具体的には、「婦女選挙権問題」(『天義』第四号、一九〇七年七月)、「婦女選挙権問題続」(『天義』第七号、一九〇七年九月)、「論俄国革命与虚無主義之別」(『天義』第一一・一二号合刊、一九〇七年十一月)、「西伯利亜紀行」(『天義報』第二四号、一九〇八年十月)など。

*36――周作人「我是猫」(『苦竹雑記』、一九三五年五月作)、『周作人散文全集』第六巻六〇九頁。

*37――周作人「下宿的情形」(『知堂回想録』、一九六一年四月作)、『周作人散文全集』第一三巻三五三頁。

*38――当時の世相を物語る例として、例えば田山花袋『田舎教師』(一九〇九年)の主人公の初任給は十一円

で、統計データとも合致する。また、夏目漱石『坊っちゃん』（一九〇六年）の主人公は松山中学で数学教師となった初任給が四十円で、のち東京に戻って市電の技師となると二十五円だった。
＊39——周作人「魯迅的国学与西学」（『魯迅的青年時代』、一九五六年十月作）、『周作人散文全集』第一二巻六三九頁。
＊40——吉田隆英「魯迅と独逸語専修学校——独逸学協会学校とその周辺」（『姫路獨協大学外国語学部紀要』第二号、一九八九年一月）一二九〜一五四頁、北岡正子「独逸語専修学校で学んだ魯迅」（『魯迅研究の現在』、汲古書院、一九九二年）五〜四三頁による。
＊41——『魯迅手蹟和蔵書目録』第三巻（北京魯迅博物館、一九五九年七月）五二頁。魯迅のハイネへの傾倒は周作人「徳文書」（『魯迅的故家』、一九五一年）に言及がある。
＊42——周作人「学日本語」（『知堂回想録』、一九六一年五月作）、『周作人散文全集』第一三巻三五五頁。
＊43——同上。
＊44——止庵『周作人伝』四二頁。
＊45——『周作人年譜』（増訂版、天津人民出版社、二〇〇〇年）八〇頁。木山英雄氏提供の資料に基づく。
＊46——木山英雄「乾栄子と羽太信子——周作人日記二題」、「乾栄子と羽太信子——追説」。
＊47——魯迅「魯迅自伝」（一九三〇年五月）、『魯迅全集』第八巻三四三頁。
＊48——周作人「学日本語（続）」（『知堂回想録』、一九六一年五月作）、『周作人散文全集』第一三巻 四〇〇頁。
＊49——周作人「我是猫」、『周作人散文全集』第六巻六〇九頁。
＊50——同上。
＊51——周作人「大逆事件」（『知堂回想録』、一九六一年四月作）、『周作人散文全集』第一三巻四一三頁。
＊52——周作人「日本的衣食住」、『周作人散文全集』第六巻六六三頁。
＊53——同上。

＊54――Havelock Ellis, "St.Francis and others," *Affirmation*, p. 235. 周作人「懐東京」（一九三六年九月）、『周作人散文全集』第七巻三二九頁、及び「日本之再認識」（一九四二年一月）、『周作人散文全集』第八巻六一八頁。
＊55――周作人「籌備雑誌」（『知堂回想録』、一九六一年五月作）、『周作人散文全集』第一三巻三五九頁。
＊56――周作人「学希臘文」（『知堂回想録』、一九六一年五月作）、『周作人散文全集』第一三巻三八四頁。
＊57――根岸宗一郎「周作人とH・S・タッカー」（『中国研究月報』第六三八号、二〇〇一年四月二十五日）。
＊58――波多野眞矢「周作人与立教大学」（『魯迅研究月刊』二〇〇一年第二期）。
＊59――周作人「赤羽橋辺」（『知堂回想録』、一九六一年四月作）、『周作人散文全集』第一三巻四一七頁。
＊60――同上。
＊61――「書信」一九一一年三月七日致許寿裳、『魯迅全集』第一一巻三四四頁。
＊62――周作人「Souvenir du Edo」（一九一一年十月二十二日作）、『周作人散文全集』第一巻二二一頁。
＊63――周作人「日本的衣食住」、『周作人散文全集』第六巻六五七頁。
＊64――周作人「Souvenir du Edo」、『周作人散文全集』第一巻二二一頁。
＊65――同上、『周作人散文全集』第一巻二二〇頁。
＊66――荒川は明治期の大洪水を契機に大がかりな治水工事が行われ、荒川と隅田川が並流する現在の姿に変わったが、当時は荒川しか存在しなかった。国土交通省関東地方整備局荒川上流河川事務所ウェブページ「荒川を知ろう」（http://www.ktr.mlit.go.jp/arajo/arajo00032.html：二〇一七年十月六日閲覧）による。
＊67――周作人「俳諧」（『知堂回想録』、一九六一年四月作）、『周作人散文全集』第一三巻四一〇頁。
＊68――周作人「『如夢記』訳本序」（香港『星島晩報』一九五九年四月一日）、『周作人散文全集』第一三巻一〇五頁。
＊69――「附録」（『現代日本小説集』、上海商務印書館、一九二三年六月初版／新星出版社、二〇〇六年一月新

版）二六九頁で「低徊趣味」、「有余裕的文学」と紹介する。この呼称はもともと高浜虚子の小説集『鶏頭』（春陽堂、一九〇八年一月）序文において漱石が虚子の作品を評した言葉である。

*70——周作人「我的雑学（十八）外国語」（『古今』第五五期、一九四四年九月）、『周作人散文全集』第九巻二三四頁。

*71——拙稿「周兄弟の思想的時差」（『アジア遊学　一六四　周作人と日本文化史』、伊藤徳也編、勉誠出版、二〇一三年五月）。

*72——周作人「日本近三十年小説之発達」（『北京大学日刊』第一四一〜一五二号、一九一八年五月）、『周作人散文全集』第二巻五三頁。

*73——同上、『周作人散文全集』第二巻四九頁。跋文は「地獄の花」、『荷風全集』第二巻（岩波書店、一九九三年）二二一頁に拠った。

*74——永井荷風「花火」、『荷風全集』第一四巻二五六頁。

*75——周作人「大逆事件」、『周作人散文全集』第一三巻四一四頁。なお文中で周作人は明治四十四年を誤って一九一〇年と注記していたが、正しい西暦に改めた。

*76——周作人「観察的結論」（『知堂回想録』、一九六一年三月作）、『周作人散文全集』第一三巻三四八頁。

*77——同上、『周作人散文全集』第一三巻三五〇頁。

*78——周作人「論俄国革命与虚無主義之別」（『天義』第一一・一二号合刊、一九〇七年十一月）、その経緯については周作人「魯迅与日本社会主義者」（一九五六年十月、『周作人散文全集』第一二巻六七八頁）に言及がある。この文章は大逆事件で処刑された宮下太吉、管野スガらの名前も挙げられ、一九五〇年代に周作人がある程度まで大逆事件の全貌に触れていたことを示唆するものである。

*79——嵯峨隆「第三章　文化的保守主義者の革命幻影——劉師培」（『近代中国アナキズムの研究』、研文出版、一九九四年）、主に「第三節　アナキストとしての劉師培」を参照した。

＊80――及川智子「『白樺』ロダン号売却記事について――周作人と武者小路実篤の出会い」（『實踐國文學』第五八号、二〇〇〇年十月）。

第二章

＊1――周作人「卯字号的名人二」（『知堂回想録』、一九六一年十月作）、『周作人散文全集』第一三巻五三〇頁。
＊2――周作人「三沈二馬・下」（『知堂回想録』、一九六一年十月作）、『周作人散文全集』第一三巻五四五頁。同文に引く劉半農「記硯兄之称」（遺稿、『人間世』第一六期、一九三五年二月掲載）による。
＊3――周作人「五四之前」（『知堂回想録』、一九六一年十月作）、『周作人散文全集』第一三巻五五一頁。
＊4――それぞれ原題は「陀思妥也夫斯奇之小説」（『新青年』第四巻第一号、一九一八年一月）、「古詩今訳Apologia」（『新青年』第四巻第二号、一九一八年二月）。
＊5――周作人「読武者小路君所作「一個青年的夢」」（『新青年』第四巻第五号、一九一八年五月）、『周作人散文全集』第二巻二六〜二七頁。梁漱溟の原題は「吾曹不出如蒼生何」（一九一七年十月）、『梁漱溟全集』（山東人民出版社、二〇一〇年）第四巻五一九〜五三七頁。なお、梁漱溟は中国国内の軍閥による戦乱を憂えて非戦を唱えたので、武者小路の非戦論とは趣旨が異なる。
＊6――『論語』（金谷治訳注、岩波文庫、一九九九年改訂新版）憲問第十四、四十節による。
＊7――周作人「民国之徴何在」（『越鐸日報』一九一二年二月二日）、『周作人散文全集』第一巻二三〇頁。
＊8――及川智子「『白樺』ロダン号売却記事について――周作人と武者小路実篤の出会い」。
＊9――于耀明「魯迅訳『ある青年の夢』について」（『武庫川国文』第五〇号、一九九七年）、『ある青年の夢』購入及び閲読の記録は『周作人日記』一九一八年四月八、九、十日の項。
＊10――尾崎文昭「周作人の新村提唱とその波紋（上）（下）」（『明治大学教養論集』一九八八年二〇七号、一九九一年二三七号）では五四退潮期の文学状況全般を俯瞰するなかで論じている。

＊11——武者小路実篤「ある青年の夢・自序」（一九一六年十月作）、『武者小路実篤全集』（小学館、一九八八年）第二巻四九九頁。

＊12——武者小路実篤「六号雑記」（『白樺』一九一七年四月号）、『武者小路実篤全集』第二巻七三七頁。なお、広津は「六月の文壇」（『広津和郎全集』第八巻、中央公論社、一九七四年、八五頁）などで言及している。

＊13——武者小路実篤「ある青年の夢・自序」、『武者小路実篤全集』第二巻四九九頁。

＊14——同上、『武者小路実篤全集』第二巻五〇〇頁。

＊15——同上、『武者小路実篤全集』第二巻四九九頁。

＊16——藤井省三『魯迅「故郷」の風景』（平凡社選書、一九八六年）八六頁。

＊17——武者小路実篤『ある青年の夢』（洛陽堂、一九一七年一月）、『武者小路実篤全集』第二巻六〇三頁。

＊18——武者小路実篤「ある青年の夢・再販に際して」（一九二一年四月作）、『武者小路実篤全集』第二巻「解説・解題」六八二頁。

＊19——周作人「読武者小路君所作『一個青年的夢』」、『周作人散文全集』第二巻二七～二八頁。

＊20——周作人「学俄文」（『知堂回想録』、一九六一年五月作）、『周作人散文全集』第一三巻三七五～三七七頁。「私たちがロシア語を学んだのは、ロシアの自由を求める革命精神と文学に敬服したため」と説明している。

＊21——中国語訳題はそれぞれガルシン「邂逅」、「四日」、アンドレーエフは「謾」、「黙」。

＊22——李大釗「法俄革命之比較観」（『言治』季刊第三冊、一九一八年七月）、『李大釗全集』（河北教育出版社、一九九九年）第三巻五五頁。

＊23——『周作人日記』一九一八年四月八～十二日の項。

＊24——『周作人日記』一九一八年四月二十六日の項に「訪蔡先生、説明年往俄事」とあり、二十八日には蔡元

培も周作人を自宅に訪ねている。
＊25――武者小路実篤『ある青年の夢』、『武者小路実篤全集』第二巻五二四頁。周作人「読武者小路君所作『一個青年的夢』」、『周作人散文全集』第二巻二八頁。
＊26――同上、『武者小路実篤全集』第二巻五二四頁。
＊27――同上、『武者小路実篤全集』第二巻六〇三頁。
＊28――同上。
＊29――『新潮日本文学辞典 増補改訂版』（一九九一年第五刷）「武者小路実篤」の項（本多秋五担当）、一二一四頁。
＊30――大津山国夫「解説」、『武者小路実篤全集』第四巻六一六頁。
＊31――同上。
＊32――武者小路実篤「新しき村に就ての対話・第三の対話」（一九一八年六月）、『武者小路実篤全集』第四巻二五頁。
＊33――武者小路実篤「新しき村に就ての対話・第二の対話」（一九一八年五月）、『武者小路実篤全集』第四巻一二頁及び一三頁。
＊34――武者小路実篤「新しき村に就ての対話・第三の対話」、『武者小路実篤全集』第四巻二三頁。
＊35――同上、『武者小路実篤全集』第四巻二三頁及び二五頁。
＊36――武者小路実篤「新しき村に就ての雑感」（一九一八年六月）、『武者小路実篤全集』第四巻三五頁。
＊37――大津山国夫「新しき村の反響」（『武者小路実篤研究――実篤と新しき村』、明治書院、一九九七年）四二頁。
＊38――『周作人日記』にはしばしば実家から「朝日新聞一束」が送られてくる記述がある。例えば一九一八年六月三日に朝日新聞社に送金、二十三日、二十八日に『朝日新聞』を受け取っている。

＊39——例えば『朝日新聞』一九一八年八月十二日朝刊六面に「新しき村」創刊の第一報があり、八月二十三日朝刊六面には『新しき村の生活』出版予告があり、新潮社による広告もある。さらに九月四日五面上段「武者小路氏の新しい村／愈よ日向に建設」など、九月に記事が四件ある。
＊40——『周作人日記』一九一八年十月二十五日、十一月六日の項。
＊41——周作人「日本的新村」（『新青年』第六巻第三号、一九一九年三月）、『周作人散文全集』第二巻一三四頁。
＊42——武者小路実篤「新しき村に就ての対話・第一の対話」（一九一八年四月）、『武者小路実篤全集』第四巻八頁、「労働の義務」（一九一八年三月）、第三巻二二四頁、「同上・第一の対話」、第四巻七頁、周作人「日本的新村」、『周作人散文全集』第二巻一三六頁。
＊43——周作人「日本的新村」、『周作人散文全集』第二巻一三六頁。
＊44——武者小路実篤「新しき村に就ての対話・第一の対話」、『武者小路実篤全集』第四巻七〜八頁。
＊45——広津和郎「武者小路氏の「燃えざる火」」（一九一六年十月）、『広津和郎全集』第八巻九四頁。
＊46——大津山国夫「新しき村の反響」（『武者小路実篤研究——実篤と新しき村』）四二頁。
＊47——周作人「「小河」与〝新村〟」上及び中（『知堂回想録』、一九六一年十一月八日作）、『周作人散文全集』第一三巻五六二頁、五六七頁。
＊48——周作人「小河」（『新青年』第六巻第二号、一九一九年二月）、『周作人散文全集』第二巻一二六頁。
＊49——魯迅「『一個青年的夢』訳者序」、『魯迅訳文全集』第一巻四三五頁。
＊50——同上、『魯迅訳文全集』第一巻四三六頁。
＊51——山田敬三「魯迅と「白樺派」の作家たち」（『魯迅の世界』、大修館書店、一九七七年）。
＊52——『周作人日記』一九二〇年四月七日。
＊53——謝昌余「毛沢東心目中的理想社会——従《学生之工作》到《五七指示》」（『安徽行政学院学報』二〇一一年第六期）七九頁。

＊54――『毛沢東早期文稿』（中共中央文献研究室・中共湖南省委編輯組編、湖南出版社、一九九五年）四五五頁。
＊55――周作人「訪日本新村記」（一九一九年十月）、「新村的精神」（同年十一月）、「新村運動的解説」（一九二〇年一月）、「新村北京支部啓事」（同年三月）、「工学主義与新村的討論」（同年同月）、「新村的理想与実際」（同年六月）、「新村的討論」（同年十二月）、それぞれ『周作人散文全集』第二巻一七四頁、一九六頁、二一一頁、二二八頁、二二九頁、二三七頁、二八五頁。
＊56――『周作人日記』一九一八年六月五日、七日の項に記載がある。
＊57――止庵「関於『近代欧州文学史』」、『近代欧州文学史』（周作人自編集、北京十月文芸出版社、二〇一三年三月）五頁。
＊58――止庵「関於『近代欧州文学史』」、及び周作人「五四之前」、『周作人散文全集』第一三巻五五二頁による。
＊59――『周作人日記』一九一八年十二月五日（起草）、七日（脱稿）、八日（清書）、十日（北京大学で陳独秀に手交）という記載がある。
＊60――周作人「卯字号的名人二」（『知堂回想録』、一九六一年十月十日作）、『周作人散文全集』第一三巻五三四頁。
＊61――胡適「導言」（『中国新文学大系　第一巻　建設理論集』、上海良友図書印刷公司、一九三五年）二九～三〇頁。
＊62――同上、二九～三〇頁。
＊63――周作人「人的文学」（『新青年』第五巻第六号、一九一八年十二月）、『周作人散文全集』第二巻八五頁。
＊64――同上、『周作人散文全集』第二巻八六頁。
＊65――同上、『周作人散文全集』第二巻八七頁。原文は *The Works of William Blake Poetic, Symbolic and Critical*, ed. by W. B. Yeats, E. J. Ellis, London, Lawrence & Bullen, 1893, p. 178 を参照し、邦訳は由良君美『みみずく英学塾』（青土社、一九八七年）所収の訳文を参照した。

＊66――周作人「随感録三十四」(『談龍集』収録時に「愛的成年」に改題。一九一八年十月)、『周作人散文全集』第二巻六三頁。Edward Carpenter, *Love's Coming of Age*, Chap.1 "The Sex-passion," Chap.4 "Women in Freedom." なお、文中の「社会的な共産主義体制」は中国語に即して訳したが、原文では communism of society (共産主義社会) である。

＊67――荻野美穂『生殖の政治学』「第二章 バース・コントロールの時代」(山川出版社、一九九四年十二月)一二三頁、一三七頁参照。

＊68――「随感録三十四」、『周作人散文全集』第二巻六六頁。エリスの原文は Havelock Ellis, "Whitman," *The New Spirit*, London, George Bell & sons, York street, Covent garden, 1890, pp. 126-127 による。

＊69――Havelock Ellis, "Whitman," *The New Spirit*, p. 112 による。なおブレイク原文は *Poetical Works of William Blake*, ed. by W. B. Yeats, London, George Routledge & Sons, Limited, 1910, p. 185 を参照し、ここに掲げた日本語訳は土居光知訳「天国と地獄の結婚、忘れがたい幻想(二)」(『ブレイク詩集』、平凡社ライブラリー、一九九五年)一四一頁から引用した。

＊70――周作人「東京的書店」、『周作人散文全集』第七巻三四四頁。

＊71――周作人『欧州文学史』「第三巻第二篇十七十八世紀、第四章十八世紀英国之文学」(上海商務印書館、一九一八年十月)、周作人『欧州文学史』(北京十月文芸出版社、二〇一三年三月)、『周作人自編文集』一六八頁。

＊72――バーナード・リーチの英文原題は以下のとおり。Bernard Leach, *Notes on William Blake*.

＊73――周作人はのちに「勃来克的詩」(一九二〇年二月)や「山中雑信二」(一九二一年六月)でブレイクの詩「蠅」(fly)を『無垢の歌』から引いているが、ハーンもこれに言及しており、論旨はかなり近い。

＊74――『世界文学大事典』第二巻、南條竹則執筆「A・シモンズ(Arthur Symons)」の項及び Havelock Ellis, *My Life Autobiography of Havelock Ellis*, p. 211 による。

＊75――『周作人日記』七五七頁。「〔一九一八年六月〕廿二日晴。下午至虹口買雑物、又在日本堂書店得『表象派ノ運動』」とある。
＊76――周作人「人的文学」、『周作人散文全集』第二巻八七頁。
＊77――武者小路実篤「新しき村の小問答」（一九一八年六月）、『武者小路実篤全集』第四巻三三三頁。
＊78――同上。
＊79――周作人「人的文学」、『周作人散文全集』第二巻八八頁、『墨子』巻十一、大取。
＊80――同上、『周作人散文全集』第二巻八八頁。
＊81――同上、『周作人散文全集』第二巻八九頁。
＊82――周作人「新村的理想与実際」（『晨報』一九二〇年六月二十三、二十四日）、『周作人散文全集』第二巻二三七頁。
＊83――周作人「随感録三十八」（『新青年』第五巻第五号、一九一八年十一月）、『周作人散文全集』第二巻七四頁。なお、この文章は従来魯迅の作とされてきたが、近年は周作人の作であることが明らかになっている。作人自身が曹聚仁《そうじゅじん》宛の私信で自分の作になることを繰り返し明言している（『周作人散文全集』第一三巻一三～一四頁）だけでなく、文中で引用するル・ボンの学説は周作人がかねてから言及するものだからである。ただし、秋吉收「「随感録三十八」は誰の文章か――ル・ボン学説への言及に注目して」（『周作人研究通信』第四号、二〇一五年十二月）では、文章が基本的に周作人の手になるものと認定しつつも、魯迅が何らかの加筆を行った合作であるという見解を示している。
＊84――周作人「人的文学」、『周作人散文全集』第二巻九三頁。
＊85――周作人「平民的文学」（『毎週評論』第五期、一九一九年一月十九日）、『周作人散文全集』第二巻一〇三頁。
＊86――同上、『周作人散文全集』第二巻一〇三、一〇四頁。

＊87——『世界文学大事典』「トルストイ　レフ・ニコラエヴィチ」の項（原卓也執筆）及び中村融「解説」（『トルストイ全集』第一七巻、河出書房新社、一九六一年）を参照した。英訳では infection とされる表現を中村訳では周作人と同様に「感染」と訳しているが、原卓也の「感化」に従った。

＊88——周作人「聖書与中国文学」（『小説月報』第一二巻一号、一九二一年一月）、『周作人散文全集』第二巻二九九頁。

＊89——同上、『周作人散文全集』第二巻三〇〇頁。周作人が当時読んだのはロシア語原文ではなく、英訳なので、Lev N. Tolstoi, *What Is Art?*, London, W. Scott Ltd., 1899, p. 163 を参照した。

＊90——Lev N. Tolstoi, *What Is Art?*, pp. 198-199 による。日本語訳は中村融訳「芸術とはなにか」（『トルストイ全集』第一七巻）一二九頁を参照したが、基本的には拙訳によった。

＊91——中村融「解説」（『トルストイ全集』第一七巻）による。

＊92——周作人「聖書与中国文学」、『周作人散文全集』第二巻三〇〇頁。英語原文は、*The Seven Who Were Hanged*, tr. by Leonid Andrev, Herman Bernstein, New York, J. S. Ogilvie Pub., 1909 所収の introduction（著者による自序）p. 11 による。

＊93——周作人の「歯痛」の翻訳については、梁艷「周作人とアンドレーエフ——「歯痛」の翻訳をめぐって」（『野草』第九一号、中国文芸研究会、二〇一三年二月）で詳論されており、その人道主義的文学観が「人間の文学」と深く係わっているとの指摘がある。

＊94——C・スパージョン『神秘主義と英文学』（宮沢眞一訳、日清堂書店出版部、一九七八年十一月）一九七頁。

＊95——『世界大百科事典』ランターズの項（木田理文執筆）による。由良君美「ブレイク——トータルな過激性」（『みみずく英学塾』）、A・L・モートン『イギリス・ユートピア思想』「第五章 反抗せる理性」（上田和夫訳、未来社、一九八六年）も併せて参照した。

＊96——周作人「勃来克的詩」（『少年中国』第一巻第八期、一九二〇年二月）、『周作人散文全集』第二巻二二〇頁。この箇所は、Caroline F. E. Spurgeon, *Mysticism in English Literature*, Cambridge University Press 1st pub. 1913, pp. 19-20 を参照している。邦訳『神秘主義と英文学』一九頁。

＊97——『周作人日記』一九一八年二月の購入書目。

＊98——周作人「勃来克的詩」、『周作人散文全集』第二巻二二〇頁。*Ibid*., p. 135.

＊99——同上、『周作人散文全集』第二巻二二一頁。*Ibid*., pp. 135, 136.

＊100——同上、『周作人散文全集』第二巻二二二頁。*Ibid*., p. 135. なお、文中の「想像力」は周作人の原文では「想像」であるが、スパージョンの原文 imagination に基づいて「想像力」とした。

＊101——*Ibid*., p. 135. 訳文は拙訳による。

＊102——有島武郎「惜みなく愛は奪う」（一九一七年六月）、『有島武郎全集』第八巻（筑摩書房、一九八〇年）一七七頁。

＊103——『周作人日記』一九一八年七月六日及び書目一九一九年三月。なお、魯迅は後に『壁下訳叢』収録の文章を翻訳する際には改めて買い直している。

＊104——魯迅「随感録六十三 幼小者」（『新青年』第六巻第六号、一九一九年十月）、『魯迅全集』第一巻三八〇頁。

＊105——同上、『魯迅全集』第一巻三八〇頁。引用は有島の原文に拠った。『有島武郎全集』第三巻三五五、三六五頁。

＊106——魯迅「我們現在怎様做父親」（『新青年』第六巻第六号、一九一九年十月）、『魯迅全集』第一巻一三六頁。

＊107——周作人「魯迅的国学与西学」（『魯迅的青年時代』、一九五六年十月）、『周作人散文全集』第一二巻六三九頁。

＊108——廣井敏男・富樫裕「日本における進化論の受容と展開——丘浅次郎の場合」（『東京経済大学人文自然科学論集』第一二九号、二〇一〇年）を参照した。

＊109——村上陽一郎「生物進化論に対する日本の対応」（『日本人と近代科学』、新曜社、一九八〇年）。

＊110——周作人「祖先崇拜」（『毎週評論』第一〇期、一九一九年二月）、『周作人散文全集』第二巻一三〇頁。

＊111——魯迅「写在『墳』的後面」（『語絲』第一〇八期、一九二六年十一月）、『魯迅全集』第一巻二九八頁。

＊112——武者小路実篤『新しき村の説明及会則』（新しき村東京支部、一九一九年再版）八頁。周作人「日本的新村」、『周作人散文全集』第二巻一四二頁。

＊113——周作人「日本的新村」、『周作人散文全集』第二巻一四三頁。

＊114——『周作人日記』一九一八年十一月二十一日に『相互扶助論——進化の一要素』（クロポトキン原著、大杉栄訳、春陽堂、一九一七年十一月）を日本の東京堂から購入したとある。なお、一九一七年十二月二十八日には発売されたばかりの同書を銭玄同に依頼されて購入している。

＊115——村上陽一郎「生物進化論に対する日本の対応」（『日本人と近代科学』）。村上は具体的な例として、幸徳秋水、堺利彦らが社会ダーウィニズムの支持者であったことを指摘している。

＊116——周作人「新文学的要求」（『晨報』一九二〇年一月八日、『芸術与生活』所収）、『周作人散文全集』第二巻二〇七～二〇八頁。

＊117——『周作人日記』一九二〇年十一、十二月、一九二一年。周作人「病中的詩・題記」（一九二一年五月）、『周作人散文全集』第二巻三一三頁。

＊118——周作人「在病院中」（『知堂回想録』、一九六一年十一月作）、『周作人散文全集』第一三巻五八二、五八三頁による。

＊119——周作人「過去的生命」（一九二一年四月）、『過去的生命・沢瀉集』（自編集、北京十月文芸出版社）二一頁。

＊120——周作人の寄稿は『新青年』第九巻五号（一九二一年九月）が最後で、兄魯迅も『新青年』第九巻第四号（一九二一年八月）で寄稿をやめている。

＊121——周作人「西山養病」、『周作人散文全集』第一三巻五八五頁。
＊122——四月の入院時から魯迅はたびたび仏典を病室に持参しており、例えば『魯迅日記』一九二一年四月二、五、十二日など、六月以降は六月二十二日、七月七日など。
＊123——周作人「五年間的回顧」（『知堂回想録』、一九六一年二月作）、『周作人散文全集』第一三巻三二六頁。
＊124——周作人「山中雑信一」、『周作人散文全集』第二巻三三九頁。「山中雑信六」（『晨報』一九二一年九月六日）、『周作人散文全集』第二巻三五三頁。
＊125——周作人「山中雑信四」（『晨報』一九二一年七月十七日）、『周作人散文全集』第二巻三四八頁。
＊126——同上、『周作人散文全集』第二巻三四九頁。
＊127——周作人「勝業」（『晨報』一九二一年七月三十日）、『周作人散文全集』第二巻三八六頁。

第三章

＊1——倉橋幸彦「文学研究会の成立と周作人」（『中国文学会紀要』第一〇号、関西大学中国文学会、一九八九年三月）。
＊2——周作人「在病院中」、『周作人散文全集』第一三巻五八一頁、「許地山的旧話」（香港『新晩報』、一九六三年九月）、『周作人散文全集』第一四巻一一五頁。
＊3——周作人「文学研究会宣言」（『新青年』第八巻第五号）、『周作人散文全集』第二巻二九五頁。
＊4——止庵『周作人伝』八二〜八三頁。
＊5——周作人「在病院中」、『周作人散文全集』第一三巻五八一頁。
＊6——郁達夫「純文学季刊『創造』出版予告」（『時事新報』一九二一年九月二十九日）、『郁達夫全集』（浙江大学出版社、二〇〇七年）第一〇巻二〇頁。
＊7——郭沫若『創造十年』（上海現代書局、一九三二年九月初版）、『郭沫若全集』（人民文学出版社、一九八二

年）文学編第一二巻一三五頁。

＊8——同上、『郭沫若全集』文学編第一二巻一三九頁。小野忍・丸山昇訳『黒猫・創造十年他——郭沫若自伝2』（平凡社東洋文庫、一九六八年）二一四頁を参照した。

＊9——同上、『郭沫若全集』文学編第一二巻一三九頁の注記②の指摘に基づく。なお、『鄭振鐸全集』はCPという筆名の文章を収録していないが、『文学旬刊』「雑譚」は鄭振鐸がひとりで書いていた短評であり、鄭振鐸の文章だと考えられる。ただし、郁達夫の回想によれば、一九二二年三月に周作人が『沈淪』を擁護する評論を発表すると誹謗中傷も止んだとしているが、CPの記事はそれより後で、郁達夫の回想は事実と齟齬《そご》がある。

＊10——ここでの茅盾の筆名は「損」で、関係者にしかわからない匿名記事だった。

＊11——郁達夫「血涙」（『時事新報・学燈』一九二二年八月八日〜十三日）、『郁達夫全集』第一巻一九六〜二〇八頁。

＊12——鄭振鐸「血和涙的文学」（『文学旬刊』第六期、一九二一年六月三十日）、『鄭振鐸全集』（花山文芸出版社、一九九八年）第三巻四九〇、四九一頁。

＊13——孟文博「「論国内的評壇及我対於創作上的態度」的修改」（『郭沫若学刊』二〇一四年第一期）は、郭沫若は茅盾の反論に対する誤読から反発していると指摘する。また、郭の文章が共和国成立後にさまざまな政治的顧慮から著者自らの手で書き換えが行われていることも指摘されている。

＊14——郭沫若「論国内的評壇及我対於創作上的態度」（『時事新報・学燈』一九二二年八月四日）、『郭沫若全集』文学編第一五巻二二八頁注記①による。引用箇所は共和国成立後に大幅に書き換えられている。

＊15——工藤貴正『中国語圏における厨川白村現象』「第二章　民国文壇の知識人の厨川白村著作への反応　二　日本における直接受容の創造社同人」（思文閣出版、二〇一〇年）六八〜七〇頁。なお厨川白村と創造社に関する専論としては、梁敏児による研究が最も先駆的で、「厨川白村与中国現代作家」（『中国文学報』

第五三冊、京都大学、一九九六年)、「『苦悶的象征』与弗洛伊徳学説的伝入——厨川白村研究之一」(『中国現代文学研究叢刊』一九九四年第四期)、「厨川白村与中国現代文学裏的神秘主義」(『中国文学報』第五六冊、一九九八年)などがあり、創造社との関係についても詳しく論じている。

*16——厨川白村「苦悶の象徴」(初稿、『改造』一九二一年一月号)二八頁。なお、この箇所は郭沫若が当時参照したと考えられる初稿テクストを参照した。

*17——同上、三七頁。

*18——郭沫若「『西廂記』芸術上的批判与其作者的性格」(一九二一年五月二日執筆、『西廂記』、上海泰東図書局、一九二一年九月)、『郭沫若全集』文学編第一五巻三二六頁。ただし、郭沫若の場合、「精神分析学者が性欲生活の欠陥をあらゆる文芸の起源と見なすのは行き過ぎのところもある」と指摘しており、全面的に精神分析学を受け入れていたとはいえず、影響は限定的である。

*19——張鳳挙「わが師わが友」(『京都大学文学部五十年史』附録回想録文集、京都大学文学部、一九五六年)五一三頁。

*20——田漢「新羅曼主義及其它——復黄日葵兄一封長信」(『少年中国』第一巻第一二期、一九二〇年四月)、『田漢全集』(花山文芸出版社、二〇〇〇年)第一四巻一七六頁。

*21——大東和重『郁達夫と大正文学』「第I部 第二章 日本留学時代の読書体験」(東京大学出版会、二〇一二年)。

*22——鄭振鐸「盲目的翻訳家」(『文学旬刊』一九二一年六月二十日)、『鄭振鐸全集』第三巻四九一頁。これに対する郭沫若の反論が「論文学的研究与介紹」(『時事新報・学燈』一九二二年七月二十七日)、『郭沫若全集』文学編第一五巻二五九頁。

*23——沈尹黙の京都大学滞在期間中の動静は不明なところが多いが、酈干明『沈尹黙年譜』(上海書画出版社、二〇一八年)によると、『北京大学日刊』(一九二〇年十二月九日付)掲載の「沈尹黙啓事」で「一九二

〇年十一月二十三日に北京を発ち、二十七日に京都に到着した」と報告している。また『呉虞日記』に面談の記事があり、一九二一年六月末までには京都から北京に戻っているという。再度京都へ向かったのは十月二日で、翌年一九二二年四月六日に在外研究を終えて帰国した。張鳳挙の回想録「わが師わが友」でも一九二一年当時に「真如堂前に居を下していたわが友沈尹默さん」と言及している。
＊24——「日記」一九二一年八月二十二日、『魯迅全集』第一五巻四四〇頁。
＊25——「書信」二一〇八二五致周作人、『魯迅全集』第一一巻四〇九頁。
＊26——『周作人日記』一九二一年八月二十六日。
＊27——「日記」一九二一年九月二十九日、『魯迅全集』第一五巻四四〇頁。
＊28——「書信」二一〇八二九致周作人、『魯迅全集』第一一巻四一三頁。
＊29——魯迅は後年「未有天才之前」（一九二四年一月）で、郭沫若が「論詩三札」（一九二一年一月）で述べた翻訳より創作を重んじるべきとの主張を批判するが、ここでの嫌悪感との関係は不明である。
＊30——この点については小谷一郎も言及しているが、一九二一年の段階で嫌悪感を示した理由には言及がない。『創造社研究——創造社と日本』「第八章　一九三〇年代後期の田漢と魯迅」（汲古書院、二〇一三年）二二八頁。
＊31——周作人「三個文学家的紀念」（『晨報副鐫』一九二一年十一月十四日）、『周作人散文全集』第二巻四七六頁。
＊32——同上。
＊33——同上、『周作人散文全集』第二巻四七七頁。
＊34——周作人「文学的討論」（『晨報副鐫』一九二二年二月八日）、『周作人散文全集』第二巻五九九、六〇〇頁。
＊35——周作人「三個文学家的紀念」、『周作人散文全集』第二巻四七七頁。
＊36——周作人「日本近三十年小説之発達」、『周作人散文全集』第二巻四一頁。このなかで周作人は最も新しい

文芸思潮として、武者小路実篤ら白樺派と並んで、頽廃派の谷崎、永井を紹介している。

＊37――田漢「悪魔詩人波陀雷爾的百年祭」（『少年中国』第三巻第四、五期、一九二一年十一月号、十二月号）、『田漢全集』第一四巻三二二頁。鄭振鐸「陀思妥以夫斯基的百年紀念」（『文学旬刊』一九二一年十一月二日）、『鄭振鐸全集』第一五巻三五五頁（ただし初出誌の記載なし）。茅盾「陀思妥以夫斯基帯了些什麼東西給俄国？」（『文学旬刊』一九二一年十一月十一日）、『茅盾全集』（人民文学出版社、二〇〇一年）第三二巻四四一頁。いずれも発表時期は十一月初旬である。田漢自身が文中に記す執筆年月日は一九二一年八月二十一日（東京月印精舎にて脱稿）で、周作人より先に執筆しているのは確実である。

＊38――周作人「三個文学家的紀念」、『周作人散文全集』第二巻四七六頁。なお『近代欧州文学史』（周作人自編集）第五章第三五節「又（法国）」一五六頁。

＊39――同上。

＊40――厨川白村『近代文学十講』「巻頭に」、『厨川白村集』（厨川白村集刊行会、一九二四年）第一巻五頁。

＊41――魯迅、周作人の日記によれば、一九一三年八月八日に相模屋から届いた本を同月二十三日に周作人に郵送し、周作人のもとには九月一日に届いている。作人は同月六日から十日まで連日読んで読了した。

＊42――国会図書館所蔵目録で確認できる最後の単行本の版次は大正十五年（一九二六年）第九十二版である。その後は改造社から文庫本版が刊行されて版を重ねた。中国では上海学術研究会叢書部より一九二一年八月（上巻）、一九二二年十月（下巻）が刊行されている。

＊43――厨川白村『近代文学十講』「第三講 近代の思潮（其一）四 物質的機械的の人生観」、『厨川白村集』第一巻一一六頁。

＊44――同上、『厨川白村集』第一巻一一七頁。

＊45――厨川白村『近代文学十講』「第四講 近代の思潮（其二）三 近代思潮と文芸」、『厨川白村集』第一巻一五四～一五六頁。

＊46――厨川白村『近代文学十講』「第四講　近代の思潮（其二）一　近代の悲哀」、『厨川白村集』第一巻一三八頁。

＊47――ショーペンハウアー『意志と表象としての世界』（全三巻、西尾幹二訳、中央公論新社、二〇〇四年）、『西洋哲学史』（國嶋一則ほか編著、公論社、一九九七年）を参照。

＊48――厨川白村『近代文学十講』「第四講　近代の思潮（其二）一　近代の悲哀」、『厨川白村集』第一巻一三八～一三九頁。

＊49――ニーチェ「ヴァーグナーの場合」（浅井真男訳、『ニーチェ全集』第二期第三巻、白水社、一九八三年）二二三～二二七頁、高橋順一『響きと思考のあいだ――リヒャルト・ヴァーグナーと十九世紀近代』（青弓社、一九九六年）三九五～四〇〇頁を参照。なお、根岸宗一郎「周作人とニーチェ――J・E・ハリソン、エリスと『悲劇の誕生』をめぐって」（慶應義塾大学日吉紀要『中国研究』第五号、二〇一二年）は、周作人がエリスを媒介としてニーチェからギリシア文学の理解について深く影響を受けたと指摘しており、確かに厨川白村の影響だけに限定されるものではない。

＊50――郁達夫「致周作人」（一九二二年十一月二十七日）、『郁達夫全集』第六巻四六頁。

＊51――『周作人日記』一九二二年十一月三十日、十二月四日、十日。なお、一九二三年四月十七日に郁達夫書簡、五月十七日に『創造季刊』が届いたと記述がある。

＊52――郁達夫「『鶏肋集』題辞」（一九二七年八月、『達夫全集』第二巻『鶏肋集』）、『郁達夫全集』第一巻三〇一頁。周作人の後年の回想として周作人「郁達夫的書簡」（一九六三年九月、『新晩報』、『周作人散文全集』第一四巻一一一頁）がある。

＊53――郁達夫「『沈淪』自序」（『沈淪』、一九二一年七月）、『郁達夫全集』第一〇巻一八頁。

＊54――日本の総合雑誌『改造』は一九一九年に創刊され、社会主義関連の論文を多く掲載したほか、文芸欄では白樺派の作品も多数掲載されているので、読んでいた可能性が高いが、一九二一年一月は病床にあったため日記を書いておらず、確認できない。一九二〇年については一月二十四日、六月二十六日に入手

した記述がある。
＊55——周作人「沈淪」（『晨報副鐫』一九二二年三月二十六日）、『周作人散文全集』第二巻五三八頁。
＊56——Albert Mordell, *The Erotic Motive in Literature*, New York, Boni & Liveright inc., 1919. 第十章は"The infantile love life of the author and its sublimations."
＊57——『周作人日記』には一九二二年二月九日に「文学上的恋愛的要因」を読んだとの記録があり、これがモーデルの著書だと考えられる。このほか、一九二二年十月十二日には寺田精一『惑溺と禁欲』（日本精神医学会、一九二一年）を読んだ記録がある。寺田精一は犯罪心理学を専門とし、この書物では犯罪心理学の立場から性的嗜好について分析している。
＊58——Albert Mordell, *The Erotic Motive in Literature*, p. 132. 引用は拙訳によるが、邦訳二種及び中国語訳一種を参照した。岡康雄訳『恋愛と文学』（文明書院、一九二三年六月）の緒言には坪内逍遥の強い要望を受けて翻訳刊行したという説明がある。遅れて刊行された奥俊貞訳『近代文学と恋愛』（内外出版、一九二四年七月）は岡康雄の翻訳に言及しておらず、先行訳の存在は知らなかったようだ。
＊59——周作人「沈淪」、『周作人散文全集』第二巻五三七、五三八頁。Albert Mordell, *The Erotic Motive in Literature*, p. 138.
＊60——周作人「沈淪」、『周作人散文全集』第二巻五三九頁。
＊61——周作人「自己的園地」（『晨報副鐫』一九二二年一月二十二日）、『周作人散文全集』第二巻五一〇頁。
＊62——同上。
＊63——同上。
＊64——同上。
＊65——同上、『周作人散文全集』第二巻五一一頁。
＊66——周作人「勝業」、『周作人散文全集』第二巻三八六頁。

＊67——周作人「新詩」（『晨報』一九二一年六月九日）、『周作人散文全集』第二巻三五八頁。兪平伯はこれに対する弁解として「秋蟬的弁解」（『晨報』一九二一年六月二十一日）、『兪平伯全集』（花山文芸出版社、一九九七年）第三巻五三〇頁を発表した。

＊68——兪平伯「詩底自由和普遍」（『新潮』第三巻第一号、一九二一年十月）、『兪平伯全集』第三巻五二一頁。

＊69——康白情「新詩底我見」（『少年中国』第一巻第九期、一九二〇年三月）。

＊70——兪平伯「詩底進化的還原論」（『詩』第一巻第一号、一九二二年一月）、『兪平伯全集』第三巻五四九頁。

＊71——周作人「文学的討論」、『周作人散文全集』第二巻六〇〇頁。

＊72——周作人「貴族的与平民的」（『晨報副鐫』一九二二年二月十九日）、『周作人散文全集』第二巻五一八頁。

＊73——同上、『周作人散文全集』第二巻五一九頁。

＊74——同上。

＊75——同上。

＊76——同上、『周作人散文全集』第二巻五一九、五二〇頁。

＊77——同上、『周作人散文全集』第二巻五二〇頁。

＊78——同上、『周作人散文全集』第二巻五一九、五二〇頁。

＊79——「平民的精神」と「貴族的精神」の問題については、伊藤徳也「「頽廃派」と「生への意志（〃求生意志〃）」の関係」（『周作人研究通信』第二号、二〇一四年十二月）で提起された頽廃派の定義をめぐる問題に多くの啓発を受けた。ここに記してお礼申し上げる。これに対して小川利康「周作人における「頽廃派」——厨川白村、ボードレールとの関わりから」（『周作人研究通信』第四号、二〇一五年十二月）で私見を述べたが、十分なものではなかったので、本稿で従来の見解を修正した。

＊80——周作人「詩的効用」（『晨報副鐫』一九二二年二月二十六日）、『周作人散文全集』第二巻五二一頁。

＊81——Lev N. Tolstoi, *What Is Art?* 美を基準とする芸術評価の不確かさを説き（第四章及び第五章）、宗教的

基準に基づく善こそが芸術の善悪を決定できる（第六章）と述べており、トルストイにおける善悪の基準とは完全にキリスト教の教義に基づくものであることが示されている。

＊82——兪平伯「詩底進化的還原論」、『兪平伯全集』第三巻五三六頁。

＊83——周作人「詩的効用」、『周作人散文全集』第二巻五二一頁。

＊84——周作人「貴族的与平民的」、『周作人散文全集』第二巻五二〇頁。

＊85——兪平伯「詩底進化的還原論」、『兪平伯全集』第三巻五三五頁。

＊86——周作人「詩的効用」、『周作人散文全集』第二巻五二二頁。

＊87——周作人「致兪平伯」（『詩』一九二二年四月）、『周作人散文全集』第二巻六二九頁。

＊88——汪敬煕「通信周作人致兪平伯」（『詩』一九二二年四月）。

＊89——兪平伯「詩底進化的還原論」、『兪平伯全集』第三巻五三六頁。

＊90——周作人「詩的効用」、『周作人散文全集』第二巻五二三頁。周作人もロシア語原文ではなく、英訳を参照しているので、Kropotkin, *Russian Literature*, New York, McClure, Phillips & Co., 1905, p. 298 を併せて参照した。なお、高杉一郎による邦訳『ロシア文学の理想と現実（下）』（岩波文庫、一九八五年）でも「普遍的な理解」としている。

＊91——長堀祐造『陳独秀——反骨の志士、近代中国の先導者』「『新青年』の分化と陳独秀の離京」（山川出版社、二〇一五年）五五、五六頁による。

＊92——拙訳「（八）胡適の手紙（一九二一年一月二十二日）」、『陳独秀文集1』（平凡社東洋文庫、二〇一六年）「『新青年』運営に関わる陳独秀書簡（一九二〇〜一九二一年）」二六九、二七〇頁。

＊93——同上、二七三頁。

＊94——拙訳「周豫才、周啓明さんへの手紙（一九二一年二月十五日）」、『陳独秀文集1』二八〇頁。

＊95——周作人「主張信教自由者的宣言」（『晨報』一九二二年三月三十一日）、『周作人散文全集』第二巻六一一

頁。

*96——陳独秀「致周作人、銭玄同諸君的信」(『民国日報・覚悟』一九二二年四月七日)、『陳独秀著作選編』(上海人民出版社、二〇〇九年)第二巻四三三頁。

*97——周作人「思想圧迫的黎明」(『晨報』一九二二年四月十一日)、『周作人散文全集』第二巻六二五頁。

*98——周作人「復陳仲甫先生的信」(『晨報』一九二二年四月十一日)、『周作人散文全集』第二巻六二七、六二八頁。

*99——尾崎文昭「陳独秀と別れるに至った周作人」(『日本中国学会報』第三五集、一九八三年)。

*100——周作人「文芸上的異物」(『晨報副鐫』一九二二年四月十六日)、『周作人散文全集』第二巻五五二頁。序文は英訳本に掲載されたもので、*The Seven That Were Hanged* の Introduction(著者による自序)p. 11 による。

*101——周作人「女子与文学」(『晨報副鐫』一九二二年六月三日)、『周作人散文全集』第二巻六八五、六八六頁。

*102——同上、『周作人散文全集』第二巻六八九頁。

*103——周作人「日本的小詩」(『晨報副鐫』一九二三年四月三日)、『周作人散文全集』第三巻一二四頁。小泉八雲は "Bits of Poetry," *In Ghostly Japan*, Boston, Little Brown & Com. 1911, p. 149 及び邦訳「小さな詩」(『全訳小泉八雲作品集』第九巻、平井呈一訳、恒文社、一九六四年)を参照したが拙訳による。芭蕉「笈の小文」、『芭蕉紀行文集』(岩波文庫)七〇頁、『去来抄 三冊子 旅寝論』(岩波文庫)一三九、一四〇頁による。なお、芭蕉の言葉は『日本俳諧史』に引用があるが、『三冊子《さんぞうし》』は当時の通行本である『俳諧文庫 俳諧論集』(博文館、一八九九年)を参照したものと思われる。なお、一般には「句を作るに当たって、人に受け入れられるような作品を作ることは簡単だ。一人、二人といった具眼の読み手に評価されるような作品を作ることは難しい。人のために句を作るのならば、やさしいことだ」(新編日本古典文学全集第八八巻『連歌論集 能楽論集 俳論集』、小学館、二〇〇一年、六三三頁)と解釈する。

南信一による通釈でも「人の気に入る様に句作するならば、句作は容易な事であろう」とする（『三冊子総釈（改訂版）』、風間書房、一九八〇年、三六二頁）。

＊104――『周作人日記』一九二三年購入書目、三四四、三四五頁。

＊105――芭蕉「笈の小文」、『芭蕉紀行文集』七〇頁。

＊106――『連歌論集 能楽論集 俳論集』六三三頁。

＊107――南信一『三冊子総釈（改訂版）』三六三頁

＊108――周作人「日本的小詩」、『周作人散文全集』第三巻一二四頁。

＊109――同上。なお、この箇所は池田秋旻『日本俳諧史』（日就社、一九一一年）三六三頁での蕪村論を参照していると思われる。

＊110――同上、『周作人散文全集』第三巻一二五頁。

＊111――『周作人日記』一九二一年十月三日に「連日、有島を訳し、上午おわる」とある。

＊112――有島武郎「四つの事」（一九一七年十二月）、『有島武郎全集』第七巻一七四頁。周作人「潮霧」（『東方雑誌』一九二二年七月）の訳文及び訳文付記は『周作人散文全集』第一四巻五一三頁。

＊113――同上。

＊114――『周作人日記』一九二二年四月三十日以降に編集作業に関する記載があり、五月二十九日に版元の商務印書館との仲介の労をとった胡適宛に原稿を送っている。『現代日本小説集』の成立過程については拙論「中国語訳・有島武郎「四つの事」をめぐって――『現代日本小説集』所載訳文を中心に」（『大東文化大学紀要』第三〇号、一九九二年三月）で詳論した。従来の研究では『現代日本小説集』所収の「四つの事」は魯迅の翻訳であると誤解されていたため、現行の『魯迅全集』にも収録されている。

＊115――周作人「有島武郎」（『晨報副鐫』一九二三年七月十七日）、『周作人散文全集』第三巻一八一頁。

＊116――同上、『周作人散文全集』第三巻一八三頁。なお執筆日付は『周作人日記』一九二三年七月十四日によ

る。

＊117——『周作人日記』『魯迅日記』一九二三年七月十四日。なお、孫伏園と恵迪は三月十六日、二十一日、四月八日、二十九日、五月十三日、六月十七、十八日、七月三日と頻繁に来ており、常連客であった。

＊118——『周作人日記』『魯迅日記』一九二三年七月十九日。

＊119——この絶交書は魯迅逝去後、許広平のもとにあった。その存在に初めて言及したのは許広平『魯迅回憶録』（一九六一年）であるが、全文が公開されたのは『魯迅研究資料』（第四期、一九八〇年）であり、本稿も同書を参照した。

＊120——中島長文「道聴塗説——周氏兄弟の場合」（『颷風』第二六号、一九九一年十二月）。

＊121——止庵「兄弟失和与破門事件」（『現代中文学刊』二〇一七年第二期）

＊122——「某夫婦」（『小説月報』一九二三年十一月）、『周作人散文全集』第一四巻五二二頁。ただし執筆年月日は文章末尾の記載に基づく。なお、この小説については、中島長文「道聴塗説——周氏兄弟の場合」にも同様の指摘がある。

＊123——長与善郎「西行」（一九二一年八月作）、『春乃訪問』（芸術社、一九二一年十二月）四〇頁。『周作人散文全集』第一四巻五二〇頁。ただし執筆年月日は文章末尾の記載に基づく。

＊124——「正法眼蔵・八大人覚」『大正新脩大蔵経』巻第九十五、二五八二頁。

＊125——周作人「自己的園地・自序」（『晨報副鐫』一九二三年八月一日）、『周作人散文全集』第三巻一八八頁。ただし執筆年月日は文章末尾の記載に基づく。

＊126——同上、『周作人散文全集』第三巻一八九頁。

＊127——同上。

＊128——『周作人日記』一九二三年八月二日。

第四章

＊1——ヴォルテール『カンディード』（吉村正一郎訳、岩波文庫、一九五六年）。なお、英訳は Voltaire, *Candide or The Optimist and Rasselas Prince of Abyssinia*, tr. by Samuel Johnson, George Routledge & Sons, 1884 を参照した。

＊2——Havelock Ellis, *The World of Dreams*, Houghton Mifflin Company, 1911, p. 281.『夢の世界』「第十章 結論」（藤島昌平訳、岩波文庫、一九四一年）三四〇～三四一頁を参照したが、引用は拙訳による。

＊3——*Ibid*., pp. 266-267. 邦訳前掲書、三二一頁を参照したが、引用は拙訳による。なお、『周作人日記』によれば一九一八年十一月二十五日に Edward Burnett Tylor, *Primitive Culture*, John Murray, 1873 を大学から借りている。

＊4——周作人「元旦試筆」（『語絲』第九期、一九二五年一月十二日）、『周作人散文全集』第四巻九～一〇頁。

＊5——周作人「思想圧迫的黎明」、『周作人散文全集』第二巻六二六頁。

＊6——尾崎文昭「陳独秀と別れるに至った周作人」（『日本中国学会報』第三五集、一九八三年）。

＊7——周作人「復陳仲甫先生信」、『周作人散文全集』第二巻六二七頁。

＊8——周作人「思想界的傾向」（『晨報』一九二二年四月二十三日）、『周作人散文全集』第二巻六三五頁。伊藤徳也は「第一一章 廃帝溥儀の処遇をめぐって」（『「生活の芸術」と周作人——中国のデカダンス＝モダニティ』第Ⅱ部、勉誠出版、二〇一二年）で、この文章に言及し、「元来周作人は復古に対して神経質なまでに警戒し、それらしい現象が目にとまるたびにささいなことであっても執拗な批判を加えるのが常だった。そんな周作人に比べて胡適は、相対的に、復古的な現象に対してやや楽天的に構えるという傾向があった。その差を如実に示している事例」だと指摘している。

＊9——周作人「問星処的予言」（『晨報副鐫』一九二四年七月五日）、『周作人散文全集』第三巻四三八頁。なお、「問星処」とは『市井裏的茶酒雑戯』（汪広松著、重慶出版社、二〇〇七年）二八頁によれば、北京天橋

の辻占に現れた大道易者のことを指すという。

＊10――夏（劉半農）「胡適文存究被禁止否?」（『晨報副鐫』一九二四年六月二十三日）、胡適「給張国淦的一封信」（『晨報副鐫』一九二四年七月六日）。

＊11――傅国涌『筆底波瀾――百年中国言論史的一種読法』（広西師範大学出版社、二〇〇六年）一三四頁。

＊12――周作人「問星処的予言」、『周作人散文全集』第三巻四三八頁。

＊13――周作人「俄国革命之哲学的基礎」（『新青年』第六巻第四、五号、一九一九年四、五月）、『周作人訳文全集』第一〇巻五六九頁。原文は Angelos Rappoport, "The Philosophic Basis of the Russian Revolution," *Edinburgh Review*, 226:461, 1917: July, p. 113. なお、ここでラポポートが引用するバクーニンの言葉は原著どおりではなく、簡略化された表現になっている。バクーニンの原文（英訳版）は *God and the State*, tr. by Carlo Cafiero and Elisee Reclus, NewYork: Mother Earth Pub. Association, 1921, p. 11.『神と国家』（『プルードン、バクーニン、クロポトキン』（世界の名著、中央公論社、一九八〇年）二四七頁を参照した。

＊14――吉村昭『関東大震災』（文春文庫、二〇〇四年）七七頁。

＊15――Edward George Seidensticker, *Low City, High City: Tokyo from Edo to the Earthquake*, p. 4. 邦訳はエドワード・サイデンステッカー『東京 下町 山の手 1867-1923』八頁。

＊16――『周作人日記』一九三四年七月十一日に北京発、十五日日本神戸着、同日夜東京着、十六日、本郷の菊富士ホテル投宿、八月二十八日離日帰国。およそ一ヶ月半日本に滞在した。

＊17――一九三五年以降、周作人は永井荷風に頻繁に言及するようになる。例えば、「関於命運」（一九三五年四月）、「東京散策記」（一九三五年五月）、「地図」（一九三五年六月）などである。

＊18――『周作人日記』一九二三年九月四日。呉克剛はエロシェンコが北京滞在期間中に助手を務めていた学生で、陳東原も北京大学予科に在学中だったので、九月にロシアから北京に戻る予定のエロシェンコから

連絡がないか問い合わせる手紙であったのではないかと想像される。
＊19――『周作人日記』同上、及び中島長文「羽太重久は何を見たのか」（『飈風』第五一号、二〇一二年十二月）。
＊20――『朝日新聞』（大阪）一九二三年九月十八日夕刊二面によれば、罹災地への電報の取り扱いを再開したのは十八日以降で、『朝日新聞』（東京）一九二三年九月二十三日朝刊二面によれば、二十二日から罹災地への葉書、書状の配達を再開したという。周作人の電報も届いたのは十八日以降であろう。
＊21――正華生「未曾有の大地震と日本の積極的発展」（『北京週報』九月九日号、極東通信社）。表紙掲載のタイトルは「大震災と大発展と」となっている。『北京週報』では、表紙と本文中のタイトルが一致しないことがある。
＊22――北京郊外の双橋無線通信局については、『朝日新聞』（東京、一九二三年八月十五日朝刊、四面）が「三井物産の支那無電成功」で無線電信に成功したことを伝えており、『読売新聞』（一九四〇年十月十二日朝刊、三面）は「逓信文化七十年（九）」で、「九月一日にはテスト中に関東大震災の第一報を受信するなど劇的挿話も織り込んで堂々たる完成ぶりを見せた」と伝えている。
＊23――『申報』一九二三年九月二日第六版「日本之大地震」、『晨報』一九二三年九月三日第二版「空前悲惨之日本大地震」。
＊24――吉村昭『関東大震災』一四四頁。
＊25――『周作人日記』一九二三年九月二十四日、二十五日。
＊26――当時の北京の映画館の状況については、李自典「民国時期的北京電影」（『北京檔案』二〇一四年第四期）参照。震災に関するニュース映画の例としては、「京都帝国大学工学部建築学教室35㎜フィルム――実写 関東地方大震災」（一九二三年）が京都大学デジタルアーカイブシステムで公開されている。http://das.rra.museum.kyoto-u.ac.jp/
＊27――山口守「中国からの眼差し――巴金と大杉栄」（『大杉栄全集』第一二巻月報、ぱる出版、二〇一五年九

月）四頁。

＊28——周作人「大杉栄之死」（『晨報副鐫』一九二三年九月二十五日）、『周作人散文全集』第三巻二一四頁。当時の中国の出版事情を考慮するとしても、『晨報副鐫』は日刊紙であるため、刊行日が遅れることはないと考えられる。

＊29——『朝日新聞』（東京本社版、一九二三年九月十四日朝刊、二面）。

＊30——佐野眞一『甘粕正彦 乱心の曠野』（新潮社、二〇〇八年）六五頁で詳細な言及がある。時事新報社会部記者・吉井顯存「大杉殺し事件の曝露されるまで」（『婦人公論』一九二三年十一・十二月合併号）は報道現場で甘粕事件が暴かれるまでの過程を詳細に描いている。なお、大阪朝日新聞も二十日に号外を二回発行し、二回目には甘粕が大杉を殺害したことを報じている。

＊31——『申報』一九二三年九月二十一日第六版「日本大杉栄刈薙風潮」、『晨報』一九二三年九月二十二日第三版「大杉栄全家被害」。なお、『申報』はニュースソースを電通（電報通信社）と明記しているが、『晨報』はソースに関する説明はない。

＊32——山下恒夫「薄倖の先駆者・丸山昏迷」（『思想の科学』一九八六年九～十二月号）参照。日本社会主義同盟の会員名簿に丸山幸一郎の名前が掲載されているという（同誌十月号、八九頁）。

＊33——正華生「大震災以上の大災害——甘粕事件と日本の損失」（『北京週報』十月七日号）。

＊34——同上。

＊35——一世紀近く経過した現在、大杉と野枝は扼殺される以前に肋骨が折れるほどの暴行を受けていたことが明らかになり、その卑劣さは正華生の想像を超えていた。『大杉栄追想／大杉・野枝・宗一死因鑑定書』（黒色戦線社、一九八四年）。この死因鑑定書の存在が明るみに出たのは一九七六年のことで、『朝日新聞』一九七六年八月二十六日（二二面）で大きく報道されている。

＊36——正華生「大震災以上の大災害——甘粕事件と日本の損失」。

＊37――周作人「大杉栄之死」、『周作人散文全集』第三巻二一四頁。
＊38――嵯峨隆『近代中国の革命幻影』（研文出版、一九九六年）一二一～一三六頁。
＊39――『銭玄同日記』（北京大学出版社、二〇一四年）一九〇八年四月六日。嵯峨隆も前掲書一四七頁で指摘している。
＊40――周作人「蝙蝠与癩蝦蟆・土之盤筵（四）」（『晨報副鐫』一九二三年八月四日）、『周作人散文全集』第三巻二八五頁。
＊41――周作人「大杉栄之死」、『周作人散文全集』第三巻二一四頁。
＊42――同上。
＊43――『周作人日記』によれば、九月十六日に丸山、張鳳挙、山川早水（『奉天日報』記者）、沢村専太郎、沈尹黙ら六人で会食し、十月四日には丸山が周作人宅を訪ねている。
＊44――佐野眞一『甘粕正彦 乱心の曠野』七〇頁。
＊45――吉村昭『関東大震災』二七六頁。
＊46――同上。『改造』十一月号は十一月十日に、『婦人公論』十一・十二月合併号は十一月十七日に『朝日新聞』に記事広告を掲載しているため、いずれも周作人は当時まだ目にしていない。
＊47――周作人「大杉事件的感想」（『晨報副鐫』一九二三年十月十七日）、『周作人散文全集』第三巻二二一頁。
＊48――同上。
＊49――『早稲田大学百年史』（https://chronicle100.waseda.jp/）第三巻第六編第十二章「軍事研究団事件」、早稲田人名データベース（http://www.enpaku.waseda.ac.jp/db/wsdjinmei/）「青柳篤恒」による。
＊50――周作人「大杉事件的感想」、『周作人散文全集』第三巻二二一頁。
＊51――原田範行編訳『召使心得 他四篇――スウィフト諷刺論集』（平凡社ライブラリー、二〇一五年）所収。
＊52――周作人訳「育嬰芻議・訳文付記」（『晨報副鐫』一九二三年九月九日）、『周作人散文全集』第三巻二二〇

頁。

＊53——伊藤徳也「第一〇章 沸騰する国家主義と群衆運動に抗して」、『「生活の芸術」と周作人——中国のデカダンス＝モダニティ』第Ⅱ部二二四頁による。

＊54——同上。『周作人日記』一九二三年六月二十二日及び書目に「武者小路全集一 芸術社」とあり、これは『武者小路実篤全集』第一巻（芸術社、一九二三年七月）を指し、同書には「『嬰児殺戮』中の一小出来事」が収録されている。なお、「武者小路実篤年譜」（『武者小路実篤全集』第一八巻、小学館、一九九一年）五二二頁によれば、芸術社版全集が実際に刊行されたのは六月十日であるという。周作人が六月二十二日に入手できたのはこのためである。

＊55——伊藤徳也「《新文学的二大潮流》は如何に書かれ如何に発表されたか」（『周作人研究通信』第二号、二〇一四年）。伊藤はこの発見を二〇一二年の日本現代中国学会で「北斗生「支那文壇無駄話」を周作人の逸文として読む」という題目で発表した後、著書『「生活の芸術」と周作人——中国のデカダンス＝モダニティ』七九頁でも論じている。

＊56——北斗生（周作人）「支那文壇無駄話」（『北京週報』一九二三年六月十七日）。

＊57——伊藤徳也「耽美派と対立する頽廃派——1923年の周作人と徐志摩、陳源」（『周作人と日中文化史』、勉誠出版、二〇一三年）。

＊58——北斗生（周作人）「支那文壇無駄話」。

＊59——成仿吾「詩之防禦戦」（『創造週報』第一期、一九二三年五月十三日）、『成仿吾文集』（山東大学出版社、一九八五年）七六頁。なお、この文章の文学史的背景については秋吉收『魯迅——野草と雑草』「第九章 『野草』の成立」（九州大学出版会、二〇一六年）で詳論されている。

＊60——成仿吾「詩之防禦戦」、『成仿吾文集』八五頁

＊61——拙稿「文白の間——小詩運動を手がかりに」（『中国古籍文化研究——稲畑耕一郎教授退休記念論集』、

東方書店、二〇一八年三月）。

＊62――周作人は「或る流浪の新年」と題して成仿吾「一個流浪人的新年」（『創造季刊』第一巻第一号、一九二二年三月、実際の刊行は五月頃）を日本語に翻訳して紹介している。

＊63――「支那文壇無駄話」掲載後、『北京週報』記者は、「デカダン派の南方の頭梁」たる郭沫若の文章は「支那現文壇の趨向を知る上に必要である」として、『創造週報』から「我らの文学新運動」を日本語に抄訳して掲載しているが（『北京週報』第七〇号、一九二三年六月二十四日、「我等文学の新運動」）、「プロレタリアート（原語：無産階級）」といった言葉は忌避されたか訳出されていない。この翻訳は郭沫若「我們的文学新運動」（『創造週報』第三期、一九二三年五月二十七日）から訳出したもので、文中付記で述べるとおり英文訳が発表されているが、内容は中国語とだいぶ異なり、生命力の発露としての文学という点に重点が置かれ、同様に「プロレタリアート」といった言葉は省かれている。Mellaw Kwo（郭沫若）, "Our New Movement in Literature," *The Osaka Mainichi*, 1922, 6. 6.

＊64――郁達夫「文学上的階級闘争」（『創造週報』第三期、一九二三年五月二十七日）、『郁達夫全集』第一〇巻四四頁。

＊65――この文章は、近年に至るまで、周作人は一九二三年に執筆した後長らく筐底《きょうてい》に秘し、『綺虹』（一九二九年四月）に初めて発表したと考えられてきた。その誤謬を糾したのが伊藤徳也であった。伊藤は「周作人的日語佚文「中国文壇閑話」」（『魯迅研究月刊』二〇一三年第二期）で「支那文壇無駄話」の存在を初めて明らかにするとともに「新文学の二大潮流」が『燕大週刊』で発表されたのが初出であり、『綺虹』に掲載されたのは再掲に過ぎなかったことを明らかにしている。

＊66――周作人「新文学的二大潮流」（『燕大週刊』第二〇期、一九二三年十月二十八日）、『周作人散文全集』第三巻二二三頁。なお、執筆日時は十月十九日と記されており、「大杉事件の感想」が『晨報副鐫』（十月十七日発表）に掲載された直後である。『燕大週刊』に掲載された「新文学的二大潮流」のコピーは伊

藤徳也氏から恵与いただいた。ここに記して謝意を表したい。
＊67——同上、『周作人散文全集』第三巻二二五頁。
＊68——周作人が最も早く「革命文学」という言葉を用いたのは「悪趣味の害毒」（一九二二年十月）で、鴛鴦胡蝶派の小説について、悪趣味の小説をいまだに広めようとするのは伝染病を蔓延させるようなものだと批判して、次のように述べている。「中国国民の最大の欠点は、好古趣味と夜郎自大だけでなく、確固とした人生観がなく、生命に対する熱烈な愛情がない点である。今必要なのは一服のカンフル剤であり、楽観的か悲観的かを問わず、革命文学か頽廃派かを問わず、人生を厳粛に捉え、食欲・性欲から日常生活に至るまで痛切な思いで取り組んでこそ、真正な人間となる道である」（「悪趣味的害毒」、『晨報副鐫』一九二二年十月二日、『周作人散文全集』第二巻七七三頁）。この文脈からも楽観的な革命文学と悲観的な頽廃派という判断は読み取ることができる。
＊69——北斗生（周作人）「支那文壇無駄話」（『北京週報』一九二三年六月十七日）。
＊70——周作人「新文学的二大潮流」、『周作人散文全集』第三巻二二四頁。
＊71——同上。
＊72——同上。伊藤徳也は、『「生活の芸術」と周作人——中国のデカダンス＝モダニティ』「第三章　頽廃」において、この一節には「エリスのデカダンス論の痕跡」が明瞭にうかがわれると述べ、エリスはデカダンスの様式と古典様式との間の相対的な関係を歴史的には循環史論として描き出している点で周作人の『中国新文学の源流』と類似していることを指摘している。
＊73——周作人「冰雪小品選序」（『駱駝草』第二一期、一九三〇年九月二十九日）、『周作人散文全集』第五巻六九五頁。
＊74——止庵「関於『中国新文学的源流』」、『中国新文学的源流』（北京十月文芸出版社、二〇一一年）二頁。
＊75——周作人「新文学的二大潮流」、『周作人散文全集』第三巻二二五頁。なお、「未来より確かで、現在より

は不確かである」という一節の原文は「比未来為実而比現在為虚」であり、虚と実の対比で表現されている。

＊76――周作人「鏡花縁」(『晨報副鐫』一九二三年三月三十一日)、『周作人散文全集』第三巻五三頁。

＊77――Havelock Ellis, *The World of Dreams*, p. 156.『夢の世界』第七章、一九〇、一九一頁を参照したが、引用は拙訳による。なお、注160で示したように、周作人は同じ章から引用したことがあるので、この箇所を読んでいることは確実である。

＊78――周作人「科学小説」(『晨報副鐫』一九二四年九月三日)、『周作人散文全集』第三巻四七五頁。エリスの原文は Havelock Ellis, "Casanova," *Affirmations*, London, Walter Scott, Ltd., 1898, p. 112. また *The Task of Social Hygiene*, Houghton Mifflin Company, 1913, pp. 239-240.

＊79――周作人「文芸与道徳」(『晨報副鐫』一九二三年六月一日)、『周作人散文全集』第三巻六三頁。エリスの原文は Havelock Ellis, "Casanova," *Affirmations*, pp. 116-117.

＊80――飯倉照平「初期の周作人についてのノート」(I)、(II)(『研究』三八号、四〇号、一九六六、六七年、神戸大学文学会)。

＊81――伊藤敬一「周作人と童話」(東京都立大学人文学部『人文学報』第四二期、一九六四年三月)。

＊82――伊地智善継「周作人氏に於ける歴史意識」(『中国語学』第一一号、一九四八年一月)。

＊83――周作人「元旦試筆」、『周作人散文全集』第四巻九、一〇頁。

＊84――周作人「破脚骨」(『晨報副鐫』一九二四年六月十八日)、『周作人散文全集』第三巻四二七頁。

＊85――同上。

＊86――止庵『周作人伝』一〇八頁。

＊87――『周作人日記』一九二四年六月十一日。

＊88――『魯迅全集』第一五巻(日記)一九二四年六月十一日、五一六頁。なお、八道湾の間取りについては黄

喬生『八道湾十一号』（三聯書店、二〇一六年）所掲の周豊二による作図をもとに作成した。
＊89——川島（章延謙）「弟与兄」（『我心中的魯迅』、湖南人民出版社、一九七九年）七六頁によると、周作人は一尺ほども高さのある銅製の獅子の香炉を魯迅に投げつけようとして川島に止められたという。
＊90——『周作人日記』一九二五年一月二十日、三月十一日。
＊91——『周作人日記』一九二四年四月十二日。なお、東亜公司は日本人が経営する商店で日本書籍も扱っていた。
＊92——『魯迅日記』一九二四年四月八日、十月七日。なお、『魯迅日記』に登場する「H君」とは羽太重久であるとする指摘があり、ここでは陳漱渝「如此〝私典探秘〟——従魯迅日記中的〝羽太〟和〝H〟君談起」（『書屋』二〇〇二年第一一期）の説を踏まえている。周作人夫婦との決裂を考えると、羽太重久が魯迅のもとを訪ねるのは不自然だが、『魯迅日記』の一九二四年三月八日には羽太芳子（信子の妹、周建人の妻）が来訪し、八月十三日には魯迅が山本医院に芳子を見舞い、金品も贈っており、周作人夫婦以外は魯迅と従来どおりの交流があった。
＊93——周作人「十字街頭的塔」（『語絲』第一五期、一九二五年二月）、『周作人散文全集』第四巻七五頁。
＊94——同上。
＊95——同上、『周作人散文全集』第四巻七六頁。
＊96——女師大に関しては『魯迅大辞典』（人民文学出版社、二〇〇九年）七六、二七〇、四三六頁のほか、丸山昇『魯迅——その文学と革命』（平凡社東洋文庫、一九六五年）一八〇頁、邱煥星「魯迅与女師大風潮」（『魯迅研究月刊』二〇一六年第二期）を参照した。楊蔭楡については櫻庭ゆみ子「女校長の夢——中国女性解放運動先駆者としての北京女子師範大学校長楊蔭楡」（『魯迅と同時代人』、汲古選書、一九九二年）に詳しい。
＊97——止庵『周作人伝』一〇八頁、注4による。

＊98——許広平『魯迅回憶録』、『許広平文集』（江蘇文芸出版社、一九九八年）第二巻二一八、二一九頁。邦訳に松井博光訳『魯迅回想録』（筑摩書房、一九六八年）三一頁があり、参照したが、引用は拙訳による。なお、「許羨蘇在北京十年（下）」（余錦廉、『魯迅研究月刊』二〇〇九年第一〇期）によれば、魯迅に第一報をもたらしたのは許羨蘇（紹興出身で、許欽文の妹）であったという。

＊99——同上。

＊100——魯迅「無花的薔薇之二」、『魯迅全集』第三巻「華蓋集続編」二七八頁。

＊101——丸山昇「六、三・一八事件。厦門へ、そして広東へ」、『魯迅——その文学と革命』一九八頁。

＊102——同上。

＊103——周作人「五・四運動的功過」（『京報副刊』一九二五年六月二十九日）、『周作人散文全集』第四巻二一八頁。なお、周作人「関於整頓学風文件的通信」（『語絲』一九二六年四月五日）、『周作人散文全集』第四巻六一一頁でも大衆運動は三・一八事件を最後にするべきだと述べている。

＊104——『周作人日記』一九二六年三月二十日。

＊105——周作人「可哀与可怕」（『京報副刊』一九二六年三月二十二日）、『周作人散文全集』第四巻五四二頁。

＊106——孟子の言葉を一部読みかえたもの。正確には「人の禽獣と異なる所以の者、幾んど希なし。庶民はこれを去り、君子はこれを存す」（小林勝人訳注『孟子（下）』「離婁章句」第十九章、岩波文庫、一九七二年）。人間と禽獣との差異は仁義の心の有無にあり、君子はそれゆえに仁義を大切にすると解釈されるが、周作人は「仁義」を「同情」に置き換えている。

＊107——周作人「嬰児屠殺中的一小事件」（『語絲』第七七期、一九二六年四月二十日）、『周作人訳文全集』第八巻三九二頁。

＊108——周作人「関於三月十八日的死者」（『語絲』第七二期、一九二六年三月二十九日）、『周作人散文全集』第四巻五九五頁。

＊109——関口弥重吉「解説」（『武者小路実篤全集』第二巻、小学館、一九八八年）六五六〜六五九頁。
＊110——武者小路実篤『或る男』（新潮社、一九二三年十一月）、『武者小路実篤全集』第五巻二三三頁。
＊111——武者小路実篤「わしも知らない」（一九一三年十一月）、『武者小路実篤全集』第二巻一三二頁。関口弥重吉「解説」（『武者小路実篤全集』第二巻）六五六〜六五九頁。
＊112——周作人「就要完了」（『語絲』第八八期、一九二六年七月十九日）、『周作人散文全集』第四巻五八四頁。
＊113——周作人「両个鬼」、『周作人散文全集』第四巻七〇八頁。
＊114——周作人「両个鬼」、『周作人散文全集』第四巻七〇八頁。
＊115——周作人「雨天的書・自序二」（『語絲』第五五期、一九二五年十一月三十日）、『周作人散文全集』第四巻三四六頁。
＊116——周作人「読『紡輪的故事』」（『晨報副鐫』一九二三年十一月十日）、『周作人散文全集』第三巻二四四頁。なお、この文章は『紡輪的故事』（新潮社文芸叢書、一九二三年）に収録されている。さらに訳者CF女士（本名張近芬）の序文によれば、翻訳に使用した英訳本（Catulle Mendès, *The Fairy Spinning Wheel*, Richard G. Badger & Company, 1899）自体も周作人から貸与されたという。
＊117——Havelock Ellis, *Studies in the Psychology of Sex*, vol. 6, Philadelphia, F. A. Davis Com., 1921, p. 214. 邦訳は佐藤晴夫訳『性の心理』第六巻（未知谷、一九九六年）二三四頁を参照したが、ここでは拙訳による。
＊118——Havelock Ellis, *Studies in the Psychology of Sex*, vol. 6, p. 216.
＊119——周作人「雨天的書・自序二」、『周作人散文全集』第四巻三四五、三四六頁。
＊120——周作人「読「欲海回狂」」（一九二四年二月）、『周作人散文全集』第三巻三四二頁。周作人「上下身」（一九二五年二月）、『周作人散文全集』第四巻三九頁。
＊121——Havelock Ellis, "St. Francis and Others," *Affirmations*, p. 217.

＊122――周作人「藹理斯的話」（『晨報副鐫』一九二四年二月二十三日）、『周作人散文全集』第三巻三四六頁。Havelock Ellis, "St. Francis and Others," *Affirmations*, p. 220.

＊123――同上。

＊124――同上。Havelock Ellis, *Studies in the Psychology of Sex*, vol.6, p. 641.

＊125――周作人「藹理斯『感想録』抄」（『語絲』第一三期、一九二五年二月九日）、『周作人散文全集』第四巻五一頁。Havelock Ellis, *Impressions and Comments*, Houghton Mifflin Company, 1914, pp. 227-228. なお、エリスの原文にある「退化」（involution）を直截に後退を意味する「退化 tuìhuà」と訳さず、元いた位置へ立ち戻ることを意味する「回旋 huíxuán」に訳し変えたのは、周作人に「進化」を肯定する気持ちが残っているためともとれるが、全体の趣旨を覆すものではない。

＊126――ヘラクレイトスの言葉に関しては熊野純彦『西洋哲学史――古代から中世へ』（岩波新書、二〇〇六年）を参照した。

＊127――周作人「生活之芸術」（『語絲』第一期、一九二四年十一月十七日）、『周作人散文全集』第三巻五一二頁。Anton Chekhov, *Letters of Anton Chekhov to His Family and Friends*, tr. by Constance Garnett, the Macmillan Company, 1920, p. 211.

＊128――同上。なお、ロシア語からの邦訳『チェーホフ全集・書簡2』第一六巻（中央公論社、一九七七年再訂版）では「酒場」は「食堂」、酒とともに食べるのは「ザクースカ」（ロシア料理の前菜）と明記されている。童道明『可愛的契訶夫 契訶夫書信賞読』（商務印書館、二〇一五年）は中国人差別が露わな箇所を省いて翻訳し、「チェーホフは中国人に対して好意的な作家であった」（書簡28訳注）と述べる。

＊129――のちに再び「日記与尺牘」（一九二五年三月、『周作人散文全集』第四巻九二頁）では、夏目漱石の日記から精神に異常を来たした中国人、チェーホフ書簡からアヘンをたしなむ中国人を翻訳して紹介し、「もし読者が笑わず、怒るようなら翻訳者の責任であり、お詫びする」と述べている。周作人としては

単なる蔑視だけではなく、それ以外のものを読み取ろうとしていたと考えられる。

＊130——周作人「生活之芸術」、『周作人散文全集』第三巻五一二頁。

＊131——同上、『周作人散文全集』第三巻五一四頁。文中の引用は『大学・中庸』（金谷治訳注、岩波文庫、一九九八年）一四一頁による。

＊132——民俗学と人類学の区別については諸説あるが、民俗学は一つの国家、地域内部の生活文化の歴史を民間伝承などによって再構成する学問であるのに対して、人類学は歴史的に未開民族文化を探査した記録をもとに人類の原初的文化の解明を目指すもので、暗黙のうちにヨーロッパ社会がその完成した形態を備えた社会であるという前提のもとに婚姻、財産制度などの社会文化の進化過程の解明も意図していた。周作人、江紹原の興味・関心は比較文化を志向する人類学から出発したが、彼らがフレイザーに学んで実践したのは中国国内に限定された民俗学であった。

＊133——江紹原「礼的問題」（『語絲』第三期、一九二四年十二月一日）、江紹原『古俗今説』（王文宝・江小蕙編、上海文芸出版社、一九九七年）一一四頁。

＊134——周作人「髪鬚爪序」（『語絲』第一〇五期、一九二六年十一月十三日）、『周作人散文全集』第四巻八一四頁。

＊135——江紹原「訳自駱駝文」（『語絲』第一期、一九二四年十一月十七日）。

＊136——同上。

＊137——拙論「江紹原と周作人（1）——「礼部文件」以前」（『大東文化大学紀要人文科学』第三三号、一九九五年）、「江紹原と周作人（2）——「礼部文件」、その後」（『大東文化大学紀要人文科学』第三四号、一九九六年）、「「礼部文件」における江紹原のスタイル——フレーザー、周作人の影響から」（『文化論集』第一一号、早稲田大学商学同攻会、一九九七年）。なお、江紹原については子安加余子『近代中国における民俗学の系譜——国民・民衆・知識人』（御茶の水書房、二〇〇八年）を参照。

＊138——江紹原「礼的問題」、『古俗今説』一一五頁。
＊139——周作人「礼的問題」（『語絲』第三期、一九二四年十二月一日）、『周作人散文全集』第三巻五二二頁。
＊140——John Howard Moore, *Better-World Philosophy*, The Ward Waugh Company, 1899 及び Ernest Bell, *The New Ethics*, York House, 1907.
＊141——周作人「狗抓地毯」（『語絲』第三期、一九二四年十二月一日）、『周作人散文全集』第三巻五一九頁。犬に残る野蛮性については John Howard Moore, *Savage Survivals*, Charles H. Kerr & Company, 1916, pp. 53-54 を参照した。
＊142——『周作人日記』一九二四年七月の書目による。
＊143——John Howard Moore, *Savage Survivals*, p. 129.
＊144——*Ibid.*, p. 52.
＊145——*Ibid.*, p. 103.
＊146——江紹原「礼的問題」、江紹原『古俗今説』一一五頁。
＊147——この「礼部文件」には通し番号がつけられ、第一礼部文件を「生活の芸術」、第二礼部文件を「礼の問題」とし、以下、江紹原の文章に周作人がコメントをつける形で「女子ズボンの心理学的研究」、「読経救国論汎論」など、保守反動化する中国社会を民俗学研究の視点から軽妙ながら鋭く諷刺する文章を次々と発表した。これら一連の文章は一九二六年で一応の終結を見るが、読者からも大きな反響があり、それらは毎号のように「みんなの小品」として掲載されて『語絲』誌上を賑わした。
＊148——江紹原『髪鬚爪——関于它們的風俗』導言（上海開明書店、一九二八年初版）、同書影印本（上海文芸出版社、一九八七年）一頁。
＊149——『髪鬚爪——関于它們的風俗』導言、一頁。
＊150——James George Frazer, *The Golden Bough: A Study in Magic and Religion*, Macmillan Company, 1922.

『金枝篇（一）〜（五）』（永橋卓介訳、岩波文庫、一九六六、六七年）による。J. G. Frazer, *Psyche's Task and The Scope of Social Anthropology*, Macmillan Company, 1913.『サイキス・タスク（俗信と社会制度）』（永橋卓介訳、岩波文庫、一九三九年）による。

＊151――周作人「狗抓地毯」、『周作人散文全集』第三巻五二一頁。

＊152――周作人「文明与野蛮」（『京報副刊』一九二五年六月二十三日）、『周作人散文全集』第四巻二一四頁。

＊153――石塚正英「日本語版刊行にあたって」（フレーザー『金枝篇――呪術と宗教の研究1　呪術と王の起源（上）』、国書刊行会、二〇〇四年）。

＊154――赤坂憲雄「「民俗学」誕生のはざまに」（荒俣宏ほか編『南方熊楠の図譜』、青弓社、一九九一年）二八頁。

＊155――周作人「野蛮民族的礼法」（『新青年』第八巻第五号、一九二一年一月）、「通信」（『語絲』第五期、一九二四年十二月十五日）、『周作人日記』一九一七年六月十四、十五日。

＊156――『周作人日記』一九二三年、一九二四年購入書目。

＊157――ロバート・アッカーマン『評伝J・G・フレイザー――その生涯と業績』（玉井暲監訳、法蔵館、二〇〇九年）第九章三一一〜三一八頁を参照した。

＊158――周作人「礼部文件三・女褲心理之研究」（『語絲』第五期、一九二四年十二月十五日、のち「論女褲」と改題）、『周作人散文全集』第三巻五四七頁。李笠翁（明末清初の戯曲作家）からの引用は『閑情偶寄』巻三「治服第三・衣衫」（浙江古籍出版社、一九八五年）を参照した。

＊159――同上。大意は「衣服とは体を隠して、それによって身体を飾るものと、昔の賢人は戒めている。まして女子の学生は、社会各層から尊敬を受ける身である」となる。

＊160――同上。文中の引用は Havelock Ellis, *The World of Dreams*, p. 191, 脚注で引用するテオドール・シュレーデル（Theodore Schroeder）による。邦訳『夢の世界』第七章、二三二頁参照。

＊161——同上。Havelock Ellis, *The World of Dreams*, p. 189. 邦訳『夢の世界』第七章、二三〇頁参照。
＊162——当時日本国内でも無名に近かった廃姓（宮武）外骨の『猥褻と科学』『初夜権』を好意的に「浄観」「『初夜権』序言」で紹介しているのも同様の意識からで、周作人の目配りの広さを示すものである。
＊163——江紹原「礼部文件六・『周官』媒氏」（『語絲』第四三期、一九二五年九月七日）、江紹原『民俗学論集』（王文宝・江小蕙編、上海文芸出版社、一九九八年）一九四頁。
＊164——周作人「薩満教的礼教思想」（『語絲』第四四期、一九二五年九月十四日）、『周作人散文全集』第四巻二九三頁。J. G. Frazer, *Psyche's Task and The Scope of Social Anthropology*, p. 99. 該当する「結婚（marriage）」は第四章である。
＊165——江紹原『『周官』媒氏」、江紹原『民俗学論集』一九六〜二〇〇頁。「地官・媒氏」、『周礼注疏』（上海古籍出版社、一九九〇年）を参照した。
＊166——同上。
＊167——江紹原「礼部文件七・読経救国発凡」（『語絲』第五三期、一九二五年十一月十六日）、江紹原『古俗今説』一二〇頁。
＊168——周作人「読経救国発凡」付言（『語絲』第五三期、一九二五年十一月十六日）、江紹原『古俗今説』一三八頁による。なお、『周作人散文全集』には収録されていない。
＊169——周作人「芸術与生活・序」（『語絲』第九三期、一九二六年八月十日）、『周作人散文全集』第四巻七三二頁。
＊170——同上、『周作人散文全集』第四巻七三三頁。
＊171——同上。
＊172——Isaac Goldberg, *Havelock Ellis: The Man and His Work*, Little Blue Books, No. 213.

あとがき

本書で論じる二十世紀初頭は、神秘主義、進化論、アナキズム、精神分析学、セクソロジー、文化人類学など、実に多様な思想の意匠が花開き、豊かな可能性に満ちた時代だった。だが、同時に百花繚乱の思想が競い合うなか、欧米と日本は侵略戦争で無辜《むこ》の民の命を多数奪い、その膏血《こうけつ》によって栄華を誇った事実も忘れることはできない。

周作人は、欧米・日本の侵略を受けて滅亡に瀕した祖国を救わねばならないという危機感に駆られ、封建的儒教倫理に支配された旧態依然の中国社会を啓蒙せねばという使命感に支えられて筆を振るった。この「救亡」と「啓蒙」のジレンマは中国近代思想における主要なテーマだが、本書で論じた周作人の思想と文学を貫くテーマでもある。

中国には「学貫中西」（中国・西洋双方の学問に通じる）という言葉があるが、周作人が渉猟した書籍は中国・西洋にとどまらず、日本の古典から現代まで網羅している。そのような獺祭魚的な読書に彼を駆り立てたのも危機感と使命感ゆえであり、八十年余の生涯をかけて、周作人は知の巨人とも呼ぶべき高みにまでたどり着いた。

本書が中国の文芸思潮にとどまらず、広く欧米、日本のさまざまな思想と文芸に言及せざるを得なかったのは、ひとえに周作人という研究対象が極めて広範な学際的な研究を要請する存在であったからにほかならない。今日の文化状況が直面する問題は人類が近代以降解決を先送りにしてきたものである。その意味で、周作人が取り組んだ問題は今なおアクチュアルな意味を持っているが、広範な学際的研究は私ひとりで担いきれるものではない。この知的巨人に立ち向かうための同志を増やすためにも、「磚《せん》を抛《な》げて玉を引く」の故事に基づき、拙いながら本書を世に問うことにした次第である。

同様の考えから、二〇一八年七月七日、八日の二日間にわたり、「周作人国際学術シンポジウム」を早稲田大学で開催した。本国中国では周作人の戦時中の対日協力問題ゆえに開催は叶わず、これが世界で初めての会議となった。幸いにして日本以外に、中国、イギリスからも著名な研究者の参加が得られ、本書でも言及した藤井省三、伊藤徳也、長堀祐造、山口守、秋吉收、徳泉さち、孫郁、陳子善、止庵、趙京華、董炳月、張業松の各氏、そして周作人親族の周吉宜氏ら各方面から御援助いただくことで、シンポジウムを成功裡に終えることができた。日本が中国で全面的侵略戦争を始めた盧溝橋事件勃発の日に開催したのはまったくの偶然だったが、周作人の歩んだ生涯と思想を知ることは、未来の日中関係のためにも絶対必要なことである。

短くない研究生活のなかで自信を喪失した時期も研究を諦めぬよう、常日頃励ましてくださった長堀祐造慶應義塾大学教授の御厚情は生涯忘れ得ない。本書公刊のために仲介の労を執ってくださったのも先生である。編集を担当された保科孝夫さんには遅延に遅延を重ねた原稿の完成を辛抱強く待っていただいた。平凡社校閲担当の方には、短期間にもかかわらず、少しでも読みやすくなるよう、綿密に校閲をしていただいた。本書が少しでも読みやすくなっていれば皆様のおかげであるが、叱正すべき点がなお多数残っていることを恐れる。すべては著者の責任であり、不敏をお詫びする。「至親、謝を言わず」というが、迷惑をかけた家族にも礼を言おう。

最後に、本書の刊行にあたり、早稲田大学商学学術院・鹿野基金より出版助成を受けた。ここに記して謝意を表したい。

二〇一八年十二月三十日　五十五歳の誕生日に

小川利康

掲載図表と出典

図１　周作人「八十自寿詩」『周作人致松枝茂夫手札』（広西師範大学出版社、2013年）319頁より。

図２　ハヴロック・エリス　Library of Congress: http://hdl.loc.gov/loc.pnp/cph.3b08675

表１　魯迅・周作人の日本留学期間　著者作成。学校名は略称による。在学期間は『魯迅年譜長編』第１巻（河南文芸出版社）、『周作人年譜』（天津人民出版社、2000年）に準じている。

表２　周氏兄弟就学状況対照表　著者作成。

図３　明治末期の東京市街図　藤井省三『魯迅事典』（三省堂、2002年）12頁をもとに作成。

図４　明治末期の本郷近隣図　『東京最新全図』（明治38年３月版、国土地図株式会社複製、刊年失記）。

表３　周氏兄弟の本郷での下宿　著者作成。

図５　周作人と羽太信子、その弟の羽太重久　『魯迅全集』17巻（学習研究社、1985年）扉絵より。

図６　立教大学の学籍簿　波多野眞矢「周作人与立教大学」（『魯迅研究月刊』2001年２期）より。

図７　明治末期の麻布近隣図　『東京最新全図』（明治38年３月版、国土地図株式会社複製、刊年失記）。

表４　1910年を中心とする新たな文学流派の台頭　『新潮日本文学辞典』（増補改訂版、1988年）をもとに作成。

図８　北京大学時代の周作人　『周作人研究資料』上巻（天津人民出版社、2014年）扉絵より。

図９　「小河」詩稿　中国魯迅博物館所蔵（著者撮影）。

図10　周作人が魯迅に送った訣別の書簡　黄喬生『八道湾十一号』（三聯書店、2016年）より。

図11　北京八道湾の住居略図　『魯迅全集』19巻（学習研究社、1986年）277頁に基づき作成し、黄喬生『八道湾十一号』（三聯書店、2016年）306頁に掲載された周豊二（周建人次男）作成図で補整した。

図12　『語絲』創刊前後の周作人と友人たち　黄喬生『八道湾十一号』（三聯書店、2016年）185頁より。

主要引用・参考文献一覧

周作人主要テキスト

〔全集類〕

鐘叔河編『周作人散文全集』（広西師範大学出版社、二〇〇九年）

止庵編『周作人訳文全集』（上海人民出版社、二〇一二年）

止庵編『周作人自編文集』（全三十六冊、北京十月文芸出版社、二〇一一～一三年）

〔魯迅との共編訳〕

止庵編『域外小説集』（新星出版社、二〇〇六年一月新版／初版は上海群益書社、一九二一年）

止庵編『現代小説訳叢第一集』（新星出版社、二〇〇六年一月新版／初版は上海商務印書館、一九二二年五月）

止庵編『現代日本小説集』（新星出版社、二〇〇六年一月新版／初版は上海商務印書館、一九二三年六月）

＊テキストの校勘については「《周作人散文全集》校勘筆記」（muzhitang 的博客：http://blog.sina.com.cn/u/1910628635）もあわせて参照した。

〔日記〕

『周作人日記』（影印本、大象出版社、一九九六年）

排印版として左記「周作人日記」をあわせて参照した。

『魯迅研究資料』（北京魯迅博物館魯迅研究室編、天津人民出版社、第一八期より中国文聯出版公司）

一八九八、一八九九年（第八期）、一九〇〇年（第九期）、一九〇一年（第一〇期）、一九〇二年（第一一期）、一九〇三、一九〇四年（第一二期）、一九〇五、一九〇六、一九一二、一九一三年（第一三期）、一九一四、一九一五年（第一四期）、一九一六、一九二一、一九二二年（第一八期）、一九二三、一九二四年（第一九期）、「周作人日記文字質疑」（第二〇、二一、二三期）

『新文学史料』（人民文学出版社）

一九一七年（一九八三年第三期）、一九一八年（一九八三年第四期）、一九一九年一～六月（一九八四年第一期）、一九一九年七～十二月（一九八四年第二期）、一九二〇年一～六月（一九八四年第三期）、一九二〇年七～十二月（一九八四年第四期）

『中国現代文学研究叢刊』（中国現代文学館）

一九三九年（二〇一六年第一一期）、一九四九年（二〇一七年第七期）、一九五九年（二〇一八年第四期）

〔書簡〕
鮑耀明編『周作人晩年手札一百封』（太平洋図書公司、一九七二年）
排印版として鮑耀明編『周作人晩年書信』（真文化出版公司、一九九七年十月）および改訂版『周作人与鮑耀明通信集』（河南大学出版社、二〇〇四年）もあわせて参照した。
張挺・江小蕙編注『周作人早年佚簡箋注』（四川文芸出版社、一九九二年）
小川利康・止庵編『周作人致松枝茂夫手札』（広西師範大学出版社、二〇一三年）
排印版として下記もあわせて参照した。「周作人・松枝茂夫往来書簡　戦前篇（1）」（早稲田大学商学同攻会『文化論集』第三〇号、二〇〇七年三月）、「周作人・松枝茂夫往来書簡　戦前篇（2）」（早稲田大学商学同攻会『文化論集』第三一号、二〇〇七年九月）、「周作人・松枝茂夫往来書簡　戦前篇（3）」（早稲田大学商学同攻会『文化論集』第三二号、二〇〇八年三月）、「周作人・松枝茂夫往来書簡　戦後篇」（早稲田大学商学同攻会『文化論集』第三三号、二〇〇八年九月）、「周作人・松枝茂夫往来書簡　補遺」（早稲田大学商学同攻会『文化論集』第五〇号、二〇一七年三月）、中国語訳として趙京華編「周作人与松枝茂夫通信（一九三六―一九四二）」（『中国現代文学研究叢刊』二〇〇七年第四期）、「周作人与松枝茂夫通信（一九四三―一九五六）」（『中国現代文学研究叢刊』二〇〇七年第五期）、「周作人与松枝茂夫通信（一九五七―一九六四）」（『中国現代文学研究叢刊』二〇〇七年第六期）、趙京華訳「松枝茂夫致周作人函（一九三六―一九六五）」（『中国現代文学研究叢刊』二〇一四年第一一期）がある。
徳泉さち編「周作人・安藤更生往来書簡（1）」（早稲田大学会津八一記念博物館『博物館研究紀要』第一八号、二〇一七年）、徳泉さち編「周作人・安藤更生往来書簡（2）」（早稲田大学会津八一記念博物館『博物館研究紀要』第一九号、二〇一八年）
中国語訳として「安藤更生与周作人往復書信」（『中国現代文学研究叢刊』二〇一七年第七期）、「補充説明」（『中国現代文学研究叢刊』二〇一七年第八期）がある。排印版のみで影印版は存在しない。
〔伝記・年譜〕
止庵著『周作人伝』（山東画報出版社、二〇〇九年）
張菊香・張鉄栄編『周作人年譜』（増訂版、天津人民出版社、二〇〇〇年）

〔翻訳〕戦後刊行の翻訳書のみ
松枝茂夫訳『周作人随筆』（冨山房百科文庫、一九九六年）
木山英雄訳『日本談義集』（平凡社東洋文庫、二〇〇二年）
中島長文訳注『周作人読書雑記』1～5（平凡社東洋文庫、二〇一八年）

魯迅主要テキスト・書誌

『魯迅全集』全十八巻（人民文学出版社、二〇〇五年）
『魯迅訳文全集』全八巻（福建教育出版社、二〇〇八年）
『魯迅年譜長編』第一巻（河南文芸出版社、二〇一二年）
『魯迅年譜』全四巻（人民文学出版社、二〇〇〇年）
『魯迅大辞典』（人民文学出版社、二〇〇九年）
（翻訳）『魯迅全集』全二十巻（学習研究社、一九八四～八六年）
中島長文『魯迅目睹書目』（日本書之部、私家版、一九八六年）

主要参考文献

日本語文献（著者名の五十音順）
秋吉收『魯迅――野草と雑草』（九州大学出版会、二〇一六年）
ロバート・アッカーマン『評伝J・G・フレイザー その生涯と業績』（玉井暲監訳、法蔵館、二〇〇九年）
荒俣宏ほか編『南方熊楠の図譜』（青弓社、一九九一年）
石川禎浩『革命とナショナリズム一九二五―一九四五』（岩波新書、二〇一〇年）
伊藤徳也『「生活の芸術」と周作人――中国のデカダンス＝モダニティ』（勉誠出版、二〇一二年）
伊吹和子『われよりほかに 谷崎潤一郎最後の十二年』（講談社、一九九四年）
大杉豊編『大杉栄追想／大杉・野枝・宗一死因鑑定書』（黒色戦線社、一九八四年）
大津山国夫『武者小路実篤研究――実篤と新しき村』（明治書院、一九九七年）
大東和重『郁達夫と大正文学』（東京大学出版会、二〇一二年）
岡本綺堂「明治時代の寄席」（『綺堂芝居ばなし』、旺文社文庫、一九七九年）
荻野美穂『生殖の政治学』（山川出版社、一九九四年十二月）
小野忍・丸山昇訳『黒猫・創造十年他――郭沫若自伝2』（平凡社東洋文庫、一九六八年）

亀井俊介『ピューリタンの末裔たち――アメリカ文化と性』(研究社出版、一九八七年)
北岡正子『魯迅 日本という異文化のなかで――弘文学院入学から「退学」事件まで』(関西大学出版部、二〇〇一年)
木山英雄『周作人「対日協力」の顚末』(岩波書店、二〇〇四年)
京都大学文学部編『京都大学文学部五十年史』(京都大学文学部、一九五六年)
許広平『魯迅回想録』(松井博光訳、筑摩書房、一九六八年)
宮内庁編『明治天皇紀』第一巻(吉川弘文館、一九六八年)
國嶋一則ほか編著『西洋哲学史』(公論社、一九九七年)
工藤貴正『中国語圏における厨川白村現象』(思文閣出版、二〇一〇年)
熊野純彦『西洋哲学史――古代から中世へ』(岩波新書、二〇〇六年)
呉紅華『周作人と江戸庶民文芸』(創土社、二〇〇五年)
小谷一郎『創造社研究――創造社と日本』(汲古書院、二〇一三年)
子安加余子『近代中国における民俗学の系譜――国民・民衆・知識人』(御茶の水書房、二〇〇八年)
エドワード・サイデンステッカー『東京 下町 山の手 1867-1923』(安西徹雄訳、TBSブリタニカ、一九八六年)
嵯峨隆『近代中国アナキズムの研究』(研文出版、一九九四年)
嵯峨隆『近代中国の革命幻影』(研文出版、一九九六年)
佐野眞一『甘粕正彦 乱心の曠野』(新潮社、二〇〇八年)
鈴木貞美編『大正生命主義と現代』(河出書房新社、一九九五年)
高橋順一『響きと思考のあいだ――リヒャルト・ヴァーグナーと十九世紀近代』(青弓社、一九九六年)
『東京人』二〇一一年十一月号「特集・チャイナタウン神田神保町」(都市出版)
『東京百年史』第三巻(東京都、一九七二年)
『新撰東京名所図会』(第一八九号、麴町区之部下、一九〇〇年五月刊行、睦書房影印本)
中野美代子『悪魔のいない文学――中国の小説と絵画』(朝日選書、一九七七年)
長堀祐造『陳独秀――反骨の志士、近代中国の先導者』

（山川出版社、二〇一五年）
長堀祐造ほか訳『陳独秀文集1』（平凡社東洋文庫、二〇一六年）
長堀祐造『魯迅とトロツキー――中国における『文学と革命』』（平凡社、二〇一一年）
萩野脩二『謝冰心の研究』（朋友書店、二〇〇九年）
濱下武志ほか著『世界歴史大系 中国史5 清末〜現在』（山川出版社、二〇〇二年）
藤井省三『ロシアの影――夏目漱石と魯迅』（平凡社選書、一九八五年）
藤井省三『魯迅「故郷」の風景』（平凡社選書、一九八六年）
藤井省三『エロシェンコの都市物語』（みすず書房、一九八九年）
藤井省三『魯迅事典』（三省堂、二〇〇二年）
松枝茂夫『中国文学のたのしみ』（岩波書店、一九九八年）
松枝茂夫『創造十年 続・創造十年』（岩波文庫、一九六〇年）
丸尾常喜『魯迅「人」「鬼」の葛藤』（岩波書店、一九九三年）
丸山昇『魯迅――その文学と革命』（平凡社東洋文庫、一九六五年）
村上陽一郎『日本人と近代科学』（新曜社、一九八〇年）
A・L・モートン『イギリス・ユートピア思想』（上田和夫訳、未来社、一九八六年）
森永卓郎監修『物価の文化史事典』（展望社、二〇〇八年七月）
守屋毅『元禄文化――遊芸・悪所・芝居』（講談社学術文庫電子版、二〇一四年）
由良君美『みみずく英学塾』（青土社、一九八七年）
劉岸偉『東洋人の悲哀』（河出書房新社、一九九一年）
劉岸偉『周作人伝 ある知日派文人の精神史』（ミネルヴァ書房、二〇一一年）
吉村昭『関東大震災』（文春文庫、二〇〇四年）
早稲田大学大学史編集所『早稲田大学百年史』（https://chronicle100.waseda.jp/）
渡会好一『ヴィクトリア朝の性と結婚』（中公新書、一九九七年）

中国語文献（著者名の拼音順）

北京魯迅博物館編『魯迅手蹟和蔵書目録』（北京魯迅博物館、一九五九年七月、内部発行）

『陳独秀著作選編』（上海人民出版社、二〇〇九年）
『成仿吾文集』（山東大学出版社、一九八五年）
陳玉堂編著『中国近現代人物名号大辞典』（浙江古籍出版社、一九九三年）
董炳月『魯迅形影』（三聯書店、二〇一五年）
傅国涌『筆底波瀾——百年中国言論史的一種読法』（広西師範大学出版社、二〇〇六年）
『郭沫若全集』（人民文学出版社、一九八二年）
胡適編「建設理論集」（『中国新文学大系』第一集、上海良友図書印刷公司、一九三五年）
黄喬生『八道湾十一号』（三聯書店、二〇一六年）
江紹原『古俗今説』（王文宝・江小蕙編、上海文芸出版社、一九九七年）
江紹原『髪鬚爪——関于它們的風俗』（上海開明書店、一九二八年初版／同書影印本、上海文芸出版社、一九八七年）
江紹原『民俗学論集』（王文宝・江小蕙編、上海文芸出版社、一九九八年）
『李大釗全集』（河北教育出版社、一九九九年）
酈千明『沈尹黙年譜』（上海書画出版社、二〇一八年）
『茅盾全集』（人民文学出版社、二〇〇一年）
『毛沢東早期文稿』（中共中央文献研究室・中共湖南省委編輯組編、湖南出版社、一九九五年）
倪墨炎『苦雨斎的主人周作人』（上海人民出版社、二〇〇三年。初版『中国的叛徒与隠士周作人』を改題）
『銭玄同日記』（北京大学出版社、二〇一四年）
宋声泉『民初作為方法——文学革命新論』（南開大学出版社、二〇一五年）
孫郁『魯迅与周作人』（遼寧人民出版社、二〇〇七年）
『田漢全集』（花山文芸出版社、二〇〇〇年）
沈長慶『沈尹黙家族往事』（中国文史出版社、二〇一三年）
汪広松『市井裏的茶酒雑戯』（重慶出版社、二〇〇七年）
『許広平文集』（江蘇文芸出版社、一九九八年）
許寿裳『亡友魯迅印象記』（人民文学出版社、一九七七年）
『郁達夫全集』（浙江大学出版社、二〇〇七年）
『兪平伯全集』（花山文芸出版社、一九九七年）
趙京華『周氏兄弟与日本』（人民文学出版社、二〇一一年）
『鄭振鐸全集』（花山文芸出版社、一九九八年）
周建人ほか『我心中的魯迅』（湖南人民出版社、一九七九年）

日本語論文（五十音順）

秋吉收「「随感録三十八」は誰の文章か？——ル・ボン

学説への言及に注目して」（『周作人研究通信』第四号、二〇一五年十二月）
飯倉照平「初期の周作人についてのノート（Ⅰ）（Ⅱ）」（『神戸大学文学会研究』第三八、四〇号、一九六六、六七年）
石川禎浩「李大釗のマルクス主義受容」（『思想』一九九一年五月号）
伊地智善継「周作人氏に於ける歴史意識」（『中国語学』第一一号、一九四八年一月）
伊藤敬一「周作人と童話」（東京都立大学人文学部『人文学報』第四二期、一九六四年三月）
伊藤徳也「耽美派と対立する頽廃派——1923年の周作人と徐志摩、陳源」（『周作人と日中文化史』、勉誠出版、二〇一三年）
伊藤徳也「「頽廃派」と「生への意志」（〝求生意志〟）」の関係」（『周作人研究通信』第二号、二〇一四年十二月）
伊藤徳也「《新文学的二大潮流》は如何に書かれ如何に発表されたか」（『周作人研究通信』第二号、二〇一四年十二月）
于耀明「魯迅訳『ある青年の夢』について」（『武庫川国文』第五〇号、一九九七年）
及川智子「『白樺』ロダン号売却記事について——周作人と武者小路実篤の出会い」（『実践国文学』第五八号、二〇〇〇年十月）
尾崎文昭「陳独秀と別れるに至った周作人」（『日本中国学会報』第三五集、一九八三年）
尾崎文昭「周作人の新村提唱とその波紋（上）（下）」（『明治大学教養論集』第二〇七、二三七号、一九八八、九一年）
北岡正子「独逸語専修学校で学んだ魯迅」（『魯迅研究の現在』、汲古書院、一九九二年）
木山英雄「乾栄子と羽太信子——周作人日記二題」（『鄔其山』第二二号、一九八八年冬）
木山英雄「乾栄子と羽太信子——追説」（『中国図書』一九八九年四月号）
倉橋幸彦「文学研究会の成立と周作人」（関西大学中国文学会『中国文学会紀要』第一〇号、一九八九年三月）
櫻庭ゆみ子「女校長の夢——中国女性解放運動先駆者としての北京女子師範大学校長楊蔭楡」（『魯迅と同時代人』、汲古書院、一九九二年）
中島長文「道聴塗説——周氏兄弟の場合」（『飈風』第二六号、一九九一年十二月）
中島長文「羽太重久は何を見たのか」（『飈風』第五一号、

二〇一二年十二月）
根岸宗一郎「周作人とニーチェ――J・E・ハリソン、H・エリスと『悲劇の誕生』をめぐって」（慶応義塾大学日吉紀要『中国研究』第五号、二〇一二年）
根岸宗一郎「周作人とH・S・タッカー」（『中国研究月報』第六三八号、二〇〇一年四月二十五日）
廣井敏男・富樫裕「日本における進化論の受容と展開――丘浅次郎の場合」（『東京経済大学人文自然科学論集』第一二九号、二〇一〇年）
山口守「中国からの眼差し――巴金と大杉栄」（『大杉栄全集』第一二巻月報、ぱる出版、二〇一五年九月）
山下恒夫「薄倖の先駆者・丸山昏迷」（『思想の科学』一九八六年九〜十二月号）
山田敬三「魯迅と「白樺派」の作家たち」（『魯迅の世界』、大修館書店、一九七七年）
吉田隆英「魯迅と独逸語専修学校――独逸学協会学校とその周辺」（『姫路獨協大学外国語学部紀要』第二号、一九八九年一月）
梁艶「周作人とアンドレーエフ――「歯痛」の翻訳をめぐって」（『野草』第九一号、中国文芸研究会、二〇一三年二月）

中国語論文（拼音順）

波多野眞矢「周作人与立教大学」（『魯迅研究月刊』二〇〇一年第二期）
陳漱渝「如此〝私典探秘〟――従魯迅日記中的〝羽太〟和〝H〟君談起」（『書屋』二〇〇二年第一一期）
李自典「民国時期的北京電影」（『北京檔案』二〇一四年第四期）
梁敏児「厨川白村与中国現代作家」（『中国文学報』第五三冊、京都大学、一九九六年）
梁敏児「『苦悶的象征』与弗洛伊徳学説的伝入――厨川白村研究之一」（『中国現代文学研究叢刊』一九九四年第四期）
梁敏児「厨川白村与中国現代文学裏的神秘主義」（『中国文学報』第五六冊、京都大学、一九九八年）
孟文博「「論国内的評壇及我対於創作上的態度」的修改」（『郭沫若学刊』二〇一四年第一期）
邱煥星「魯迅与女師大風潮」（『魯迅研究月刊』二〇一六年第二期）
謝昌余「毛沢東心目中的理想社会――従《学生之工作》到《五七指示》」（『安徽行政学院学報』二〇一一年第六期）

伊藤徳也「周作人的日語佚文「中国文壇閑話」」（『魯迅研究月刊』二〇一三年第二期）

余錦廉「許羨蘇在北京十年（下）」（『魯迅研究月刊』二〇〇九年第一〇期）

止庵「兄弟失和与破門事件」（『現代中文学刊』二〇一七年第二期）

関連自著論文（発表順）

「周作人とH・エリス――一九二〇年代を中心に」（早稲田大学『文学研究科紀要』第一五輯、一九八九年）

「五四時期の周作人の文学観――W・ブレイク、L・トルストイの受容を中心に」（『日本中国学会報』第四二集、一九九〇年）

「周作人と明末文学――「亡国之音」をめぐって」（早稲田大学『文学研究科紀要』別冊第一七集、一九九一年）

「中国語訳・有島武郎「四つの事」をめぐって――『現代日本小説集』所載訳文を中心に」（『大東文化大学紀要人文科学』第三〇号、一九九二年三月）

「江紹原と周作人（1）――「礼部文件」以前」（『大東文化大学紀要人文科学』第三三号、一九九五年）

「江紹原と周作人（2）――「礼部文件」その後」（『大東文化大学紀要』第三四号、一九九六年）

「中国の民俗学者・江紹原と南方熊楠」（『季刊 文学』一九九七年冬号、岩波書店）

「「礼部文件」における江紹原のスタイル――フレーザー、周作人の影響から」（『文化論集』第一一号、早稲田大学商学同攻会、一九九七年）

「周作人と清華園の詩人達――「小詩」ブームの波紋」（『文化論集』第二〇号、早稲田商学同攻会、二〇〇二年）

「周兄弟の思想的時差」（伊藤徳也編『アジア遊学 一六四 周作人と日中文化史』、勉誠出版、二〇一三年五月）

「周氏兄弟与厨川白村」（『文化経典和精神象徴――魯迅与える二〇世紀中国』、南京師範大学出版社、二〇一四年）

「周氏兄弟的散文詩」（『中山大学学報社科版』総五五巻、二〇一五年一月）

「周作人における「頽廃派」――厨川白村、ボードレールとの関わりから」（『周作人研究通信』第四号、二〇一五年十二月）

『周氏兄弟における「江戸」と「東京」――明治末期の日本文化体験』（『文化論集』四八・四九合併号、早稲田商学同攻会、二〇一六年九月）

「周氏兄弟与大逆事件」（『社会科学輯刊』二〇一七年第三

期）
「文白の間——小詩運動を手がかりに」（『中国古籍文化研究——稲畑耕一郎教授退休記念論集』、東方書店、二〇一八年三月）
「新村対周作人之影響再議——紀念俄羅斯十月革命百周年」（『中国現代文学研究叢刊』二〇一八年第四期）

周作人引用参照文献（翻訳・校注釈書も含む）

以下には、周作人が作品中で引用言及したテクストを掲げる。現実問題として、周作人が参照した版本を刊行年まで正確に特定できないが、異本がある場合は可能な限り周作人が参照した可能性の高い版本を選んでいる。なお、関連する翻訳書、校注書は周作人が参照した可能性はないが、＊を付して参考に掲げた。

中国古典籍校注書
＊『大学・中庸』（金谷治訳注、岩波文庫、一九九八年）
＊『論語』（金谷治訳注、岩波文庫、一九九九年改訂版）
＊『孟子』（小林勝人訳注、岩波文庫、一九七二年）
＊『周礼注疏』（上海古籍出版社、一九九〇年）
＊『大正新脩大蔵経』（SAT大正新脩大蔵経テキストデータベース：http://21dzk.l.u-tokyo.ac.jp/SAT/）
＊李笠翁『閑情偶寄』（浙江古籍出版社、一九八五年）

日本古典籍校注書
池田秋旻『日本俳諧史』（三星社出版部、一九二二年）
＊潁原退蔵校訂『去来抄・三冊子・旅寝論』（岩波文庫、一九九一年）
＊南信一『三冊子総釈（改訂版）』（風間書房、一九八〇年）
巌谷小波校訂『俳諧論集』（俳諧文庫第13編、博文館、一八九九年）
＊中村俊定校注『芭蕉紀行文集』（岩波文庫、一九七一年）
＊『連歌論集 能楽論集 俳論集』（「俳論集」校注訳者：堀切実・復本一郎、新編日本古典文学全集、小学館、二〇〇一年）

欧州文学作品、文学論（アルファベット順）
〔L・アンドレーエフ〕
Leonid Andreyev, *The Seven Who Were Hanged*, New York, J. S. Ogilvie Pub., 1909.
相馬御風『七死刑囚物語』（海外文芸社、一九一三年、初出『早稲田文学』第六五号、一九一一年）

〔C・ボードレール〕

Arthur Symons, *Poems in Prose from Charles Baudelaire*, London, E. Mathews, 1905.

＊阿部良雄訳『ボードレール全詩集Ⅱ』（ちくま文庫、一九九八年）

Max Bruns, *Charles Baudelaire Werke*, Bd. 1. *Novellen und klein Dichtungen in Prosa*, Minden, Westfalen, 1904.

＊亜丁訳『巴黎的憂鬱』（三聯書店、二〇一五年）

〔W・ブレイク〕

William Blake, *The Works of William Blake Poetic, Symbolic and Critical*, ed. by W. B. Yeats, E. J. Ellis, London, Lawrence & Bullen, 1893.

William Blake, *Poetical Works of William Blake*, ed. by W. B. Yeats, London, George Routledge & Sons, Limited, 1910.

＊『ブレイク詩集』（土居光知訳、平凡社ライブラリー、一九九五年）

〔A・チェーホフ〕

Anton Chekhov, *Letters of Anton Chekhov to His Family and Friends*, tr. by Constance Garnett, the Macmillan Company, 1920.

＊『チェーホフ全集 第一六巻 書簡2』（神西清ほか訳、中央公論社、一九七七年再訂版）

＊童道明訳『可愛的契訶夫 契訶夫書信賞読』（商務印書館、二〇一五年）

〔L・ハーン〕

Lafcadio Hearn, *In Ghostly Japan*, Boston, Little Brown & Com. 1911.

＊『全訳小泉八雲作品集』（平井呈一訳、恒文社、一九六四年）

〔C・マンデス〕

Catulle Mendès, *The Fairy Spinning Wheel*, Richard G. Badger & Company, 1898.

CF女士（張近芬）『紡輪的故事』（新潮社文芸叢書、一九二三年）

〔C・スパージョン〕

Caroline F. E. Spurgeon, *Mysticism in English Literature*, Cambridge University Press 1st pub., 1913.

＊C・スパージョン『神秘主義と英文学』（宮沢眞一訳、日清堂書店出版部、一九七八年）

〔J・スウィフト〕

Jonathan Swift, *Ireland in the Days of Dean Swift*, London, Chapman and Hall Ltd., 1887.
＊ジョナサン・スウィフト『召使心得 他四篇――スウィフト諷刺論集』（原田範行編訳、平凡社ライブラリー、二〇一五年）

〔L・トルストイ〕
Lev N. Tolstoi, *What Is Art?*, London, W. Scott, Ltd., 1899.
＊『トルストイ全集』（中村融訳、河出書房新社、一九七三年）

〔ヴォルテール〕
Voltaire, *Candide or The Optimist and Rasselas Prince of Abyssinia*, tr. by Samuel Johnson, George Routledge & Sons, 1884.
＊ヴォルテール『カンディード』（吉村正一郎訳、岩波文庫、一九五六年）。

現代日本文学作品、文学論（五十音順）

＊有島武郎『有島武郎全集』（筑摩書房、一九七九～八八年）
厨川白村『厨川白村集』（厨川白村集刊行会、一九二四～二六年）
「苦悶の象徴」（初稿、『改造』一九二一年一月号）
『苦悶の象徴』（遺稿、改造社、一九二四年）
＊永井荷風『荷風全集』（岩波書店、一九九二～九五年）
長与善郎『春乃訪問』（芸術社、一九二一年）
＊夏目漱石『漱石全集』（岩波書店、一九九三～九九年）
＊広津和郎『広津和郎全集』（中央公論社、一九七三、七四年）
武者小路実篤『武者小路実篤全集』（小学館、一九八八年）

婦人解放、性心理学、精神分析学

〔エドワード・カーペンター〕
Edward Carpenter, *Love's Coming of Age*, Chap.1 The Sex-passion, Chap.4 Woman in Freedom, 1906.

〔H・エリス〕
Havelock Ellis, *The New Spirit, Whitman*, London, George Bell & sons, 1890.
Havelock Ellis, *Affirmations*, London, Walter Scott, Ltd., 1898.
Havelock Ellis, *Studies in the Psychology of Sex*, vol. 1, Philadelphia, F. A. Davis Com., 1910.

Havelock Ellis, *Studies in the Psychology of Sex*, vol. 6, Philadelphia, F. A. Davis Com., 1921.
*ハヴロック・エリス『性の心理』（全六巻、佐藤晴夫訳、未知谷、一九九五〜九六年）
Havelock Ellis, *The Task of Social Hygiene, Religion and The Child*, Houghton Mifflin Company, 1913.
Havelock Ellis, *The World of Dreams*, Houghton Mifflin Company, 1911.
*ハヴロック・エリス『夢の世界』（藤島昌平訳、岩波文庫、一九四一年）
Havelock Ellis, *Impressions and Comments*, Houghton Mifflin Com., 1914.
Havelock Ellis, *My Life Autobiography of Havelock Ellis*, London, William Heinemann Ltd., 1940.
Isaac Goldberg, *Havelock Ellis: The Man and His Work*, Little Blue Books, No. 213, Reprint.
〔アルバート・モーデル〕
Albert Mordell, *The Erotic Motive in Literature*, New York, Boni & Liveright Inc., 1919.
*『恋愛と文学』（岡康雄訳、文明書院、一九二三年）
*『近代文学と恋愛』（奥俊貞訳、内外出版、一九二四年）
*『近代文学与性愛』（鐘子岩・王文川訳、開明書店、一九三一年）
*『文学中的色情動機』（劉文栄訳、文匯出版社、二〇〇六年）
〔メアリー・ストープス〕
Marie Stopes, *Married Love*, London, A. C. Fifield, 1918.

文化人類学

〔J・ムーア〕
John Howard Moore, *Better-World Philosophy*, The Ward Waugh Company, 1899.
John Howard Moore, *The New Ethics*, Ernest Bell, York House, 1907.
John Howard Moore, *Savage Survivals*, Charles H. Kerr & Company, 1916.
〔J・G・フレイザー〕
James George Frazer, *The Golden Bough: A Study in Magic and Religion*, Macmillan Company, 1922.
J. G. Frazer, *Psyche's Task and The Scope of Social Anthropology*, Macmillan Company, 1913.
*J・G・フレイザー『金枝篇』（一）〜（五）（永橋卓

介訳、岩波文庫、一九六六、六七年）
＊J・G・フレイザー『サイキス・タスク（俗信と社会制度）』（永橋卓介訳、岩波文庫、一九三九年）
＊J・G・フレイザー『金枝篇——呪術と宗教の研究 1 呪術と王の起源（上）』（国書刊行会、二〇〇四年）。

アナキズム、新しき村

〔クロポトキン〕

Kropotkin, *Mutual Aid: A Factor of Evolution*, New York, McClure Philips. & Co., 1902.
Kropotkin, *Russian Literature*, New York, McClure Phillips & Co., 1905.
クロポトキン『相互扶助論——進化の一要素』（大杉栄訳、春陽堂、一九一七年十一月）
＊クロポトキン『ロシア文学の理想と現実（上）（下）』（高杉一郎訳、岩波文庫、一九八四、八五年）

〔M・バクーニン〕、〔A・ラポポート〕

Angelos Rappoport, "The Philosophic Basis of the Russian Revolution," *Edinburgh Review*, 1917: July.
Mihail Bakunin, *God and the State*, Mother Earth Pub. Association, 1921.
＊『プルードン、バクーニン、クロポトキン』（猪木正道・勝田吉太郎責任編集、世界の名著、中央公論社、一九八〇年）
新しき村東京支部『新しき村の説明及会則』（新しき村東京支部、一九一八年初版）
大杉栄訳『民衆芸術論』（ロメン・ロオラン原著、アルス、一九二一年）
大杉栄訳『昆虫記』（アンリ・ファーブル原著、叢文閣、一九二二年）
大杉栄・安城四郎訳『自然科学の話』（アンリイ・ファブル原著、アルス、一九二三年）

哲学

＊ショーペンハウアー『意志と表象としての世界』（全三巻、西尾幹二訳、中央公論新社、二〇〇四年）
＊ニーチェ『ニーチェ全集』第二期第三巻（秋山英夫・浅井真男訳、白水社、一九八三年）
＊プラトン『ソクラテスの弁明』（岩波文庫、一九六四年）

周作人略年譜および関連事項

年表中の数字は年月日を示す。年月日はすべて太陽暦に基づく。ただし年齢は数え年で示した。

西暦	年齢	周作人関連	関連事項
一八八一			兄魯迅、浙江紹興で周鳳儀の長男として出生
一八八五	1	1・16 浙江紹興で周鳳儀の次男として出生	
一八八八	4		三男周建人出生
一八九三	9		祖父周福清、科挙不正事件で入獄
一八九六	12		父周鳳儀病没
一八九七	13	2 獄中の祖父を世話するため、杭州へ	
一八九八	14	7 母の意向で紹興に呼び戻される	5 魯迅、南京の江南水師学堂入学 10 魯迅、江南陸師学堂に入学し直す
一九〇一	17	9 江南水師学堂入学	4 祖父、恩赦で出獄、紹興に戻る
一九〇二	18		4 魯迅、日本に留学
一九〇四	20		4 魯迅、弘文学院を卒業 9 魯迅、仙台医学専門学校に入学
一九〇六	22	9 一時帰国中の兄に伴われ、日本に留学	3 魯迅、同校を退学、東京に帰る 夏頃、紹興に一時帰国して朱安と結婚
一九〇八	24	7 法政大学特別予科卒業 8 章炳麟の国学講習会に参加	
一九〇九	25	3 羽太信子と結婚 4 立教大学予科入学、ギリシア語を学ぶ	9 魯迅、日本より帰国して浙江両級師範学堂教師となる

一九一〇	26	7 魯迅との共訳『域外小説集』を刊行 12 本郷から麻布森元町へ転居	日本で文芸誌『白樺』創刊 大逆事件で幸徳秋水逮捕
一九一一	27	7 魯迅の督促を受け、妻信子とともに紹興に帰る	10 辛亥革命
一九一二	28	5 長男豊一出生	5 魯迅、中華民国政府の移転に伴い北京へ転居
一九一三	29	4 浙江省立第五中学英語教員となる	
一九一四	30	7 長女静子出生	2 周建人、羽太芳子と結婚
一九一五	31	10 次女若子出生	9 陳独秀、上海で『青年雑誌』（後『新青年』）創刊
一九一七	33	9 北京大学文科教授となる	3 ロシア二月革命 11 ロシア十月革命
一九一八	34	5 「武者小路実篤君の「ある青年の夢」を読む」 12 「人間の文学」、「平民の文学」	6 魯迅、『狂人日記』発表 9 武者小路実篤「新しき村」を開く 12 『毎週評論』創刊
一九一九	35	3 「日本の新しき村」 4 家族と日本訪問 5 五・四運動勃発で急遽帰国 7 日本を再訪問し、九州日向の「新しき村」を訪問 11 魯迅とともに家族全員を八道湾の新居に迎える	5 五・四運動勃発
一九二〇	36	1 「新文学への希望」 8 翻訳小説集『点滴』 11 「文学におけるロシアと中国」 年末から肋膜炎を発症	8 「新しき村」に刺激を受け、鄭振鐸らが『人道』創刊 年末から『新青年』同人間に思想的分岐が顕在化

一九二一	37	1「聖書と中国文学」 年明けから6月まで入院生活を送り、6月から9月まで西山で療養生活を送る 11「三人の文学家の記念」	1 文学研究会成立 7 中国共産党第一回大会、創造社成立 9 周建人、上海商務印書館に就職、北京を離れる
一九二二	38	1 ボードレール散文詩翻訳 3「沈論」 5『現代小説訳叢』 6 小詩運動提唱	1『詩』創刊 3 非宗教運動 5『創造季刊』創刊
一九二三	39	6 魯迅との共訳『現代日本小説集』 7 魯迅との不和 8 魯迅転居 9『自分の畑』	6 有島武郎自死 9 関東大震災、大杉栄殺害さる
一九二四	40	11『語絲』創刊、「生活の芸術」	4 タゴール来華 12『京報副刊』、『現代評論』創刊
一九二五	41	8 女師大校務維持会委員となる 12『雨天の書』 本年、北京大学東方文学系が発足し、学科主任となる	3 孫文逝去 5 五・三〇事件 8 女師大事件
一九二六	42	1 現代評論派との論戦 7『駱駝』出版 12「陶庵夢憶序」	3 三・一八事件 7 北伐宣言 8 魯迅、厦門大学赴任
一九二七	43	7『語絲』発禁 9『沢瀉集』	4 上海クーデター、李大釗逮捕殺害 6 張作霖、北京制圧

一九二八	44	10『語絲』発行拠点を上海へ 12『談龍集』 1『談虎集』（上） 2『談虎集』（下） 11「燕知草跋」	1 革命文学論争 3『新月』創刊 5 済南事件 6 関東軍、張作霖を爆殺
一九二九	45	5『永日集』 11 詩集『過去の生命』、次子若子誤診で夭逝	11 中共、陳独秀を除名
一九三〇	46		3 左翼作家連盟発足
一九三一	47	2『芸術と生活』	9・18 満州事変
一九三二	48	9『中国新文学の源流』 10『看雲集』	1 上海事変
一九三三	49	3『知堂文集』 7『周作人書信』	2 関東軍、熱河作戦 3 日本、国際連盟脱退
一九三四	50	1「五十自寿詩」 3『苦雨斎序跋文』 7～8 日本を訪問 9『夜読抄』	10 中国共産党紅軍長征開始
一九三五	51	5「日本管窺」 10『苦茶随筆』	
一九三六	52	2『苦竹雑記』 10『風雨談』	2 二・二六事件 10・19 魯迅逝去 12 西安事件

一九三七	53	3 『瓜豆集』	7 日中戦争開始
		7 「日本管窺之四」	9 第二次国共合作
一九三八	54	2 「更正中国文化建設座談会」出席	12 日本軍、重慶を空爆
一九三九	55	1 銃撃未遂事件	9 第二次世界大戦開始
一九四〇	56	2 『秉燭談』	
		12 華北政務委員会教育督弁就任	12 太平洋戦争開始
一九四一	57	5 『薬堂語録』	
一九四二	58	3 『薬味集』	
一九四三	59		
一九四四	60	1 『薬堂雑文』	
		3 沈啓无破門事件	
		5 『書房一角』	
		9 『秉燭後談』	
		11 『苦口甘口』	
一九四五	61	8 『立春以前』	8 日本無条件降伏
		12 国民党政府に逮捕拘束される	
一九四六	62	5 戦犯裁判のため南京へ護送	
一九四七	63	12 禁固十年の再審判決	
一九四八	64		
一九四九	65	1 国民党政府瓦解とともに保釈出獄、上海へ	
		10 北京自宅へ帰る	10 中華人民共和国成立
		11 上海『亦報』に随筆連載開始（52年3月まで）	
一九五〇	66		

一九五一	67		4 『武訓伝』批判
一九五二	68		
一九五三	69	3 『魯迅の故家』	
一九五四	70	4 『魯迅小説中の人物』	11 胡適批判
一九五五	71	4 『日本狂言選』	1 胡風批判
一九五六	72		2 ソ連スターリン批判 5 中共、百花斉放・百家争鳴
一九五七	73	3 『魯迅の青年時代』 2 『エウリピデス悲劇集』	6 反右派闘争開始
一九五八	74	9 『浮世風呂』	
一九五九	75	11 『過去の仕事』	
一九六〇	76		
一九六一	77	2 『知堂乙酉文編』	
一九六二	78	1 『石川啄木詩歌集』	
一九六三	79	2 『古事記』 10 安藤更生早大教授が自宅訪問	
一九六四	80	3 「八十自寿詩」 12 松枝茂夫に最後の手紙を出す	
一九六五	81	3 最後の翻訳『ルキアノス対話集』翻訳完成 4 遺言を作成、『平家物語』翻訳に着手	
一九六六	82	8 紅衛兵による暴行を受け、自宅脇小屋に隔離される	5 文化大革命開始
一九六七	83	5・6 逝去	

【さ】

【た】

人名索引

【著者】
小川利康（おがわ・としやす）
1963年、東京都生まれ。早稲田大学大学院文学研究科博士課程単位取得退学。現在、早稲田大学商学学術院教授。専攻、中国近現代文学。主な著作に、『周作人致松枝茂夫手札』（共編、広西師範大学出版社、2013年）、「文白の間――小詩運動を手がかりに」（『中国古籍文化研究 稲畑耕一郎教授退休記念論集』下巻、東方書店、2018年）、「新村対周作人之影響再議」（『中国現代文学研究叢刊』2018年４月）、「周作人と江戸川柳」（『野草』98号、2016年）などがある。

叛徒と隠士 周作人の一九二〇年代

2019年２月20日　初版第１刷発行

著　者……小川利康
発行者……下中美都
発行所……株式会社 平凡社
東京都千代田区神田神保町3-29
〒101-0051 振替00180-0-29639
電話……(03)3230-6579［編集］ (03)3230-6573［営業］

装幀……………中山銀士＋金子暁仁
DTP……………平凡社制作
印刷・製本……図書印刷株式会社

ISBN978-4-582-48223-2

NDC分類番号924.7　四六判(19.4cm)　総ページ400

平凡社ホームページ http://www.heibonsha.co.jp/